P9-CRA-243

LYNDA SANDOVAL es ex policía y premiada autora de cinco novelas.
Vive en Denver, Colorado.

Desesperada

Desesperada

Lynda Sandoval

UNA NOVELA

Traducido del inglés por Ana del Corral

rayo

Una rama de HarperCollinsPublishers
Connolly Branch Library

DESESPERADA © 2005 por Lynda Sandoval. Traducción © 2005 por Ana del Corral. Todos los derechos reservados. Impreso en Estados Unidos de América. Se prohíbe reproducir, almacenar o transmitir cualquier parte de este libro en manera alguna ni por ningún medio sin previo permiso escrito, excepto en el caso de citas cortas para críticas. Para recibir información, diríjase a: HarperCollins Publishers Inc., 10 East 53rd Street, New York, NY 10022.

Los libros de HarperCollins pueden ser adquiridos para uso educacional, comercial, o promocional. Para recibir más información, diríjase a: Special Markets Department, HarperCollins Publishers Inc., 10 East 53rd Street, New York, NY 10022.

Este libro fue publicado originalmente en inglés en 2004 en Estados Unidos por Rayo, una rama de HarperCollins Publishers.

Diseño del libro por Gretchen Achilles

PRIMERA EDICIÓN RAYO, 2005

Impreso en papel sin ácido

Library of Congress ha catalogado la edición en inglés.

ISBN 0-06-075149-5

05 06 07 08 09 DIX/RRD 10 9 8 7 6 5 4 3 2 1

Las cosas buenas suceden de a tres.

A la luz de eso, este libro está dedicado . . .

. . . a mi querida agente y amiga, Jenny Bent,
por impulsarme a emprender este proyecto

. . . a mi "hada madrina," Robin Vidimos,
por darme una oportunidad de mostrarme que nunca esperé
y nunca olvidaré,

. . . y finalmente, con gran respeto y afecto, a mi estimado editor,
René Alegria, por darme la oportunidad.

Larga vida al afortunado número tres.

AGRADECIMIENTOS

Escribir una novela es como conducir a solas por una carretera oscura y llena de curvas, al volante de un Yugo que tiene una farola en mal estado y el radio descompuesto. Por suerte, la tortuosa ruta que va desde la idea hasta el libro terminado ha sido recorrida por muchas personas maravillosas que están dispuestas a ofrecer indicaciones, o a llenarte el tanque de gasolina, o que simplemente hacen sonar la bocina para animarlo a uno a mantenerse en su carril y seguir adelante. A las siguientes personas no puedo agradecerles lo suficiente por compartir conmigo este viaje en particular: Mi agente, Jenny Bent (diosa); mi editor, René Alegria (el fabuloso), Andrea Montejo y todas las otras personas de Harper Collins; Deborah Dix, del hermoso Hotel Brown Palace; G. Miki Hayden, por la ayuda en cuanto a Nueva York y por los ocasionales sushi; Karen Templeton, por los detalles sobre Albuquerque y los correos electrónicos en pro de la salud mental; verdaderas amigas, Nicole Burnham, Terry Farley, Karen Drogin, Patricia McLinn, Chris Fletcher y Amy Sandri, al igual que el resto de las Chicas Malas, simplemente por estar presentes; Terri Clark, por leer y criticar el manuscrito (¡y a menudo convencerme de que me bajara del proverbial borde del precipicio!); mis compañeras y amigas del Cuerpo de Bomberos y Rescate de Littleton, Colorado, especialmente Cathy "CJ" Jones-Gooding y Barb Thomas, quienes fueron invaluables para mí durante este proceso. A ninguna le puedo expresar cuánto significó para mi su apoyo . . . pero, gracias; y por último, pero definitivamente no por ello menos importante, está mi familia—Mamá, Elena, Frank, Loretta, Chris, Trent, Cal, Pat, Leah, Scott, Janice, Abuela B., y Abuela C.—los quiero a todos y los querré siempre, pase lo que pase. Sé (como también seguramente lo saben ustedes) que nosotros los escritores no somos la raza más fácil de entrenar para convivir con otros seres humanos. Esta es mi oportunidad de ofrecer un sentido agradecimiento por tolerarme y tolerar mi loca, introspectiva vida, mucho más allá y por encima de lo necesario.

Los sueños que se hacen realidad pueden ser tan perturbadores como aquellos que no se cumplen.

—BRETT BUTLER

Primera Parte

El número de este mes está dedicado al tema de la inconformidad. Pero no al sustantivo <u>inconformidad</u>, sino a la frase <u>dejar de conformarse</u>.

En la vida, con demasiada frecuencia nos conformamos con menos de lo que merecemos. Queremos suicidarnos con una sobredosis triple de chocolate, pero nos conformamos con el granizado bajo en calorías. Queremos compartir ratos especiales con nuestros hijos, pero nos conformamos con trabajar en la misma habitación mientras ellos se entretienen con un vídeo.

Queremos un preludio de juegos eróticos, pero nos conformamos con una relación sexual apresurada.

Y entonces, un día echamos un vistazo a las oportunidades y decisiones pasadas y nos damos cuenta de que estamos en un lugar que no se asemeja en nada a la vida con la que siempre soñamos. ¿Le suena conocido? No se desespere. En algún momento todos llegamos en la vida a un cruce de caminos que nos hace frenar en seco y darnos cuenta de que ya nos hemos conformado demasiadas veces y de que ha llegado la hora de efectuar un cambio.

Dejar de conformarse es la única opción lógica.

Cuando llegue a ese punto, estimada lectora, no tema. Las decisiones que tome podrían ser el comienzo de un camino totalmente nuevo, del camino que nació usted para recorrer. De repente se dará cuenta de que no puede darse el lujo de conformarse con menos de lo que se merece. Así que respire hondo, llame a sus mejores amigas para pedirles apoyo y asuma el reto. Lo único que tiene que perder es el estancamiento en el que cayó cuando andaba distraída en un comienzo.

—MERCEDES FELÁN
Directora Editorial,
Revista LO QUE IMPORTA

De: OficialO@Redpolicia.com
Para: Mamade5@FamiliaMartinez.com;
ZachAragonFan@texasnet.org;
Directora_Editorial@RevistaLoQueImporta.com
Hora: 04:11:11 a.m. Hora Oficial de la Región Montañosa
Asunto: ¡¡¡¡¡SÁLVENME DE MI FAMILIA!!!!!

Annie, Mercy, Cristina:

Sé que todas están abrumadas y sé que estarán acá en unos cuantos días. Pero, SANTA MADRE DE DIOS, alguien tiene que salvarme de los Olivera. Mi loca familia me va a hacer caer en la bebida, lo juro. La fiesta de regalos de novia es el viernes por la tarde a las 5:00 p.m. ¿¿¿Quién diablos hace una fiesta de regalos de novia un viernes por la tarde??? ¿Acaso los viernes por la tarde no están reservados para velorios, funerales y servicios de difuntos? ¿Quizás debería esto servir de profecía?

En todo caso, voy a dejar encendido mi celular y necesito que me llamen a la fiesta. Estoy tratando de coordinar husos horarios—Mercy, como estás en Nueva York (¿Cómo es, son 2 horas de diferencia? Nunca me acuerdo.), ¿Por qué no me llamas a las 5:45 p.m., hora mía? No las retendré más de 5 o 10 minutos, pero necesito la llamada para mantenerme cuerda. Cristina, ¿me puedes llamar tú en el turno de las 6:30? Si no me equivoco, con San Antonio tenemos una hora de diferencia. Y Annie, si me llama a las 7:15, ya que estamos en la misma hora, (¿verdad?) sería maravilloso.

Fingiré que me están llamando de la oficina acerca de un caso hasta que pueda escapar de la habitación.

¡Mierda! ¡¡¡No sé si puedo seguir adelante con esta boda!!! :—O

¡¡Que me mate alguien!!

Lucy

P.D. Respóndanme y diganme si pueden todas.

P.P.D. Gracias por ser tan buenas amigas.

P.P.P.D Si uno se casa bajo los efectos de los calmantes y/o lo llevan esposado hasta el altar para que no pueda escaparse, ¿cuenta?

Pura curiosidad . . .

De: Directora_Editorial@RevistaLoQueImporta.com
Para: OficialO@Redpolicia.com
Mamade5@FamiliaMartinez.com
ZachAragonFan@texasnet.org;
Hora: 05:35:58 a.m. Hora Oficial de la Región Montañosa
Asunto: RE: ¡¡¡¡¡SÁLVENME DE MI FAMILIA!!!!!

<<<<Mi loca familia me va a hacer caer en la bebida, lo juro>>>>

Suertuda,

¿Ya empezaste a mentirles a tus más viejas amigas? Nadie te está haciendo caer en nada, señorita. Ya bebes. Y si no lo haces, por principio tendré que arrepentirme de asistir a la boda. (Es broma. Como si necesitaras otra razón para tratarte con Prozac). Anímate, muñeca. Todo saldrá bien. Hemos visto fotografías del teniente Rubén del Fierro, y créeme, ERES una Suertuda. Si no, siempre queda la opción de los martinis (especialmente si son sucios, como mis pensamientos).

Te llamaré el viernes a las 5:45 HORM. Mi secretaria ya lo anotó en mi agenda y he activado las alarmas en mi agenda electrónica y también en el teléfono celular.

Suerte,

Mercy

P.D. Annette y Cristina—ha pasado mucho tiempo. Nos vemos la semana entrante,—Mercedes

De: Mamade5@FamiliaMartinez.com;
Para: OficialO@Redpolicia.com
ZachAragonFan@texasnet.org;
Directora_Editorial@RevistaLoQueImporta.com
Hora: 07:40:32 a.m. Hora Oficial de la Región Montañosa
Asunto: RE: ¡¡¡¡¡SÁLVENME DE MI FAMILIA!!!!!

<<<<Pero, SANTA MADRE DE DIOS, alguien tiene que salvarme de los Olivera>>>>

Lucy, ¡¡¡¡¡más te vale que dejes de jurar por el santo nombre de Dios en vano de esa forma!!!!! ¡Y por escrito! TÚ, la madrina de mis gemelas. Vergüenza debería darte. :-) ¿Debo acaso recordarte que tengo hijos que leen mis correos por encima de mi hombro prácticamente a todas las horas del día y de la noche?

Claro que te llamaré, chica, pero ¡deja de preocuparte tanto! Rubén es el hombre perfecto para ti y todos lo sabemos, ¿no es verdad, Mercy y Cris? ¡También tú lo sabes, Lucy! Olvídate de la supuesta maldición de tu familia—no quiero oír otra palabra sobre el tema. Es ridículo. ¡Piensa en cosas felices!

¡Que te diviertas en tu fiesta de regalos y espero que puedas llevarte a casa toneladas de artículos!:-)

XOXOXOXO—Annie

P.S. Mercy, ¡Me fascina, me fascina, me fascina la revista! Soy una fiel suscriptora. <g> Eres mi amiga más famosa, además, gran editora. (Aunque hace cien años que no te veo). También yo estoy loca por verte a ti. Cris, ¿dónde andas, niña?

De: ZachAragonFan@texasnet.org;
Para: OficialO@Redpolicia.com
             Mamade5@FamiliaMartinez.com;
             Directora_Editorial@RevistaLoQueImporta.com
Hora: 12:27:08 p.m. Hora Oficial de la Región Montañosa
Asunto: RE: ¡¡¡¡¡SÁLVENME DE MI FAMILIA!!!!!

<<<<Fingiré que me están llamando de la oficina acerca de un caso hasta que pueda escapar de la habitación.>>>>

Pues haz que sea un caso que suene bien, bien jugoso, Lucy. Pónle un poco de picante a mi aburrida vida, te lo suplico. No tengo problema con la diferencia de hora. Tengo que estar en alguna de esas fiestas de beneficiencia con Zach esa noche, pero me dará también una buena excusa para hacer una pausa.

Deja de hablar de no llevar la boda hasta el final. ¿Tengo acaso que recordarte que tienes 500 personas invitadas? Está bien, está bien, ¿no te parece una razón lo suficientemente buena? Qué tal ésta entonces: Rubén es un buen hombre y obviamente te adora. A ese no lo sueltes (Y *NO LO SOL-TARÁS*, ¡NO HAGAS CASO A TU FAMILIA!)

Mercy, me hago eco de los sentimientos de Annie acerca de *Lo Que Importa*. Verdaderamente una revista maravillosa e inspiradora. Has hecho cosas sorprendentes con tu vida y deberías sentirte orgullosa. Y, Annie, dales un besito a esas hermosísimas niñas de parte de Cristina, su tía por larga distancia, y gracias de nuevo por las fotos de Navidad.

Será interesante reunirnos después de tantos años, muchachas, ¿verdad? Demasiados años entre nosotras, demasiada distancia. Además, tenemos que lograr que nuestra chica, Lucy, llegue hasta el altar, aunque sea por la importancia histórica del suceso. Quiero decir, ¿quién se imaginó jamás que este día llegaría? ¿Lucy Olivera casándose? Todavía no he leído la prensa de hoy, pero en el infierno la temperatura debe de haber bajado de cero—al menos unos minutos. <guiño>

Abrazos, Cristina

De: OficialO@Redpolicia.com
Para: IloveLucy@Redpolicia.com
Hora: 10:55:15 p.m. Hora Oficial de la Región Montañosa
Asunto: ¿Estás seguro de que quieres casarte conmigo?

Rubén—

Me estoy volviendo loca. Lo siento. No es por ti, es cosa mía y es por la maldita fiesta de regalos.

Mira, ¿podrías llamarme al celular durante la fiesta mañana a las 7:40 p.m.? En punto, por favor. Sé que necesitaré oír tu voz después de ser Oliverada durante dos horas seguidas. Te extraño. Y te quiero mucho. Demasiado.

Tu Lucy

De: IloveLucy@Redpolicia.com
Para: OficialO@Redpolicia.com
Hora: 10:58:40 p.m. Hora Oficial de la Región Montañosa
Asunto: ¿Estás seguro de que quieres casarte conmigo?

Relájate, nena, tranquila. Todo saldrá bien. Tú y yo contra el mundo, te lo prometo.

Pero, para responder a tus preguntas—

Sí, sí quiero casarme contigo. ME CASARÉ contigo.

Sí, sí te llamaré durante el jolgorio.

También te extraño, nena. Muchísimo. No estoy tan seguro de este plan tuyo de estar separados dos semanas antes de la boda. Me vuelvo loco sin ti . . . no puedo dormir.

Los muchachos te extrañan también. Rebelde no quiere comer (creo que es en parte melancolía y en parte estrategia para que le dé comida de personas. Ya lo conoces). Y Rookie se comió uno de los cojines del sofá (ya pedí uno nuevo, no te preocupes). Qué trastorno puede crear un cachorrito de quince libras. Se me atascó la aspiradora tratando de recoger el relleno de espuma del cojín. Más sobre eso después.

Una nota: nunca podrías quererme demasiado, así que vamos con todo, nena. Estoy dispuesto a corresponderte palmo a palmo. Estás hecha a mi medida. No veo la hora de abrazarte, hacerte el amor—mi ESPOSA, Lucy del Fierro. (Acostúmbrate a eso porque no pienso irme para ninguna parte.)

Tu esposo (pronto), Rubén.

De: OficialO@Redpolicia.com
Para: IloveLucy@Redpolicia.com
Hora: 11:04:44 p.m. Hora Oficial de la Región Montañosa
Asunto: ¿Estás seguro de que quieres casarte conmigo?

<<<<Estoy dispuesto a corresponderte palmo a palmo. Estás hecha a mi medida. No veo la hora de abrazarte, hacerte el amor>>>>

<suspiro> Eres demasiado bueno para mí, Rubén. XO

De: IloveLucy@Redpolicia.com
Para: OficialO@Redpolicia.com
Hora: 11:06:00 p.m. Hora Oficial de la Región Montañosa
Asunto: ¿Estás seguro de que quieres casarte conmigo?

<<<<Eres demasiado bueno para mí, Rubén>>>>

Estás equivocada. Soy perfecto para ti. Y tú para mí. Te reto a que me dejes probártelo.

Yo

Capítulo Uno

La puerta se abrió con un chirrido y, bruscamente, Betty sujetó una pinza de colgar ropa al cuello de la camisa de Lucy, luego la agarró de la muñeca y, de un tirón, la hizo cruzar el umbral. "¡Al fin! ¿Por qué tardaste tanto? Sabes que la tía Dulcinea no soporta su dentadura postiza más de dos horas seguidas."

"Disculpa, Mamá. Tuve que atender asuntos de trabajo." Tuve que atender asuntos de trabajo, remoloneó para salir—lo que fuera. La verdad era que durante semanas Lucy había estado temiendo el agasajo. Sería diferente si su familia creyera en su matrimonio, pero no era el caso. Siendo así, y por si a alguien le interesaba saberlo, la perspectiva de una fiesta de regalos de boda se convertía en algo más bien risible.

"El trabajo, siempre el trabajo," prosiguió Betty con apremio, sacudiendo la cabeza; pero al parecer dándose cuenta repentinamente de que quizás lo mejor era no sermonear, miró a Lucy por sobre el hombro con el rostro iluminado: "Qué importa. Puedes llegar tarde. Es tu día."

Las estridentes explosiones de risa que le llegaban en oleadas desde el interior de la casa le hicieron saltar el corazón. Respiró profundo como para tranquilizarse, luego palpó la pinza de colgar ropa que llevaba prendida del cuello. "¿Para qué es esto, en todo caso?"

"Ah." Betty se dio vuelta para mirarla de frente e hizo chasquear los dedos. "Olvidé que no asistes a menudo a las fiestas de regalos de boda de los Olivera."

Una pulla. Lucy quería hacerse la desentendida pero mordió el anzuelo. "Sí, pues, es la hipocresía la que me exaspera."

Su madre dejó pasar el comentario, indicando con el mentón la pinza de colgar ropa que llevaba Lucy. "Cada uno de los invitados tiene una, y cada vez que oigas a alguien decir 'divorcio' o 'separación' o 'rompimiento,' puedes quedarte con la pinza de esa persona." Betty esbozó una sonrisa como dando a entender que el juego no podría ser más divertido. "Al final de la fiesta, el que tenga mayor número de pinzas, se gana un premio." Se acercó con ademán confidente. "Es una caja de cinco libras de chocolates Godiva."

"Mmm." Lucy recordaba vagamente el juego de pasadas fiestas, pero algo no encajaba. Tomó en sus manos la pinza que tenía en el hombro y empezó a abrirla y cerrarla pensativamente. "Tenía la impresión de que el propósito del juego era no decir ni 'novia' ni 'boda' ni 'matrimonio.'"

"Ah . . . así lo juegan otras familias. Pero nosotros los Olivera—" Betty ocultó su *je je je* conspirador con el costado de la mano. "Matrimonio, divorcio. ¿Qué tienen de diferente?"

"¡Mamá!" La pinza resbaló en la mano de Lucy y le pellizcó el dorso del dedo anular. Haló para retirarla y se llevó a la boca la ampolla que ya se llenaba de sangre, mientras le lanzaba a su madre por encima de la mano una mirada furiosa. Cuando la punzada cedió, se limpió la mano en los jeans. "¿No te parece que esa actitud es un poco fatalista?"

"Es tan sólo una tradición familiar jocosa, Lucy." Betty se encogió de hombros. "Te tomas todo tan a pecho."

"Pues sí, ¿como el matrimonio? ¿Como los votos?" murmuró entre dientes Lucy. "No quiera Dios que alguien tome *esas cosas* en serio." Ahí estaba pintada su madre, disimulando las cosas menos gratas de la vida.

"Bien, no importa. Ya están todos acá, y ahora ya llegaste tú, de modo que podemos empezar."

Todo el mundo estaba presente—ahí no había exageración posible—y cualquier extraño habría pensado que cada una de las invitadas había traído un megáfono. Lucy se había anticipado a las quejas por ruido avisándoles a los dos policías del Segundo Distrito que ese viernes en la noche estaban a cargo de patrullar West Highlands. Según había comprobado la historia, la estridencia que producían treinta mujeres Olivera hablando y riendo a la vez alcanzaba sin mucho esfuerzo niveles ilegales. Lo último que necesitaba era que a sus hermanos de azul los despacharan a solucionar una queja por ruido durante su primera-fiesta-de-regalos-de-boda-para-un–(subraya–mis–palabras)–matrimonio-de-corta-duración.

Bastante vergonzoso.

Según comprobó, la precaución había sido acertada. El festejo no había empezado en forma y ya los tímpanos de Lucy vibraban con el chacoloteo. Y si la contaminación por ruido no fuera suficiente para derribar a cualquiera, notó Lucy, el exceso de estimulación visual podría producirle un vértigo hasta al más fuerte.

Ciertamente, los Dioses de la Decoración Festiva Color Pastel habían descendido en danzas orgiásticas sobre la casa de ladrillo estilo Tudor de la madre de Lucy.

Santa Madre de Dios.

Lucy se detuvo en el arco de entrada a la sala, la mandíbula descolgada en un gesto como de horror. Como si se tratara de un accidente automovilístico, no lograba apartar la mirada. Diminutas figuras de papel de aluminio en forma de copas de champaña y de anillos entrelazados centelleaban desde todas las mesas. Sobre puertas y marcos, montones de guirnaldas de papel crepé enrollado en forma de serpentinas y campanas envolvían el ambiente en tonos de rosa, azul pálido, aguamarina y amarillo claro—todo hacía juego además con el color de las mentas que habían sido distribuidas por toda la habitación en la colección de confiteras antiguas de su madre. Un multicolor dosel de globos de helio ocultaba por completo el techo abovedado, y las cintas correspondientes descendían en rizos y se movían en el aire por encima del tropel de mujeres.

La habitación hasta olía a color pastel.

"Mamá"—*Por el amor de Dios*—"Te has lucido."

"¿No es precioso?" Betty juntó las manos sobre el pecho y dirigió a la sala una mirada llena de orgullo.

"Es—" Lucy tragó con dificultad. "Es algo fuera de serie, de eso no hay duda."

"Gracias, tesoro." Sin darse cuenta del mensaje entre líneas, Betty colocó la palma de la mano sobre la espalda de Lucy y alzó la voz sobre el barullo. "Miren, todos. Ha llegado nuestra chica."

El nivel de volumen de la habitación descendió momentáneamente y alcanzó luego un nuevo pico con los saludos a Lucy, proferidos a gritos y hasta con aplausos. Lucy tuvo que hacer un esfuerzo considerable para no taparse los oídos y sonrió sin naturalidad mientras era succionada hacia el asfixiante torbellino que era su familia. A sabiendas de que era necesario superar todo esto antes de pensar siquiera en dejarlo atrás, Lucy respiró hondo y entró a la sala.

Aquí voy.

Media hora después, con el estómago inflado de chucherías, mentas, ponche alcoholizado y taquitos, Lucy se sentía atolondrada y desesperada por huir. Habían jugado un juego malévolo, en el cual ciertos invitados eran seleccionados para representar a los novios anteriores de Lucy, hombres con quienes *habría podido* casarse, mientras las demás debían adivinar de cuál de los hombres se trataba. Lucy estaba horrorizada. Después, por fortuna, la horda decidió hacer una pausa para acercarse a los refrigerios. Lucy observaba mientras las mujeres de atuendo festivo bullían alrededor de la mesa del comedor a la espera de repletar el plato plástico con otra tanda de cochinitos silbando adobados con jalapeño.

Mientras sus tías y cuñadas, su madre, sus abuelas y varias parientes de segundo y tercer grado de consanguinidad retozaban, gritaban y reían a carcajadas, Lucy permanecía sentada entre ellas en estado de trauma post–bombardeo y dirigía su atención hacia la reconfortante escena tras los cristales de la ventana.

Este vecindario histórico y tranquilo siempre le había encantado, aún antes de que se convirtiera en un lugar de moda para vivir. Ella y sus hermanos habían crecido en Highlands, en una época en la que los habitantes de los suburbios de Denver consideraban toda la zona un baldío de traficantes de droga, violadores y (¡qué horror!) hispanos—que había que temer y evitar a toda costa. Eventualmente, algún sensato promotor de la renovación urbana se había percatado del valor de las casas de ladrillo estilo Denver clásico, casas de una planta y casas estilo Tudor localizadas en amplios lotes con árboles ya crecidos y en efecto, a ello siguió una renovación.

Una vez que corrió la voz de que West Highlands estaba "de moda", comenzó a llenarse de yuppis. Ahora prosperaban restaurantes elegantes, zonas de comercio alternativo y moderno y el mejor café del mundo, Common Grounds, lo cual atraía una muchedumbre de visitantes. Pero Lucy sabía quién vivía allí porque estaba de moda y quién desde *antes* de que estuviese de moda. Ah, sí, no era lo mismo. Apreciaba el ambiente ecléctico de ahora, gracias a la mezcla de culturas, edades y estilos de vida de quienes habían llegado al vecindario, pero para ella, siempre sería su lugar predilecto, hogareño y pacífico.

Es decir, casi siempre.

Se obligó a reanudar su participación activa en el frenesí alimentario dirigiendo de nuevo su atención al desbordamiento de colores que tenía ante sí. Espantoso. Lucy lograba, sin embargo, apreciar el esfuerzo de su madre, si bien no el tema elegido. Betty Baca Olivera Serna había echado la casa por la ventana, una sorpresa, teniendo en cuenta, en primer lugar, su actitud acerca de la boda.

Un conocido retortijón ácido le quemó a Lucy las entrañas; se llevó la mano al plexo solar mientras pensaba en ello. No había que equivocarse, todas adoraban a Rubén. Pero, ya ven, él estaba destinado a ser su *primer* esposo, y todas sabían que el primer matrimonio se traducía en Desgracia, con D mayúscula, entre las ramas partidas del árbol familiar de los Olivera. Las incesantes referencias al divorcio, como si éste fuera una conclusión más que conocida y no fuera asunto de ponerse melancólico, hacían más pronunciada la expresión ceñuda de Lucy y le impedían disfrutar completamente del día.

No era que desaprobara a su padrastro—o su madrastra. O, para el caso, ninguna de sus abuelastras y abuelastros, tíos y tías putativos, o hermanastros y hermanastras, o primos putativos. Pero francamente, su familia tenía más "astros" que una noche estrellada y ya estaba harta de ver brillar tantos. No tenía ni el deseo ni la intención de enlistarse en las filas de los Olivera felizmente divorciados y vueltos a casar. *Nunca.*

Amaba a Rubén. ¿No podían respetar su intención de perdurar en el matrimonio? En cambio, había pasado la primera parte del agasajo soportando, sin pronunciar ni una palabra de defensa, comentarios bien intencionados pero mortificantes, presentados por sus tías y primas, como si fueran bandejas de aperitivos.

Prueba el agua con éste, nena. Hay muchos otros hombres con quienes luego puedes casarte para siempre.

Disfruta de ése mientras puedas, mijita. Es monísimo.

Estamos todas tan contentas de que finalmente vayas a salir de éste, Lucy.

Por el amor de Dios, ella tenía treinta y ocho años. Que le dieran algo de crédito por conocer su propio corazón y su mente. Pero defender su inminente matrimonio era un ejercicio en futilidad. Todas pensaban que conocían mejor las cosas—¿para qué desgastarse en explicaciones? Dios, desde que había cumplido los treinta había sido considerada una solterona—la extraña, la única de la familia que no se había casado. No debería haberle molestado. En cambio, se había refugiado todavía más detrás de una barrera protectora y deseaba fervientemente que su apellido no fuera Olivera.

Y que su matrimonio con Rubén durara, maldición.

Pero mentiría si dijera que no tenía dudas. La semilla maligna había sido sembrada y había empezado a germinar. Cada vez que estaba a punto de convencerse de que ella y Rubén estarían juntos para siempre, las dudas la invadían de nuevo.

¿Y si el patrón patológico de matrimonio seguido de divorcio de los Olivera *fuera* algo genético? ¿Y si su familia estuviera en lo cierto y ella fuera apenas un peón de su propio destino? ¿Y si, a pesar de sus mejores intenciones, independientemente de la profundidad de su amor, su matrimonio con Rubén estuviera destinado al rompimiento?

Lucy contuvo un afligido lamento. Una vívida imagen de su futuro esposo pasó flotando hacia los contornos de su conciencia, agarrándola con una tenaza de deseo—y de tristeza. Rubén del Fierro, el teniente, agente encubierto de la fuerza antinarcóticos a quien le había echado el ojo la primera vez que trabajó con él en un caso, de quien se había *enamorado* la primera vez que le preparó la cena y le habló de las especias que utilizaba como si fueran amantes exóticas y atesoradas. Lo imaginó sobre su amada motocicleta, con los desgastados *jeans* apretándole los muslos. Su muñeca giraba, haciendo más pronunciados los músculos del brazo, aceleraba el motor hasta hacerlo producir un rugido profundo. Y esa mirada íntima solamente para ella decía, "Más tarde, nena. Tú y yo, y se iniciará el partido."

¿Cómo podía perderlo?

Su mente la catapultó de regreso al terrible juego de Los Hombres Con Quienes Pudiste Haberte Casado. Por qué. Por qué. ¿POR QUÉ se había empecinado en evitar comprometerse en matrimonio cuando era más joven? Podría haber evitado el desastre si se hubiera casado y divorciado de cualquiera de los hombres pasajeros de antes, de modo que su matrimonio con Rubén estuviera garantizado para siempre. En lugar de ello, sintiéndose superior al resto de sus parientes, había evadido por completo la posibilidad del matrimonio, hasta que la tonta de Lucy se había enamorado de Rubén, es decir, había respondido que sí a su irrevocable pregunta sin dudarlo un instante.

Ahora estaba, en una palabra, jodida.

Si sólo fuera cierto que el amor incondicional por sí solo era suficiente para conservar la unión de su matrimonio, porque lo amaba con todo su corazón y toda su alma. Él la amaba por igual, si no más.

Quería probarles a todos que estaban equivocados, quería ser la Olivera que escapara a la fatalidad, pero a lo largo de toda su vida ese persistente sentido de duda amenazaba con caerle como un acha y la dejaba al borde del pánico cada vez que pensaba en el matrimonio. El supuesto festejo de hoy no contribuía nada. ¿Por qué sus parientes no paraban ya su diatriba acerca del matrimonio como primer–paso–para–el divorcio? ¿Acaso no se daban cuenta de que la estaban matando?

"¿Por qué esa carita de tristeza, linda?"

Lucy alzó la vista hacia las palabras susurradas y vio que su madre se agachaba para entregarle dos cajas idénticas empacadas en papel plateado, amarradas con una cinta de terciopelo azul cobalto coronada por un gran moño. "Es hora de abrir los regalos, y tú te ves como si el matrimonio ya se estuviera terminando, y no comenzando, ¿no?"

"Es que es difícil, Mamá." Se encogió de hombros, con grandes deseos de ser consolada por su madre, pero sabiendo que era poco probable, dada su actitud ante todo el asunto de la boda. "Todo el mundo está tan . . ."

"Lo sé, no lo hacen por mal."

Lucy asintió; el nudo que tenía en la garganta le impedía pronunciar palabra.

Su mamá le apretó el hombro, provocando un ardor de lágrimas dentro de los ojos de Lucy. "Pero no te preocupes. Habrá muchos ratos maravillosos antes del rompimiento, nena. No es tan terrible."

Lucy permaneció sentada, atolondrada por el comentario que debería haber previsto. Dejó escapar un bufido de sorpresa y la emoción contenida se endureció y tomó al instante forma de soledad. "Uf," logró decir. "Gracias."

¿Y por qué no simplemente la mataban a zapatazos y acababan de una vez con todo?

Indiferente al sentimiento en los ojos de Lucy, su mamá le dio un empujoncito con las cajas. "Esto es de la tía Manda."

Lucy apretó los labios para evitar que se le escapara algo que pudiera lamentar, y entonces tomó los regalos y sonrió tímidamente a su tía mayor.

"No te compré tarjeta, Lucita. Para salvar un árbol."

"No hay problema. Así abro más pronto el regalo." Hizo un guiño, luchando por salir de la melancolía, y retiró con cuidado la cinta y el moño antes de abrir la primera caja.

"¡Ah!" Una tostadora de *bagels* de cuatro ranuras. Excelente. Y no era cualquier tostadora, sino la elegante tostadora de diseño de Williams-Sonoma que había admirado pero que nunca, jamás habría comprado para sí misma, ni siquiera durante un desenfreno motivado por síndrome premenstrual. ¿Acaso una persona realmente necesitaba tostar el pan en un aparato que costaba más de lo que pagaba por la cuota mensual del auto? Pero como regalo, era genial.

Le sonrió a su tía con esfuerzo, a esa tía aún vital a los setenta y tanto. "Gracias, tía. Es hermosa. De verdad que no deberías haber gastado tanto."

La tía Manda sacudió una mano nudosa hacia la otra caja, haciendo caso omiso del comentario de Lucy. "Aún no, aún no. Todavía no has terminado."

Lucy se mordió el labio inferior, y se dio a la tarea de retirar la cinta de los filudos bordes del papel de envoltura plateado que cubría la segunda caja. La Tía Manda, apostada al lado contrario en una silla de la cocina, se inclinaba hacia delante para observar cada momento del descubrimiento. Al levantar la mirada hacia el rostro puntiagudo y malicioso de su tía, y tras dar un vistazo a todas sus parientes, Lucy sintió que una inesperada oleada de afecto la bajaba de su encopetada postura. En un instante, su corazón se llenó de amor por esta habitación llena de mujeres sabelotodo, metiches y vociferantes. No quería sentirse tan enojada y a la defensiva con su familia. Formaba parte de ellas, y ellas eran parte suya. Inexorablemente conectadas. En ese momento, al observar sus rostros expectantes, quería ser más caritativa hacia su punto de vista colectivo. Dada la ilustre y prolongada historia de la familia Olivera, ¿cómo podía culparlas por creer que ella compartía la maldición?

Lucy enderezó la espalda y decidió en ese instante adoptar una actitud más positiva y tolerante, independientemente de cuán difícil fuera la tarea. Probablemente necesitara relajantes musculares después de apretar la mandíbula toda la tarde—a veces sintiendo amor por su familia, con todo y fallas, y al momento siguiente preguntándose si Ann Rule escribiría el libro después de que ella los pusiera uno a uno en la mira de una escopeta—pero cualquier cosa era mejor que estar ahí sentada a la defensiva y enojada.

Y esta parte de abrir los regalos se estaba presentando como un estimulante para el ánimo, chica material que era ella cuando estaba bajo estrés.

Sintiéndose tan benevolente como la Madre Teresa, Lucy hizo una pausa antes de desatar el último trozo de cinta, y dejó descansar las manos sobre la caja. "Tía, sabes, la tostadora era más que suficiente." Envió con los ojos una señal telegráfica de reproche. "No había necesidad de que nos compraras dos regalos."

"Ah, mija, pero claro que sí," insistió Manda, alisando sobre las rodillas la tela de algodón de la falda.

Desde que Lucy tenía memoria, la tía Manda se había confeccionado sus propios vestidos, y Lucy podría apostar que no tenía sino un molde.

"Simplificará las cosas. Ábrelo."

¿Simplificar? Haciendo caso omiso de una punzada de alarma, Lucy le entregó a su prima Nicole el moño de terciopelo para que ésta continuara la labor de entretejerlo en un plato de cartón para simular un intrincado ramo que serviría para el ensayo. Tomó aire, y le quitó a la caja el papel que le quedaba. La sorpresa la dejó perpleja mientras observaba . . . ¿otra tostadora? Sí, idéntica a la primera.

Una señal de advertencia le golpeó dentro del pecho, y no sabía si debía sugerirle con delicadeza a la tía Manda que se hiciera revisar para ver si estaba en las fases preliminares de un Alzheimer, o cerrar el pico y estar agradecida por las ocho—contadas—*ocho* ranuras tamaño *bagel* de las que gozaría en su nuevo hogar con Rubén y los perros.

Lucy tragó, eligiendo las palabras. "Pero, gracias, Tía—"

"Para la repartición de bienes." Diez mujeres se inclinaron hacia delante en busca del gancho de ropa de Manda. Riéndose de su metida de pata, la tía Manda se lo sacó del bolsillo de la camisa y se lo entregó a Ginger, la prima de Lucy que en ese momento llevaba la delantera en el juego de los ganchos de ropa. Sus ojos permanecieron fijos sobre el rostro de Lucy.

Manda se inclinó hacia delante y le dio una palmadita en la rodilla, exponiendo la aterradora explicación en un falso susurro teatral para que todas oyeran. "Para facilitarles las cosas a los dos cuando . . . ya sabes." A su alrededor, las otras mujeres asintieron. "Cuando llegue el momento."

Lucy suspiró, y el gusto que le habían proporcionado los costosos aparatos empezó a diluirse, la bobería altruista del tipo 'lo hacen por tu bien' de la cual se había estado nutriendo a cucharaditas hacía unos momentos hervía ahora en sus entrañas.

Un globo eligió ese momento para reventarse, y empezó a dar coletazos por la habitación, escupiendo helio hasta ir a parar derrotado y desinflado a los pies de Lucy. Vaya si se sentía identificada.

Con desgano, paseó el regalo en su recorrido por la habitación. Fue lanzado en voleo de invitada en invitada de modo que cada una pudiera emitir sus *ah* y *oh* al verlo, de idéntica forma a como lo habían hecho hacía unos instantes con el regalo gemelo. Hasta sorprendida estaba de que la Tía Manda no hubiera optado por marcar cada una de las tostadoras con DE ELLA y DE ÉL.

No importaba. Se haría la tonta y haría caso omiso de todas las futuras referencias al divorcio, y más adelante se tomaría ella toda la botella de vino y cantaría a todo volumen la letra de las canciones del filme *El Diario de Bridget Jones*. Sobreviviría a este episodio.

"Gracias," logró pronunciar en un tono sorprendentemente ligero, a pesar de que el escenario estilo Ann Rule regresaba a su mente a una luz favorable. "Están muy lindas . . . *ambas*."

"Elige la que más te guste, mija, y deja la otra para Rubén." Manda asintió con conocimiento de causa. "De esa forma es mejor."

Lucy confirió una mueca a modo de sonrisa y miró de reojo el reloj de pared. Faltaban cinco minutos para su primera pausa de salud mental. Nunca había estado tan ansiosa por oír la voz ronca de whisky de Mercy.

Capítulo Dos

En medio del ascensor de mármol y bronce, rodeada por un tropel de subalternos visiblemente intimidados, Mercy se preguntaba, mientras ascendía, qué harían si de repente ella se diera vuelta y les mostrara los dientes.

¿No era acaso eso lo que esperaban de ella?

Que se jodan. Se echó el cabello hacia atrás, enderezó los hombros y dejó pasar sin hacerle caso un sentimiento persistente de desagrado que emanaba como un mal olor desde el grupo. Por lo menos estaba atenuado por el temor, y de veras, ¿a quién diablos le importaba qué pensaran de ella siempre y cuando produjeran? Gracias al cretino de Damián Durán, y a la zorra fofa que tenía por novia, tenía asuntos más importantes en qué pensar que en un manojo de empleados descontentos.

Se concentró en lo que esperaba apareciera como una expresión de aburrimiento total, fija en los números que había sobre las puertas de bronce y trató de calcular exactamente cuántos días tenía antes de que *Noticias Reales del Mundo* publicara en sus páginas de mal gusto la demolición de su carácter, y muy probablemente, la destrucción de su carrera profesional. ¿Dos? ¿Cinco? ¿Una semana? Ciertamente los otros tabloides no irían muy a la zaga, con la glotonería que les producían las desgracias de los demás. No dudaba de que habrían encontrado más que suficientes personas a su cargo dispuestas a venderla por cualquier cantidad de dinero. Traidores.

Con un poco de suerte, estaría en Denver cuando la cosa explotara, y todos estarían demasiado concentrados en la boda como para escudriñar la basura exhibida en las cajas de los supermercados. Pero el asunto tendría repercusiones. Y ésa era la parte en la cual no quería pensar.

Mercedes se mordió el labio inferior y parpadeó furiosamente para espantar el punzante dolor de la traición. Dios, cuánto despreciaba a Damián, la rata. Ya era terrible que la hubiera abandonado por la limpiamocos cuidandera de niños vestida siempre de saco, pero ¿caer en manos de la prensa sensacionalista? ¿Que destruyeran su imagen pública? ¿La carrera que tanto empeño le había costado construir? ¿Acaso el hombre no contaba con un espejo? Dios, si estaban cortados en la misma tela mugrosa, ella y Damián. Sabía suficientes porquerías acerca de él para aniquilar su mundo, pero también tenía la decencia de guardárselo. Hasta el momento, había creído lo mismo de él. Nunca pensó que llegara realmente a utilizar en su contra lo que sabía de ella.

Recordó con desprecio el día en que Sunshine Sanderson—Jesús, ¿quién la había bautizado así, Mary Poppins?—la encargada de la guardería de la revista, entró a su despacho para hablar de tú a tú. Sunshine, la espalda muy recta, el pelo rubio enmarcando en suaves rizos, sus mejillas sonrosadas, había sentido que era su *deber moral* hablarle a Mercy de parte de sus infelices empleados, quienes sentían que la misión de la revista *Lo Que Importa* no se reflejaba en el lugar de trabajo y, por lo tanto, afectaba los buenos ánimos. ¿Ah, sí? Pues bien, Mercy había sentido que era su *deber moral* liberar a Sunshine de sus deberes y darle una patada en el culo para que volara desde el último piso. Si la pequeña señorita Sunshine no podía aprehender el simple hecho de que su trabajo consistía en quedarse en la guardería y concentrarse en los mocos y los rasguños, entonces Mercy no tenía trabajo para ella.

A pesar de lo que imaginaban sus empleados ridículamente idealistas, la revista, de hecho todas las revistas, existían para dar utilidades. No tenía sentido pintarle la boca al chancho. *Lo Que Importa* había sacado sus cuentas y, como directora editorial, Mercy haría lo que hiciera falta, y al diablo el resto, para hacer que se dieran. Ella había creado *Lo Que Importa,* la había construido desde cero, y ninguna niñera endiosada iba a entrar en su oficina, sin ser invitada, a decirle que estaba malogrando las cosas.

Su reacción había sido razonable. Lógica.

Sunshine debía haberlo sabido.

Infortunadamente, Mercy no tenía entonces idea de que Damián, su amante supuestamente monógamo de los últimos cuatro años, había estado con la pequeña Sunshine-es-mi-deber-moral durante los últimos seis meses. Fue entonces cuando el chocolate se puso espeso.

La ira creció dentro de Mercy hasta que creyó que los oídos le estallarían de lado a lado de la cabeza. Más que la idea del engaño de Damián, lo que realmente le cuarteaba el culo era la idea de que Damián la engañara con *Sunshine.* ¿Qué, por el amor de Dios, tenía la zorra cara de budín que *ella* no tuviera? La sola pregunta la llevó a buscar alivio en apretar con el puño el frasco de Vicodín dentro del suave cuero de su cartera.

Nunca le había gustado Sunshine Sanderson, pero cómo *se atrevía* la mujer a entrar en su oficina, con la regadera abierta sobre estándares morales cuando regularmente le abría las piernas al hombre de otra mujer. Si no hubiera despedido a la perrita por asumir un comportamiento de puertas abiertas cuando esta política no existía, la habría echado al tarro de la basura de inmediato cuando hubiera descubierto el asunto con Damián.

Si hubiese sido ella quien hubiera descubierto lo de Damián y Sunshine. Uf.

Otro aspecto de esta debacle en el que detestaba pensar.

¿Cómo podía haber sido tan ciega? ¿Tan estúpida? Ciertamente que el resto de la compañía estaba enterada de la vulgar alianza entre Damián-engendro-de-los-infiernos y la hermanita-María-como-se-llame. Toda la compañía seguramente había reído durante meses a sus espaldas. *Detestaba* que se rieran de ella y Damián lo sabía. Podría matarlo por haberla puesto en esa posición.

Un par de días después de la terminación perfectamente justificada del contrato de la intrusa, Damián había tenido el atrevimiento de aparecerse en su condominio de Sutton Place y engancharse con ella en un pugilato de golpes bajos por el maltrato infligido a su amante. El descaro todavía la dejaba sin aliento. Una vecina, alarmada por el nivel de las voces y la conmoción, llamó al portero, quien a su vez llamó a la policía. No, cuando lo más selecto de la policía de Nueva York tomó por asalto su apartamento, no la encontraron pateándole el culo a Damián, pero después de esta despreciable y solapada movida con los tabloides, desearía haber logrado asestarle al menos un sólido puño.

Tan enredada andaba en su enfado, que Mercy no se dio cuenta de que el ascensor se había detenido suavemente en el piso donde estaban las oficinas de producción y mercadeo. Las puertas se abrieron con un silbido sordo y enseguida se produjo detrás de ella un titubeante murmullo.

"Ejem, ¿señorita Felán?" Pronunció una tenue y dudosa voz sobre su hombro izquierdo.

"¿Qué?" Mercedes miró a su alrededor. Nadie había tenido las agallas de toparse de frente con su mirada, lo cual no la sorprendió en absoluto. Pero sí le fastidió. "Ah, disculpen."

Se hizo a un lado y el ascensor se vació en una fila solemne. Sabía que sus empleados estaban descontentos por tener que trabajar horas adicionales un viernes por la noche, pero tenían una hora de cierre que cumplir. Punto. Diablos, en la economía de estos tiempos deberían estar agradecidos de tener trabajo. Y de todos modos ella no tenía tiempo para preocuparse por la infelicidad de ellos porque estaba demasiado ocupada deleitándose en el sentimiento de estar dichosamente sola. Por fin.

Sola, podía ser Mercy. Sola, no tenía que mostrarle al mundo su cara de "ejecutiva bien plantada." Sola, podía explorar la catástrofe de Damián sin tener que fingir que no dolía. Todos creían que la "Sin Merced Felán" carecía de emociones humanas, y al carajo si *trataba* de no sentir.

Pero en el transcurso de dos semanas, Damián la había dejado, la había traicionado, la había avergonzado, había peleado con ella y la había vendido. Ah, sí, sí que dolía.

Cuando las puertas finalmente tuvieron la decencia de cerrarse, dejó caer los hombros y se recostó contra la pared. Apoyó el maletín y la cartera entre sus dos Blahniks preferidos de tacón de aguja y de gamuza negra, el par que tenía correas alrededor del tobillo y tacones de cuatro pulgadas que siempre la hacían sentir como si pudiera enfrentarse a Atila el Huno, sin sudar siquiera. Hoy solo lograron hacerle sentir que se esforzaba demasiado. Setecientos dólares de falso valor.

Se frotó el puntito de dolor entre las cejas con el nudillo del dedo del corazón, cerrando los ojos. Mercy deseaba estar ya en Denver, arropada en la seguridad que le proporcionaba su "casa." Por lo menos en Denver tenía personas que le concedían el beneficio de la duda, amigos que no se suscribían al rumor de que cuando ella sangraba le salía anticongelante. Bien, al menos una amiga.

Revisó su reloj y se dio cuenta de que ya casi era hora de llamar a Lucy para darle una pausa en su garrotazo familiar de la fiesta de regalos. Como si hubieran estado perfectamente sincronizadas, en ese momento sonaron las alarmas que había programado en su agenda electrónica y en su teléfono celular. La idea de oír la voz de Lucy le dio algo de ánimo. La llamada quizás fuera en pro de Lucy, pero también serviría un propósito doble, distrayendo a Mercy del desastre ferroviario que era su vida, y cuánto lo necesitaba.

Su mente hacía pin pon entre la boda que se aproximaba, regresaba a Damián y a los tabloides y, luego, de nuevo a la boda. Sintiéndose de repente enferma, metió la mano en la cartera, abrió el frasco de Vicodín con una mano temblorosa y se tragó en seco una pastilla.

No veía la hora de encontrarse con Lucy, tenía incluso ilusión de ponerse al día con la prolíficamente reproductiva Annette después de todos estos años—ejem, vaya viaje al pasado. ¿Pero no era acaso la maldita ley de Murphy que este fiasco de la prensa amarillista se apareciera precisamente antes de que, después de dos décadas, fuera a encontrarse con Miss Perfección?

Cristina Treviño Aragón.

La más bonita. A la que más éxito se le auguraba. La que más probabilidades tenía de hacer sentir a su ex amiga, Mercy, más perdedora de lo que ya se sentía, y seguramente sin siquiera intentarlo.

Joder. La vida sencillamente no era justa.

Cuando sonó de nuevo la campanita del ascensor, Mercy lo único que quería era encerrarse en una habitación oscura y esperar a que la euforia inducida por el narcótico hiciera efecto. Pero en lugar de eso llegó a una decisión difícil. No confiaba en nadie en la oficina, realmente, pero entre todos, su secretaria, Alba Montoya, era lo más parecido a una no enemiga. Nunca se habían tratado demasiado amistosamente, desde luego, pero en este preciso instante Mercy necesitaba algo de sinceridad. Alba era su única opción.

Sus pisadas sonaban amortiguadas en el mullido tapete mientras proseguía hacia delante. Alba, que claramente no la esperaba, dio un salto y emitió un pequeño grito cuando Mercy entró.

Mercy recorrió con una mirada algo menos que concentrada a la mujer y murmuró, "No quise asustarla," mientras revisaba una pila de correo sobre la superficie de mármol.

Recuperándose, Alba se llevó a la garganta una temblorosa palma y se hundió de nuevo en su silla. "No hay problema, señorita Felán. Es que . . . en este piso siempre está todo tan silencioso."

De repente, Mercy se dio cuenta de que así era. Dejó caer la correspondencia en un desordenado montón y dio un vistazo a la decoración austera y minimalista que le había costado una fortuna y un mes de padecer la presencia de Jean Luc, el amanerado diseñador. Mármol. Acero. Vidrio. Lo vio como si lo mirara por primera vez. De buen gusto, sin duda. Intimidante. Pero ella se sentía como una princesa de hielo en una torre de piedra. ¿Quién diablos querría subir?

Por otro lado, ¿no era ése acaso el propósito?

"Pero de todos modos, gracias a Dios usted está acá. Yo—"

"En este momento no, Alba, por favor." Mercy hizo un gesto con la mano. "Necesito unos minutos a solas." Hizo una pausa, luego tomó otra decisión. "Consigue algunas cotizaciones para redecorar este rincón del infierno. Parece una maldita celda de prisión."

Sin esperar el asentimiento de Alba, caminó alrededor de su escritorio y cerró la puerta que daba hacia su oficina palaciega y circundada de ventanales. Alba la dejó ir sin hacer ningún comentario. A Alba había que reconocerle su capacidad para tolerarle una inusitada cantidad de mierda a Mercy sin proferir ni una queja. Siempre había sido así. Mantenía en movimiento las ruedas de la oficina, a pesar de las emergencias que eran una constante cuando se acercaba la hora de cierre de la edición.

Mercy se detuvo, recostó otra vez la espalda contra la puerta, apoyó la cabeza contra la madera y miró hacia el techo. Repasó el intercambio con Alba como quien repasa en su cabeza un filme. ¿Qué era lo que había querido decir Damián cuando la había acusado del tratamiento brusco y veleidoso que les daba a sus empleados?

Pues bien,—pensó con desdén—demasiado tarde. Ya había interrumpido a la mujer en mitad de frase como si sus comentarios no tuvieran importancia y con seguridad Alba ya estaba tan acostumbrada que se daba cuenta de que ello no significaba nada. Era muy probable que ni siquiera lo hubiera notado. Encogiéndose de hombros y alejándose de la pared, Mercy se dirigió con ademán fatigado al lado ejecutivo de su escritorio y se sentó, enojada por la poco acostumbrada punzada de culpa que tenía en la conciencia. Aquello se resistía a marcharse.

Está bien. Le pediría disculpas a Alba. Enmendaría sus malditos pecados. *¿Tranquila ahora, Conciencia?* Pero todo el asunto la fastidiaba. Nadie les daba tantos problemas a los altos ejecutivos si eran hombres duros, ambiciosos, si estaban abstraídos por el asunto del éxito. ¿Pero a una mujer? Olvídense. A las mujeres se les aplicaban diferentes estándares. ¿Y mujeres de minorías étnicas? Sintió una conocida sensación de indignación.

Mejor ni hablar . . .

Los hombres eran otra tema complicado. Se puso a recordar el momento preciso en que cada uno de sus tres matrimonios había iniciado la ruta del divorcio—siempre en el preciso segundo en que se había dado cuenta de que su esposo no podía tolerar su carrera. No quisiera Dios que la pusieran a elegir. Entonces había conocido a Damián y pensó que sus problemas se habían terminado. Era la versión masculina de ella misma—una culebra—y lo decía como un cumplido. Con una idea fija en la mente y sin ánimo de permitir que nada interfiriera con su búsqueda del éxito. Él a la vez entendía y respetaba su filosofía de barracuda hacia el trabajo.

O eso había creído.

Pero por otro lado, ella había pensado que él también la entendía y la respetaba *a ella.* Ja, jodidamente ja. Pues sí, nunca habían intercambiado "te quieros" pero ella nunca había necesitado eso de parte de Damián. Él estaba ahí cuando ella lo necesitaba, y desaparecía cuando necesitaba estar sola. Eran lo suficientemente compatibles en la cama; ella sabía cómo procurarse su propio placer a partir de casi cualquier situación, por desesperada que fuera. Por encima de todo, sin embargo, estaba la seguridad de que él no podía acusarla de nada que él mismo no hubiera hecho en nombre de los negocios, y la mugre que cada uno conocía del otro la hacía sentir tranquila—falsamente, al parecer. De una manera torcida, esa falsa seguridad había sido la base total de su relación.

Hasta que la había dejado por la niñera.

Ella es dulce, le dijo él. *Me cuida. Le importo.*

Mercy apretó los ojos hasta que vio estrellas.

Alba tocó tentativamente a la puerta, y entonces asomó la cabeza. "¿Café?"

"No, gracias."

"Entonces, ¿si tiene un momento . . . ? "

Mercy abrió los ojos con reticencia y la invitó a pasar con un movimiento del brazo. "Alba, sí. Entra. Cierra la puerta cuando entres."

Alba parecía dudosa, como si Mercy le hubiera sugerido que abriera una ventana y diera un salto para desparramarse sobre la calle West 57. Pero como la empleada impecable que era, la mujer entró, cerró la puerta sin hacer ruido y se quedó de pie, quieta y obediente, a la espera de cumplir los pedidos y necesidades de Mercy.

Mercy la estudió sin hablar durante largo rato, sintiéndose incómoda. ¿Por qué no había notado nunca esa calidad vagamente ama-esclava que había en su relación? Qué perfectamente horrible. El momento de la revelación pasó y Mercy quedó extrañada. No estaba acostumbrada a que le importara un carajo y, francamente, ello interfería con su capacidad de pensar. Veía con claridad que la estrategia de Damián había agrietado el barniz de su estilo cuidadosamente cultivado de luchadora y que la viscosa blandura de su humanidad se estaba filtrando. A duras penas lo soportaba.

Alba empezó a retorcerse bajo el punto fijo de su mirada. Sin mirarla, Mercy inclinó la cabeza hacia la silla de cuero ubicada frente al escritorio. "¿No se piensa sentar?"

Alba accedió, alisándose la falda con decoro antes de alzar la vista y mirarla de frente. "Si me va a despedir, siento que debo hacerle saber que nunca he tenido un informe de mal desempeño en los cinco años que he estado en esta revista."

Mercy se estremeció internamente. ¿Despedida? "¿Qué le haría pensar que yo la voy a despedir?"

Sonrojada y mortificada, Alba encogió un hombro y luego levantó la barbilla. "Señorita Felán, nunca he visto que usted haga pasar a un empleado a su despacho para una reunión a puerta cerrada que no acabara en que esa persona saliera hecha un mar de lágrimas. No voy a engañarme pensando que lo que busca es una *charla* amistosa."

A Mercy le tembló el labio por un costado, pero lo controló antes de que se convirtiera en una sonrisa de verdad. Bien, bien, bien. La pequeña Alba también tenía en sí algo de barracuda. Una secretaria como para ella. "¿Alba?"

"¿Sí?"

"No está despedida."

La mayor de las dos parpadeó compulsivamente, y se hundió en la silla apenas lo suficiente para que Mercy se diera cuenta de que había estado en realidad y de verdad asustada ante la posibilidad.

"Está bien, entonces. Tengo que decirle—"

"Espere. Aún no he terminado."

Alba apretó los labios pero logró un asentimiento rígido. Sus ojos parecían decir, "Es tu funeral, " pero Mercy hizo caso omiso. Fuera lo que fuera lo que Alba debía decirle, podía esperar. Mercy necesitaba decir unas cuantas cosas . . . y escuchar otras tantas, también, antes de perder el arrojo.

"No dudaré en despedirla, Alba, si no me responde—con sinceridad—algunas preguntas. Es lo único que le estoy pidiendo. Honestidad brutal."

Mercy giró su trono de cuero hacia el costado para poder cruzar las piernas, todo el tiempo observando a Alba sobre el hombro. "¿Puede hacer eso por mí?"

Observó cómo a Alba se le apretaba la garganta procurando tragar, pero notó que su rostro no dejaba traslucir nada del miedo que el movimiento había enviado como señal telegráfica.

"Siempre soy honesta," dijo finalmente.

Mercy asintió una vez, organizó las ideas y preguntó, "¿Le gusta trabajar para mí?"

Un tono candente subió por las mejillas de Alba, quien permaneció perfectamente quieta unos momentos antes de humedecerse los labios con un pequeño movimiento de la lengua. "¿Con franqueza?"

"Por favor."

"No. No especialmente."

Pasó un latido. Alguna parte orgánicamente vulnerable dentro de Mercy detestó la respuesta y se resistía a oír la siguiente. Sabía cuál sería, pero la perspectiva de escucharla en voz alta la hizo apretar los puños sobre el regazo. "¿A alguien le gusta?"

"No, realmente, no."

Mercy preparó la voz para que sonara despreocupada, hasta curiosa. Sacudió una mano. "¿Por qué no? Pagamos bien. Las prebendas son generosas. Tenemos éxito—"

"Porque usted es cruel," dejó escapar Alba, sonrojándose.

"*¿Cruel?*" Mercy alargó la palabra, haciendo énfasis en la e.

"Sí, lo siento. E impredecible." Habiendo dicho lo peor, Alba pareció adquirir impulso, arriesgando incluso unos cuantos movimientos extensos de los brazos para hacer más énfasis. "Jamás trata siquiera de establecer un vínculo con ninguno de nosotros. Usted es como . . . como un dictador."

Formar vínculos. Interesante concepto. Mercy se recostó lentamente, tratando de no recular ante el golpe de las palabras de Alba. Pero sintió cada golpe, y cada uno le quitó un poco de aire. Hizo un esfuerzo consciente por levantar una ceja, que apenas ayer había sido diestramente arreglada con cera en forma de arco en el salón de belleza. "¿Y es por eso que la gente me llama la Mercenaria?"

Alba quedó momentáneamente estupefacta. "Sí."

"¿Y 'Sin Merced'?"

"Dios." Alba se recostó y la expresión se le suavizó en lo que parecía un torbellino de vergüenza y lástima. "Sí."

"¿Y 'No Tiene Merced'?"

La secretaria tuvo la decencia de traslucir mortificación y algo de horror por la conversación. "Uf. Yo no sabía que usted estaba enterada de . . . los apodos."

"Muy enterada, y usted misma los ha utilizado."

No era una pregunta, y Mercy sabía que Alba sabía que no lo era. "Una o dos veces, no me siento orgullosa de haberlo hecho."

Mercy descruzó las piernas y se inclinó hacia adelante, colocando firmemente ambos codos sobre el protector del escritorio y entrelazando los dedos por debajo de la barbilla. "Déjeme preguntarle algo. ¿Se sentiría mal si la despidiera?"

La cabeza de Alba se inclinó hacia un costado mientras que ella reflexionaba sobre la pregunta. "Sí. Y no."

"Es decir, exactamente, ¿qué?"

"¿Me molestaría saber que no tendría que trabajar más para usted? No." Dudó, lanzando una mirada de reojo hacia Mercy antes de encaramar un hombro en un gesto de disculpa. "Lo siento, me pidió sinceridad."

"Así fue. Por favor, continúe."

Alba aclaró la voz. "¿Me molestaría saber que ya no tengo que trabajar en condiciones tan tensas, como caminando sobre huevos? No. Pero sí estaría molesta si me despidiera, porque necesito el trabajo, lo hago bien y tengo en casa tres niños."

En la voz de Alba había aparecido un tono de "tengo demasiada dignidad como para rogar." Mercy lo registró en el mismo instante en que tomó una decisión en fracciones de segundos. Agarró una libreta de notas, y, de un tirón, extrajo un Mont Blanc del cajón del escritorio. "¿Alba? Le dije que no la estaba despidiendo, y lo dije en serio. De hecho"—hizo un apunte como para sí misma—"le estoy aumentando el sueldo."

"¿Un aumento? Pero—"

Mercy descargó el bolígrafo con determinación. "¿Tiene algún problema en aceptar un aumento que le da la Mercenaria?"

"N-no. Claro que no."

"Qué bueno. Porque usted es la primera persona que tiene las agallas de ser intrépidamente sincera conmigo en mucho tiempo. Respeto eso." Su corazón empezó a agitarse y algo le hizo apretar la garganta. Se arriesgó y continuó adelante con esta admisión difícil, ciertamente horrenda. "Yo tampoco quiero que usted se vaya . . . Porque la necesito. Por eso lo del aumento."

Mercy retomó el estilógrafo y continuó tomando notas, disfrutando el hecho de que Alba apareciera tan conmocionada. El hecho era que para Mercy no sería nada fácil encontrar otra secretaria competente dispuesta a trabajar en la Torre de Rapunzel, y ella quería que Alba supiera que era valorada, si bien no siempre era bien tratada.

Quería contar con *una* aliada. Si eso la convertía en alguien débil, pues que así fuera.

Finalmente Alba encontró la voz. "Yo . . . yo no sé qué decir. Gracias. Pero, señorita Felán, si ya terminó, de verdad yo tengo que decirle que—"

"Ese es otro asunto."

Alba cerró la mandíbula de un golpe.

"De ahora en adelante, llámeme Mercedes a menos que haya otro empleado presente." Señaló con el dedo a Alba. "Tan solo Mercedes. No Sin Merced, no Mercenaria, no No Tiene Merced. Ni siquiera a mis espaldas. ¿Está claro?"

"Desde luego. Pero—"

Mercy sacudió la mano vagamente indicando el vestíbulo. "Y siento haberle interrumpido cuando entré," murmuró. "Fue grosero e injustificado."

"Disculpas aceptadas." El tono de Alba se tornó estridente. "Pero *tengo* realmente que insistirle en que me escuche lo que necesito decirle. Lo que he estado procurando decirle desde que entró."

Mercy sintió una punzada de premonición malévola y se recostó de nuevo, como si la distancia de las palabras mismas pudiera protegerla. "¿Sí?"

Si antes Alba había parecido contrita, ahora parecía casi postrada. "*Hard Copy* ha recogido las historias de los tabloides . . . Mercedes. Se dirigen hacia acá mientras nosotras hablamos aquí."

Capítulo Tres

Tras el fogonazo de la cámara fotográfica, Cristina parpadeó convulsivamente, deseando que Dios la hubiera inspirado a llevar ese día el traje sastre Chanel rojo. Su mundo, como ella lo conocía, sería destrozado por esta fotografía policial, y ciertamente habría sido agradable lucir bien en la caída.

No que el traje sastre de Donna Karan que se había puesto a la carrera en la mañana fuera un trapo. Pero aún así.

"Dése vuelta para este lado, señora Aragón."

Perdida en sus propios pensamientos, se sintió confundida con la indicación del joven policía de cuello rubicundo. Levantó hacia él una mirada de duda, tiritando en la austera frialdad del recinto de metal y bloques de cemento, con su exagerado aire acondicionado, donde en ese momento le formulaban cargos. El asiento trasero de la patrulla policial había sido sofocante en el calor de San Antonio, y ahora el sudor que se enfriaba sobre su piel la hacía sentirse helada.

O quizás era la vergüenza la que la hacía tiritar.

"Hacia la izquierda." Señaló su calzado Bruno Maglis. "Los pies en los marcadores amarillos que tiene ahí, si me hace el favor. Gracias."

¿Si me hace el favor? Cristina se tragó la repentina necesidad de reír. O de llorar. O de gritar. ¿De modo que en eso consistía el privilegio que le granjeaba a una mujer el estar casada con un famoso personaje local—tratamiento extremadamente cortés mientras que la procesaban en el sistema. Espléndido.

Cristina echó un vistazo a las trajinadas huellas amarillas en el piso que le había señalado el oficial, se dio vuelta y colocó directamente sus mocasines color turquesa y blanco sobre ellas. Hundir el estómago era algo que hacía automáticamente, aunque su mente racional sabía que la fotografía solamente mostraría su perfil de los hombros hacia arriba.

Apretó la mano izquierda. Mirando hacia abajo, notó que todavía tenía agarrado el pedazo de papel toalla que había utilizado para limpiarse la tinta con la cual el oficial le había tomado las huellas digitales. Extendió la palma de la mano y se dio cuenta de que su angustia había convertido ese desprevenido pedazo de papel Bounty en un desastre enrollado y triste—muy por el estilo de lo que había hecho con su vida.

"Un momento." Le pidió al oficial disculpas con la mirada, se agachó y lanzó la bola de papel al cesto de la basura, se frotó las palmas y se posicionó de nuevo para la foto judicial. "Perdón. Ya estoy lista."

Fotografía judicial. Santa madre. ¿Qué diablos había hecho?

¿Qué les diría a sus hijos? ¿Qué pensarían?

No tienen que saber.

Otro fogonazo. Otro parpadeo convulsivo.

"Bien, puede sentarse."

Echó un vistazo a su alrededor hasta que reparó en un rayado banco de metal fijado con tuercas a la pared. No era precisamente cómodo, pero a caballo regalado no se le mira el diente, y los ladrones podían exigir menos.

"¿Puedo ofrecerle algo de beber mientras terminamos?"

Cristina se sentó con fatiga y se pasó las manos por entre el cabello. Los huesos de la muñeca le dolían por el maltrato de las esposas, que se le habían enterrado en la piel durante el trayecto en la patrulla. "¿Les ofrecen refrigerios a todas las personas que detienen?"

El oficial rió, con cierta incomodidad. "Pues, no. Solo estaba tratando de hacerle las cosas un poco más fáciles."

"Se lo agradezco. Pero no espero ningún tratamiento especial."

"Usted no es exactamente una delincuente curtida, señora Aragón. Aunque"—el oficial miró hacia sus papeles pendientes—"un par de cientos de dólares más en mercancía sacada de esos elegantes cajones y el delito habría sido mayor. Su día de suerte. Supongo."

Cristina tragó en seco, y su estómago descendió para presionar de manera algo incómoda la vejiga casi llena. Realmente necesitaba utilizar el baño, pero dudaba en solicitarlo. "¿Podría simplemente llamarme Cristina?" El uso persistente de su apellido la hacía demasiado consciente de lo que pronto tendría que encarar. La evasión era preferible.

"Como guste, Cristina." Descansó una bota sobre la otra mientras hacía una anotación en la tablilla y luego la colgó nuevamente sobre la pared, en el gancho correspondiente. Deslizó el bolígrafo en el bolsillo de la camisa, y agachó el mentón. "Lo que espero es que se dé cuenta de que está jugando un juego peligroso."

"Pues, sí . . . yo . . . yo." ¿Qué podía decir? ¿Lo lamento?

Echó un vistazo al reloj blanco y negro, con la superficie de vidrio protegida por una malla metálica, y se dio cuenta de dos cosas con un estremecimiento. Uno, no alcanzaría a llegar, según lo programado, al evento nocturno destinado a recaudar fondos para "Recuperemos las Calles" la campaña por la prevención del delito, lo cual requeriría unas explicaciones imaginativas la próxima vez que viera a Zach. Y dos, contaba con menos de media hora antes de la cita para llamar a Lucy.

La atravesó una punzada de remordimiento.

Se percató de que era un alivio contar con una excusa para perderse ese suceso en particular—incluso una tan deslucida como haber sido arrestada por robar ropa interior—. Pero detestaba decepcionar a una amiga. Especialmente a Lucy, *especialmente* ahora. La pobre estaba prácticamente psicótica en cuanto a todo el asunto de la maldición de los Olivera. Era desconcertante. En todos los demás sentidos, Lucy era una mujer práctica, hábil e inteligente. Pero tratándose de la boda, no estaba muy por encima de la clientela habitual de las líneas telefónicas de consultas a psíquicos.

Levantó la mirada y descubrió que el oficial había regresado a su papeleo. Estaba de pie frente a un mostrador, al otro lado tomando notas a la carrera. Se sintió mareada y aclaró la garganta. "¿Sabe cuánto más tardará este asunto?"

Él oficial levantó la mirada abruptamente.

"No es mi intención apresurarlo, pero—"

"No mucho tiempo." Sostuvo en el aire la tablilla metálica con sujetapapeles, en la cual había estado escribiendo. "¿Necesita ir a algún sitio?"

"S-sólo una llamada que hacer en unos minutos."

"Bien, todavía tiene derecho a hacer una llamada." Levantó el mentón para indicar el teléfono en la pared. "Sírvase llamar."

"Todavía no."

El oficial se encogió de hombros. "Como guste. En cuanto acabe de garabatear esta citación, quedará libre para irse. Si necesita hacer la llamada antes de esto, pegue un grito."

Un nudo le subió por la garganta.

Libre para marcharse.

Un par de cientos de dólares más y habría sido un delito grave.

De repente, se dio cuenta de que había llegado al lugar donde ahora se encontraba en el asiento trasero de una patrulla policial. Esposada. Su propio vehículo todavía estaba estacionado en el centro comercial. La gravedad de la situación cayó con fuerza sobre ella. "Podría . . . llevarme . . . de regreso al centro comercial después. Mi auto."

"Claro," la interrumpió él, y la suavidad de su voz hizo que Cristina se desintegrara. "La llevaré de vuelta."

"Lo siento," susurró ella, atorándose en el dolor de la vergüenza que permanecía atascada en su garganta. Requirió de toda su fortaleza para levantar la cabeza y mirarlo a los ojos. "Tal vez . . . tal vez yo debería en realidad pedir un taxi. Lo siento."

El oficial soltó el bolígrafo y arrastró un asiento para sentarse directamente frente a ella. Cristina se encogió ante el sonido de las patas metálicas que raspaban el piso de linóleo. El oficial plantó los dos codos sobre las rodillas y entrelazó los dedos por debajo de su barbilla, luego exhaló y la analizó sin pronunciar palabra durante varios angustiantes momentos. Golpeando entre sí las yemas de los índices a intervalos regulares, dijo, "Mire, no esté ahí dándose golpes de pecho por este asunto. Yo sé que usted lo lamenta."

"¿Cómo?" La palabra le salió en un sollozo.

Su media sonrisa fatigada trazaba líneas alrededor de sus ojos azules. "Porque soy mayor de lo que parezco, y he estado en esto más tiempo del que usted se podría imaginar."

Durante unos instantes permanecieron sentados así nada más. Cristina se apretó las manos entre las piernas para detener el temblor. Contuvo el aliento y creyó percibir una sombra de preocupación que cruzaba la expresión del oficial antes de que él volviera a hablar.

"No quisiera sonar atrevido," se aventuró finalmente a decir, "pero yo sí percibo su remordimiento. Y eso es algo bueno."

"Sí. Yo . . . yo sí lo lamento. Nunca quise—"

"¿Que la pillaran?"

La culpa la recorrió como una cascada. Comprensivo, este oficial. Sí, pero también astuto.

"Hay cosas que usted puede hacer en cuanto a este asunto, Cristina. Hay grupos de apoyo para . . . , mujeres como usted."

"Se limpió bruscamente con la palma de la mano una lágrima solitaria que había escapado de su ojo y enderezó los hombros, tratando con vehemencia de mantener siquiera un pequeño remanente de orgullo. "¿Mujeres como yo?"

Él se frotó la mandíbula cuadrada con el dorso de la mano, fijando la mirada en la distancia y al parecer sopesando las palabras. "Mujeres adineradas que—"

"¿Roban?" La palabra salió disparada como una flecha hacia la habitación de un blanco refulgente.

Su rubicundo cuello se llenó todavía más de manchas rojas. "Pues . . . sí. No se trata solamente de usted. Quiero decir, mire el caso de Winona Ryder."

Al instante, Cristina se sintió pequeña, sucia y desesperada. Quería decirle que no era una de esas mujeres, que ella no *robaba*. Pero la verdad es que sí lo hacía. No una vez. Ni dos. Todo el maldito tiempo. Sabía lo que significaba experimentar esa exhilarante emoción cuando uno se daba cuenta de que lo había logrado. Hasta ansiaba la adrenalina. Ella *sí era* una de las estadísticas sobre las que había leído en las revistas *Buenhogar,* y en *Redbook* y . . . ay, Dios . . . incluso en la revista de Mercy, supuso, sintiéndose más indispuesta.

No importaba que siempre encontrara formas de pagarles a los dueños de las tiendas en las que había robado. No importaba que la culpa la impulsara a recorrer a hurtadillas los lugares más peligrosos de San Antonio regalando billetes de cien dólares a la gente de la calle. La enmienda no importaba un comino. Era una ladrona.

Respiraba con rapidez. Sin profundidad. Jesús, María y José, ¿cómo había caído tan bajo?

Se le llenaron los ojos de lágrimas y Cristina se cubrió la cara con las manos que conservaban aun la evidencia de su culpa en las curvas y espirales de las huellas digitales. "Ay, Dios mío."

Ella sabía qué era lo que veía el oficial cuando la miraba con esos ojos azules de rayos X. No a la esposa de Zach Aragón, el otrora jugador estrella de los Astros de Houston, una mujer para ser envidiada. No a la mujer de sociedad, nacida para engalanar el brazo de uno de los hijos predilectos de San Antonio. No. Este oficial, quien había hecho un esfuerzo adicional para tratarla con gentileza, podía ver a la presuntuosa que había detrás de la fachada. Un chica barata del lado menos favorecido de la vía ferroviaria que se había ido arrastrando hacia un mundo que no le pertenecía simplemente porque, por casualidad, era una mujer bella. ¿No era eso lo que siempre decía su suegra?

Eso es. Eso era lo único que era. Un bello empaque. No inteligente como Mercy. O recia como Lucy. O siquiera auténtica y de gran corazón como la dulce Annette. No tenía a su favor nada salvo su apariencia e, infortunadamente, bella a los veinte no era lo mismo que bella a los casi cuarenta. No obstante el Bótox, los costosos cuidados de la piel, las limpiezas faciales regulares, los agitados entrenamientos en el gimnasio—

a pesar de todas sus ventajas, no lograba mantener a raya a Padre Tiempo. Sus raíces en el North Side empezaban a aflorar por entre el césped impecable de su vida perfectamente imperfecta y pronto el mundo sería testigo de hasta qué punto todo estaba invadido de malezas.

No pertenecía el mundo de Zach. Nunca había pertenecido y mantener la apariencia de los dieciocho años anteriores tenía su precio. Su cuerpo entero temblaba bajo el esfuerzo inútil por retener las lágrimas. Necesitaba salir de allí, marcharse a casa.

"Calma." El oficial extendió la mano y le tocó ligeramente el antebrazo.

Cristina arrastró las manos sobre su rostro surcado por las lágrimas para finalmente retirarlas y miró los manchones de maquillaje que habían quedado untados en las palmas de sus manos. Curioso—la vergüenza deshacía incluso el rimel de cincuenta dólares.

"Mire, no llore. Lo que pasó, pasó."

"¿Cómo puede decir eso?"

Subió un hombro en ademán de seguridad. "Porque es cierto. El pasado pasó. Usted cometió un delito; la descubrieron. Esa parte ya pasó, quedó atrás y no hay mucho que pueda hacer para cambiarla. La clave es cómo decida manejarla de ahora en adelante."

Asintió. Él tenía razón. Ella no podía cambiar lo que había ocurrido. Tenía que seguir adelante y *enfrentar*.

Y ciertamente que lo enfrentaría.

Las detenciones eran registros públicos, a fin de cuentas, y Cristina sabía con certeza capaz de helarle la sangre que en cuanto los medios se enteraran de que la esposa de Zach Aragón había sido detenida, la mierda se estrellaría oficialmente contra el ventilador.

Capítulo Cuatro

Hacía treinta y tres días que nadie en su familia le preguntaba a Annette cómo estaba ella. Ni—¿Qué hiciste hoy, Mamá? ni ¿Qué estás pensando, querida? ni ¿Necesitas algo?

Nada.

Treinta y tres días más cerca de la invisibilidad.

No era que culpara a los integrantes de su familia porque cada uno prosiguiera con su propia vida sin pensar en la de ella. Por el contrario, el hecho de que a medida que crecían, sus hijas se perfilaran como jóvenes completas, con amigos e intereses, no podía ser más satisfactorio. Y Randy—bien, sostener a una familia de siete requería mucho tiempo y trabajo. Siempre lo había entendido así, siempre se había sentido bendecida por haberse casado con un hombre tan honorable y amoroso. No, no les reprochaba nada. Por el contrario. Tanto les envidiaba sus vidas que sentía un vacío en el pecho. Muy dentro, añoraba una vida propia. Sólo para ella.

Con un suspiro, se detuvo en la intersección, perdida en sus pensamientos mientras esperaba a que el semáforo cambiara de color. Miró calle abajo sin ver realmente nada, en una dirección, luego en la otra, frotándose los nudillos contra el esternón para disipar el dolorcillo ácido que al parecer se había anidado allí.

¿Qué ocurriría cuando el semáforo cambiara a verde si esta vez sencillamente girara a la izquierda en lugar de a la derecha? Un giro a la derecha la llevaría a la escuela de karate, donde, según el horario omnipresente y siempre cambiante que llevaba en la cabeza, en diez minutos debía buscar a las gemelas después de su clase de técnicas de combate.

¿Pero y si no giraba a la derecha?

¿Y si giraba a la izquierda?

¿Qué tal si se dirigía más bien hacia la izquierda y se limitaba a seguir y seguir conduciendo, despojándose de capas de expectativas con el paso de cada milla bajo las llantas? ¿Y si iba tan lejos en el auto que llegara a un lugar en el que ya no fuera ni la esposa de Randy, ni la mamá de las niñas? Un lugar donde ella fuera tan solo Annette y la gente le preguntara, ¿Qué tal estuvo *tu* día? ¿Qué piensas *tú*? ¿Necesitas algo?"

¿Qué haría entonces su familia? ¿Desintegrarse? ¿Continuar como si nada? ¿En algún momento, finalmente, se detendrían a preguntarse adónde se había marchado esa mujer invisible que solía hacer todo por nosotros? ¿La que hacía girar el mundo? ¿Cómo era que se llamaba?

La recorrió a toda velocidad un estremecimiento de rencor, seguido rápidamente por un generoso baño de culpa. Extendió la mano para cerrar el puño alrededor del rosario de amatista que pendía del espejo retrovisor y susurró una oración corta, dejando que sus ojos parpadearan hasta cerrarse. No debería albergar estos pensamientos. Se había estado levantando a las cuatro todas las mañanas tan sólo para tener tiempo, antes de que su familia entrara en movimiento, de rezar en la iglesia que había en la misma cuadra. Había rezado con tanto fervor pidiendo ayuda para encontrar algo de paz en su mundo y, sin embargo, cada día se sentía más fuertemente amarrada, y no sabía ya qué hacer.

Siempre se había sentido feliz, o . . . por lo menos bien. Pero últimamente había en su alma un escozor que hacía que su mente divagara durante el día y que en las noches la hacía moverse para un lado y para el otro.

Señor, no tenía tiempo para esto.

Éste era el fondo de la cuestión—ella *era* la esposa de Randy y la madre de cinco hijos. Ése era el plan de Dios y ella lo sabía. Lo acogía. Las cosas podían ser mucho peores. Había deberes y responsabilidades que cumplir para que su familia funcionara sin tropiezos, y si esos deberes le correspondían a ella, pues . . . ése era su trabajo. No había absolutamente nada vergonzoso en la vida que ella llevaba o en las tareas, por interminables que fueran, y que constituían su suerte. ¿Quién era ella para cuestionar el plan de Dios?

Pero es que ése no era ni siquiera el punto. Ni siquiera albergaba resentimiento por estar en el lugar a donde la vida la había llevado. Siempre había querido ser la esposa de Randy y formar una familia. Completaría con agrado las mil tareas diarias y cumpliría cada obligación que hiciera la vida más fácil para su esposo y sus hijos si ellos—una sola vez—le manifestaran su agradecimiento. Si le hicieran saber que reconocían lo duro que ella trabajaba, y si la respetaran por ello. Si, de vez en cuando, sencillamente le permitieran extraviarse más allá del ámbito del matrimonio y la maternidad, para poder explorar sus facetas más recónditas y profundas.

Llevaba varios días sintiéndose al borde de las lágrimas y allí, sentada frente al volante de su minivan Odyssey, se mordió el labio inferior para detener un torrente nuevo. El síndrome premenstrual era fatal. Las mujeres solteras con SPM podían relajarse en la bañera, comer chocolate, quedarse en pijama todo el día. Ella no. Tenía que relegarlo y seguir con el asunto de vivir porque había en la vida una jerarquía de mando, nena, y ella no era la primera en la fila.

Al diablo con todo. Sus emociones estaban fuera de control, y este asunto con Déborah no ayudaba. Apretó la mano alrededor del rosario hasta que pensó que lo iba a reventar.

Alguien hizo sonar cortésmente la bocina a sus espaldas, y Annette saltó, retiró la mano del rosario tan aprisa que las cuentas quedaron bailando descontroladas, y fueron a chocar contra el vidrio antes de irse deteniendo en un suave balanceo. El semáforo estaba en verde; lanzó una mirada rápida a su espejo retrovisor, levantó la mano en señal de disculpa al auto que tenía detrás. Se dio cuenta al instante de que conocía de vista a la mujer. Antonio, el gordito de su hijo, estaba en clase de técnicas de combate con las gemelas. Annette había estado preocupada de que pudiera caerse sobre una de sus menudas hijas y accidentalmente la despachurrara, pero hasta el momento no había habido problema. De todos modos no debería albergar pensamientos tan poco caritativos sobre el muchachito. Un niño tan dulce, de verdad.

Annette quizás lo hubiera imaginado, pero el breve y cortés sonido de la bocina y la sonrisa comprensiva que le había regalado la mujer cuando ella había mirado hacia atrás parecía decir, "Yuuujuu. Ya sé que está fantaseando sobre si girar a la izquierda o a la derecha, sobre si emprender camino por esa cinta de asfalto gris hasta que el horizonte ya no le quede enfrente sino a las espaldas. Todos lo hacemos de vez en cuando, y lo comprendo. Pero ¿podría darme paso antes de sumergirse del todo en su crisis de la mediana edad para poder pasar a tiempo a buscar a mi hijo?"

Sintiéndose temblorosa, Annette giró.

A la derecha.

Claro que giró a la derecha, porque había estado casada durante dos décadas y había traído a este mundo a cinco niñas. Esposa, madre— éstos eran sus papeles, y cada uno llegaba con una extensa serie de responsabilidades que eran parte del paquete. La opción de girar a la izquierda ya no existía para ella.

Trató de sentirse resentida ante la idea pero, ¿qué cuernos? No habría girado a la izquierda de todos modos, por mucho que fantaseara y por más profundamente que su alma deseara un reconocimiento. La verdad del asunto era que, Annette Martínez quizás abrigara un pensamiento subversivo ocasional, pero a la hora de la verdad siempre hacía lo correcto.

Y si no, pregúntenle a su familia.

Cuando entró en el estacionamiento de la escuela de karate y estacionó el minivan en el lugar de siempre—tres puestos más al norte de las puertas, de cara al edificio para poder mirar el final de la clase—Annette prácticamente había dejado de temblar. Pero perduraba un pegajoso residuo de culpa a causa de sus pensamientos, y su mente se sentía enloquecida por la necesidad de liberación. De confesión. Necesitaba hablar con alguien, para exorcizar todas sus . . . ¿qué serían? . . . ¿fantasías? No parecía del todo adecuado. Estaría hablando con Lucy en menos de una hora, pero no quería descargarle todo a la pobre, cuando la muchacha claramente ya tenía suficientes problemas.

Realmente, ¿de qué podía quejarse Annette? Su familia gozaba de salud, tenían un techo sobre sus cabezas y comida en la mesa. Eran bendecidos. Verdaderamente lo eran. Annette procuró emitir una risa ligera, pero su exhalación monosilábica sonó más como un quejido. En algún lugar había leído sobre el grito primitivo y, justo en ese momento, sentía que uno de ellos se acumulaba en su pecho.

El golpecito en la ventana la sobresaltó y Annette dio un brinco, llevándose la mano a la garganta. El corazón le latía enloquecido en el pecho. Señor, no podía seguir llevándose por sus pensamientos.

Dándose vuelta hacia la ventana cerrada, Annette vio a la mujer—la mamá de Antonio, la del semáforo—saludarla y hacer la mímica universal de 'baja tu ventanilla.' Su cara rechoncha estaba extendida en una sonrisa que hacía casi desaparecer los centelleantes ojos marrón.

Annette le concedió a cambio una sonrisa tenue y presionó el botón automático de la ventanilla, con la esperanza de que la mujer no pudiera leer la mente. ¿No sería acaso Annette el escándalo de Las Vegas, Nuevo México, si todo el mundo supiera que albergaba ideas de escape? La ventanilla se deslizó casi sin sonido hasta quedar abierta, invitando a entrar en el auto los olores estivales de polvo seco y salvia. Inhaló lentamente, absorbiendo los conocidos aromas a la vez que procuraba recordar el nombre de la mujer. ¿Barb? ¿Betty? ¿Berta?—ése era. "Hola, Berta. Me asustaste. ¡Dios mío!" Imitó el gesto de quien se limpia el sudor de la frente.

La sonrisa de Berta se amplió, si es que era posible, y cruzó los brazos debajo de su abundante pecho. "Sí que pareces hoy absorta en tus propios pensamientos, Annette."

El calor le subió a las mejillas. Mortificada, apuntó un pulgar hacia el cruce famoso. "Cielos, lo siento. Tengo la mente a mil revoluciones con todo lo que tengo que hacer. Ya sabes cómo es."

Berta entornó los ojos y resopló ligeramente. "Dímelo a mí. No tiene fin, ¿verdad?"

"Mmmmmm." Annette apretó las manos en la parte superior de la rueda y luego las deslizó a mitad de camino, hasta detenerlas. A través del vidrio principal del estudio, su mirada buscó y ubicó a sus gemelas de 9 años entre la multitud de niños vestidos todos iguales. "Parece que están a punto de salir. ¿Qué tal le parece a Antonio la clase?"

"Ah, es una lucha lograr que venga, pero pobrecito, salió a su mamá con tanto gusto por la comida." Se frotó la panza. "Necesita el ejercicio."

"¿Acaso no lo necesitamos todos?"

Berta echó otra mirada de paso al estudio, recostó una cadera contra la puerta de Annette e inclinó la cabeza hacia un lado. "Suficiente acerca del ejercicio. Como si yo necesitara otra cosa de la cual sentirme culpable, ¿no?" Dirigió la mirada al cielo. "¿Qué hay de nuevo contigo, Annette? ¿Algo especial para el verano?"

Una pregunta.

Sobre ella.

Parpadeando con sorpresa, Annette se dio vuelta hacia Berta con los labios apretados con fuerza para contener el torrente emocional que hacía ebullición dentro de sí como la lava. Era una pregunta simple, no una invitación al desahogo. De todos modos, ansiaba responder:

"¿De nuevo? Pues que mi hija mayor, Déborah, regresó de la universidad el fin de semana pasado y nos dijo a su padre y a mí que estaba enamorada. De otra mujer. Sí, tal cual. Mi hija de veinte años acaba de anunciar que es lesbiana. Me sorprendí, desde luego, pero es una muchacha maravillosa. Como también lo es su novia, ¿esa Alex? Yo la adoraba desde antes, ¿por qué habrían de cambiar las cosas ahora?"

"Pero a Randy, bueno, el golpe lo hizo reaccionar . . . mal. Pobre hombre. No humilló a Déborah, pero tampoco lo aceptó. Déborah escapó hecha un mar de lágrimas y Randy ha estado malhumorado desde entonces. Y claro, los dos esperan que yo sirva de mediadora. Pero es que ésta sí no sé cómo arreglarla, y desearía que el uno o la otra tomaran la iniciativa.

"No solamente eso, sino también que mi hija Sarah, de dieciocho años, que ha estado analizando universidades durante un año, de repente no está segura de querer siquiera ir a la universidad o de si más bien prefiere recorrer Sudamérica para 'encontrarse' a sí misma. Le dije que nunca había estado en Sudamérica, así que claramente no era allí donde se había perdido, y ahora está furiosa conmigo. No nos hablamos. Lo único que veo son sus ojos como disparos y su espalda recta y orgullosa cuando sale en un torbellino de cualquier habitación a la que yo entro.

"Mi hija de dieciséis, Priscilla, es un atado gigante de hormonas, y juro que si oigo una vez más azotar la puerta de su habitación, quizás me haga perder seriamente el juicio. Quizás me veas aparecer en *Los más buscados de América,* Berta. No te miento.

"A sus nueve años, las gemelas todavía son dulces, pero también me necesitan y estoy hasta acá de satisfacer las necesidades de todos menos las mías. ¿Sabes que hace poco me di cuenta de que no me he comprado un par de zapatos desde la primera elección presidencial de Clinton? ¿Cómo puede ser posible?"

Pero, claro, no dijo todo eso. No dijo nada de eso. Se limitó a sacudir la cabeza, se rió con suavidad y dijo, "Sabes, Berta. Lo mismo de siempre, nunca alcanzo."

Qué cobarde.

La verdad era que ella no pensaba que estuviera lista para sacar todo a la luz allí con Berta, que en realidad no era más que una conocida. Pero no veía la hora de que Lucy estuviera casada y feliz, y de que fuera otra vez la misma de siempre, de que hubiera superado el trance. Dios lo sabía, necesitaba de verdad hablar con su mejor amiga. Pero no hasta *después* de la boda.

Su mente estuvo ausente del resto de la conversación, que terminó abruptamente cuando dieciséis parlantitos, en sus gis de dril negro y con los cinturones de varios colores que variaban del blanco al azul y al negro salieron en tropel del estudio de karate. En un abrir y cerrar de ojos, Antonio estaba tirando del brazo de su madre y Berta se había despedido a toda prisa. Mary y Ruthie, con el saludable olor del sudor infantil, ya se habían trepado al minivan y habían cerrado la puerta con suficiente fuerza para hacerle temblar los dientes a Annette. Momentos después, salía en reversa del estacionamiento, con la mente ocupada en la lista de las mil cosas que tenía que hacer antes de sumergirse esa noche en la inconsciencia. Pero entonces—

"¿Mamá?"

"Sí, amor?" Le sonrió a Ruthie por el espejo retrovisor.

"Olvidé decirte que debo llevar seis docenas de galletas a la escuela para la cosa esa de la obra de teatro."

A Annette se le hundió el estómago, y sintió que todo el cuerpo se le quedaba frío y quieto. ¿Era ésta la manifestación física de la negación? ¿Estaba su mente llegando al punto en que la transmisión cruje y luego en cualquier momento se desintegra en un millón de pedazos inservibles? "¡Ruth Ann!"

Ruthie se encogió de hombros y trató de arrebatarle a su gemela el Game Boy, pero Mary se alejó lo suficiente para impedirlo. "Se me olvidó."

Annette cerró los ojos con fuerza y contó hasta diez antes de reabrirlos lentamente y salir del estacionamiento. "¿Cuándo?" preguntó finalmente, una vez que logró mantener la voz serena y pareja.

"Mañana," dijo Ruthie, distraídamente, concentrada más bien en el Game Boy. "Dale, Mary, déjame jugar."

"Un segundo, ya casi termino." Por el más breve instante, la atención de Mary se dirigió al destello de los ojos de su madre en el espejo retrovisor. "¿Qué hay de comer, Mamá?"

Annette dejó escapar un suspiro desde el fondo del alma y sintió que un peso invisible se posaba sobre sus hombros. Lágrimas pendientes le ardieron en los ojos. Caray. Vamos, con calma.

A la tienda, primero, y luego directo a casa a la cocina. ¿Seis docenas de galletas? No hay problema. Podía con la tarea. Caramba, era la Supermujer, ¿verdad?

"Maaaaaaaamá," gimió Mary, quien con claridad encontraba inaceptable el silencio de su madre. "Estoy que me muero del hambre. ¿Qué vamos a comer?"

"Realidad," les dijo Annette. "Pedazos bien grandes e hirvientes."

Dos pares de ojos idénticos la miraron, registrando confusión. Por un momento, el único sonido en el vehículo fue el pitido electrónico del Game Boy.

"¿Ah?" dijeron las gemelas al unísono.

Annette sacudió la cabeza. "Quiero decir meatloaf. Lo siento."

Y así nada más, la vida regresó a la normalidad.

Que Dios la ayudara, no veía la hora de partir hacia Denver.

Capítulo Cinco

Lucy abrió de un golpe la tapa de su celular antes de que el primer timbre hubiera terminado. "Estás atrasada," dijo con aspereza. Y, luego, a su madre y a las otras invitadas. "Disculpen, ésta es una llamada que tengo que responder." Se encogió de hombros, como diciendo, ¿qué puedo hacer? Es del trabajo. No tardaré.

Al otro extremo de la línea oyó la voz de Mercy que le canturreaba, "Lucy se va para el in-fier-no."

"Cállate," murmuró Lucy.

Betty juntó las manos. "Ah, mi Lucy. Siempre con el trabajo." Las mujeres mayores de la habitación hicieron "ts, ts, ts," en señal de que no podían estar más de acuerdo.

Lucy sonrió con una sola comisura de los labios, como disculpándose, mientras se desplazaba a prisa sobre pilas de papel de regalo arrugado.

Una vez en el baño de abajo, tras cerrar la puerta, Lucy se sentó en el asiento del inodoro y descolgó la cabeza, con una palma de la mano presionada sobre la frente. "Jesús, Mercy, ¿qué le pasa a mi familia?"

Mercy rió. "¿Quieres que te lea toda la lista?"

A través de la línea telefónica, Lucy escuchó un sonido extraño, como de pies que golpearan graderías metálicas. "No, gracias. Ya es suficiente pesadilla sin que alguien lo verbalice. ¿Dónde estás? ¿Qué es ese extraño sonido metálico?"

"Ah," una pausa breve. "Estoy, ahhh, bajando por la escalerilla de emergencia de la oficina. Ya sabes, ejercicio."

Lucy frunció el ceño. "¿Las escaleras, desde el piso de arriba? Es un trayecto super largo."

"Dímelo a mí."

"Mercy, ¿es seguro que bajes por las escaleras a estas horas de la noche? Estás en Nueva York, no creo que tenga que recordártelo."

"Créeme, es muy probable que sea en este momento la manera más segura de salir de acá," dijo Mercy en un tono burlón.

"Y *eso,* ¿qué significa?"

"Nada. Olvídalo." Lucy alcanzaba a oír que Mercy se cambiaba el teléfono de un oído al otro. "De todos modos mi secretaria está conmigo. Deja de preocuparte. ¿Acaso no puede una mujer hacer un poco de ejercicio?"

Una banderilla roja se elevó en el interior de Lucy, y ella se inclinó hacia adelante, alerta y preocupada. "Mercy, ¿anda todo bien allá?"

"¡Claro que sí! ¿Y qué es lo que podría no andar bien?" No le dio a Lucy la oportunidad de hacer ninguna sugerencia antes de preguntar, "Y qué, ¿estás sobreviviendo el alboroto, Suertuda?"

A lo mejor estaba imaginando cosas, imaginando un drama para desviar la mirada del suyo propio. Lucy dejó pasar la corazonada que le decía que algo estaba ocurriendo en Mercilópolis. Si algo anduviera mal, Mercy se lo diría. "¿Sobreviviendo?" Trató de resoplar; produjo un gemido. "Déjame resumírtelo. Fuf el Dragón Mágico se devoró todo el departamento de pinturas color pastel de Sherwin-Williams y luego las vomitó sobre la casa, mis tímpanos están reventados por la algarabía, y mi tía Manda me premió no con una, sino con dos tostadoras de la línea de lujo de Williams Sonoma, de modo que no tuviera que pelear por ellas cuando me divorciara."

"¡Qué mierda!"

"¿No te lo dije?" Lucy se acercó al lavamanos y se lavó las manos. "Están todas locas."

"Sí, pero tienes que reconocer que son divertidas."

Lucy gruñó. "Dáte prisa y vénte para acá, Mercy. Necesito estar rodeada de gente normal un rato. No veo la hora de que sea la semana entrante y estén todas acá."

"Llegaría hoy si pudiera. De hecho"—parecía estar considerando algo—"quizás llegue mañana si encuentro cupo en el hotel."

"¿En serio? ¡Fabuloso!"

"En serio. Y no te preocupes por pasar a buscarme. Tomo una limosina al hotel y te llamo cuando llegue. A lo mejor podemos encontrarnos a tomar algo."

"Claro que sí."

"Qué bien. Ahora regresa a tu fiesta. Trata de disfrutarla. Después de la boda puedes devolver todos los aparatos que tienes por duplicado."

"¡Me haré rica!"

Mercy rió. "Y . . . hazme un favor, ¿quieres?"

"Lo que sea."

"No le digas a nadie que llego antes."

"¿Te estás escondiendo?" dijo Lucy en broma.

"¡Ja!" dijo Mercy, y sonaba nerviosa. "De verdad me convendrían un par de días de paz y tranquilidad, eso es todo."

6:40 P.M. HORA OFICIAL DE LA REGIÓN MONTAÑOSA

"Tú también estás atrasada," dijo Lucy sorprendida por el teléfono. "¿Acaso ninguna de ustedes muj—eh"—echó un vistazo a sus parientes—"agentes puede hacer una llamada a tiempo?"

"Estaba ocupada," le dijo Cristina. "Lo siento. Y obviamente a ti se te ha olvidado el concepto de la Hora Oficial Latina. Desde ese punto de vista, estoy adelantada."

Lucy rió con disimulo cuando logró escapar de la habitación. "Cris, ¿acaso no sabes que la 'Hora Oficial Latina' es un concepto políticamente incorrecto?"

"Soy Latina, Lucy. Puedo utilizarlo si quiero. Ahora bien, si otra persona lo utilizara para explicar mi incumplimiento—"

"Se armaría la pelea."

"Ajá. Es como hablar mal de la familia, pero no quiera Dios que alguien haga lo mismo, ése es el concepto. Espera."

Lucy escuchó sonidos ahogados al otro extremo pero no lograba distinguir nada. Cristina seguramente había cubierto la bocina del teléfono. Regresó rápidamente.

"Lucy, ¿todavía estás ahí?" El tono de Cristina era otra vez serio, ligeramente distraído. Casi como si estuviera procurando no ser escuchada.

"Claro."

"Escucha, lo siento, pero tengo solamente un minuto para hablar, así que no desperdiciemos tiempo."

Lucy frunció el ceño. "Cristina, ¿anda todo bien por allá?"

"¡Desde luego!" exclamó, casi con demasiada despreocupación. "¿Qué podría estar pasando de malo?"

"Pues—"

"Hablando de familias, ¿cómo van las cosas en la fiesta?"

Lucy se sacudió la preocupación. Si Cristina tuviera algo en mente, seguramente lo diría. "Fatal. No quiero hablar del tema. Pero te contaré un chismecito que quizás disfrutes. ¿Conoces el juego del bolso? ¿Quién tiene qué en la cartera?"

"Demasiado bien."

"Pues bien, para darle un giro, cada una de nosotras le pasamos el bolso a la persona que estaba a la derecha para que esa persona escudriñara el contenido. Mi prima putativa, Renée, tenía el mega bolso de cuero de la Tía Belinda que sirve también de arma contundente contra ladrones y adivina lo que sacó."

"¿Una pistola?"

"No, ésa estaba en la mía, pero yo tengo permiso. ¿La tía Belinda?

Tenía un frasco de Viagra." Había bajado la voz hasta un susurro ronco en la última palabra.

"¡Ay, Dios! DI, nena—demasiada información. Ese es un trocito de información que no necesitaba saber. ¿Y ella estaba avergonzada?"

Lucy resopló. "Orgullosa. Ya conoces a mi familia." Sintiéndose mejor, Lucy extendió la palma de la mano sobre su abdomen y se recostó contra la pared. "Suficiente acerca de mí y de mi pesadilla. ¿Cómo va el evento para recaudar fondos para la campaña por la prevención del crimen?"

"Ah." De nuevo, la pausa de Cristina parecía estar cargada de tensión. "Yo . . . mm, en realidad no alcancé a llegar."

"¿Dónde estás? ¿En casa? ¿Están Zach y tú enojados?"

"No." Un suspiro. "Es una larga historia."

"Tengo tiempo."

"No, no tienes. Y de todos modos, yo no tengo. Además, no es nada. Lucy, regresa a tu fiesta y trata de divertirte un poco. ¿Vale? Pronto estaré allí con las demás y podremos reírnos del asunto."

Algo en su tono o en sus palabras, o sencillamente porque la conocía tan bien, inquietó los instintos de Lucy. "Cris, ¿estás bien? De verdad. Soy yo, Lucy."

La risa que soltó Cristina en respuesta daba la impresión de tener ribetes de histeria, o quizás Lucy estaba interpretando demasiado— ¿quién sabe? "¿Yo?" preguntó Cristina. "No te preocupes por mí. Siempre caigo parada. Tú *te casas* en una semana—concéntrate en eso. Además, te tengo una sorpresa."

"¿Ah sí?"

"He decidido adelantar el viaje. Llego mañana siempre y cuando logre conseguir reservaciones en el hotel."

"Ay, Dios. ¡Qué maravilla! Mercy también llega antes."

"Qué . . . qué bien," dijo Cristina sin entusiasmo.

"Vamos, Cris, tú y Mercy eran tan unidas."

"Ah sí, eso fue hace veinte años, antes de que ella decidiera odiar mis entrañas." Las palabras de Cristina tenían una sombra de dolor.

"Ella no te *odia*."

Lucy escuchó la risa seca y desprovista de alegría de su amiga. "Ay, Lucy, tú lo ves todo color de rosa. Pero no te preocupes. Mercy y yo ahora somos mujeres hechas y derechas. Nos llevaremos bien. Es tu *boda*. Todo gira alrededor tuyo, nena."

7:15 P.M. HORA OFICIAL DE LA REGIÓN MONTAÑOSA

"Por fin, alguien puntual."

"Tengo cinco hijos. Tengo un horario." Como siempre, Annette sonaba ansiosa. "No tengo tiempo para atrasarme. ¿Qué clase de torta prepararon?"

Lucy se quedó en el rincón, alejada por un momento del centro de la atención de la fiesta. Sin molestarse por disimular, inclinó el plato de cartón para analizar el interior de la tajada que le acababan de pasar. "Una cosa como de crema de avellanas."

"Yum. Y bien, ¿cómo va la fiesta? ¡Ruthie! No toques eso, todavía está caliente."

"¿Qué haces?"

"¿Yo?" Annette parecía vagamente enojada. Respondía cada palabra machaconamente y no sonaba en absoluto como la acostumbrada Annette. Lucy oyó un golpe en el fondo. "Ah, paso la velada haciendo galletas con las niñas."

"Eres tan buena mamá."

Annette dijo en tono de burla. "Ah, sí, convencida."

Pensándolo bien, aunque Annette siempre sonaba ansiosa, generalmente no sonaba a la vez ansiosa y furiosa. Annette nunca sonaba furiosa. "¿Anda todo bien, Annie?"

"¡Claro! ¿Qué podría pasar?" Annette les ladró a sus hijas un par de órdenes relacionadas con las galletas, pero a diferencia de Cristina no cubrió la bocina del teléfono. "Disculpa. Volvamos a lo tuyo. ¿Qué está pasando en la fiesta?"

Lucy decidió dejar de lado la preocupación. Si algo no andaba bien en el mundo de Annette, Lucy sabía que ella sería la primera en enterarse. "Se están alistando para envolverme en papel higiénico y cosas así. Ya sabes, el tal juego de disfrazarse de novia, ¿cómo es que se llama?"

"Péguele el velo al burro."

Lucy rió. "Sí, ja, ja, péguele el velo, chistosa. Pero puedo sobrevivirlo. Ni siquiera se acerca a la peor parte."

"¿Cuál es la peor parte?"

"Mis cuñadas todas reunieron dinero y nos compraron un bono de regalo para los dos."

"¿Y? ¿Qué tiene de malo?"

"Es un bono para pagar un trámite de divorcio con un abogado."

"El Señor se apiade. Cuando Dios estaba diseñando locos, asignó a tu familia más de la cuenta, Lucy. Lo siento." Annette rió, y sonaba genuinamente divertida por primera vez en la conversación. "¿Cómo te las arreglaste para resultar normal?"

"¿Normal? Cariño, me acerco a un estado convulsivo cada vez que pienso en la boda con el hombre a quien quiero y adoro. Mi alma gemela. ¿Qué tiene eso de normal?"

"Tienes razón. Nada. Pero por eso es que te quiero. Haces más interesante mi vida gris."

Lucy sintió ternura. "Así pues que ya organizaste todo lo de los niños para poder venir sin preocupaciones, ¿verdad? No sería lo mismo sin ti acá."

"Sí, siempre y cuando no surja ninguna emergencia alarmante."

"Randy puede manejar emergencias alarmantes, Annette."

A continuación una breve pausa. "¿Sabes qué? Tienes razón. Hablando de Randy, dice que siente mucho perderse la boda y te manda cariños, pero de esta forma logro un escape de diez días." Bajó la voz hasta susurrar. "No veo la hora. No te imaginas."

"Me alegra por ti. Trabajas demasiado. Mercy y Cris vienen antes de lo planeado. Mañana. Ojalá también tú pudieras."

"Ojalá. Pero no hay riesgo de que pueda lograrlo mañana. Mercy y Cris son mujeres del mundo. Yo soy una horneadora residente de galletas, chofer, enfermera, profesora, sacerdotisa, juez, jurado, y verdugo. Y recolectora de basura."

Annette hizo un sonido despectivo. "Oye, hablando de lo cual, tengo que irme. Ruthie y Mary están a punto de matarse y yo estoy a punto de matarlas a ellas para agilizar el proceso. Supongo que además soy el policía en residencia y también el asesino en serie. Tan afortunada yo. Pero, ¿Lucy?"

"¿Sí?"

"Aguanta, chica. Te ayudaremos a superar el trance. Ah, y guarda todo ese papel higiénico después de que te hayan disfrazado."

"¿Para qué?

"¡Para utilizarlo! Es lo indicado en pro del medio ambiente. Ehhhhh, ¿acaso tengo que darles todo molido a ti y a todos los demás para que tengan sentido común?"

7:30 P.M. HORA OFICIAL DE LA REGIÓN MONTAÑOSA

"¡¿Otra vez?!" dijo Betty cuando el celular de Lucy sonó por cuarta vez.

"Lo siento, Mamá, no tardaré." Abrió el teléfono, pero no habló hasta no estar lejos de donde las invitadas pudieran oírla. Sabía que cuando se trataba de llamadas de sus amigas podía montar la pantomima de que la requerían en el trabajo, pero también sabía que cuando hablaba con Rubén, su voz tendía a suavizarse y a volverse entrecortada. El corazón se le encogía tan sólo de pensar en su nombre. Maldición, realmente estaba más allá de todo.

"¿Estás ahí, mi amor?" Esa voz recia, con apenas un ligero acento, podía hacerla variar de resistente a temblorosa en dos segundos, máximo.

"Acá estoy," dijo ella, en tono suave y con la respiración entrecortada, según la predicción.

"¿Estás muy comprometida con el asunto ese de las dos semanas de estar separados?"

Lucy se detuvo en seco y sintió una explosión dentro de sí, una mezcla de esperanza y deseo. "¿Por qué me lo preguntas?"

"Porque estoy acá afuera, en el callejón. Esperándote."

"No te muevas." Lucy escuchó la risa llena de deseo de Rubén antes de apagar el teléfono y dejarlo sobre la mesa de la cocina. Con el corazón firmemente en la garganta, salió corriendo por la puerta de atrás. La promesa de ver a Rubén, de oler su piel y de tocarlo, hizo que la agonía de la fiesta desapareciera en el acto. Se detuvo en el porche y con la mano se hizo sombra sobre los ojos para protegerlos del candente sol que se ocultaba.

Ahí estaba, bello y peligroso, mirándola con tanto amor que a Lucy la piel casi le vibraba con la intensidad del sentimiento. Estaba al lado de su moto cromada, en jeans desteñidos que le quedaban perfectamente, con una camiseta blanca recién planchada que prácticamente gritaba "Arráncame." Levantó los labios en una sonrisa lenta. Se retiró los lentes polarizados con una mano, y sus ojos azul profundo penetraron en los de ella. Luego, abrió los brazos.

Sintió su bienvenida como un puño en el plexo solar e hizo lo único que podía hacer—corrió hacia él. Cruzaron el jardín de atrás y la vía circular de gravilla hasta que estuvieron cara a cara, asidos por la mirada.

"¿Nena?"

A Lucy le temblaban los labios. "¿Sí?"

"Estás cubierta de papel higiénico."

Lucy estalló en carcajadas, luego, con un solo movimiento le rodeó el cuello con los brazos y la cintura con las piernas. Después lo besó. Él la sostuvo con fuerza y la besó, y le rozó la cara con la familiar aspereza del bigote.

Aquéllo era lo que, a pesar del notable historial familiar, la había llevado a decir que sí a su propuesta. Cuando él la abrazaba, y cuando estaban juntos, todo lo demás parecía desaparecer. Ella adoraba a este hombre, nunca se saciaba de él. Rubén la ayudó a subir más sosteniéndole los muslos con sus enormes manos y, luego, caminó lentamente hacia delante hasta que la espalda de Lucy se encontró con la calidez de los tablones de madera que formaban la cerca y, una vez allí, la apretó contra la misma.

Lucy entrelazó los dedos en su largo pelo negro y se agarró con fuerza. Lo quería para siempre. Y en este instante, quería que ambos se subieran a su Harley y se escaparan y se casaran, lejos de los ojos indiscretos y las miradas inquisidoras de los Olivera.

Tuvo una idea. Se apartó del beso que todo le hacía olvidar, y recogió con la lengua el sabor de él sobre sus labios. "Escapemos."

"Estoy tratando de que escapes en este mismo instante, querida, pero sigues hablando," bromeó. Más besos, respiración entrecortada. Finalmente él se apartó. "Y, por cierto, sí vamos a escaparnos, nena. Este otoño. Quisiera que pudiéramos irnos de luna de miel antes, pero—"

"No, quiero decir escapemos ya mismo, para la boda." El inesperado escozor de las lágrimas le nubló la visión. "Simplemente huyamos . . . y no regresemos nunca."

Él bajó la barbilla y la miró detenidamente con comprensión. "Vamos, Lucy, tenemos quinientos invitados."

"Sí, y ¿cómo fue que llegamos a ese punto?"

Rubén rió, luego hizo un sonido gutural, y tomó posesión de nuevo de la boca de Lucy. Entre los besos que la agotaban de sensaciones, Rubén le dijo, "Éste es el trato, ¿vale? Nosotros . . . tú y yo . . . nos vamos a casar . . . y a vivir felices por siempre jamás." Con un movimiento de succión atrajo la lengua de Lucy dentro de su boca y, luego, se apartó para empezar a plantarle besos ligeros en las mejillas, la barbilla, la frente y los párpados. Finalmente, tan solo la abrazó y le dijo con voz suave. "¿Tú nunca leíste cuentos de hadas, Lucy Olivera?"

Ella entornó los ojos. "La vida no es un cuento de hadas."

"Ni tampoco una maldición familiar." Se apoderó otra vez de la boca de Lucy para impedir que protestara de nuevo. Cuando finalmente pararon de besarse, Lucy se concentró en disminuir el ritmo de su corazón mientras él la ayudaba a descender de su cuerpo hasta que sus pies tocaron nuevamente el piso. Mantuvo las manos firmemente alrededor de la cintura de Lucy, no obstante, y su cuerpo presionado contra el de ella desde el pecho hasta la rodilla. Alrededor de los dos, en la brisa, ondeaban cintas de papel higiénico. Ella le suplicó con los ojos. "Necesito casarme."

Él miró a su alrededor, como si estuviera buscando la cámara escondida. "Ahhhh, sí nos vamos a casar, nena. En siete cortos días. ¿Recuerdas? Quinientos invitados, estás que te enloqueces, la torta que tardamos tres semanas en elegir." Sacudió la cabeza y miró hacia la casa. "¿Allá adentro están fumando algo raro? Porque probablemente deba recordarte que somos oficiales antinarcóticos, y que a menos que quieras abandonarlo todo para irte a voltear hamburguesas—"

"Para." Lucy sacudió la cabeza ante sus bromas y las lágrimas afloraron. No eran bienvenidas, y ella se las limpió con el dorso de la mano. "Tan solo escúchame. He pensado lo siguiente. Tengo que casarme con otra persona, y pronto. Para poderme divorciar antes de la boda, y así no nos afecte la maldición. Yo, yo te amo tanto. Yo debería haber pensado en esto antes, Rubén, pero estaba tratando de bloquear de mi mente todo este asunto—"

"Lucy Olivera, ángel mío." Él le hizo acomodar la cabeza bajo su barbilla, y ella alcanzaba a sentir el latido regular de su corazón contra su mejilla. "Mi ángel loca y confundida. Tú no te vas a casar con nadie más sino conmigo, y eso, querida, es una promesa."

"Pero—"

"Y tampoco me vas a dejar. Te toca quedarte conmigo."

"¿Otra promesa?"

"Si prometes, me aseguraré bien de que cumplas. Y yo te prometo a ti, acá, ahora, que yo haré todo lo que se requiera para tenerte a ti conmigo como mi esposa, para siempre. ¿Me lo prometes?"

Se miraron fijamente a los ojos durante un largo rato. Lucy finalmente asintió, y volvió a descansar la cabeza en su hombro. No quería hablar, no podía mirarlo porque, por más que quisiera, la promesa que él le pedía no lograba ser modulada por su garganta. Estaba encerrada en algún lugar cerca de su corazón, el cual sentía lleno de miedo y extrañamente vacío. Casi como si estuviera a punto de romperse.

Capítulo Seis

Mercedes observaba boquiabierta al hombre impecablemente vestido y de apariencia sana que atendía el mostrador central del Hotel Brown Palace. Afuera, el aire de verano del centro de Denver se sentía cálido y seco, pero adentro el aire del hotel era fresco. Y lo sintió todavía más fresco cuando se le helaron las venas al repasar la última aseveración del recepcionista. Tenía que haber entendido mal. *Por favor, Dios, dime que entendí mal.* Parpadeó convulasivamente frente al hombre, pero logró un tono ecuánime. "¿Disculpe, qué es lo que me acaba de decir?"

Tenía el rostro iluminado y se acercó en tono conspirador. "Le dije que otra de las invitadas al matrimonio está ocupando la Suite Roosevelt, un piso más arriba de su suite Reagan." Guiñó un ojo. "Asumí que todas se conocían, ¿no?"

"Claro, desde luego. Todas somos viejas amigas. ¿De quién se trata?"

"Una señora,"—consultó la pantalla de su computadora—"¿Aragón?"

Mercedes sintió un apretón en las tripas, como si alguien le hubiera dado una patada. Pues bien, era una resentida, pero a pesar de esa falta admitida, no necesitaba esta mierda en este preciso momento. "¿Cristina Treviño Aragón tiene la suite Roosevelt?" Dejándole a ella la espantosa suite Reagan, desde luego. Debía haberlo sabido.

"La tiene." Y le regaló su bien practicada mueca de servir al cliente. "Qué suerte que van a estar tan cerca, ¿verdad?"

Carajo. Cristina seguramente lo había hecho a propósito, plenamente consciente de los malos recuerdos que Mercy tenía de la suite Reagan en aquella terrible noche de prom. Cristina sabía muy condenadamente bien que Mercy había tenido que huir a solas, herida y desgraciada, a refugiarse en la suite Reagan. Tenía que saberlo. Pero pensándolo bien, Cristina había sido siempre más indiferente que calculadora, no que por ello la situación fuera menos mortificante.

Mercedes se agarró con fuerza y con ambas manos del moderno mostrador. "Sí, sensacional. Escúcheme. He tenido una jornada larga de viaje. Me haría bien un trago y debo encontrarme con una amiga." Hizo un gesto vago hacia su equipaje, mientras recorría con la mirada las diversas puertas más allá del vestíbulo central. Conocía el nombre del bar que Lucy había sugerido para su encuentro, desde luego, pero no sabía dónde quedaba. "¿Si no tiene otra cosa . . . podría usted . . . ? "

"Desde luego, señorita Felán. Ya hago que le suban las maletas. Entretanto, ¿hay alguna cosa que podamos llevarle a su habitación?"

¿Arsénico? ¿Cuchillas de afeitar? ¿Alguna cosa que ponga fin a mi desgracia? "No, gracias. ¿En qué dirección queda Ship Tavern?"

Indicó con la mandíbula hacia la izquierda, golpeando con los dedos rápidamente el teclado que tenía delante. "Allí mismo. Al final del pasillo. Que disfrute su estadía."

Mercedes le lanzó con descuido al botones un billete de diez y sonrió a medias mientras se alejaba con paso vacilante. ¿Disfrutar de su estadía? Ni un carajo de probabilidad. Siendo realista, ¿cuándo la había pasado realmente bien en este lugar? Luchó por reprimir el recuerdo de su malhadada noche de prom, pero la maldita presentación en tecnicolor regresaba a su mente para azuzarla. En circunstancias normales, nunca pensaba en estas cosas. No le importaba. Pues . . . no realmente. Lo había superado. Bien . . . más o menos. Pero a lo mejor era el asunto de estar otra vez en Denver, la expectativa de ver viejas amigas . . . de enfrentarse a viejas enemigas.

A viejas inseguridades.

Cristina.

Agravado por el hecho de que, de las tres suites presidenciales disponibles para reservar para esta boda—Eisenhower, Roosevelt y Reagan—otra vez se había quedado atascada en la que le tocaba. Como siempre que Cristina estaba en el panorama. La amenaza de un puchero se hizo inminente, pero la disipó. La autocompasión era una de las características de las mujeres débiles con la cual no estaba dispuesta a darse gusto . . . por lo menos abiertamente. Con lo único con lo que quería darse gusto en el momento era con un martini. O con cinco.

Entró a Ship Tavern, pasó revista a la encantadora decoración tipo taberna de muelle marítimo y eligió una mesa donde estaba segura de que Lucy la vería al entrar. Había modelos de barcos a escala exhibidos detrás del bar con luz de fondo, una encantadora adición al brillante mostrador de madera del bar propiamente dicho. Miró las vigas del techo, oyó el tintinear de los vasos que se llenaban en el bar y escuchó retazos de conversaciones y risas. El pianista, John Kite, producía una impresionante interpretación de "Brandy," el éxito único y famoso de Looking Glass, mientras muchos aspirantes a cantantes levantaban los vasos y entonaban la canción.

Pidió su primer martini como de memoria, acomodó los codos sobre el mantel de cuadros blancos y azules y recostó la frente contra las palmas de las manos, cocinándose de furia mientras esperaba a que le trajeran la bebida.

Quizás era tan sólo Cristina.

Quizás eres tan sólo tú, bestia. En cuanto a Cristina, albergaba un rencor. ¿Por qué negarlo? Mercedes sabía que tenía que superar estas cuestiones. Hacía décadas. ¿Por qué los agravios de la juventud al parecer permanecían en ella y le dolían más que las injusticias de la edad adulta?

El espectro de Cristina parecía haberle sido inyectado en el cerebro, los recuerdos antiguos y aparentemente inconsecuentes regresaban como una vengativa inundación. Siempre sucedía así. Esa era la cuestión. La debacle de la suite, el prom, toda esa amargura apagada a fuerza de pisotones, se había entretejido hasta formar una enorme y horrenda bola de resentimiento de la cual Mercedes no lograba sacudirse.

El Brown Palace era sin dudas hermoso y palaciego, lo más granado entre los alojamientos que ofrecía Denver, y el Gran Salón de Baile se prestaría para un trasfondo magnífico a la boda y a la fiesta de Lucy y Rubén. A Mercedes le encantaba el sitio por su belleza inherente y por la importancia histórica que tenía dentro de la comunidad, bla, bla, bla, pero los malos recuerdos teñían esa sensación de algo más feo. Y sin embargo no le había rogado a Lucy que eligiera una sede diferente porque (a) contrario a la opinión pública, no era una perra engreída, y (b) el subconsciente aparentemente quería poner el dedo sobre esa vieja herida para ver si todavía dolía.

Todavía dolía.

La cuestión era que Mercedes había estado real y verdaderamente enamorada de Johnny Romero en su último año de secundaria, pero, según había querido el destino, él no tenía ojos sino para Miss Perfección. ¿La ironía? Cristina no quería al tipo. Mercedes dudaba incluso de que a Cristina le gustara, pero él le prestaba atención—*mucha atención*—y si había algo que a Cristina le encantaba, era la atención.

No obstante, Cristina había aceptado ir al prom con otro que ella había considerado más arriba en la cadena alimenticia y había rehusado ir con Johnny cuando éste se lo había pedido. Él estaba desolado; Mercedes estaba dichosa. Había percibido su oportunidad, y le había sugerido casualmente que asistieran juntos al prom. Dentro de sí, ella sabía que una vez que él la conociera, se olvidaría por completo de Cristina. Johnny había accedido y Mercedes estaba en estado de júbilo. Había sido . . . un momento. Ni siquiera les había contado a ninguna de sus amigas.

Y entonces a Cristina se le canceló la cita.

Y por ende, también a Mercedes.

Johnny, haciendo uso de su lógica de dieciocho años, se lo había pedido a Cristina primero y suponía que Mercedes tan sólo trataba de consolarlo cuando le había sugerido que fueran juntos. Desde luego que no le importaría si iba con Cristina de todos modos, ¿correcto? Incorrecto. ¿Pero quién tenía tiempo para pensar en el candidato perdedor? Sin darse cuenta de que le pisoteaba el corazón a Mercedes, Cristina había salido con Johnny y posteriormente lo había dejado de lado sin pensarlo dos veces. Mercedes, por otro lado, asistió al abismal fiasco de prom en el restaurante Palace Arms con Tito, su irritante primo que se sacaba comida de entre los dientes en la mesa y que se había dejado el palillo de dientes colgando entre los labios de su insolente boca durante todo el baile. Y Tito, por si fuera poco, también le tenía ganas a Cristina. *Mierda, ¿quién no?* Si Damián estuviera acá, la rata bastarda, seguramente dejaría plantada a la niñera y procedería también a conquistar a Cristina.

Mercedes sintió un escalofrío. Bien, no voy a seguir con lo mismo. Había venido a Denver con la ilusión de escapar a la nube negra de Damián y su inminente deceso a manos de él, de modo que desarraigó con firmeza todo pensamiento sobre él y sobre su perrita regordeta.

En el fondo, Johnny Romero era alguien que sí le había *importado* a Mercedes. Las suites también le importaban. Cuando Cristina entraba en el cuadro—en cualquier cuadro—lo que le importaba a Mercedes sencillamente no contaba.

Las llamas de la antigua furia aumentaron dentro de las tripas de Mercedes, forzándola a apretar la mandíbula y a rebuscar en su bolso el bendito frasco de vitamina V. Hizo caso omiso de una punzada de culpa. Realmente tenía que deshacerse de su ansiedad por consumir esta mierda, pero servía para limar las aristas de su vida, y en este momento su vida entera no era sino un campo cubierto de trozos de vidrio.

Dios, qué espantoso le parecía tener que ver a Cristina de nuevo.

Lo había sabido, pero no se había dado cuenta hasta este momento de la intensidad de ese pavor. Si tan sólo todos esos años atrás Cristina se hubiera dado cuenta de que estaba aplastando a Mercedes. Si tan sólo le hubiera importado, si quizás hubiera pedido disculpas, su amistad—

competitiva como siempre lo había sido—podría haber sobrevivido. Pero era, por el contrario, otra pérdida más dentro de una larga lista. Lo peor de todo era la nebulosa total e inconcebible en la que andaba Cristina para no darse cuenta.

Odiaba a esa mujer.

Mercedes dejó escapar un plañido y cerró los ojos con fuerza. Posiblemente fuera una mujer exitosa, atractiva, tan en forma que atraía la mirada de su entrenador personal de veintidós años de edad . . . pero acá, en el viejo vecindario, Cristina todavía detentaba el maldito poder de hacerle sentir que no estaba del todo a la altura. Especialmente ahora, con el asunto que estaba a punto de estallar en los tabloides y sin forma de escudarse de la metralla de los medios de comunicación.

Suponía, siendo sincera, que tendría que concederle algo a Cristina. Si ella no hubiera hecho sentir a Mercedes tan inepta en la secundaria, a lo mejor Mercy nunca habría tenido la actitud "no me dejo" que la había impulsado a la cima. Claro, siempre había ambicionado el éxito— ¿quién no? Pero ese deseo natural había sido alimentado por la necesidad de demostrarle a Cristina que ella no era de segunda categoría.

Aunque no funcionó.

Se sentía como una impostora de la peor calaña. ¿A fin de cuentas, qué tan exitosa podía ser la tres veces divorciada, recientemente abandonada, universalmente despreciada gerente de una revista?

Mercedes se bebió el martini extra sucio con tres aceitunas que le había dejado allí el mesero mientras ella estaba distraída, y con el último sorbo se tomó la pastilla de Vicodín. Buscó los ojos del mesero y le indicó que le trajera otro, ignorando su cara de escándalo ante la velocidad con la que se había bebido el primero. ¿Y él qué era, acaso, la policía del licor?

Un vistazo a su reloj Movado de faz negra le dijo que ya había pasado la hora de encuentro acordada con Lucy, pero cuando levantó la mirada vio a su entrañable amiga zigzagueando por entre las mesas del bar. Mercedes sintió un rayo de esperanza . . . y un nudo vulnerable en la garganta. ¿Qué era lo que tenía Lucy que siempre le provocaba esa reacción? Lucy era una policía con actitud de no-me-dejo-de-nadie de la fuerza anti narcóticos—y no exactamente la proverbial mujer estilo Madre Tierra. Y sin embargo era la persona más cariñosa que Mercedes había conocido jamás.

Dios, y cuánto necesitaba de ese cariño.

Infortunadamente, éste no era el momento de discutir sus propios problemas, cuando la agotada futura esposa tenía los suyos, por más sicóticos e irracionales que fueran.

Sacudió la mano justo en el momento en que el mesero dejaba sobre la mesa el segundo trago, y Lucy respondió al saludo con la mano, sonriendo. Aun vestida de forma terriblemente informal, con jeans a la cadera, Doc Martens desgastados, una camiseta recortada de Marilyn Manson que dejaba ver su ombligo con aro, y la chaqueta de cuero negro de motociclista, Lucy provocaba sonrisas y admiración a su paso. No cabía duda, la mujer era sólidamente especial.

Mercedes se habría puesto de pie, pero su programa de auto medicación empezaba a hacer efecto, y no tenía ninguna ansiedad por meter la pata. A fin de cuentas, aunque fuese pura mierda, tenía que preservar cierta imagen de control.

"Bien, bien, quién sino la mismísima Lucy Olivera."

"Hola, chica," le dijo Lucy, agachándose para encerrarla en un abrazo. Le descargó en la mejilla un sonoro y gordo beso. "Dios, es bueno ver a alguien que está en sus cabales."

"Ja. Si tan sólo supieras."

Lucy la estudió. "Te ves fantástica. Tan Nueva York. Un poco tensa pero . . ."

Mercedes encaramó un hombro. "Bien, para algo vivo en la ciudad. La tensión es un accesorio. Tú también te ves maravillosa, Suertuda."

"Ah, sí, claro," dijo Lucy despectivamente. "Chica del glamour— esa soy yo. Acabo de salir del trabajo." Se abrió la chaqueta e imitó una pose sexy. "Estilo chic moderno del submundo de las drogas. ¿Qué opinas?"

"Sea como sea, pienso que todavía atraes miradas."

"Lo que sea. Tú opinión es tendenciosa como el diablo, pero te quiero por ello." Lucy se sentó, levantando la barbilla hacia el vaso de Mercy. "¿Qué veneno es? Parece agua de baño usada."

"¿Agua de baño?" Mercedes frunció el ceño mirando los sedimentos de aceituna verde grisáceo que daban vueltas en el vaso y miró a Lucy boquiabierta. "Jesús, ¿cada cuánto te bañas, niña? Es un martini. Extra sucio."

"Ah, sí, debería haberlo sabido." Lucy cruzó los brazos sobre la mesa. "Se ve horrible. Uno para mí también."

Mercedes levantó la mano para llamar la atención del mesero, indicó hacia su vaso y levantó el dedo. Su expresión de experiencia y dureza lo retaba a juzgar el hecho de que ordenara un tercer trago. No lo hizo. "¿Y por qué andabas trabajando? Yo pensaba que te tomarías unos días para preparar la boda."

Lucy suspiró. "Me enloquezco cada vez que pienso en eso, así que estar en el trabajo me sirve. No tenía que trabajar, elegí hacerlo. No era nada grande. Me puse al día con el papeleo, hice unas detenciones sencillas por compra ilegal y ayudé con una citaciones que no requieren tocar a la puerta."

Mercedes parpadeó. "Dices eso como si fuera normal."

"Lo es en este tipo de trabajo. Otro día, otro decomiso de drogas." Hizo un guiño. "Hey, ¿no recibiste mis recados telefónicos? Te dejé dos. Tú teléfono está sin batería, ¿o qué? Lucy se quitó con un encogimiento de hombros la desgastada chaqueta de motociclista. Las múltiples hebillas de cromo golpearon contra la madera cuando Lucy la colgó del espaldar de la silla. Mientras lo hacía, observaba intensamente a Mercedes.

Mercedes hizo lo posible por no esquivar la mirada. "Es que, como que no estoy respondiendo las llamadas del celular."

Lucy inclinó la cabeza hacia un lado. "¿Por qué no?"

Atrapada. Pero ella era la reina de la conversación evasiva, así que eso no era problema. "Es una larga historia." Mercedes suspiró, y se pasó los dedos por el pelo. Sentía una gran ansiedad por descargar sus preocupaciones, por compartir la carga. Pero, sencillamente, si quería poder vivir consigo misma, no podía hacerlo. "Digamos nada más que todo el mundo quiere un pedazo de mí y yo estoy desesperada por tener un tiempo a solas. Damián y yo estamos mal también. Nada grave."

"Tiene sentido. Está bien, dejo de importunarte". Lucy alzó las manos. "Pero acá estoy si necesitas sacarte las tripas."

"Nada que sacarme," dijo Mercedes, evasiva. "Tengo exceso de trabajo y los hombres son un coñazo." Mercy extendió la mano y apretó la de Lucy. "Pero yo sé que tú estás disponible para mí, Suertuda. Siempre lo has estado. Y yo estoy disponible para ti, porque ésta es la semana de tu boda y todo gira alrededor *tuyo*."

"¡No hablemos de la boda!"

"Está bien, está bien, Jesús. Casi todas las novias hablan incesantemente de la boda. ¿Cómo se supone que yo iba a saber?" Se preguntó qué tan acertado era permitirle a Lucy negar y evadir su inminente boda, pero qué va. ¿Qué era una noche? Sintiéndose infinitamente más calmada—su lema era mejore su vida a través de los fármacos— Mercedes levantó el vaso con el martini. "Así que, ¿qué era lo que contenía ese mensaje tan importante?"

"Cristina."

Mercedes dejó el vaso sobre la mesa, con cierto temblor. "¿Ah sí?" Luchó por producir una expresión amable y se mordió para controlar el reflujo de disgusto que le quemaba el pecho sin haber sido requerido.

"Sí. Ella también está acá, ya sabes, en una de las suites presi—"

"Sí, la jodida Roosevelt," dejó escapar Mercedes, antes de poderse detener. "Mientras que a mí me tocó la Reagan." Maldición, no había tenido la intención de tocar el tema, pero la combinación de alcohol y píldoras a veces producen ese efecto en las personas. "Eso no me salió bien, pero no importa. No es asunto importante," enmendó.

"Vamos, Mercy. Conozco la suite Reagan. Sabes que es fantástica."

"Te repito, no es asunto importante. Es solamente un cuarto de hotel, ¿listo? Cero problema."

La expresión en el rostro de Lucy telegrafiaba claramente su escepticismo. Mercedes hizo caso omiso del tirón de culpa que sintió en las entrañas por mentir y procedió. "Y entonces, ¿cuándo es el gran momento?"

"¿Perdón?"

"¿Cuándo está programado que Cristina y yo nos reunamos después de todos estos nostálgicos años de separación?" preguntó con ironía.

Lucy sonrió en el momento en que el mesero dejaba en la mesa su martini y le obsequió a Mercedes una mirada castigadora. "En pocos minutos estara aquí para tomarse un trago con nosotras."

Por un momento, Mercedes se limitó a mirar a su vieja amiga, luego alzó el martini y lo vació de un sorbo. Necesitaría toda la anestesia adicional para superar ese momento no solicitado e indudablemente incómodo. Con lo dichosa que era, Cristina seguramente había comprado un tabloide para leer durante el vuelo y ya lo sabría todo sobre su pequeño escándalo. "Regio. No veo la hora."

"Mercy, sé amable. ¿Está bien?"

"¿Cuándo no lo soy? Fui amable, dije, 'No veo la hora.' "

"No dijiste 'Yo no veo la hora' dijiste 'No veo la hora.' "

"Es lo mismo."

"Para nada, hermana. No creas que no sé interpretar tus pendejadas, pues tengo que lidiar con ese tipo de cosas todo el santo día."

Mercedes hizo un mohín de desprecio, sin palabras. Sacudió una mano. "Así que me pillaste. Y luego qué, ¿reservaciones en el infierno? Créeme, ya allí hay una placa con mi nombre sobre la puerta. No te molestes."

Lucy se inclinó sobre la mesa y bajó la voz hasta susurrar. "Tú eres intimidante y lo sabes. Cristina nunca ha sido tan fuerte como tú. Le produces pavor."

Una olita de placer la recorrió, pero fue rápidamente sobreseída por la indignación. Mercedes extendió los brazos. "¿Por qué soy yo la mala de la película? Si me tiene miedo, es asunto de ella. Pero te puedo garantizar—aunque nadie me escucha—que el miedo no figura en su repertorio. La manipulación, tal vez. El coqueteo, decididamente. Yo nunca he hecho un carajo—"

"Mercy, por el amor de Dios."

"Está bien, está bien." Se recostó contra el espaldar de la silla y extendió las palmas en señal de rendición. "Tienes razón. Lo siento. Quieres que sea amable, y amable seré. Además, estaba siendo sincera cuando dije que no veía la hora. Más vale superar toda la debacle de la reunión." Su boca se cortó en una sonrisa endulzada con sacarosa. "Quién sabe, a lo mejor Cristina y yo nos convertimos otra vez en buenas amigas."

La expresión de Lucy siguió siendo de sorpresa.

Los brazos de Mercedes se dispararon hacia los lados. "Mira, no le voy a dar cachetadas de resentida, si eso es lo que te preocupa. Dame algo de crédito por ser una mujer adulta."

Lucy se apartó de la cara la melena desordenada de drogadicta chic. "Es que me gustaría tanto que ustedes dos hicieran las paces. Antes eran unidas. Nadie sabe siquiera qué fue lo que pasó."

Y nadie lo sabría, si dependía de Mercedes. Levantó un dedo. "En primer lugar nunca fuimos exactamente unidas—"

"Cierto."

"—no hay nada sobre lo cual 'hacer las paces.' " Sorbió y optó por ensayar una actitud imperturbable. "No te estreses por eso, Suertuda. Todo saldrá bien, te lo prometo. Estamos acá *para ti,* no para poner a andar a mil revoluciones el drama de hace décadas. Cristina y yo somos mujeres adultas. No tienes que arreglarlo. No es tu problema."

"Pero sí es mi problema," dijo Lucy implorante, "porque yo las quiero a las dos."

"Y *las dos* te queremos *a ti.* Eso es lo que importa."

Lucy la estudió unos minutos, luego dejó escapar un claudicante suspiro. "Hablando como la reconocida directora editorial de la revista *Lo Que Importa,* Mercy, supongo que sabes lo que dices." Lucy alzó el vaso en un saludo sincero, y era claro que deseaba pasar a conversaciones más alegres.

Mercy esquivó la mirada. Se sentía mal y falsa, repleta a reventar de mentiras y secretos y de una ira antigua y pustulenta. ¿Cómo iba a sobrevivir este viaje? Más al grano, ¿cómo iba a lograr regresar a la realidad de su propia vida después de que todo lo que había construido había sido destruido?

Cristina se alejó otra vez de la puerta de Ship Tavern, con el corazón golpeándole el pecho a tal punto que no lograba obligarse a entrar. Por el contrario, se hundió en uno de los sofás victorianos que había en el patio interior, debajo de la bóveda de vitral y luchó por recuperar la respiración. Presionó las palmas de las manos contra el torso, tomando aire a fondo. Adentro, afuera. Adentro, afuera. Profundo. Lento.

Las había visto, a Mercedes y a Lucy, conversando íntimamente en la mesa y tomando martinis, pero en realidad no se sentía lista para unirse a ellas. El miedo—alcanzaba a sentir su sabor. Caray, se habría podido ahogar en su miedo, tanto había. Nunca se había sentido tan farsante, semejante desperdicio de mujer, y unirse a las dos mujeres increíblemente exitosas, cuando de hecho solamente le caía bien a una de ellas . . . era demasiado. Podía actuar como una reina con todas las personas de la alta sociedad en su medio, pero ninguno de ellos realmente la conocía. Ella se aseguraba bien de que así fuera. Pero acá, con mujeres a quienes había conocido desde antes de ser la esposa de Zach Aragón, Cristina sabía que la imagen era tan sólo un transparente escudo de autoprotección.

Provenía de una familia de clase media que era, sí, muy solidaria. Nunca le había faltado lo esencial. Pero no tenía cultura y no tenía talante—realmente no. Y la única que era capaz de ver más allá de sus superficialidades era su suegra-ogro, vestida de Dior y de lengua viperina. La mujer sabía que Cristina era de segunda categoría, que no encajaba en medio de la aristocracia Aragón, y nunca dejaba de hacérselo saber. Cristina había hecho lo imposible por crear a lo largo de los años un personaje que aplacara a la madre de Zach, y casi todos sus conocidos se creían el cuento. Caray, si hasta ella se lo creía. ¿Pero acaso Mercedes y Lucy no gozaban de suficiente perspicacia para percibir a la Cristina real y sin valor? A Lucy no le importaría. ¿Pero a Mercy?

Ciertamente que ninguna de las dos había robado jamás en un almacén.

Ni había sido detenida.

Por el amor de Dios, estaban demasiado ocupadas viviendo vidas que valieran la pena.

Se puso las yemas de los temblorosos dedos contra las sienes y cerró los ojos, inmersa en su agonía. Quería estar allí por Lucy, pero Dios, tenía tanto que esconder en este momento. Tanto que enfrentar cuando finalmente regresara al mundo real, un mundo que a lo mejor ya no estaría a su disposición una vez que concluyera la boda de Lucy. ¿Y entonces, en su vida, qué tendría para mostrar? ¿Un prontuario policial y una tonelada de mierda en costosos productos para cuidar la piel? ¡Vaya!

"¿La puedo ayudar en algo, señorita?"

Cristina levantó al vuelo la mirada hacia el conserje, parado frente a ella, y logró producir una débil sonrisa. Por lo menos le había dicho 'señorita' y no 'señora.' Tenía sus ventajas que lo pillaran a uno en medio de la crisis apenas una semana después de que el Botox le había borrado varios años de la cara. "No. De veras. Es solo un dolor de cabeza. Quedé en encontrarme con unas amigas en Ship Tavern, pero . . . estoy esperando a que el Excedrin me haga efecto." En realidad no había tomado Excedrin pero sonaba bien.

"¿Entonces, quiere que le traiga un cocktail mientras espera a sus amigas?"

No tenía mucho sentido aclararle que las amigas ya habían llegado, y que simplemente se orinaba del miedo de ir a su encuentro. Se sentó más erguida y luchó por encontrar su porte real. Actúa como quieras que el mundo te vea. ¿No era eso lo que su madre siempre le decía? ¿No constaba de eso el repertorio total de sus mecanismos de defensa? "Me encantaría. Algo rápido." Hizo una pausa. "Qué tal un trago de tequila. Lo mejor que tenga."

Había que darle crédito al mesero, porque la boca apenas le tembló ligeramente ante el pedido. Seguramente había creído que ella pediría un vino caro o el cocktail cascada, el trago insignia del Brown Palace. Algo apropiado para una dama, como siempre sugería su suegra-ogro con desdén. Los tragos de tequila eran la opción de una pocha barata.

"¿Con sal y limón?"

"Por favor." Ella le sonrió de nuevo cuando él se daba la vuelta para marcharse, luego se desplomó otra vez en el sofá y concibió un plan. Se bebería de un sorbo su trago, y apenas se sintiera algo ablandada, haría acopio de valor y seguiría adelante hacia el bar. Seguramente podría encarar a Mercy después de una recia fortificación proporcionada por un tequila de la mejor calidad. Y, de veras, ¿el asunto del robo? No sabrían que ella había sido detenida a menos que se los dijera, de modo que su secreto estaba a salvo. A nadie en Denver le importaban ofensas menores cometidas en San Antonio. Se podía salir con la suya en este caso. Dios sabía que en todo caso ella había estado actuando la mayor parte de su vida. ¿Por qué habría de ser diferente en este caso? Excepto por el incómodo hecho de que Lucy era su única amiga verdadera y detestaba mentirle a ella. Pero había que hacerlo.

La realidad de su detención la golpeó de nuevo con fuerza.

Dios, realmente necesitaba conseguir un periódico de San Antonio, para ver qué tanto había llegado a los círculos sociales. Se había creado para sí una vida cuidadosamente orquestada, lejos de casa, donde pudiera fingir que era alguien, y ahora había arruinado esa posibilidad. El estrés ante la necesidad permanente de desempeñar un papel, la necesidad omnipresente de lograr la aprobación de la madre de Zach—aprobación que nunca se ganaría—la había llevado al robo. Un atrevimiento ciego había hecho que la pillaran, y ahora todo el asunto estaba a punto de estallarle en la cara. Tarde o temprano, tendría que hablar con Zach. Más tarde, decidió. Mucho, mucho más tarde.

Justo en ese instante, el mesero llegó con una bandeja posada sobre las puntas de los dedos, y le dejó en la mesa con un gesto florido el trago de tequila. "Ahí lo tiene. ¿Puedo traerle algo más?"

"Por qué . . . por qué no me trae otro de éstos cuando pueda." Le regaló una sonrisa deslumbrante, con la esperanza de contrarrestar el pedido de borrachín. "Me gustan los números pares."

Treinta minutos después, no con uno sino con dos tragos corriéndole por las venas como valentía líquida, Cristina cruzó con paso tambaleante las puertas de Ship Tavern. Sentía las extremidades sueltas y el cerebro efervescente, pero la garganta de todos modos se le oprimía de ansiedad. Tal fue su suerte, que Lucy se había cambiado de puesto para quedar al lado de Mercy de modo que la silla libre para Cristina estaba ubicada del otro lado de la mesa. Lucy la vio, se le iluminó el rostro, se puso de pie de un salto y cruzó el bar para recibirla a mitad de camino y envolverla en un abrazo.

"Dios, Cris, cada vez que te veo estás más linda."

Cristina le devolvió el abrazo apretando aun con más fuerza—un gesto que más bien era como a agarrarse a su tabla de salvación. "Es una total mentira y tú lo sabes. Una cruel mentira para una mujer que ya casi tiene cuarenta años, pensándolo bien. Pero gracias, de todos modos. Tú, por otro lado, pareces una mala chica de 18 años que anda con la pandilla pesada."

"Sí, claro, y además roqueo todas las noches. Es por el trabajo."

"Lo dije como un cumplido, créeme. ¿Pero por qué estás trabajando esta semana?"

"Larga historia."

Cris susurró, "¿Evitando pensar en la boda?"

"Pues sí, mi querida vidente, y ahora no hablemos más del tema."

Se separaron, riendo, pero las inseguridades regresaron. Cristina no se atrevía a mirar sobre el hombro de Lucy hacia donde estaba Mercedes, pero el estómago se le convulsionaba y su sonrisa se tornó frágil. "Así que . . . ¿debería estar asustada?" Su voz había sonado dispareja y los ojos le ardían. Se odiaba por la debilidad.

"Para nada, cielo," le dijo Lucy, y su voz era como un bálsamo. Le pasó a Cristina un brazo por la cintura y empezó a guiarla hacia la mesa, acercándose para hablarle confidencialmente. "Mercy dijo que está ansiosa por verte."

"¿Fueron las palabras 'en la tumba' el final de esa frase?" dijo Cristina en son de burla, pero un dardo de esperanza le atravesó el corazón. ¿Sería posible?

"No seas absurda."

Cristina respiró hondo para calmarse y, luego, exhaló. "Bien, entonces salgamos de este asunto."

Lucy dijo, resoplando, "Ustedes dos son más parecidas que diferentes."

"Como quieras."

A medida que se acercaban a la mesa, Cristina analizó a Mercy, mientras que fingía todo el tiempo indiferencia. Dios, se había convertido en una mujer hermosa, cultivada y profesional. Siempre había estado un escaño por encima de las otras chicas, pero ahora esa natural dominación alfa había sido pulida y era una perfección femenina de duros contornos. A su lado, Cristina se sentía exactamente como lo que era—un pedazo de caramelo en proceso de envejecer, cuyo envoltorio además estaba destrozado.

Mercy la observó con una mirada firme, la expresión ilegible e intimidante. En el momento en que llegaron a la mesa, le regaló una sonrisa controlada. "Por fin, la célebre Cristina Treviño Aragón."

Algo acerca del críptico pronunciamiento hizo que a Cristina le saltara el corazón a la garganta. ¿Célebre? Acaso Mercedes había descubierto el asunto—no. Claro que no. Estaba paranoica. Era simplemente la forma en que Mercedes decía algo sin decir nada, evitando igualmente decir lo que debería haber sido dicho en primer lugar. Típico de Mercy. Cristina tragó con dificultad. "Mercedes, qué bueno verte," mintió. "Leo asiduamente tu revista. Debes estar orgullosa."

Mercy se encogió de hombros como si no fuera nada, pero Cristina percibió la satisfacción bajo su indiferencia cuidadosamente controlada. "Sirve para pagar las cuentas. Gracias."

A sabiendas de que un abrazo sería en el mejor de los casos incómodo y, en el peor, desastroso, Cristina extendió la mano para el saludo.

Los ojos almendrados de Mercy bajaron hacia la mano extendida y su expresión se tornó de alarma. Tomó los dedos de Cristina más bien bruscamente y examinó las furibundas y oscuras marcas que habían dejado las esposas de metal en su muñeca. "Santo cielo, Cris. ¿Qué diablos le pasó a tu brazo?"

Cris retiró la mano con un movimiento repentino, y enrolló la palma de la otra mano alrededor de las sensibles y reveladoras marcas. Desde luego que al hacerlo exhibía las marcas correspondientes en la otra muñeca. El oficial no había sido brusco pero estar sentada con el cinturón de seguridad contra el espaldar de plástico rígido de la patrulla, y con las manos esposadas a sus espaldas, no había sido precisamente ergonómico. Además tenía una piel tan sensible. Maldita sea, ¿por qué no se había acordado de esconder la evidencia? Se tragó el pánico, con la mente en veloz carrera tras una explicación. "Eh, eh, me lastimé la muñeca con la puerta del auto."

Mercy redirigió la mirada y subió una ceja. Lucy se había inclinado a mirar también, con la cara surcada por la preocupación.

"¿Ambas muñecas? ¿Cómo hace uno para lastimarse ambas muñecas con la puerta de un auto?" preguntó Mercedes.

Mierda. No había tenido tiempo de pensar antes de dejar escapar esa mentira improvisada. "Yo . . . yo estaba subiendo la compra al auto y el viento cerró la puerta. La cerró de un golpazo antes de que yo me diera cuenta. Pero en serio, no quiero hablar sobre mi torpeza."

"¿Sigues siendo torpe?" bromeó Lucy, sentándose de nuevo. "Es bueno saber que algunas cosas no han cambiado, pero lamento lo de las muñecas." Arrugó la nariz en señal de comprensión, aligerando el ambiente, pero Cristina captó la perceptiva preocupación en su expresión.

De todos modos, Cristina sintió un baño de trémula gratitud. Lucy siempre había sabido cómo restaurar el orden en una situación tensa. "Algunas características nunca se pierden."

"Cuán cierto, ¿verdad?" dijo Mercedes con ironía.

Cristina se hizo la desentendida ante el mordaz comentario. Se sentó, poniendo la cartera a sus espaldas y alisándose la falda. Cuando miró de nuevo, Mercedes todavía la estudiaba con una mirada fija, penetrante y conocedora de todo. Sentía escalofrío, casi como si Mercy alcanzara a ver el vacío que sentía dentro.

"¿Te tomas un martini con nosotras?" preguntó Mercy, con la voz tan aterciopelada e intimidante como siempre.

"En realidad, ya me tomé dos tragos de tequila en el vestíbulo. Mejor sigo con lo mismo."

Una cierta variación en la expresión de Mercy le decía a Cristina que su astuta antigua amiga estaba digiriendo la idea de los tragos solitarios de tequila y sacando sus propias conclusiones, fueran las que fueran. Francamente, Cristina no quería ni considerarlo.

"¿Y cómo está *Zach?*" preguntó Mercy, casi como una acusación. Cristina se sintió confundida, hasta que recordó lo de los moretones. Ay, Dios, ¿no sería que Mercedes creía que—

"Mercy, te aseguro que Zach no me hizo esos moretones."

"Nunca dije eso."

"No tenías que decirlo," la reprendió Lucy, haciendo con las manos la señal de tiempo de pausa. "Cris, si dices que te lastimaste las muñecas con la puerta del auto, te lo creemos. ¿Verdad, Mercy?" agregó Lucy en un tono que indicaba que más le valdría a Mercy manifestar su acuerdo.

"Pues, por Dios, claro que sí," dijo Mercy, y sus palabras tenían un ligero tinte de escepticismo. Se recostó lentamente contra el espaldar del asiento y fue configurando sus facciones en una mirada sardónica y conocedora.

"Quiero decir, cosas más extrañas han ocurrido." Lucy sacudió una mano, y al hablar sonaba como quien hace un esfuerzo excesivo por racionalizar. "Leí un artículo en el Rocky Mountain News acerca de un turista japonés que estaba en una expedición de pesca en aguas profundas y que murió cuando un pez saltó del agua, se le metió a la boca y lo ahogó." Se encogió de hombros. "Pasan cosas extrañas."

Pues bien, así que ninguna de las dos le creía. Sensacional. Casi le hacía desear a Cristina confesar la fea verdad. ¿Zach? ¿Golpeándola? Qué tal. ¿Pero qué diría? *Si quieren saber, los moretones me los hicieron las esposas. No, Zach no gusta de juegos perversos. Los moretones me llegaron legítimamente. Tengo el récord de la detención y la foto de judicializada para comprobarlo.*

Sí, cómo no. Mejor dejar que Mercy pensara que Zach era un animal.

"¿Cómo están los niños, Cris? Apuesto a que los extrañas."

Cristina le lanzó una mirada a Mercedes. "Están pasando el verano de expedición en Europa," explicó rápidamente. No sabía cuánto conocía Mercedes de su vida, pero si tenía que apostarle algo, diría que más bien poco. Un mesero interrumpió la conversación y Cristina pidió otro trago. El último, se prometió a sí misma, a la vez que se dirigía a

Lucy. "A juzgar por los correos y llamadas, la están pasando de maravilla. Y, aquí entre nosotras, da gusto tener tiempo para mí. Aunque sí me hacen falta."

"Hablando de hijos, ¿cuándo llega Annette?" preguntó Mercy.

"Mañana por la noche. De hecho Randy la animó a que adelantara su viaje. No se suponía que estuviera acá sino en un par de días pero cuando supo que ustedes dos llegaban antes, organizó las cosas."

"Randy es un buen tipo," dijo Cristina. "No me sorprende que cuide a Annette de esa forma."

Lucy cruzó los brazos y frunció el ceño. "Saben, hablé con ella ayer y sonaba tan apurada y tan . . . irritable. He estado preocupada por ella."

"Claro que está irritable. Tiene cinco hijos. Cristo Jesús, si yo tuviera cinco hijos, sería una alcohólica con tendencias homicidas."

Lucy le sonrió a Mercedes con una sonrisa tristona. "Verdad. Ella sí dijo que se moría por llegar, así que ése es un punto a favor."

"A lo mejor es sólo que necesita un descanso, Lucy," dijo Cristina suavemente. "Criar hijos en verdad puede descontrolarlo a uno."

"¿Lo dices por experiencia?"

"Claro."

Lucy respiró profundo y, luego, exhaló en un suspiro largo y plácido. "Saben qué, no voy a preocuparme por Annette. O por ustedes. O por mí. Aprovechemos este tiempo que estamos juntas mientras podamos. Estoy segura de que todas tenemos problemitas en nuestras vidas, pero eso puede esperar, ¿verdad?"

La mirada de Cristina hizo colisión con la de Mercy, y entonces ambas miraron al mismo tiempo para otro lado. Si tan solo supieran. El mesero dejó sobre la mesa el trago de Cristina, un salero y un casco de limón. Cristina se lamió el borde de la mano, se hechó sal y, luego, levantó el pequeño vaso.

Lucy sostuvo su martini en el aire. "Por nosotras," dijo con tono excesivamente esperanzado. Ni Mercedes ni Cristina le hicieron eco al brindis, pero los vasos chocaron. De alguna forma eso parecía ser una señal de progreso . . . por sutil que fuera.

Capítulo Siete

"¿Y? ¿Ya se mataron?" preguntó Annette mientras acabada de llegar, abrazaba a Lucy en el pórtico de su casa de ladrillo de una sola planta.

Lucy rió, un sonido pleno y libre que hizo sentir a Annette como si le cantara el corazón. Extrañaba tanto estar cerca de Lucy, que a veces sencillamente tenía que tratar de no pensar en la amistad para sobrevivir la distancia. Annette nunca se había sentido tan cercana a otra amiga, y se pasaba la mayor parte del tiempo sintiéndose aislada. Claro, le encantaba Nuevo México. Tenía a su familia y a ellos también los amaba. Eso se daba por descontado. Pero nadie comprendía la profundidad de la amistad entre mujeres mejor que . . . otras mujeres. Y una amiga del alma como Lucy, con suerte llegaba tan sólo una vez en la vida.

"Todavía no," dijo Lucy, en tono burlón.

"Gracias a Dios." El sol dorado centelleaba bajo e intenso en el cielo que cubría Front Range, pero todavía era de día, y eso ya era algo. El trayecto se había hecho corto, más de lo que esperaba. Nunca había sido muy aficionada a las vacaciones, pero viajar sin niños era una experiencia por completo diferente, una que, según había descubierto, disfrutaba a plenitud. Se detenía cuando quería, oía la música que quería oír. Si así se le antojaba, no escuchaba nada aparte del silencio y el zumbido del motor. Por una vez todo giraba alrededor de ella y gozaba con cada momento. Había sido un recorrido largo, pero relajante. Había estado tan al borde de las lágrimas agradecida de estar sola, que durante las primeras tres horas ni siquiera había puesto música, y el silencio había sido un bálsamo para las heridas de los últimos siete años de estrés, horarios y espaguetis de los martes. Ahora estaba acá. En Denver. Con Lucy. Sin hijos durante diez dichosos días.

No podía creer lo emocionada que se sentía y, a la vez, la emoción le provocaba un aguijonazo de culpa. ¿Verdad que otras madres no se sentían tan embriagadas ante la posibilidad de estar sin los hijos, o sí?

Se desentendió de la perturbadora pregunta. No había tenido en años ningún rato de privacidad con sus amigas, y se disponía a darse el gusto, libre de culpas. Merecía este rato, caray. Por primera vez en años no se sentía ni como la esposa ni como la madre sino como la mujer. Entera y llena de riquezas y madura. Rompieron el abrazo y Annette le sonrió a su mejor amiga. "Santo cielo, qué bueno es ver a la verdadera tú y no a tu nombre electrónico."

"Igualmente, linda. Pensé que nunca llegarías."

"El peor tramo fue entre Colorado Springs y Denver. El tráfico, ¡cosa seria!" Annette estiró el cuello de lado a lado, agradecida de haberse bajado del minivan. Aspiró profundamente el aire de verano de Denver, que siempre a ella le parecía que olía a frutas, y se fijó en los pájaros que cantaban desde el olivo ruso que había en el costado de la casa de Lucy. La experiencia la invitaba a bailar en círculos, absorbiéndolo todo. Pero no había tiempo para eso. Mercy y Cris habían llegado la víspera, y ella quería todos los sucios detalles. Se recostó contra la baranda del pórtico. "Bien, suficiente cháchara. Por favor, cuéntame todo sobre lo del no-se-maten de esas dos. Me preocupé por esas dos todo el viaje."

Lucy sacudió la cabeza y su cola de caballo se movió de lado a lado. Llevaba una sudadera del departamento de policía, recortada, y una camisetita sin mangas y sin cuello que acentuaba la fuerza de sus hombros y los brazos bien tonificados. Parecía una perfecta caricatura de sí

misma. Y parecía, además, tener veinticinco años. "Pues bien, pongá-
moslo así. Nadie todavía ha anotado el primer tanto, pero el momento
fue mortalmente tenso desde que Cris entró al bar anoche." Lucy se
apretó las sienes entre las palmas de las manos. "Y las dos estaban bebiendo como peces."

"Ah, no te preocupes por eso. Son mujeres cosmopolitas, sabes."
Annette se encogió de hombros con pragmatismo. "Las mujeres cosmopolitas beben cocteles."

"Cris estaba tomando tragos de tequila, no tomando a sorbitos jule-
pes de menta."

"Ay, ay, ay." Annette hizo una mueca. "Entonces a lo mejor éste no
es un buen momento para mencionar lo bien que me sentarían una o
dos copas de vino"

"Yo definitivamente te acompaño en eso. Un rato amable y *relajante*
con una amiga. Qué novedad." Lucy entornó los ojos e hizo una mueca.
"A juzgar por la forma en que se están comportando esas dos, probablemente te toque ser árbitro entre ellas toda la semana."

"Ni que el diablo lo quiera." Una oleada de rebeldía obstinada y a la
vez de vergüenza por la explosión, le congestionó y acaloró a Annette
la piel. Su madre siempre le había enseñado que las palabrotas eran
el idioma de los ignorantes, y ella estaba de acuerdo. Nunca decía malas palabras, ni siquiera cuando se machucaba un dedo o se le partía
una uña.

Lucy también parecía sorprendida por la explosión. "¿Cuándo empezaste a decir palabrotas como marinero?"

"No digo palabrotas."

"Acabaste de hacerlo."

"Fue accidental, y solamente dije la palabra que empieza por D."
Annette recogió la maleta que estaba en el suelo y encajó la mandíbula,
mirando a su amiga con determinación. "Mas la cuestión es que yo las
hago de árbitro entre cinco niñas y un esposo todos los días de mi vida.
Estoy acá para ti y para darme un muy necesitado descanso de la realidad. Mercy y Cris son mujeres maduras—"

"Uno creería."

"*Lo son*. Y la vida es dura, pero ¿sabes qué?" Annette enderezó los hombros. "Es dura para todas. Que se aguanten."

"Maldición, niña." Lucy retrajo la barbilla, pero Annette alcanzó a percibir la aprobación que centelleaba en su mirada. Eso la fortalecía. "Y dicen que yo soy dura. Me haces sentir orgullosa."

Annette se ruborizó complacida. "Propongo que las soltemos, Lucy. Dios sabe que las quiero a las dos y que te quiero a ti, pero no son responsabilidad mía. Estoy hasta la coronilla de ser la cuerda y la de fiar del paseo. La que siempre hace que todo esté bien."

Sonriendo, Lucy le recibió a Annette la maleta, la tomó del brazo y la dirigió hacia la entrada. "¿Sabes qué? Tienes absolutamente toda la razón. Te has hecho acreedora de un poco de desequilibrio. Quizás de esta forma Mercy y Cris finalmente se vean obligadas a limar sus diferencias."

"¿Y *cuáles* son las diferencias, a fin de cuentas?"

Lucy se encogió de hombros. "Nadie realmente lo sabe."

"Mercy lo sabe," dijo Annette con conocimiento. "Pobre."

Lucy le disparó una mirada certera. "¿Sabes algo que yo no sepa?"

"Claro que no, Mercy y yo no hablamos en privado. Aterriza." Annette miró a Lucy como si la mujer estuviera loca. "No podríamos ser más distintas aunque quisiéramos. Prácticamente pertenecemos a especies diferentes. Pero es obvio. Cris está confundida por todo el asunto—"

"Cris está confundida por la vida."

"Quizás, pero ése es un programa completo del *Show de Cristina*." Annette sacudió la cabeza. "En cuanto a esas dos, Mercy es la que tiene toda la ira retenida bajo la superficie."

Lucy inclinó la cabeza, como si reflexionara en ello. "Buen punto. Eres muy astuta."

"Claro que sí. Tengo cinco hijas."

"Pues bien, si estás en lo cierto, supongo que depende de Mercy sacar todo y superarlo de una buena vez. Y si conozco bien a Mercedes, no lo hará hasta que esté muy bien preparada." Suspiró con un dejo fatigado de diversión.

"Pobre Mercy." Un manto de tristeza cayó sobre los hombros de Annette. Detestaba percibir que alguien sentía dolor, y Mercy llevaba sintiendo dolor más tiempo que nadie que ella conociera. Pero Annette no era la que podía remediarlo. Ni siquiera lo intentaría. Caray, ni siquiera encontraba el remedio para su propia vida enloquecida. Claro estaba que no le quedaban fuerzas para preocuparse por la vida de los otros. "Si tan solo se diera cuenta de que para todas nosotras ella es una mujer maravillosa e inspiradora."

"Pues sí. Uno pensaría que es una conclusión evidente." Lucy se dirigió a la escalera de madera que conducía al segundo piso. "Es bella y exitosa."

"A veces no es tan fácil saber lo que uno vale."

"¿Hablas por experiencia?" Lucy le echó a Annette una mirada de reojo. "Pensaba mencionártelo . . . la otra noche sonabas algo tensa cuando hablamos por teléfono."

"Estaba apenas haciendo una observación," mintió Annette. De ninguna manera pensaba descargarle a Lucy sus problemas antes de la boda. "Y siempre estoy tensa, para que lo sepas. Es parte de la descripción de mi cargo de mamá—la parte que nadie le dice a uno antes de quedar embarazada."

"Bien, pues, te mostraré el cuarto de huéspedes. Quiero tenerte solita para mí un rato, pero seguramente estás cansada de conducir y de todo lo demás, ¿verdad?"

"Agotada. Y huelo a presidiario. Necesito ducharme. No, mejor un baño de espuma." Dios, suena celestial. La oleada de placer ante la mera idea de sumergirse en el agua largo rato y sin interrupciones tenía algo de sexual. "Pero después de eso, tú y yo en el pórtico con una botella de vino."

"Trato hecho. El vino ya se está oxigenando."

"Que Dios te bendiga."

Subieron las escaleras hacia el segundo piso, primero Lucy, llevando la maleta, y Annette detrás estirando la parte inferior de la espalda. Miró a su alrededor tratando de absorber el momento, de guardarlo como un elíxir personal del cual pudiera beber cuando las cosas volvieran a enredarse en el mundo real. El olor característico de la cera para madera y de perro limpio de la casa de Lucy la llenó de calma. El crujir de la escalera. Todo. Si tan solo pudiera ocultarse acá para siempre. Dios, lo que deseaba. Debería sentir vergüenza. Francamente, tenía suerte de estar acá en este momento.

Parpadeó, la espalda de Lucy adelante. "Oye, de verdad que te agradezco que me permitas quedarme acá unos días." Sintió un poco de vergüenza por tener que recibir caridades, por decirlo así. "No podríamos costear el hotel más de un par de noches, especialmente en vista de que pude venir antes, aunque estoy feliz de haberlo logrado."

"Al igual que yo."

"Pero, Dios, los niños salen caros. No te imaginas. Solo quisiera no tener que ser un peso para ti, especialmente ahora."

"Deja de pedir disculpas. Para mí no eres una carga, ¿acaso bromeas? Siempre eres bienvenida acá, Annette, y no tienes que explicar."

"Lo sé." Ella dudó y se mordió el labio. "Pero . . . y las otras dos no se sintieron mal por tener que pagar ellas su estadía?"

Lucy soltó una carcajada. "Debo acaso recordarte que Mercy y Cris están forradas en dinero? Prosperan con el lujo y el servicio de 24 horas a la habitación. Ni parpadearon."

"Ah, pues eso está bien. ¿Acá no tienes servicio de habitaciones?"

"No. Pero sí hay acceso ilimitado al refrigerador."

"Excelente," bromeó Annette. "Esta es la clase de antro prenupcial que me gusta."

Lucy tembló involuntariamente con un escalofrío, dejó la maleta en el piso y miró a Annette cara a cara. "Ah, sí, otra cosa. No quiero hablar de la boda."

"¡Pero si estamos acá para eso!"

"Durante un ratito, ¿vale?"

Annette la observó un buen rato y, luego, levantó un dedo en señal de admonición. "Sólo por esta noche, y solamente porque te quiero." Agarró a Lucy del codo y la retuvo en el lugar para que no pudiera escapar. "Pero Rubén y este matrimonio son lo mejor que te ha pasado en la vida, y no voy a dejarte negarlo u olvidarlo, sean cuales fueren tus neurosis."

Lucy abrazó otra vez a su amiga con fuerza. "Sí te necesito para que me ayudes a superar el trance. Y sí quiero superarlo. Sí que quiero. Lo amo tanto. Lo que pasa es que existe esta condenada maldición—" la voz se le cortó.

"Lo sé, Lucy. Olvida la maldición. La maldición no existe."

"Estoy tratando, pero si la historia ha de servirnos de guía . . ." Lucy suspiró y se hizo la desentendida. "No importa. No quiero entrar en el tema. Eres lo mejor. ¿Sabías?"

"Cómo no," dijo Annette. Con una sonrisa, se apartó e hizo con las manos movimientos como de espantar moscas. "Ahora, fuera de acá, y déjame descansar en la bañera como la dama de placer que no soy. Te juro que no me he dado un baño relajante desde 1989."

"Si te parece que un simple baño es un lujo, espera y verás lo que Mercedes tiene planeado en lugar de la fiesta de soltera."

"¿Qué?"

"Un día completo de spa para todas."

Annette dio un grito de asombro. "¡No te creo! ¿En serio?"

Lucy rió. "Lo sé. ¿Te imaginas?"

"No me imagino. Vayamos por pasos y empecemos por este baño. Tengo una cita para tomar vino con mi mejor amiga exactamente en una hora."

"Traje informal," repuso Lucy, indicando su atuendo con un movimiento de la mano.

"Como si fuera a aceptar cualquier otra cosa. Aunque estoy que me muero por desfilar en la funda marca Serafina que elegiste para que luzcamos en el evento ese que no se debe mencionar."

"¡Acabas de mencionarlo!" dijo Lucy encogiéndose.

"No, no lo hice. ¿Pero has visto los vestidos?" parpadeó rápidamente e inhaló con dramatismo. "¡Son preciosos!"

"¡Ah!, pero no se puede hablar de la boda."

Annette hizo un chasquido con la lengua. "Eres imposible. Largo de aquí. Ve a hacerte útil partiendo un queso, o cualquier cosa que combine con el vino."

Lucy se llevó los dedos a los labios y sopló un beso hacia Annette.

Mientras cerraba la puerta de la habitación de huéspedes, los labios extendidos en una sonrisa, se sentía como si al fin hubiese llegado a un lugar seguro y lleno de amor. El abrazo de una amiga era infinitamente diferente al amor de una familia y al compromiso del matrimonio. No era mejor, tan sólo diferente. Adoraba a Randy con todo el corazón y eso nada lo cambiaría. Pero estar acá con Lucy le permitía comprender mejor el amor de Déborah por Alex. Nunca había siquiera contemplado estas cosas en relación con sus amigas, pero el asunto de Déborah le estaba abriendo los ojos. Y el amor de Déborah por otra mujer no la confundía ni la decepcionaba. En este instante, como que adquiría sentido filosófico. El poder femenino. ¡Arriba!

Capítulo Ocho

Annette estaba maravillada con el generoso regalo de Mercedes, un día completo de spa para todas. Después de todos estos años separadas, la proximidad íntima había sido una ingeniosa manera de romper el hielo. Se habían dado gusto con baños de lodo, mascarillas faciales, manicuras, pedicuras, masajes, depilación con cera, y para ella fue muy gratificante descubrir que al parecer el calor humano entre ellas iba en aumento. Ahora todo el mundo quería ir a las cuevas de aguas termales para darse un remojo en minerales—todas, menos la misma Annette. Nunca en la vida se había sentido tan consentida, y cada minuto le había encantado. Pero, aunque el grupo estuviera dividido por géneros, se sentía algo vacilante frente a las aguas termales en las que había que sumergirse desnuda. El corazón le latía con fuerza, dejándola temblorosa y descompuesta.

Mercedes y Lucy tenían cuerpos matadores, intocados por los tormentos de la procreación y afinados hacia la perfección por una rutina de ejercicio regular. Cristina había dado a luz dos hijos, pero, ¿y qué? Tenía un entrenador personal y fondos ilimitados. Annette apostaría dinero a que el marco de la ex reina de belleza no delataría ni una seña.

Ella, por el otro lado, había dado a luz cinco hijos, con los cuales había subido de peso más de lo normal en el caso de los dos primeros embarazos, y mellizas para el ¡hurra! final. Claro, se había adelgazado lo suficiente hasta lograr una forma curvilínea que se veía bien en ropa, pero cuando estaba desnuda su cuerpo era una versión estirada y fatigada de su pasada gloria. Se sentía incómoda. Punto. Nadie, excepto Randy la había visto en cueros en años y quería que siguiera siendo así.

"Vamos, Annette," dijo Lucy. Mientras se recogía el pelo en un atado desordenado y lo aseguraba con un gancho, encontró los ojos de Annette en el espejo. "Apúrate, chica."

Annette enrolló las manos en el borde del banco y apretó. Esbozó lo que esperaba que no fuera una falsa sonrisa y levantó la mirada hacia sus tres amigas envueltas en las mullidas toallas beige que les habían dado en el spa. En el tono más casual que logró, dijo, "Saben, creo que no voy a ir a las cuevas de agua mineral."

"¿Qué?" Cristina denotaba incredulidad. "¡No puedes hacer eso, es la mejor parte!"

"Muy Zen," agregó Mercedes.

Annette miró hacia el reflejo de Lucy en el espejo, por encima del mostrador de maquillaje que recorría toda la longitud del recinto, tan sólo para encontrar que los ojos entrecerrados de su amiga emitían una intensa mirada. Se miraron sin apartar la vista durante tensos minutos, antes de que Annette desviara la suya. Tragó con dificultad, a sabiendas de que Lucy era capaz de interpretarla a fondo. Siempre había tenido esa capacidad.

Lucy exhaló y se dio vuelta del espejo para mirarla directamente, con los brazos cruzados debajo del nudo de la toalla. "¿Qué es lo que pasa, Annette? A ver, dilo de una vez."

Annette dejó caer los hombros. Se pasó los dedos temblorosos por el pelo, que se le había puesto lacio por el vapor y la mascarilla facial. Finalmente levantó la barbilla y dijo con pesar. "Pues si tienen que saberlo, me intimida estar desnuda delante de ustedes, tres templos de la perfección física."

"¿Estás loca?" Annette y Lucy se miraron un momento, antes de que Lucy dejara caer la toalla y se diera vuelta. Se señaló el culo, dirigiéndose a Annette por sobre el hombro. "Mira las marcas que dejó el granizo en estas mejillas, querida. No existe la perfección. Somos mujeres. Las mujeres tenemos imperfecciones, y eso es lo que nos hace únicas y hermosas. Las mujeres de la vida real no poseen el lujo del retoque con pincel de aire como las modelos de revista."

Annette rió. Bastante cierto. El cuerpo de Lucy tenía una forma perfecta, y unos músculos largos bien demarcados, pero su piel no era la superficie tipo modelo que Annette había temido. De todos modos, sus defectos eran mínimos. No tenía estrías, ni partes caídas, ni-uf. "No sé."

Cristina dejó caer su toalla y mostró los senos, altos y redondos y perfectos. "¿Perfección?"

"Pues, sí. Perfección total," dijo Annette, deseando mirar bien y a la vez tratando de evitar mirar demasiado. ¿Cuál era exactamente el protocolo cuando alguien le mostraba a uno los senos?

"Pues bien, realmente no, porque son falsos. Me gustan cuando estoy con ropa pero ni siquiera se mueven cuando me acuesto de espaldas." Encogió la nariz. "Es, es un poco perturbador. Si quisieran saber la verdad, preferiría haber conservado los que me dio Dios."

"Por lo menos no señalan hacia los pies."

"Por lo menos los tuyos señalan a algún lado," dijo Mercy, dejando caer su toalla. "Yo no tengo nada, ¿ves?" Observó a Annette. "¿Pero a quién le importa? Uno tiene que querer el cuerpo que le dieron."

Annette tomó nota. Mercedes no era exactamente plana, pero sí tenía senos muy pequeños. No obstante, el resto de su cuerpo era exquisito, e incluso sus senos eran encantadores en un tono orgulloso a la manera de Kate Hudson-no-necesito-enormes-montañas-para-ser-hermosa.

En realidad todas se acercaban tanto a la perfección, y ella estaba, tan, tan en el extremo opuesto del espectro. Pero agradecía lo que trataban de hacer por ella. "Ustedes están locas de remate," dijo, y los ojos se le aguaron. Pasó revista a sus amigas desnudas y sonrientes. Cuando llegó a Mercy, su mirada sorprendida bajó hasta el parche pulido y angosto de vello púbico, más o menos de una pulgada de acho, que subía por todo el centro.

"Guau," exclamó Annette, incapaz de contenerse. Miró con vergüenza a Mercedes a la cara y le dijo, "Lo siento. ¿Así te crece? Nunca había visto nada parecido."

Mercedes rió, un sonido poco familiar para todas ellas. "Dios, no, niña. Se llama 'brasileño.' Es obra de la cera. Hoy te podrían haber hecho una así si lo hubieras pedido."

Annette dio un respingo. "No existen drogas lo suficientemente fuertes para lograr ponerme en la posición que se requiere para depilarme con cera en esa parte del cuerpo, gracias mil." La cera de las cejas había sido lo suficientemente dolorosa. "Pero estoy impresionada. Quiero decir . . . se ve bien." Sacudió la mano, dándose cuenta de lo absurdo de la conversación. "No que una persona deba hacerle cumplidos a otra sobre su pubis, sean amigas o no."

"No me molesta." Mercedes se dio vuelta y, analizando su cuerpo en el espejo de cuerpo entero, enderezó los hombros. La expresión se le tornó agria. "¿Saben? Yo solía dejármelos naturales hasta que una noche, durante un llamado interludio romántico, Damián me dijo que yo parecía tener un gato agazapado entre las piernas."

"¡Qué horrendo!" exclamó Lucy, antes de soltar una carcajada. "Pero medio gracioso."

Las otras dos le hicieron coro.

Mercy sonrió con afectación. "Su forma directa era de hecho uno de sus encantos. Y para el caso, 'era' es la palabra clave de la frase." Suspiró. "Detesto reconocer que cedí, pero decidí después de su encantador comentario que a lo mejor un poco de pulimento estaba a la orden del día."

"Yo seguramente hubiera hecho lo mismo," dijo Cristina con suavidad.

Mercedes la miró con cierta agudeza, claramente sorprendida de que Cristina pudiera estar de acuerdo con ella en cualquier asunto. Pero no hizo ningún comentario. En cambio, se dirigió a Annette. "Estoy pensando regresar al estilo natural. Que se joda Damián. Nunca me molestó antes del chiste del gato, e implica menos trabajo."

"Yo estoy tan fuera del circuito que ni sabía que había opciones aparte de la natural," dijo Annette, todavía maravillada con la pequeña y organizada banda negra. Dirigió su atención hacia Lucy, que se había enrollado la toalla alrededor de la cintura. "¿También tú tienes estilo brasileño?"

"Soy chicana, nena," dijo Lucy con un guiño.

"Sabes lo que quiero decir, sabelotodo."

"Sí, y no. Natural. Una vez sí me afeité del todo para darle un gusto a Rubén. Pero le gusta más así. Y maldición, el proceso de dejarlos crecer fue un horror. Sencillamente hay partes del cuerpo en las que no debería haber pelos creciendo."

Annette parpadeó dos veces y miró a Cristina. Tambien ella se había cubierto otra vez. Solamente Mercedes seguía atrevidamente descubierta. "¿Y tú?"

"He tenido los dos. Mierda, me he hecho con la cera forma de corazón, y me lo he teñido de rojo Elmo, pero ése fue un antojo especial del día de San Valentín." Sonrió. "En este momento lo tengo natural, pero con la forma del bikini y algo recortado. Es mi preferencia, pero todos se ven bien. Mirándolo bien, el cuerpo de la mujer es algo hermoso."

Mercedes extendió los brazos en ademán de incredulidad. "Mírennos acá paradas, charlando en detalle sobre la forma de arreglarse el vello púbico, por el amor de Dios, y ni siquiera hemos estado bebiendo. Vamos a las termales. Todas." Señaló a Annette con un dedo. "Tú has traído a este mundo a cinco hermosas niñas y te ves fantástica. Siéntete orgullosa de tu cuerpo. Te has ganado las marcas que supuestamente tienes y a ninguna de nosotras le importa. Y debería darte vergüenza haber pensado lo contrario."

Lucy extendió el brazo y le apretó la mano a Mercy. Lucy, siempre la mediadora, siempre la llamada a elogiar. "Tiene razón," le dijo Lucy a Annette. "Te ves maravillosa. Si yo hubiera tenido cinco hijos, estoy segura de que estaría grande como una casa."

"Sí, claro, reina de los abdominales bien demarcados," murmuró Cristina.

Lucy le lanzó una rápida sonrisa, antes de volverse de nuevo a

Annette. "Mira, lo que realmente importa es que somos amigas. No estamos acá para enjuiciar el cuerpo de nadie."

Annette se apretó la toalla alrededor del pecho y torció la boca hacia la derecha. "Tengo estrías bastante severas."

"¿Acaso no oíste lo que dijo Mercy? Te las has ganado. *Nosotras* nos las hemos ganado," agregó Cristina, abriendo la toalla una vez más. Annette le echó un vistazo al vientre plano de Cristina y notó, por primera vez, las reveladoras estrías plateadas. Verlas le disminuyó un poco la tensión. "Eres mamá," continuó Cristina. "Siéntete orgullosa. Reconozco que a veces, cuando me miro, me siento algo menos que complacida con las rayas, pero luego recuerdo a Cassandra y a Manuel, y todo me parece bien. Las rayas valieron la pena."

Annette dudó, mordiéndose el labio inferior antes de ponerse de pie. Estaba nerviosa, pero ¡qué caray! Ellas la querían. Sabía que podía verse como Jaba el bárbaro y todavía la querrían, pero el lado alegre era que ella no se parecía a Jaba en absoluto. De hecho, para ser madre de cinco y estarse acercando a los cuarenta, se veía mejor que el promedio. No tenía nada qué esconder. "¿Saben qué?" se quitó la toalla con un floreo, dejándola caer al piso. "Tienen razón. No me avergonzaré de ser mujer, o madre, independientemente de los efectos sobre mi cuerpo."

Mercedes, Cristina y Lucy aplaudieron y cantaron vivas mientras Annette desfilaba por el vestier. Era la primera vez desde que estaban juntas que Annette sentía la fuerza de la compenetración entre ellas y eso la llenaba de esperanza. Quizás la desnudez física había sido el primer paso. Eventualmente, si trabajaban con suficiente esmero para restablecer la confianza entre sí, quizás lograran también estar emocionalmente desnudas. Era apenas natural que tomara algo de tiempo. Por el amor de Dios, con la excepción de que cada una había visto a Lucy a solas en diversas ocasiones, las cuatro, como grupo, habían estado separadas durante décadas.

Mucho tiempo. Muchos cambios.

Pero cada rato que pasaban juntas, Annette tenía más esperanzas de que las cosas marcharan como se suponía. Las *chicas* juntas de nuevo. Una para todas y todas para una—inclusive Mercedes y Cristina.

Capítulo Nueve

Unas cuantas horas más tarde, distendidas y relajadas tras un día entero mimándose a sí mismas, las cuatro mujeres se fueron sentando una por una en una resguardada mesa con una butaca a lado y lado y de espaldares altos de madera en la sección grill del Elk, Bugle Bar & Grill y pidieron una tanda de cerveza del sifón.

Cristina miró a su alrededor. El lugar era un antro pero tenía cierto encanto de refugio de montaña, y se alegraba de que Lucy lo hubiera sugerido. Se sentía infinitamente más tranquila después de un día intimando con sus amigas—especialmente después del asunto con Annette. Tampoco hacía daño que ella y Mercy se estuvieran acomodando en un pacto silencioso entre las dos. Lo que fuera. A ella le funcionaba. En cualquier caso, no había oído ni una palabra de San Antonio, Lucy había empezado a hablar de la boda, lo cual era una señal fantástica, y— Cristina extendió las manos sobre la superficie más bien pegajosa y las analizó—el color de las marcas en las muñecas había bajado de tono y ahora era rojo claro. De todos modos, gracias a los vestidos sin mangas que Lucy había elegido para ellas, tendría que usar el maquillaje Dermablend que había comprado para la boda, pero eso no era un problema.

Se recostó contra el espaldar y, por primera vez en días, se relajó de verdad. Bueno, se relajó de verdad, teniendo en cuenta que seguramente había arruinado cualquier credibilidad que tuviera en casa.

Lo verdaderamente interesante era que, desde que estaba acá, no había sentido la urgencia de lograr uno de los pequeños descuentos de cinco dedos. Claro, en parte se debía al golpe de realidad producido por la detención. El simple hecho de estar rodeada por sus amigas, incluso de Mercedes, la hacía tomar conciencia de la sangre que fluía por sus venas, el corazón que latía. La hacía tomar conciencia de sí misma como no lo había estado en años. Se sentía real—por fin. Real y válida y aceptada.

Pero . . . Zach descubriría lo de su arresto, seguramente más temprano que tarde. No podía limitarse a sonreír para superar el incidente, como lo había hecho a lo largo de cualquier mala racha en su matrimonio. Esta joda en particular tendría que ser encarada totalmente de frente y, sencillamente, no estaba preparada. Lo único que quería era pasar tiempo con sus amigas al margen de todo, fingir que su vida era tan perfecta como todas ellas pensaban que era, y concentrarse en Lucy.

¿Qué era lo que andaba tan mal?

El restaurante olía a carne asada y a cerveza, y una banda de rock de los ochenta se dejaba oír desde el bar. "Este lugar es acogedor y sin pretenciones," dijo, apartando de su mente los pensamientos sobre su detención y la fealdad que seguramente produciría. "Me gusta."

"Qué bien," Lucy le sonrió primero a ella, y luego a Mercy. "Temía que fuera de demasiada baja categoría para ustedes dos, chicas del mundo veloz."

Cristina respondió con ironía, "Créeme, el mundo veloz pierde su encanto."

"Ya imagino, no que lo hubiera sabido. No que quiera saberlo." Lucy pasó la vista en derredor con una mirada llena de afecto. "Sinceramente, éste es uno de mis escondites preferidos. Siempre pensé que sería un lugar maravilloso si uno quisiera estar totalmente solo. Quiero decir, estos reservados son tan altos, nadie lo puede ver a uno. Muy íntimo. Por no mencionar"—señaló hacia el otro lado donde estaba la barra que separaba el restaurante de la otra mitad que servía de bar. El bar hacía gala de una mescolanza de acabados en pisos y cielorrasos, mesas dispares, sillas desvencijadas, luces de neón empolvadas que anunciaban marcas de cerveza, y una ecléctica combinación de rocolas—"no hay cómo ganarle a ese lado en bebidas baratas," terminó Lucy. "Y no escatiman en alcohol. ¿Qué tan a menudo puede decirse eso de un bar?"

"Mi tipo de abrevadero." dijo Mercedes.

A Cristina le parecía que Mercedes, sin maquillaje, y con el pelo en suaves ondas después del baño en las termales, se veía bastante menos intimidante. Más como la muchacha de secundaria, cuando solían pasar horas en el teléfono, charlando y riendo. Una oleada de doloroso pesar hizo presa de ella, y la obligó a desviar la mirada. ¿Por qué Mercedes la odiaba tanto? ¿Qué había hecho? ¿Y por qué su amistad no había tenido la suficiente importancia para Mercedes como para hablar del asunto? Una ola de amargura dolorosa se encrestó dentro de ella. ¿Cómo podían haberla tirado a la basura como si no significara nada?

"¿Cómo lo descubriste?" le preguntó Mercy a Lucy.

"Rubén y yo pasamos mucho rato en Little Bear, en esta misma calle. Es una combinación de lugar de encuentro de motociclistas y gente de la zona además de que tiene sensacional música en vivo, y ya saben cómo es Rubén con su Harley."

"Suertuda," dijo Mercy en tono divertido. "Todos hemos oído hablar de Little Bear. Solíamos vivir acá, ¿recuerdas?"

"Ah, sí, lo siento." Lucy parecía mortificada. A fin de cuentas, Little Bear *sí* era en verdad muy conocido en Colorado. "En todo caso, tanto Little Bear como este lugar tienen clientes divertidos y extraños. Eso nos gusta."

"Hablando de clientes extraños y divertidos," dijo Mercy, "¿cómo nos las hemos arreglado hasta ahora para esquivar a tu madre y al resto del árbol genealógico Olivera? ¿Les diste un golpe a todos después de la fiesta? Estoy segura de que ustedes los policías conocen bien todos los sitios estratégicos para deshacerse de los cadáveres."

"Lo consideré, pero la posibilidad de pasar cuarenta años en Florissant, en la cárcel para mujeres, me hizo recapacitar." Lucy tamborileó sobre el vaso de cerveza con los dedos de ambas manos. "En verdad, le dije a mi madre que cancelaría la boda si no me permitían pasar unos días a solas con mis amigas. Creo que entendió la indirecta. Después del ataque que fue esa fiesta, sabía que había llegado al límite de mi paciencia."

"¿Pero estará disponible para la parte en que tienes que alistarte, verdad?" preguntó Annette, con cara de preocupación. "Me partiría el alma que alguna de mis hijas me excluyera de eso."

"Mamá estará ahí, pero no todas las madres putativas, tías, etcétera. No sé lidiar con eso. Para eso las tengo a las tres, salud mental."

"Uf, tienes un extraño sentido de quién es cuerdo y quién no," dijo Cristina. "Y perdóname por decir esto, pero estoy ilusionada con la perspectiva de estar de fiesta con los Olivera." Le lanzó a Lucy una mirada de disculpas. "Quizás tu familia tenga sus peculiaridades, pero son tan pintorescos. Cualquier cosa es mejor que una sobria función de caridad tras otra con especímenes de la alta sociedad que están más interesados en el diseñador que te cosió el vestido que en quien eres por dentro, créemelo. Estoy lista para algo de emoción."

"O una función de la asociación de padres y profesores," agregó Annette. "Esas sí que pierden su encanto. También tengo ilusión de ver a la familia. Lo siento, Lucy."

"O una fiesta de editores." Una sonrisa misteriosa tocó los labios de Mercy. "Aunque . . . ésas en ocasiones tienden a lo salvaje y desbocado si uno anda con el grupo indicado." Levantó el vaso en un pequeño y privado saludo antes de tomar un sorbo. "Pero concuerdo con estas dos al cien por ciento. Que traigan a los Olivera."

Lucy sacudió la cabeza, con ademán desencantado. "Vaya que estoy contenta de que admiren tanto a mi familia—traidoras. Pero está bien. Ya podrán analizarlo en la boda." Abrió con determinación el enorme menú plastificado. "Sin embargo, se supone que éste sea un día para relajarse, y hablar de mi familia no me relaja. ¿Qué tal si pedimos algo de comer y olvidamos un rato la charla sobre los Olivera, sí?"

En ese instante, el timbre de un teléfono celular rasgó el aire. Las cuatro mujeres metieron la mano al bolso. Cristina miró la faz de su teléfono y sintió que la sangre se le escapaba del rostro. Alrededor de ella todo se tornó negro, y su visión permaneció centrada en la pantalla de cristal líquido y su identificación de llamada. Apretó con fuerza el teléfono. Zach. Desde el estudio de televisión. Rara vez la llamaba desde el trabajo a menos que se tratara de una emergencia. Ay, Dios. Contra su voluntad, empezó a temblar.

A lo mejor no era nada.

A lo mejor era el principio del fin.

De cualquier forma, sencillamente no estaba lista para enfrentarlo.

Apagó el teléfono en la mitad de un repique, lo metió de nuevo en el bolso, y luego levantó la mirada para ver cómo la curiosidad se reflejaba en los rostros de sus tres amigas. *Mierda.*

Sacudió la mano, intentando un gesto casual, pero maldición si su voz no temblaba también. "Era para mí."

"Sí, nos dimos cuenta," dijo Lucy con suavidad. "Apagaste el teléfono. Después de quedarte completamente pálida, debo agregar."

Cristina sentía la sangre golpearle caliente y con brusquedad por las venas. "Eh, era Zach. Más tarde hablo con él."

"Bien puedes devolverle la llamada," sugirió Lucy, con una pequeña arruga de preocupación entre las cejas. "De verdad que no nos incomoda, Cris."

"No." La palabra solitaria retumbó en la habitación, aguda y cortante como una bala disparada. Intentó suavizar la reacción con una sonrisa trémula. "Ya habíamos hablado antes," mintió, sintiéndose terrible por hacerlo. "Estoy segura de que no es nada. Además, no contesto llamadas al celular durante las comidas." Dios, ella era la reina de la evasión. Y era débil. Sabía que Zach se merecía oír directamente de ella la versión de su encuentro con la ley, pero sencillamente todavía no podía hacerle frente. Zach nunca había estado abiertamente de acuerdo con la opinión que su suegra tenía de ella, pero tampoco había sido firme en su defensa delante de la mujer. Dios, no quería dar pruebas de que la arpía tenía la razón.

Las amigas intercambiaron miradas furtivas antes de regresar a sus menús. A continuación se produjo un silencio denso y tenso y Cristina sabía que acababan de archivar su reacción como prueba adicional de que Zach era alguna especie de monstruo abusador. Se daba cuenta de que eventualmente tendría que corregir ante todas esa información, pero no hasta que Lucy estuviera bien a salvo de sus "Sí, lo prometo." No hasta que no encontrara el coraje.

Si es que alguna vez encontraba el coraje . . .

Exponer el feo revés de su ser ante Mercedes, de toda la gente, le resultaba muy poco atractivo. Sin duda que Mercy estaría emocionada de saber que a fin de cuentas su vida no era tan perfecta. "Entonces," dijo, con alegría falsa, desesperada por superar ese encuentro cercano con la realidad y esconderse en la crisálida de la negación, por lo menos durante unos cuantos días. "¿Qué van a pedir todas?"

Unos quince minutos después de haber empezado a cenar, sonó el teléfono de Lucy. Una rápida sonrisa asomó a sus labios. "Uu, apuesto a que es mi terrón de azúcar."

Cuando contestó el teléfono, Lucy irradiaba amor total. Mercedes se preguntaba, con una punzada de envidia melancólica, si alguna vez un hombre la haría sentir así.

"Aló," Lucy hizo una pausa, escuchando. Su expresión luminosa y expectante cambió completamente y frunció el ceño. "Ajá, ¿de veras? Bueno, Mamá. Escucha, está entrando otra llamada, ¿vale? Se lo diré. Adiós."

Lucy colgó una llamada y respondió de inmediato la segunda. "¿Aló?" Esta vez, su sonrisa subió a niveles de 200 vatios. "Qué hay, cariño," dijo prácticamente en un ronroneo. De nuevo, una pausa. De nuevo su frente se arrugó con preocupación. "¿Bromeas? Bien, le daré el recado. Sí, sí, te llamo más tarde. Ah, a toda prisa, ¿cómo están mis perros?" Lucy y Rubén continuaron su conversación.

En ese preciso instante, sonó el teléfono celular de Annette. "Epa, cualquiera diría que estamos moderando la subasta del Canal 6." Abrió de un golpe la tapa del teléfono. "Aló," una pausa. "Hola, corazón. Cómo están los . . . ¿qué?" Escuchó unos momentos, con expresión solemne. Sus ojos se posaron rápidamente sobre Cristina, luego se alejaron y, después, se acercó la mano al pelo para sujetarse un díscolo mechón detrás de la oreja. "Está bien. Te oigo. Escucha, esta noche te llamo de nuevo, ¿vale? Bueno, hasta pronto."

Annette y Lucy terminaron al mismo tiempo sus llamadas, mientras miraban ambas con solemnidad a Cristina, que tenía el rostro pálido y acongojado. Mercedes observaba con curiosidad mórbida.

Lucy habló primero, el tono suave pero casi de reclamo. "Cristina, no sé qué está pasando y tampoco te voy a presionar para que lo digas. Pero Zach llamó a Rubén y a mi madre buscándote a ti. Quiere que lo llames. Ya."

"Y Randy," agregó Annette, la voz llena de simpatía. "Zach también llamó a Randy. Pero le aseguró que no era nada con los niños. Nada les ha ocurrido a los niños. Y está en el estudio. Llámalo allá."

Mercedes se recostó en el asiento y lo absorbió todo, sin saber bien qué conclusiones sacar. Cristina estaba lejos de ser su persona favorita en el mundo—ahí no había ninguna gran noticia de última hora—pero si Zach la estaba maltratando, Mercedes se lo haría pagar. Ella había sido testigo impotente de cómo uno de sus padrastros había abofeteado a su madre años atrás, y eso había alimentado en ella una intolerancia absoluta hacia el maltrato doméstico.

Odiaba a los abusadores.

No estaba cien por ciento seguro, pero Cristina exhibía muchas de las características clásicas de la mujer maltratada. Estaba nerviosa, callada, y pensativa. Inventaba excusas para explicar los moretones y evadía cualquier conversación sobre su vida a menos que el tópico fuera totalmente superficial. Algunos de los indicios no encajaban, pero, ¿qué otra explicación podría haber?

Cristina suspiró y salió del reservado. Sostenía en alto el teléfono y, moviéndolo, les dijo, "Voy a llamarlo entonces, ¿bueno? Dejen de poner cara de preocupación, todas ustedes. Por Dios, no me puedo imaginar qué sea tan importante." Su risa tenía un dejo de manía, le pareció a Mercy, ya con los instintos en alerta plena. Ella estaba fingiendo. "Ustedes disfruten su cena."

Mercedes, sentada en el lado exterior del reservado, observó disimuladamente cómo se dirigía Cristina hacia el rincón donde estaban los baños y el teléfono de monedas. Todavía más curiosa, Cristina echó una mirada culpable a su alrededor, metió el celular en el bolso, sacó de la billetera una tarjeta y, luego, tomó el auricular.

¿Por qué habría de utilizar un teléfono de monedas si tenía celular? Mercedes tenía que averiguarlo.

Apretándose el estómago con la mano, inhaló profundamente y exhaló. "Uf, esta cerveza me está pasando derecho. Voy a correr al baño. Ya regreso." Se deslizó hasta el extremo para poder levantarse del reservado y se apuró antes de que Lucy o Annette hicieran lo típicamente femenino y se ofrecieran a acompañarla para la orinada comunitaria.

Teniendo cuidado de quedar fuera del rango de visión de Cristina, Mercedes salió a hurtadillas hacia la parte posterior del restaurante y se paró con la espalda contra la pared, a pocos pasos de la cabina del teléfono. Cristina todavía presionaba los mil dígitos de la tarjeta prepagadal. Finalmente terminó y aclaró la garganta un par de veces mientras esperaba a que entrara la llamada.

A Mercedes le pareció una larga espera, pero probablemente habían pasado solo veinte segundos o menos. De repente Cristina empezó a hablar con una voz falsamente alegre que no se parecía en nada a la de ella. "Zach, hola. Siento no haberte encontrado, corazón. Mis amigas me dijeron que te llamara a la casa. Supongo que no era eso y que todavía estás en el estudio, pero recibirás este mensaje pronto."

Una mentira, Mercy tomó nota. Su tensión aumentó.

"Lamento no haberte llamado antes. Todo ha sido caótico con los preparativos para la boda."

Otra mentira. ¿Acaso Cristina no les había dicho que ella y Zach habían hablado recientemente? ¿Qué diablos?

"De todos modos, mi celular está muerto, pero cuando llegue al hotel cargaré la batería y te doy otro timbrazo."

Bien. Mentira número tres. Mercedes había visto cómo Cristina apagaba el teléfono. Todas la habían visto. Maldición, *de verdad* la mujer no quería hablar con su marido. Hablaba en tono amigable, pero a lo mejor intentaba mantener la paz.

"Dale un besito a Bruja de mi parte, ¿vale?" continuó Cristina, en ese tono enlatado de esposa feliz. "Más tarde hablamos, Zach. Todo anda bien y te quiero."

Mercedes oyó colgar el teléfono, escuchó la prolongada y tensa exhalación de Cristina y dio vuelta a la esquina, con los brazos cruzados. Suficiente. Esta confrontación se llevaría a cabo *ahora mismo*. Si Cristina estaba en una situación difícil, necesitaba a alguien que la sacudiera para volver en sí, y puesto que las otras dos iban por el lado de la comprensión y el espacio personal, le correspondía a ella ser la mala.

Cristina giró abruptamente y se quedó boquiabierta y con el paso vacilante. Extendió los brazos y se sostuvo en la pared, luciendo por un instante verdaderamente atrapada. "Mercedes, ¿qué haces?"

"Creo que debo preguntarte lo mismo." Sus ojos detectaron la mirada de pánico en el rostro perfecto de Cristina, y un pozo de hostilidad antigua hirvió dentro de ella. Estaba matizado, no obstante, por una sincera preocupación por esta mujer. Su némesis, desde luego, pero una persona que de todos modos no merecía ser golpeada. Nadie lo merecía. "Escuché tu conversación. Le mentiste a tu esposo tres veces. O bien eso, o nos estás mintiendo a todos. ¿Ambas cosas, quizás?"

Se miraron fijamente en medio de un silencio tenso.

Los labios de Cristina temblaban ligeramente, mientras que abría los ojos con un gesto de incredulidad. "¿Cómo te atreves?," dijo finalmente con voz ronca. El pecho se le llenó de manchas rojizas, y las manos le temblaban como las de un adicto que necesita su dosis. "No tienes derecho a parar oreja mientras hablo por teléfono."

"Supongo que no me creerías si te digo que me importa."

Cristina soltó una carcajada desprovista de humor. "Por favor."

Mercedes le imploró, "Cris, ¿qué diablos está pasando?"

En una movida que sorprendió a Mercedes, Cristina dio un paso adelante para confrontarla directamente. Estaba a unas pulgadas de la cara de Mercedes, con los ojos entrecerrados, y los puños rígidos lado a lado. "Mira, yo sé lo que piensas—"

"Y ¿*qué* es lo que pienso?" exigió saber Mercedes.

"Que Zach me pega."

"¿Te pega?"

"No, maldita sea. No." Apretó la mandíbula y sacudió la cabeza como para despejarla. "Mercy, déjame decir esto de manera sucinta y simple. Zach nunca me ha levantado la mano ni a mí ni a los niños, y nunca lo haría. Todo esto no se trata de eso."

"¿Entonces qué? ¿De qué se trata? ¿Y qué hay con los moretones?"

"Ya te expliqué—"

"Dijiste una mentira."

"¡Jesús!" Cristina dejó escapar una risita furiosa a la vez que se daba vuelta para alejarse y se acercaba de nuevo. "No es nada de tu maldita incumbencia. ¿Okey? Estamos acá para ayudar a Lucy con su boda. Punto. Créeme, aun si quisiera hablar sobre mi vida, que *no quiero,* no sería a ti delante de quien expusiera el alma."

Era totalmente lógico; a fin de cuentas no eran amigas. Ya no. Y sin embargo oír las palabras caía como el golpe de una bota en sus entrañas. En lo profundo, siempre se había preguntado si ella le importaba un comino a Cristina. Por dentro, quedó inestable por el golpe, pero se recuperó con rapidez. No importaba qué pensara Cristina de ella. Lo único que importaba era que recibiera ayuda. "Tus amigas están preocupadas, ¿sabes?"

"Ah, ¿sí? ¿Y eso te incluye a ti?" dijo Cristina con brusquedad. Los ojos le centelleaban con una mezcla de ira y vulnerabilidad que inesperadamente hizo sentirse a Mercedes como una mierda.

La miró a los ojos un instante y esquivó la mirada.

Cristina bufó con desagrado. "Voy a decirlo una vez más, Mercedes, y nunca otra vez. Mi vida es *mi vida.* A ti no te importa. Nunca te ha importado. Qué diablos, lo más probable es que hicieras una fiestecita en tu habitación si Zach me estuviera golpeando—"

"¡Eso no es cierto!"

Cristina levantó un dedo. "Quiero que me dejes en paz. ¿Entiendes? Nos estaba yendo bien ignorándonos, así que ignórame. Llevas veinte años de práctica en eso, *amiga*," pronunció la última palabra como si la escupiera. "No debería costarte un gran esfuerzo."

Mercedes sostuvo en alto las dos manos. "Bueno, ¿sabes qué? Cedo. Ganas tú." Se había imaginado, tal vez, que la compenetración del grupo en el spa habría podido ser el inicio de cierta forma de tregua entre ella y Cristina, por lo menos lo suficientemente larga para durar hasta después de la boda. Cómo no. ¿Y para qué habría de querer una tregua de todos modos? Bajando el tono, no pudo menos que agregar, "Pero tú fuiste testigo de cómo mi padrastro trataba a mi madre, Cris. Estabas ahí. Sólo tú estabas presente. Sabes cuáles son mis sentimientos hacia los hombres que—"

"No necesito tu vacía preocupación, y no agradezco ni tus deducciones ni tu espionaje." Cris sacudió la mano con enojo. "Zach y yo no somos tu padrastro y tu madre. Concéntrate en Lucy, ¿listo? Es la única a quien has querido siempre en todo caso. Aparte de ti misma, quiero decir. Así que haznos un favor a ti y a mí, carajo, y déjame en paz." Cristina pasó delante de ella, golpeándole el hombro con el suyo, y se dirigió a la mesa a zancadas contundentes y enojadas.

Mercedes dejó escapar todo el aire retenido y cerró los ojos. Sentía el pulso golpearle con fuerza y claridad en las sienes, y sentía cómo la adrenalina la había dejado temblorosa y descompuesta. Pues sí. Qué bien habían salido las cosas. De acuerdo, le habría abierto un nuevo hueco en el culo a Cristina si la hubiera descubierto escuchando a escondidas alguna de sus conversaciones. Suponía que se merecía la ira de Cristina. De todos modos, aunque tendría dificultades para convencer a cualquiera, ella de verdad, verdad, había tenido la intención de ayudar, a pesar de creer que la mayoría de la mierda altruista era para los pájaros. Nadie lo apreciaba.

Luchó interiormente por endurecer sus emociones hasta tornarlas en fría piedra. Si la mujer quería a Mercy fuera de su cara, estaba condenada y oficialmente fuera. ¿Qué le importaban a ella los misterios en la vida indudablemente jodida de Cristina Treviño Aragón? ¿Acaso no tenía suficiente de qué preocuparse con su propia vida jodida?

Ay, Dios.

De repente se sintió presa de un vacío y se sintió completa y horriblemente sola. *Concéntrate en Lucy,* había dicho Cristina. *Es la única que te ha importado en la vida, aparte de ti misma, quiero decir.*

Un ardor totalmente inesperado y de lágrimas retenidas obligó a Mercedes a apretar los labios para impedir que la mandíbula le temblara. Era cierto. Durante veinte años había alejado a todo el mundo. Su lema era hacer daño antes de que le hicieran daño a ella. Ahora, de cara a la más temible crisis en su carrera, Mercedes no contaba con nadie. No podía agobiar a Lucy y sentía demasiada vergüenza para hacerle confidencias a Annette. ¿Y Cristina? Bien, suponía que el odio era mutuo. No que nada de esto fuera una sorpresa, ¿pero entonces por qué la tenía tan consternada?

Está bien. Lo sabía. Tenía miedo.

Miedo a perder su carrera. Miedo a encarar el hecho de que las historias de los tabloides fueran en general ciertas. Miedo a mirarse en el espejo cada mañana y reconocer que había hecho su condenado mejor esfuerzo para erigir una fortaleza de piedra alrededor de su corazón. Y hasta ahora había dado resultado. Nadie traspasaba la fortaleza.

Nadie quería hacerlo.

Porque la única residente era una princesa de hielo emocionalmente vacía que era prácticamente imposible de amar, en quien era casi imposible confiar.

Dios, cómo había malogrado todo.

No se había imaginado que el viaje a Denver fuera a ser así, que sentiría la necesidad de volver a encender la chispa de unas cuantas amistades, mejorar algunas relaciones, aferrarse a algo que, por una vez, fuera real. Pero ahora, hela acá. Sola. Y se sentía como una mierda. Uno empujaba a la gente a que se alejara hasta cierto punto y luego . . . más allá de ese punto, se perdían para siempre.

Mercedes enderezó la espalda y movió los hombros en círculos para liberar la tensión. Inhalación profunda . . . y al centro. Necesitaba controlar esta indeseable cascada de emoción. Se dirigió al restaurante y se esmeró en enderezar la cabeza y aclarar la mente antes de reunirse con las otras. Cristina la odiaba.

Bueno. Listo. Al carajo.

¿Acaso no decía ella también que odiaba a Cristina? Ya no tenía que preocuparse un comino por la consentida princesita, lo cual estaba perfecto. Nunca debería haberse preocupado en primer lugar. *Vive y aprende, ¿ah, Mercedes?* Lástima que al parecer nunca aprendía.

Con el problema resuelto mediante la expulsión del juego, el único propósito de su visita a Denver quedaba por fin más que claro y sin interferencias. Lucy.

De acá en adelante, su meta era lograr casar a Lucy y, luego, largarse de Dodge. Dónde acabaría, ni idea. Suponía que no importaba de todos modos, siempre y cuando fuera lejos, muy lejos, de los feos recordatorios de sus deficiencias.

Y en cualquier lugar excepto éste o su ciudad. Se había escondido antes. Podía hacerlo otra vez.

Capítulo Diez

El día antes de la boda, Annette se trasladó de la casa de Lucy a su habitación en el cuarto piso del Brown Palace, con vista sobre el palaciego vestíbulo. Lucy podría haberse quedado en la suite Eisenhower también ese día, pero quería pasar una última noche sola en casa, en la cama que compartía con Rubén, abrazando la almohada que conservaba su aroma salvaje. Mientras el sol de la tarde entraba en luz oblicua por la ventana y su mente divagaba a toda velocidad por los "qué tal si" y las escenas relacionadas con el peor de los casos, empezaba a pensar que haberse quedado en la casa había sido un error.

Con la excepción de algunos asomos de pánico durante los obligados preparativos para la boda, Lucy había sido capaz de mantener a raya a casi todos los demonios de la duda, gracias al aislamiento emocional proporcionado por sus amigas más queridas de tiempo atrás. Pero ahora su casa estaba vacía . . . de hecho tan vacía como estaría si Rubén y los perros no estuvieran en su vida. No tenía a Cris, Mercy o Annette para distraerla de la sobria verdad: mañana se casaría, para bien o para mal, y seguramente para mal. ¿Qué diablos la hacía pensar que ella sería la Olivera que rompería la maldición? Lo esencial de la cuestión, éste era su primer matrimonio, y por más que quisiera fingir otra cosa, ella era Olivera. Necesitaba ser realista y enfrentar los hechos escuetos y fríos.

Los primeros matrimonios de los Olivera no duraban.

Lucy apretó una almohada contra su cara y gritó dentro de ésta. No quería pensar de esa forma, pero no podía evitarlo. Debía encontrarse con todo el mundo en el Gran Salón de Baile del hotel para ensayar la ceremonia en unas cuantas horas, y lo único que atinaba a hacer era estar en la cama, enrollada y temblorosa, al borde del terror. Idiota que era. Ja.

La terrible verdad que nadie conocía, era que no solamente la asustaba la maldición. Nunca había sido capaz de mantener una relación por largo tiempo con un tipo, no desde . . . bien, nunca. En la escuela secundaria y en la universidad, huía cada vez que empezaba a sentirse amarrada. Las chicas tan sólo quieren diversión y todo eso. Después de hacerse policía, los hombres se daban la vuelta y escapaban una vez que se daban cuenta de cómo era que ella se ganaba la vida. ¿Por qué habría de querer una mujer hacer algo así? No parece un trabajo sensato para una mujer.

Sí. Por lo que fuera. Te vi y adiós.

Nunca había encontrado a un hombre lo suficientemente seguro de sí mismo para aceptar las decisiones de su vida, y mucho menos celebrarlas.

Hasta la llegada de Rubén.

Era el primer hombre que había asumido con frescura lo de su trabajo. Pero y ¿si cambiaba en cuanto se casaran? O ¿si, Dios no lo quisiera, empezaba a sentirse amarrada y a sentir la picazón por marcharse? ¿Y si, amor o no amor, Lucy Olivera estuviera destinada a estar sola en esta vida? Tenía treinta y ocho años y su forma establecida de hacer las cosas. Eso lo sabía. Claro, ella y Rubén habían convivido con éxito durante el transcurso del año anterior, pero no estaban *casados*. La fea realidad era que posiblemente todavía estaban en ese período alocado y romántico de luna de miel que inevitablemente se desvanecía con el tiempo. De alguna forma, la palabra empezada por M parecía cambiarlo todo. Hasta se sentía diferente al pensar en ella.

Dios, ella no quería perder a Rubén, pero el peso de las dudas la doblegaba. Unido a la ilustre historia de su familia y a la sorprendente tasa de divorcio de las mujeres policía, que oscilaba alrededor del noventa por ciento, la sensación que tenía era que este matrimonio estaba más que destinado al fracaso incluso desde antes de empezar.

En cuanto a la cuestión de las mujeres policía, ella trabajaba directamente con Rubén. Él la había visto durante su trabajo de agente encubierta en situaciones que ponen los pelos de punta y nunca se había echado para atrás ni la había insultado tratando de "salvarla," nunca cuestionaba sus habilidades o su profesionalismo. Por el contrario, parecía respetar el trabajo que ella hacía, parecía saber que ella era muy capaz de defenderse sola y valerse por sí misma. Apreciaba eso inmensamente. Así que a lo mejor no sería un asunto relacionado con su carrera. Pero dos hechos eran de todos modos ciertos: (1) ella se escapaba cada vez que se sentía atrapada, y (2) ningún matrimonio Olivera había durado jamás. Ni uno. Aun si hacía caso omiso del resto, ese asunto no se despegaba, la importunaba, se burlaba de ella, la hacía querer huir mientras que todavía le quedaba algo de su sanidad intacta.

Dejó escapar un lamento, cubriéndose los ojos con el brazo. Jesús, ¿por qué no podía estar bajo control como lo estaban todas sus amigas? Actuaba como una total desquiciada, y lo sabía, pero no podía liberarse del miedo.

Sonó el teléfono. Se dio la vuelta, encogiéndose de pavor, y observó el identificador de llamadas de la pantalla. Rubén. Un deseo sobrecogedor batallaba contra el temor dentro de sí ante el simple hecho de ver su nombre. Con un suspiro, tomó el teléfono, pero no dijo nada. No era capaz. No quería decepcionar a este hombre que tanto amaba. Se preguntaba todo el tiempo cuándo se iba a dar cuenta de que sus neurosis hacían que todo el asunto no valiera la pena.

Por un momento, los dos se quedaron en silencio. Alcanzaba a escuchar su respiración, conocía de sobra el sonido. Casi podía sentir que *sus* pulmones absorbían cada exhalación *suya*. El labio inferior empezó a temblarle y se lo mordió para detenerlo.

"¿Vas a venir al ensayo, verdad, querida?" Su voz era suave, gentil, comprensiva. Pero también sonaba preocupada, y con un ligero toque de vulnerabilidad. El grande y fuerte Rubén sintiéndose inseguro.

Se dejó contagiar por su calidez inmediatamente gracias a su pequeña demostración de indefensión, pero tan solo sirvió para incrementar su angustia. "Claro que voy a ir, tontín."

"¿Estás bien?"

¿Cómo se respondía a esa pregunta? ¿Acaso no había desnudado su alma lo suficiente? ¿No había expuesto lo suficiente sus fallas y los asuntos que le preocupaban hasta un grado atemorizante? Le tocaba a él ahora ser aplacado. "Estoy un poco nerviosa. Nada de qué preocuparse." Mentiras, mentiras, mentiras.

"Una promesa te puedo hacer, amor mío, y es que siempre me preocuparé por ti."

"Para. Ya estoy lo suficientemente temblorosa."

"Nunca voy a parar. Nunca voy a parar de decírtelo."

Sonaba tan ansioso, tan compasivo y apasionado, que a ella se le congestionaba la garganta.

"¿Ni de demostrármelo?"

"Eso tampoco."

Lucy cerró los ojos con fuerza, hasta que las lágrimas le rodaron por la comisura de los párpados, y bajaron por sus sienes hasta los oídos. Jesús, ¿cómo iba a poder casarse con este hombre maravilloso? ¿Cómo podría arriesgarse? Lo amaba demasiado para arriesgarse a perderlo.

¿Por qué nadie más—ni siquiera sus mejores amigas de más largo tiempo—percibían la claridad de ese punto?

El ensayo solamente necesitaba a los protagonistas centrales de la boda, pero todo el clan Olivera había aparecido para sentarse entre el "público" como si se tratara de algún tipo de carrera de camiones de ocho ejes que no se pudieran perder. Mercedes juraría que olía a palomitas de maíz, y ella había sido testigo de que entre las filas habían circulado Red Vines, aquellos dulces de su infancia. Sonrió con afectación, mirando hacia el mar de rostros, deleitándose en el espectáculo. En el fondo, siempre había querido pertenecer a la familia Olivera precisamente por esta razón. Quizás estuvieran locos de remate, pero eran apasionados en su amor y en el apoyo que se prestaban entre sí. Si pudiera envasar eso, sería multimillonaria. Su propia familia consistía de su madre, una mujer débil que se había subyugado a varios hombres a lo largo de los años con la esperanza de encontrar el verdadero amor, alguien que la quisiera y cuidara.

Mercy siempre había deseado que su madre fuera lo suficientemente fuerte para cuidarse sola, para ser un modelo femenino admirable. Amaba a su madre—sin lugar a dudas. Pero nunca había querido acabar como ella, permitiendo que un hombre la tratara a empellones, la controlara, la destruyera. Nunca había querido exhibir esa vulnerabilidad.

El ensayo siguió adelante, pero Mercedes no prestó mucha atención. Conocía su papel. Caminar pasillo arriba al lado de algún compinche policía de Rubén (agradable en todos los sentidos), sonreír, hacerse a un lado, y arreglar el velo de Lucy después de que su padre lo hubiera con seguridad vuelto un embrollo en el intento de echarlo hacia atrás. ¿Y qué era lo que había en eso, en todo caso? A los padres se les asignaba exactamente *una* tarea en una boda: Caminar con la novia por el pasillo central y levantar el velo, y sin embargo siempre dejaban la maldita cosa como un papel higiénico enrollado sobre la cabeza de la novia, y no parecían darse cuenta en absoluto. Gracias a Dios por los ayudantes.

A medida que el pastor daba algunas instrucciones de ritmo y de cómo dar los pasos durante el recorrido de Lucy hacia el altar, Annette se inclinó hacia Mercedes, tirando de Cristina al tiempo que lo hacía. Las tres cabezas juntas, estilo consejo de familia, Annette bajó la voz hasta que era apenas un carraspeo y habló por la comisura de los labios. "Yo no sé ustedes, pero a mí no me gusta cómo se ve Lucy en este momento."

Mercedes analizó a su amiga, a mitad de camino por el pasillo central flanqueada por su padre y su padrastro. Ciertamente, Lucy parecía una mujer camino al patíbulo. El tono de su piel tenía un toque verdoso, los labios apretados en una delgada línea. No se veía radiante, a menos que uno contara los ojos, los cuales tenían ese brillo de pánico característico de las situaciones en las que hay que luchar o huir.

Un aguijonazo de aprensión puyó a Mercedes, y la hizo fruncir el ceño. Creía que habían hecho una buena labor durante la semana hablándole a Lucy para tranquilizarla, pero aparentemente todavía tenían trabajo por delante. Se acercó más a Annette y Cristina. "Miren, yo sé que ella no quería una despedida de soltera, pero creo que es porque no quería mezclar alcohol y Oliveras."

"¿Y quién puede culparla?" dijo Cristina.

"Esta noche vamos a tener que darle unos traguitos a esa muchacha," dijo Mercedes, sombría. "No hay nada más qué hacer."

"Estoy de acuerdo," dijo Cristina.

"Está analizando demasiado este asunto, y en la medida en que logremos que deje de pensar en lo desconocido y se concentre en el hecho de que Rubén es increíblemente perfecto para ella"—todas se dieron vuelta al unísono y observaron al hombre escandalosamente sexy que estaba al final del pasillo—"podemos ayudarla a superar el momento."

"¿Tú crees?" dijo Annette, mordiéndose el labio inferior y mirando dudosa a Mercedes.

"Lo sé. Créeme, lo sé."

"Creo que tiene razón, Annie," dijo Cristina. "Y mañana por la mañana se tomará dos aspirinas, se pondrá bolsas de té sobre los ojos para eliminar la hinchazón, se pondrá ese fenomenal vestido que se mandó a hacer, y sencillamente sabrá que hizo lo correcto. Todas las dudas desaparecerán. Rubén es . . ." Cristina suspiró, mirándolo.

"¿O acaso no?" agregó Mercedes. "Ojalá hubiera hombres así de sexy en Nueva York. Quiero decir, los hay, pero todos son gay."

Annette le apretó la mano. "Bien, se ha iniciado oficialmente la operación prendamos–a–Lucy. En general no la promovería—"

"Eso lo sabemos."

"—pero si se pierde la oportunidad de casarse con ese hombre—"

"Yo no podría soportarlo," dijo Mercedes.

"Fuera de broma," agregó Cris.

"Es perfecto. Quiero decir, tan perfecto como puede llegar a serlo un hombre," Annette suspiró. "Son perfectos el uno para el otro, y eso

DESESPERADA / 113

es lo que más importa. Olvídense de la maldición Olivera. Yo sé que sí puede funcionar."

"Sí. Siempre y cuando logremos hacerla llegar hasta la ceremonia y finalizarla," susurró Mercedes. "Y, ténganlo bien presente, eso no va a ser ningún paseo."

La mañana del auspicioso evento les llegó como un tornado de categoría F5, borrando todo a su paso excepto la meta aparentemente imposible de lograr que Lucy, ligeramente psicótica y con resaca, llegara hasta donde hay que decir "Sí, prometo." La idea de beber había hecho maravillas la víspera, pero ahora estaba totalmente sobria y rayando en la locura. Faltaban treinta minutos para la señal de partida y Lucy no parecía lista para ir a ningún lado . . . excepto quizás a una habitación de paredes acolchadas y con llave, en una camisa de fuerza de almidonada tela blanca y luciendo el collar de perlas anudado a mano que había heredado de su tatarabuela (¿putativa?).

Se preparaban para la gran ceremonia en la suite de Mercedes. Las tres ya lucían sus vestidos Serafina sin mangas ni cuello, de azul oscuró, estaban peinadas y maquilladas, pero lograr que Lucy entrara en su espectacular vestido Badgley Mischka estaba resultando ser una tarea más difícil que ponerle unas medias largas a un bebé rabioso.

Mercedes revisó el reloj de la mesa de noche. Realmente ya era hora de que el espectáculo comenzara, pero no quería mencionar el hecho y correr el riesgo de catapultar a Lucy hacia el descontrol total. A lo largo de las pruebas del vestido, los ensayos, las revisiones de última hora, había ido entrando en un pánico de crecimiento exponencial. La noche anterior, en el ensayo, sus dudas se habían reflejado en su rostro con claridad cristalina, y habían sido evidentes para todos los presentes. Pero ahora que ya era un caso perdido y se suponía que la boda se iniciara en unos minutos, ninguna de ellas sabía exactamente qué hacer. Mercedes tenía que reconocer que dudaba seriamente si lograrían su cometido.

"No puedo," dijo Lucy, con la voz ahogada, ya que Cristina le había hecho meter la cabeza entre las rodillas cuando había empezado a hiperventilarse durante el quinto intento de ponerle el vestido. El satén perlado estaba arrumado en un montón sin forma en una de las sillas de cuero. "No quiero un divorcio, no puedo hacerlo."

"Puedes y lo harás. Y no habrá ningún divorcio," le dijo Cristina, en un tono certero que no dejaba lugar a discusión. Cris mantenía una mano presionada con suavidad contra la cabeza de Lucy para impedir que la levantara. Mercedes se dio cuenta de que las marcas en las muñecas de Cristina eran prácticamente imposibles de detectar bajo el maquillaje diestramente aplicado. Obviamente, había tenido más que suficiente práctica en el encubrimiento de la fealdad de su vida. "Además no se trata de un divorcio, es una boda. Ahora respira lenta y profundamente."

Mercedes entornó los ojos. *Ay, va siendo suficiente.* Se había dado por vencida en el tema del aplacamiento y estaba sentada en la cama, con las piernas y los brazos cruzados. Al diablo el vestido. Lo que importaba era que Lucy se viera perfecta, no ella, y ahora lo que se necesitaba era un poquitín de amor estricto.

"Quizás un trago lento y largo de whisky sería más efectivo en estos momentos," sugirió en tono sarcástico. Barajó el dilema ético de forzar a una mujer a su boda, pero decidió que en este caso estaría más que permitido. Rubén era el premio mayor, no un premiecito de consolación. "¿Y qué, Suertuda? ¿Quieres una copa para sacarte la resaca?"

Annette, parada cerca de la enorme cama, se plantó los puños sobre las caderas y la miró enfurecida. "Estás loca. Lo de anoche fue una cosa, ¡pero no puede llegar borracha a su boda!"

Mercedes señaló a Lucy, levantando las cejas, como si eso lo dijera todo. "¿Tienes una mejor idea? Además un traguito no va a intoxicar a la mujer. Si no hacemos algo, *no habrá* boda."

"Trago no. Denme . . . denme . . . un minuto," murmuró Lucy entre las rodillas. En su corpiño sin tirantes, hilo dental de encaje y medias largas, se veía bastante ridícula. La escena sería graciosa, excepto que, sencillamente, no lo era. No llegaría a su propia boda gracias a la estúpida maldición que ni siquiera existía. "Estoy bien. De verdad. *Habrá* boda. Me casaré. Lo amo. Ay Dios." Lucy se sacudió de encima la mano de Cristina, se puso en pie de un salto, y se lanzó hacia el baño a vomitar otra vez.

Todas escucharon, aterradas.

"Lo juro, si se vomita en el vestido," dijo Cristina, cruzándose de brazos.

"No lo hará," dijo Annette. "Estará bien."

Mercedes gruñó. Si así era como se veía cuando estaba "bien," no quería ser testigo de una descomposición mental completa. La nerviosa madre de Lucy por fin se había dado por vencida y había ido a la suite Eisenhower para asegurarle a Rubén que Lucy estaba casi lista y no le entrara el pánico. Mercedes estaba sorprendida de que Rubén no hubiera dicho "Al diablo con la tradición," y que hubiera salido también él de la habitación. Pensándolo bien, ¿no solían en el Oeste amarrar a las novias reacias y además casarlas bajo amenaza de arma? Rubén tenía una pistola. Ésa era una posibilidad.

Todas esperaron en el silencio denso y dudoso hasta que Lucy regresó, pálida y temblorosa. El rímel estaba completamente regado debajo de sus ojos y el lápiz labial medio borrado. Además, el peinado se le había desarreglado, como si un viento huracanado la hubiera golpeado de medio lado. Se hundió en un extremo de la cama y esperó que la respiración se hiciese más lenta, pero se acostó de un golpe y empezó a mirar el techo con ojos vidriosos; el pecho le subía y le bajaba a toda velocidad.

"Estás arrugando el velo," le dijo Cris con suavidad.

"No me importa. Soy una idiota."

"Lo sabemos," dijeron las tres al unísono.

"Lo amo."

"Claro que lo amas," dijo Annette en tono apaciguador mientras acariciaba la rodilla de Lucy. "Es por eso por lo que vas a seguir adelante con esta boda y verás, todo saldrá perfecto. Míranos a Cris y a mí, ambas estamos felizmente casadas."

Mercedes no pudo evitarlo. Dirigió inmediatamente la mirada hacia el rostro de Cristina en busca de una reacción, pero no percibió ninguna. Bueno, aparte de una sutil y rápida miradilla en *su* dirección por el rabillo del ojo y la tensión de la mandíbula. No habían intercambiado ni una palabra directa desde le explosión en el Elk Bugle, lo cual, para Mercedes, estaba perfecto. Annette y Lucy no tenían ni idea de lo que había ocurrido, y no se enterarían, si dependía de Mercedes. Pero ella sabía en sus entrañas, que Cristina tenía algo que ocultar.

Pero por otro lado, pensó, yo también.

Mmmm. Un concepto para aterrizarlo a uno en la realidad. Quizás lo más conveniente fuera abandonar un rato la operación Expongamos a Cristina. Si continuaban con esta batalla en la canasta de ropa sucia, sus raídas ropas interiores tenían tantas probabilidades como las de Cristina de acabar regadas en el piso, con la parte íntima para arriba, a la vista de todo el mundo.

Annette continuó, tratando de apaciguar a Lucy. Con cinco hijas propias, realmente ella era la experta. Aunque este discurso dejaba algo que desear—"Quiero decir, claro, tienes que enfrentar el hecho de que te estás casando con un *hombre.* Él será irritante gran parte del tiempo, pero eso está en su ADN. No lo hará con intención. Tú y Rubén serán muy felices."

Uuuu, qué maravilla. Mercedes empujó su cabeza contra el espaldar. Estaba bueno ya de sentimentalismo. Su cerebro estaba a punto de estallar con la sobredosis de espolvoreado de dulce. Si tenía que patearle el culo a Lucy todo el recorrido, atravesando el atrio del hotel, por encima de la Calle Tremont hasta el Gran Salón de Baile al otro lado, lo haría. La boda *se llevaría a cabo,* carajo. Alguien en esta miserable ratonera llamada vida se merecía ser feliz.

Antes de recurrir a las patadas en el culo, no obstante, tenía otro plan, pero necesitaba deshacerse de las otras dos unos instantes para lograrlo. Mercedes estiró la pierna y le dio unos golpecitos a Lucy en la frente con los dedos del pie. "Enderézate, Suertuda. Hablemos de esto." Mercy se inclinó hacia el costado y llenó un vaso con agua de la jarra que había al lado de la cama. Le pasó el agua a Lucy y levantó la mirada en dirección a Annette. "Annette, ¿te importaría ir a traer más hielo?"

"En absoluto." Annette, al parecer aliviada ante la posibilidad de una pausa, agarró el balde del hielo, y se dirigió a la puerta.

Sin mirarla directamente, Mercedes dijo, "Cristina, por qué no te das una carrerita hasta el Gran Salón de Baile y les dices . . . algo. Cualquier cosa. A lo mejor puedes decirles que la novia padece de nervios de última hora y que no se siente bien. Pero que llegará. Infórmales en qué estamos."

Cristina se quedó mirando a Lucy unos instantes, mientras se mordía el labio, y luego miró a Mercedes. "Pero está—"

"Dame un minuto con ella," dijo Mercedes, el tono suave y firme a la vez. "Por favor."

Cristina le disparó a Mercedes una mirada ceñuda y asintió. Tomó su carterita con perlas, dio vuelta sobre sus talones, y se marchó.

Por fin a solas con Lucy, Mercedes suspiró con alivio. Podía manejar esto de manera rápida y fácil. Se inclinó hacia el costado de la cama en busca de su cartera y sacó el frasquito de píldoras blancas. No quería que Lucy quedara atolondrada, pero la mujer necesitaba algo para calmarse, y Mercedes era experta en el tema. Sacudió el frasco y dejó caer sobre su palma dos píldoras de Vicodín y luego se enderezó. "Vamos, Suertuda. Enderézate." Se inclinó hacia delante, colocó las píldoras en la palma de Lucy. Lucy las miró con mirada vacía.

"¿Qué es esto?"

"Tómatelas," le dijo Mercy. "Confía en mí esta vez."

"¿Vicodín?" preguntó Lucy, analizando las píldoras.

"Sí."

"¿Para qué las tienes?"

"Me . . . me lesioné un músculo de la pierna en la clase de *spinning*," mintió con facilidad. "Me sobraron unas. A veces la pierna todavía me duele."

Lucy miró las píldoras de apariencia inocente otro instante, y luego echó la cabeza hacia atrás y se las lanzó a la boca.

"Si lo soportas, mastícalas."

"¿Estás tratando de endrogarme?" le preguntó Lucy, con las píldoras todavía en la boca. Levantó el vaso que Mercedes le había pasado antes, hizo una mueca al masticar, y se las bajó con un sorbo de agua.

"Estoy tratando de casarte, cariño. Con un hombre que te ama tanto . . . que para mí es hasta doloroso verlos juntos." El estómago se le hizo un nudo. Lindo. Bonita forma de vomitar su propio desecho emocional exactamente en el momento equivocado. Lucy no necesitaba oír una cantidad de mierda escasamente disimulada del tipo "pobre yo."

Pero, para su sorpresa, Lucy se estiró hacia atrás y colocó una mano sobre la pierna de Mercedes. Parecía más alerta y en control de lo que había estado toda la mañana, seguramente porque la atención se desviaba momentáneamente de ella. "¿Lo dices de verdad?"

Mercedes entornó los ojos, tratando de veras de sonar indiferente. "Sí, torpe. Los veo a los dos juntos, o tu cara cuando hablas con él por teléfono, y me pregunto si alguna vez llegaré a sentirme así por causa de un hombre." La tristeza la invadió, y descubrió que no lograba mantener sus traidoras emociones controladas, por más que quisiera. Lucy tenía ese efecto sobre ella; arañaba su superficie lacada para descubrir la suave vulnerabilidad subyacente. "O si alguna vez algún hombre sentirá eso por mí—amor puro, sin condiciones. Parece un sueño imposible." Suspiró, y luego se echó el cabello hacia atrás, tratando de concentrarse de nuevo en el asunto entre manos. "Pero no es imposible para ti. Él te está esperando abajo. De verdad que eres una Suertuda, lo sabes."

"Lo soy. De veras lo soy."

"Tienes que casarte con ese hombre, Lucy, por todas las que no seremos tan afortunadas."

En el rostro de Lucy se reflejó un sentimiento de aceptación, y luego se arrugó en una máscara de pesar. "Ay, Mercy, lo siento tanto. Jesús, soy una estúpida preocupada solamente de sí misma. Y una amiga horrible. ¿Quieres hablar de Damián?"

Mercedes rió. "Por el amor de Dios, es el día de tu boda, tonta. No, yo no quiero hablar de Damián." *Ese pedazo de mierda.* "¿Podrías, por favor, mantenerte concentrada por unos minutos? Lo que quiero es lograr que te pongas ese vestido y que cruces ese puente hasta el Gran Salón de Baile para que te cases con Rubén."

"Lo sé, lo sé. Bueno, bien," Lucy se puso de pie.

"Y no les digas a los demás nada sobre el pequeño intercambio farmacéutico. No creo que lo entenderían."

Lucy asintió, y luego se tumbó de nuevo sobre el borde de la cama. Los ojos indagaron en la mirada de Mercy. "Espera. Tengo que preguntarte algo, ¿listo?"

"Dale."

"¿Estoy haciendo lo correcto? Quiero decir, de verdad, verdad."

"Absolutamente."

"¿Y la maldición?"

"No hay maldición. Todo está en tu cabeza."

"Bien, pero tengo treinta y ocho años, Mercy. Acostumbrada a mis cosas."

"Y Rubén te quiere de todos modos."

Lucy bajó el mentón, y clavó a Mercy bajo una penetrante mirada. "Sé que me lo dirías si pensaras que estoy cometiendo un error. ¿Verdad?"

"Claro que te lo diría. Siempre seré sincera contigo." Siempre y cuando no tuviera que ver con su propia vida. Sacudió la mano. "Como, por ejemplo, que tienes los ojos rojos, el maquillaje vuelto mierda, gracias a la vomitadera. De hecho, en el momento, tienes cara de puta bulímica, y a menos que quieras que tus fotos de matrimonio eternicen esa encantadora imagen, vas a tener que trabajar rápidamente para efectuar unas reparaciones concienzudas."

Los ojos de Lucy se abrieron con sorpresa, echó la cabeza hacia atrás y se rió, duro y con ganas. Se quedaron sentadas en amigable silencio durante varios minutos. Finalmente, Lucy le sonrió, toda suave y . . . ¿desconcentrada?

A Mercedes le saltaron las tripas. Opa. ¿Acaso los ojos de Lucy ya tenían esa mirada vidriosa del narcótico? "¿Estás bien, Lucy?"

"Del carajo, creo. Te quiero, Mercy. Pero"—hizo 'gulp' como en las caricaturas y se cubrió la boca un instante, antes de soltar una risita—

"acabo de infringir la ley tomándome los medicamentos recetados a otra persona, y soy policía. No solamente una policía, sino una policía anti-narcóticos, en caso de que se te haya olvidado."

Gulp. "Yo también te quiero, nena, y sobrevivirás dos pildoritas." Eso esperamos. "¿Bueno, qué tal si nos ponemos el vestido?" preguntó, en tono jovial, completamente ajeno a su forma de ser. El hecho de que Lucy estuviera arrastrando la lengua empezaba a preocuparla. A este ritmo, la mujer no tendría que contarles a Annette y a Cristina sobre el Vicodín. Cualquiera que no estuviera en estado catatónico se daría cuenta del cambio repentino y drástico en la conducta de Lucy. Mercedes se veía en serios problemas. Lo menos que podía hacer era vestir a Lucy antes de perderla del todo. "¿No te parece que las otras quedarán impresionadas si cuando vuelvan te encuentran hecha una muñeca y lista para salir?"

Lucy se puso de pie con ademán vacilante. "¿Sabes qué? Tráelo."

Mercy recuperó el vestido, orando en silencio para que funcionara. "Ahí lo tienes."

"Voy a casarme con mi alma gemela."

"Muy cierto que es, nena. Levanta los brazos."

"Al diablo con la maldición de los Olivera."

"Dos veces al diablo, para estar seguras. Levanta."

"Uuuu." Se tocó la cara con las yemas de los dedos y se dio golpecitos suaves sobre la piel. "Me siento rara, o algo." Le disparó una mirada a Mercedes. "¿Me veo rara? Pensándolo bien, tú también te ves rara."

Mierda, mierda, mierda. Esa vitamina V le había pegado más duro y más rápido de lo esperado, pensó Mercy con un retortijón de culpabilidad, mientras Lucy levantaba obedientemente los brazos y Mercy deslizaba el vestido sobre su cabeza. Mientras le abotonaba la espalda, agarrando a Lucy cada vez que empezaba a mecerse, se preguntaba si quizás debería haberle dado solamente una píldora. Ah, bien. Lucy era un peso liviano. ¿Quién sabía? Por lo menos la llevarían al altar. En este momento, Mercedes simplemente no tenía tiempo para sentirse culpable de haber drogado a su mejor amiga. A veces el fin sí justificaba los medios.

Capítulo Once

Cuando finalmente Mercedes, Cristina y Annette estuvieron paradas en cerrada fila en la parte delantera del Gran Salón de Baile, palaciego y forrado en paneles de madera rojiza, y el pianista interpretó por décimosegunda vez la misma frase musical, lo único que lograban era sonreír con rigidez y rogar que el padre y el padrastro de Lucy tuvieran éxito en la misión de arrastrarla por el patio interior hasta las puertas traseras del enorme recinto, y que subiera por el pasillo central. Cuando la dejaron, tenía una actitud lo suficientemente despreocupada, pero quién podía garantizar hasta dónde se movería el péndulo del estado de ánimo.

Annette estaba todavía enojada con Mercedes por haberle suministrado alcohol a Lucy, un hecho que Mercedes negaba hasta quedar ronca, pero no le creían. ¡Y era cierto! Pero Lucy estaba más que medio borracha—cualquiera con habilidades críticas elementales y un par de ojos podía darse cuenta. De todos modos, había sido un gran alivio para todas ellas que la boda por fin se hubiera iniciado, las otras dos no habían reprendido a Mercedes demasiado hasta este momento en que todas esperaban ansiosamente la aparición de Lucy. El abarrotado recinto esperaba y los asistentes irradiaban una tensión de energía estática.

Mercy hizo un puchero; no podía evitarlo. ¿Acaso 'había emborrachado a Lucy' para lograr que se casara con un tipo a quien *no* amaba? Eran el uno para el otro; Lucy estaba haciendo gala de insensatez. Y si al final no recordaba su boda, gracias a un inesperado e involuntario nivel de intoxicación, por lo menos tendría la grabación en vídeo. Pensándolo bien, Mercedes no estaba segura de si aquello era algo bueno o no.

Cristina, también enojada con Mercedes (¿pero, y qué carajos había de nuevo en eso?) le había hecho un rápido arreglo al peinado y al maquillaje de Lucy después de regresar a la suite con Annette, sorprendida de que Mercedes hubiera logrado apenas en unos minutos lo que las tres, igual que la madre de Lucy, no había podido lograr en horas. Lucy tenía puesto el vestido, estaba más serena e interpretaba de manera horrenda versiones de canciones de *heavy metal* de los años ochenta. *No One Like You,* de los Scorpions, había sido la canción especialmente elegida y la repetía una y otra vez, infligiéndoles graves daños tanto a la melodía como a la letra.

Qué cuadro, Lucy "cantando" a todo pulmón. Y qué sonido—aj. Pero era mejor que oírla vomitar, y Annette y Cristina sencillamente se habían emocionado al encontrarla vestida . . . hasta que se dieron cuenta de que estaba *drogada.*

"Lo juro por Dios," le dijo Annette a Mercedes, "si no entra pronto por esas puertas, voy a perder la cordura. Y además te voy a echar la culpa a ti."

"Ahí viene."

"Si es que no ha perdido el conocimiento," dijo Cristina en tono de furia.

Ambas, Annette y Cristina, dirigieron una mirada de reproche en dirección suya, pero Mercedes hizo como si no fuera con ella. Había hecho lo correcto, no importaba qué pensaran los demás.

En ese preciso instante sonaron los primeros acordes de la marcha nupcial y en la parte posterior se abrieron las puertas dejando ver a la novia y a su cortejo. Todo el recinto pareció suspirar al unísono. Mercedes lanzó una sonrisa de "se los dije" en dirección a Cris y Annette.

Infortunadamente, no era exactamente la escena perfecta, esta entrada. El padre y el padrastro de Lucy la acompañaban menos de lo que la sostenían en medio de un bamboleo en dirección a Rubén. Se había quitado los zapatos, que su padrastro llevaba colgados del dedo, y parecía lista para soltarse a hacer cabriolas en el aire por el pasillo si no la agarraban con fuerza. Ambos hombres lucían desconcertados, pero seguían asiéndola como si su vida dependiera de ello.

Gracias a Dios por los pequeños favores.

Lucy exhibía una sonrisa amplia y alocada y cuando los invitados se pusieron de pie para indicar que se habían dado cuenta de su presencia, según la tradición, Lucy dio unos saltitos y exclamó, "¡Ah, miren, una ovación de pie! ¡Genial!"

Tanto Annette como Cristina le dieron un golpe en el torso a Mercedes con los ramos de flores. "¿Qué has hecho? ¡Mírala!" dijo Annette con voz ronca. "Gracias a Dios que no estamos en una iglesia. No hay suficientes Ave Marías en el mundo para hacer penitencia por este espectáculo."

"Eh, deja de quejarte. La tenemos acá, ¿o no?" dijo Mercedes en un falso susurro teatral y en tono de ira contenida, sacudiéndose del vestido los pétalos partidos, las florecillas blancas y las hojas. "¿Cuál es la alternativa?"

"¡Está borracha!" exclamó Annette silenciosamente, dándole de nuevo un golpe a Mercedes con el ramo. "¡En su boda! No puedo creerlo."

"No está borracha," insistió Mercedes, entornando los ojos en dirección a una de las enormes y redondas arañas de cristal. "Les juro por mi propia vida, que no está borracha. Yo *no* le dí alcohol," suavizó un poco más el susurro. "Y si no se estuviera sintiendo un poco... *achispada,* no habría maldita boda, así que déjenme en paz. No recuerdo que ninguna de ustedes hubiera sugerido nada muy brillante."

Cristina miró a Mercedes con curiosidad unos instantes, y luego le preguntó azorada, "¿Mercedes?"

"Qué," respondió con brusquedad.

"¿Qué fue *exactamente* lo que le diste?"

Mercedes suspiró, apretando los labios mientras contemplaba el dilema mentir versus decir la verdad. Al diablo, finalmente se darían cuenta. Después de tomar todo el aire que pudo y exhalar de nuevo, susurró con cierto remordimiento, "Vicodín."

"Mierda," dijo Cris tomando aire y cerrando los ojos. Literalmente se meció sobre los talones. "No puedo creer que le hayas pasado narcóticos a Lucy."

"¿Narcóticos?" Annette se pasó el ramo a la mano izquierda y con la derecha se dio la bendición.

"Ay, por el amor de Dios, no se comporten como si yo le hubiera inyectado heroína. ¿Qué otra cosa se suponía que yo hiciera? Y yo no sabía que era tan peso liviana o si no le habría dado solamente una."

"¡Le diste dos!" exclamó Annette.

Los golpes de ramo simultáneos fueron seguidos por un silencio de piedra por parte de Annette y Cristina, pero a Mercedes en este punto no le importaba un bledo. Lucy ya iba a mitad de camino por el pasillo. Siempre y cuando no se pusiera a imitar a un guitarrista de Metallica durante las promesas o empezara otra vez a cantar en ese tono de vaca adolorida, entonces el Vicodín habría surtido su efecto. No se sentía culpable en absoluto. Su mejor amiga se estaba casando, según debía hacerlo, y si Mercedes tenía que darle un empujoncito al proceso con una pequeña dosis química ilegal, que así fuera.

Ella era bien conocida por su orientación práctica en la vida. Lo que importaba eran los resultados. ¿Qué más diablos importaba en este mundo?

Rubén observó a Lucy dar zancadas hacia él por el pasillo y el pecho se le apretó con suficiente fuerza para debilitarle las rodillas. Ella era, sin lugar a dudas, la mujer más hermosa, talentosa, increíble, amorosamente peculiar que jamás había conocido en la vida. A medida que se acercaba, también notó claramente que esa mujer estaba endrogada.

Sorprendido, parpadeó dos veces, y luego lanzó una mirada hacia donde estaban las amigas de Lucy. Algo reacia, los ojos de Mercedes hicieron contacto con los de Rubén, levantó un hombro y formó con la boca las palabras "Lo siento."

Rubén sacudió la cabeza, ofreciendo una sonrisa burlona y un guiño, y luego centró de nuevo su atención en su novia. Pues bien, habían tenido que recurrir a medidas extremas para traerla hasta acá. Sobreviviría. Y él también. Él sabía que el temor de Lucy a esta boda no tenía nada que ver con que no lo quisiera. Por el contrario, lo amaba más que demasiado, y con todo el asunto de la maldición de los Olivera, su cerebro sencillamente no funcionaba bien. Podía enfrentar ese problema. Lo único que debía hacer era lograr superar este día con ella, y tendría una vida entera para demostrarle que todo estaría bien—más que bien—entre ellos.

Finalmente ella llegó a su lado. Y rió.

El pastor aclaró la garganta. Su voz se escuchaba fuerte y clara por el sistema de altoparlantes, y por encima de la multitud de más de quinientos. "¿Quién entrega a esta mujer para casarse con este hombre?"

Ramón Olivera se enderezó, ligeramente apretujado en su esmoquin negro y más que aliviado de entregar a su descompuesta hija a su futuro. "Su madre y yo . . . es decir, su verdadera madre"—le lanzó una mirada insegura al hombre que estaba al otro lado de Lucy—"ah, bien, y también su madrastra, y luego su padrastro, que está acá, y que ahora está casado con su madre. Su verdadera madre, porque su madrastra es mi—"

"Papá," susurró Lucy, ahogando la risa.

Le lanzó una mirada culpable y aclaró la garganta. "Lo siento, sí, sí." Mirando al pastor, se encogió tímidamente de hombros. "Supongo que todos la entregamos."

Por entre los asistentes circuló una suave oleada de risa, entre divertida e incómoda. Sólo en una boda Olivera.

Lucy quizás estaba un poco drogada, pero si había algún efecto secundario era el de desinhibirla, liberándola para expresar emociones que de otro modo contendría. La profundidad de su amor por Rubén se revelaba en su apasionada lectura de las promesas que habían escrito, en el amor que despedían sus ojos, a través de su lenguaje corporal sincronizado y abierto. Cuando hubieron intercambiado los "Sí, prometo," por todo el Gran Salón de Baile abundaba el llanto emocionado. Annette permitía con desenfado que las lágrimas le rodaran por el rostro sonriente. Cristina se secaba los ojos cada vez con mayor frecuencia, conservando todo el tiempo la compostura. Mercedes había jurado no llorar—liberación emocional estúpida y fastidiosa—, pero a ella también todo el asunto le había atascado la garganta y muy pronto Annette tuvo que pasarle un pañuelo. Pronto lo utilizaba como el resto.

El pastor los declaró marido y mujer.

Rubén besó a Lucy.

La totalidad de la congregación rompió en aplausos ensordecedores y en gritos de felicidad. Y así, como si nada, después del trauma que habían soportado para llevarla hasta ese punto, Lucy estaba legalmente casada con Rubén.

Lucy se sobresaltó y recorrió con mirada parpadeante el repleto salón de baile que bullía de movimiento, música y risa. Sentía la boca seca, como si la tuviera llena de algodón, y la cabeza le retumbaba como un gong, casi como si acabara de despertar después de haberse dado un trago de una bebida bien fuerte. ¿Pero cómo podía ser? ¿No era éste el día de su boda? Desorientada, miró a su alrededor en busca de confirmación. La pista de baile había sido organizada en el lugar del altar y la banda estaba en plena interpretación. Eso tenía que significar . . .

Echó un vistazo lento y lleno de palpitaciones a su mano izquierda y el recinto se tornó borroso ante su mirada cuando vio la banda dorada y centelleante alrededor de su tercer dedo. Estaba casada. De alguna forma había logrado pasar por la ceremonia, y no recordaba nada de ésta. Ay, Dios.

Sus ojos dieron otro rápido parpadeo antes de cerrarlos y asió en su puño las perlas de su tatarabuela mientras trataba de recordar cómo había sucedido todo. Habían estado preparándose en la suite de Mercy

. . . ella estaba descontrolada . . . y luego pasó todo lo del vómito. Sintió un escalofrío.

Para entonces Annette y Cristina habían salido de la habitación y—ay, Dios. Todo le vino a la mente como una torre de ladrillos que se derrumbara. Mercedes le había pasado el Vicodín, y ella se lo había tomado. Ahora recordaba. Las píldoras le habían hecho un efecto increíblemente fuerte, seguramente debido a que tenía el estómago totalmente vacío al cabo de tanto trasbocar. Recorrió todo el recinto con mirada frenética en busca de Rubén. Jesús, ella se había casado completamente narcotizada. ¿Eso contaba? ¿Lo sabía Rubén? Seguramente estaba horrorizado.

¿Cómo podía haber perdido varias horas de su vida?

¿Y para colmo en el día más importante de su vida?

Vio a Rubén bailando con su madre y se dio cuenta de que (1) ella sí, ciertamente, se había casado con el hombre. Rubén del Fierro estaba destinado a ser su primer esposo, por más que tratara de verlo de otra forma. Y (2) él se veía feliz, los ojos surcados por la alegría, la cabeza echada hacia atrás, celebrando a carcajadas algo que su madre le había dicho. Una oleada de pánico hizo presa de ella; tomó aire con fuerza.

Lucy se incorporó, desesperada por escapar. Lo último que quería era perder el control delante de quinientas personas. Ahora ni siquiera quería ver a sus amigas. Necesitaba escapar, organizar su cabeza, reflexionar sobre la gravedad de lo que había hecho *bajo la influencia de los narcóticos*. Sabía que no era un comportamiento lógico sentirse tan desequilibrada por esto, pero el hecho era que no se había sentido lógica en meses. No desde que había aceptado la propuesta de Rubén.

Justo en ese momento, Rubén miró en dirección a ella, sus ojos se encontraron y ambos fijaron la vista. Se agachó para susurrarle algo a su madre, sin dejar que su acalorada atención abandonara el rostro de Lucy. Y luego se encaminó hacia ella.

¡No!

La sangre le latía con tal fuerza en los oídos que ni siquiera alcanzaba a oír la música. Todo acontecía en cámara lenta. Rubén que se acercaba. Ella que retrocedía. En medio de todo, una silla voló por los aires y varias mujeres gritaron. De repente, una ola de gente se reunió en un rincón del salón como si las hubiera absorbido un ciclón, lo cual distrajo la atención de Rubén. Lucy miró en dirección del tumulto—dos de sus tíos peleando de nuevo. Siempre lo mismo en las bodas de los Olivera. Mucha risa estridente y mucha camaradería que se transformaba en acalorados debates sobre sabe Dios qué cosa. Tarde o temprano, alguien tiraba una silla y la pelea se iniciaba oficialmente. Cronometrado como reloj.

Rubén la miró de nuevo, levantó un dedo indicándole que debía esperar, se dio vuelta y entró a brazo partido en la multitud. Ella identificó su oportunidad y la tomó. Con Rubén disolviendo la batalla de los tíos y el resto de la atención de la concurrencia concentrada en la acostumbrada pelea de bodas de los Olivera, Lucy levantó la larga falda de su vestido de boda y se la recogió sobre un brazo y se escabulló del salón de baile. Cruzó veloz por el puente sobre la calle Tremont, giró rápidamente hacia la izquierda, saltó sobre la escalera eléctrica Art Deco y se dirigió al nivel del vestíbulo. Revisó nerviosamente un par de veces para ver si alguien la seguía, pero al parecer nadie lo había hecho. Gracias a Dios que Mercy, Cris y Annette no habían estado pendientes.

Dobló rápidamente a la derecha hacia el frente del hotel, empujó con un golpe la puerta giratoria, y ni siquiera le dio al portero la oportunidad de pedirle un taxi. Alcanzó a ver un taxi amarillo que se acercaba y prácticamente se le lanzó delante. Las llantas del taxi chirriaron, la parte de atrás se sacudió de lado a lado hasta detenerse, y el taxista de cara colorada se apeó de un salto. "¡Jesús, señora! ¿Está usted loca?"

"De hecho, sí. Que curioso que me lo pregunte." Echó una rápida mirada a sus espaldas, abrió la puerta de un tirón, se subió al asiento de atrás y se sentó agachada. El taxista tomó su puesto al volante y le hizo un guiño por el espejo retrovisor.

"¿Tarde para su boda, o ya casada?" le preguntó cauteloso.

"Acabada de casar."

"Ah, escapando, entonces, ¿supongo?" preguntó, tomándose un minuto para llenar su planilla de recorrido.

Ella suspiró, frotándose las sienes con las yemas de los dedos. "Algo así. No del todo. Yo . . . ah, bien es una larga historia, pero necesito aclarar la cabeza."

"Pensé que eso era algo que las novias hacían antes de decir 'Sí, prometo.' " Lanzó la planilla sobre el asiento del pasajero, se metió por entre el tráfico, y encendió la luz intermitente aprestándose a doblar en la Avenida 18. "Pero no es asunto mío. Usted haga lo que tiene que hacer. Yo estoy acá para transportarla a donde necesite. ¿A dónde, doña?"

Lucy se percató, desalentada, de que no llevaba consigo una tarjeta de crédito, ni mucho menos dinero en efectivo. "Mierda." Los ojos se le llenaron de lágrimas y ni siquiera se molestó en limpiárselas.

El taxista tragó saliva de manera audible. "¿Quiere charlar sobre el asunto?"

"No tengo bolso. No tengo con qué pagarle." Dios, había destrozado toda su boda y ahora ni siquiera podía escapar correctamente. "Yo . . . yo supongo que lo mejor es que me lleve de regreso."

Encontró los ojos del taxista en el espejo retrovisor y observó cómo su expresión preocupada se suavizaba. "Mire, considérelo un regalo de boda. La llevo a donde quiera ir. Con tal de que no vaya a llorar, ¿bueno? No me va muy bien con el llanto de las mujeres." Se rascó el cuello e indicó los manchones colorados. "Creo que soy literalmente alérgico. Urticaria. Ronchas instantáneas."

"Lo siento." Con la palma de la mano, se limpió las lágrimas apresuradamente. "Le puedo dar"—se miró el vestido, que tanto le gustaba y que le había costado un infierno de dinero—"mis joyas o el velo o algo."

El taxista suspiró. "Simplemente dígame adónde. No pienso aceptarle ni sus joyas ni ninguna otra cosa. Pero la llevo adonde quiera ir."

"Es que . . . es que no estoy segura." Lucy se mordió pensativa el interior de la mejilla. Necesitaba pensar. ¿Pero dónde podría estar totalmente sola, donde nadie la encontrara? "¿Puede llevarme a Evergreen?"

Él le hizo un guiño. "Siempre me encantó pasear los sábados en

...uto por el pie de las colinas." Se dirigió hacia Speer, sin duda planeando tomar primero la I-25 y luego la I-70, recto.

"También puedo anotar su dirección y enviarle por correo el pago. Cumplo mis promesas."

"Como guste, mi cielo."

Lucy se acomodó en el asiento y respiró profundamente por primera vez desde el apresurado escape del salón de baile. Sin pensarlo mucho, se abrochó el cinturón de seguridad por sobre el vestido y se recostó para el paseo de cuarenta y cinco minutos. En realidad, técnicamente hablando, ella no estaba *dejando* a Rubén. Pero sí se le había zafado en la fiesta, un hecho que en general no presentaba buenos augurios para el futuro de ambos. Bajó la mirada. Nadie había pegado dinero a su vestido . . . ahora bien, ella había pedido que esa pequeña tradición fuera omitida de la fiesta. Ni siquiera recordaba si había habido brindis, si había partido la torta, o si había bailado. Y no obstante, en este momento lo único que deseaba era correr, rápido y lejos. ¿Sería que la profecía de los Olivera estaba ya en marcha?

Annette estaba sentada en la tarima detrás de la mesa principal, buscando a Lucy entre la multitud, cuando su teléfono celular sonó dentro de su pequeña cartera. No lo había tenido encendido durante la boda, desde luego, pero lo había encendido al llegar a la fiesta. Con cinco hijos, la accesibilidad no era una opción sino una necesidad.

Pescó en el bolso y se acercó el teléfono al oído. "¿Aló?"

"Annette, es Rubén."

Algo en su tono le crispó de inmediato los nervios, y se inclinó hacia delante en su silla, con la espalda rígida. "¿Qué ocurre? ¿Dónde estás?"

"¿Pueden tú y las otras venir todas a la suite Eisenhower?"

"¿Las otras? ¿Mercy y Cris?"

"Sí, solamente ustedes tres."

"Claro, pero—"

"Pronto. Y no le digan a nadie adónde van, ¿vale? Es algo muy importante."

A Annette empezó a latirle el corazón atemorizado. "¿Le pasa algo a Lucy?"

"No lo sé."

"¿Qué quieres decir que no sabes?"

"Quiero decir, no está." Suspiró. "Debió haberse ido más o menos cuando empezó la pelea. Fue la última vez que la vi. Pero . . . se marchó. La he buscado por todas partes. Finalmente, el portero me dijo que había visto a una novia salir por la puerta principal."

Annette se apretó las sienes con el índice y el pulgar de su mano libre, sintiendo que el corazón le pesaba. Se había sentido tan segura de que Lucy estaría bien una vez que lograran ayudarle a superar el obstáculo de la boda misma. "Señor mío. ¿Se fue para dónde?"

"Pues eso es lo que espero que ustedes tres me ayuden a descubrir porque no tengo idea. Dense prisa, ¿bueno?"

"Ya subimos. Y ahora escúchame," dijo, echando un vistazo por el salón de baile en busca de Cris y Mercy. "No te preocupes. Quizás Lucy haya perdido la chaveta, pero ella te quiere."

"Lo sé."

"Y ahora está casada. Eso no es algo que Lucy tome a la ligera, créeme."

Él emitió una risa monosilábica, sin alegría. "Ése es en gran parte el problema."

"Ay, Rubén."

"Vamos a seguir casados, Annette, eso te lo prometo. No me asustan los asuntos Olivera. Pero primero," dijo en tono grave, "tenemos que encontrarla."

Habían estado dando vueltas por el centro de Denver durante una hora, a la caza de una desarreglada novia fugitiva. Aunque le habían preguntado a conductores de minivans, y a varios niños de la calle—con múltiples *piercings*—que se aglomeraban en el centro comercial de la Calle 16, nadie había visto a ninguna novia.

"Esto no habría sucedido si se hubiera casado en el estado mental adecuado," murmuró Cris, desde el asiento trasero del minivan de Annette.

"Probablemente," Annette manifestó su acuerdo con suavidad.

"Se le pasó el Vicodín y ya todo estaba hecho. Eso asustaría a cualquiera, pero especialmente a alguien que ya tenía su buena cantidad de resquemores."

Mercedes, en el asiento delantero, apretó la mano sobre el acolchado que protegía el cinturón de seguridad, harta de sentirse como la mala. "Miren, ustedes dos, quítenseme de encima, ¿vale? Lamento lo del Vicodín." Hizo una pausa, para dejar que la frase calara. "Pero tenemos que unirnos si queremos encontrar a Lucy y devolvérsela a Rubén, que es con quien debe estar." Alzó ligeramente la voz. "¿Podríamos, por favor, concentrarnos en lo importante y no en fustigarme el culo el resto de la noche?"

Después de un momento, Annette dijo, "Tiene razón, Cris. Dios sabe que yo he cometido errores en mi vida. Te perdono, Mercy."

"Bueno . . . gracias."

Cristina suspiró. "¿Dónde podría estar?"

Condujeron en silencio unos minutos, escudriñando las multitudes de la calle Larimer, que se dirigían a Speer. No era que una novia ataviada como tal fuera difícil de identificar, pero de todos modos escudriñaban la multitud por si acaso no la hubiesen detectado.

De repente, Cris hizo chasquear los dedos. "Esperen, esperen, esperen. Estamos buscando en el lugar equivocado. Ya sé."

"¿Qué?" Annette la miró por el retrovisor.

"Cuando estábamos comiendo en Elk Bugle, en Evergreen, Lucy dijo que sería un lugar maravilloso para esconderse. ¿Recuerdan?"

"¡Ay, Dios santo!"

Hasta Mercedes sonrió ante el chispazo de inteligencia. "Tienes toda la razón. Es lógico. Por lo menos vale la pena intentarlo. ¿Conoces el camino, Annette?"

"Más o menos," dijo, con voz que sonaba totalmente insegura.

Mercedes le indicó. "Dobla acá. Debemos tomar la Sexta Avenida, salir a la I-70 y desde allí dirigirnos a Evergreen." Hizo una pausa, al parecer sopesando sus palabras. Finalmente, aclaró la garganta y dijo a regañadientes, "Buen trabajo detectivesco, Cristina."

Transcurrió un instante. "Gracias," dijo Cris, tensa. "Y en cuanto a la cuestión con el Vicodín . . . Bien"—la pausa se sentía densa—"tampoco soy tan perfecta, supongo. Olvidémoslo todas."

"¿Miss Perfección reconociendo que en realidad *no* es perfecta?" dijo Mercedes en un tono irónico. "Marca este día en el calendario."

"Diablos, cállate," cortó Cristina. "¿Es que nunca puedes dejar las cosas en paz?"

Annette se mordió el labio inferior para evitar sonreír. Se esmeraban tanto estas dos en odiarse. Sería divertido si no fuera tanto desperdicio.

Encontraron a Lucy en su enorme y conspicuo traje de novia, embutida en un pegajoso cubículo del bar del Elk Bugle, sobre la mesa había varias copas vacías como peones en un feo juego de ajedrez. Hablaba por el celular de otra persona—sabría Dios el de quién. No tenía el de ella cuando salió, eso era seguro. Los celulares habían permeado casi todos los ámbitos del sector público, era cierto, pero todavía era un tabú—y de mal gusto—que una novia se colgara un celular de su traje. Mientras hablaba por el teléfono prestado, se limpiaba con una desbaratada toalla de papel.

Los clientes del bar le concedían todos un espacio adicional, aunque la miraban con curiosidad cada vez que pasaban. De todos modos, cualquier persona en sus cabales sabía que una novia llorosa y bebiendo era un terreno peligroso. El *barman,* y hasta muchos de los presentes, reaccionaron con evidente alivio al ver que tres mujeres en traje de fiesta de boda también entraban en el bar. Annette y Cris intentaron dirigirse al cubículo, pero Mercedes las tomó suavemente del brazo. "Las penas gustan de compañía, muchachas. Vayan a donde Lucy, yo compro las bebidas. Cristina, ¿asumo que tomarás tequila?"

"Sí."

"Yo también," dijo Annette.

"Excelente, que sean tres, entonces. Y tengan"—sacó su celular del bolso—"dénle a Lucy el mío. No sé de quién es ese celular, pero estoy segura de que ya se pasó del consumo límite del mes."

Cristina tomó el teléfono, y Mercy se dirigió al bar. Se inclinó sobre la barra e hizo contacto visual con un barman de pelo largo, extremadamente diestro y sexy. "Hola."

"Eh." Se limpió las manos con una gruesa toalla de bar y se le acercó. "¿Estás con la novia?"

"Estamos. Gracias por cuidarla hasta que logramos adivinar adónde diablos era que se había escapado."

"No, chica. Nada de gracias. Cuidamos a nuestros clientes, pero una novia fuera de sus cabales recibe tratamiento especial. No tenía dinero. Ni siquiera le pagó al taxista, pero parece que a él no le importó. Todo lo que se ha tomado ha sido cortesía de la casa."

Mercedes hizo una mueca. "¿Cuántos se ha tomado?"

"Solamente cuatro." Se agachó y bajó la voz. "Se los diluí un poquito. No es lo que acostumbramos, pero no quería agravar el problema, sea el que sea."

"Gracias. Yo se los pagaré luego, claro. ¿También es su celular el que ella está utilizando?"

Asintió. "Empezó a sulfurarse cuando se dio cuenta de que no tenía cambio para el teléfono público, así que le di el mío. No podía quedarme así tan tranquilo mientras una novia se descomponía en mi bar. Yo me encargo de pagarle el garrotazo a Verizon. No hay problema."

Buscó un billete de cincuenta dólares y se lo entregó. "Por el uso del teléfono. Y, ¿podría servirnos una tanda de tequila, sal y limón? Definitivamente diluya los de la novia, pero nosotras tres en realidad nos los tomamos puros."

"Listo." Lanzó una mirada preocupada en dirección a Lucy, levantando la barbilla mientras servía los cuatro tragos. "¿La dejaron plantada en el altar, o algo?"

"No. De hecho ya se casó. Se escapó de la fiesta cuando se dio cuenta de lo que acababa de hacer."

El *barman* resopló entre dientes. "¿Supongo que está tomando entonces el tren de alta velocidad hacia Ciudad Divorcio?"

Mercedes se encogió. "De hecho, es una historia terriblemente larga e increíble, pero sería una buena idea abstenerse en absoluto de utilizar la palabra 'divorcio.' "

"Muy bien. Nada de la palabra D, ni variaciones sobre ésta. Copio."

Sus palabras la hicieron sonreír. "Por cierto, me llamo Mercedes." Le extendió la mano.

Él se limpió la suya nuevamente en el delantal y le dio la mano. "Mercedes, siempre quise conducir uno," dijo guiñando el ojo.

Mercedes sintió un calor en el estómago.

"Me llamo Zeb. Si hay algo más que pueda hacer, háganmelo saber."

"Mantenga el flujo de tragos," le entregó otro billete de cincuenta para garantizar. "Pero no con demasiada frecuencia."

Él asintió una vez. "Estoy en la jugada." Inclinó la cabeza, estudiándola mientras arreglaba las copas en una bandeja de plástico y corcho. "Esto le va a sonar como una frase trajinada de conquista, que no lo es, pero su cara me resulta muy familiar. ¿Nos hemos visto antes? Yo sé que he visto su cara en algún lado recientemente."

A Mercedes se le enfrió el estómago. Dios, ni siquiera podía ocultarse en el escondite preferido de Lucy. Los artículos de tabloide denigratorios ya debían haber salido. O quizás *Hard Copy* había publicado su historia. Obvio. Esquivó la mirada. "N-no, de hecho no soy de esta ciudad."

"Mmmm," no parecía muy convencido. "Usted vaya a la mesa que ya mismo les llevo estos tragos. Me aseguraré de que la novia reciba el que va diluido—"

"Lucy."

"Que Lucy lo reciba. No se preocupe. Ella estará bien."

Mercedes sonrió, pero por dentro se sentía enferma. Por Lucy, por los tabloides, por todo el maldito embrollo. "Eso es lo que tratamos de decirle todo el tiempo. Créame." Cruzó hacia la mesa y se sentó al lado de Cristina. Annette estaba sentada al lado de Lucy, acariciándole el brazo.

"Está hablando con Rubén," susurró Cristina, por la comisura de los labios.

"Ah, bien, es un paso positivo."

"Y también está perdiendo la onda como el diablo."

Dijo Mercedes resoplando. "Claramente." Se cubrió el costado de la boca y susurró, "El muchacho del bar ha estado diluyéndole el trago, gracias a Dios."

"Espero que no esté haciendo lo mismo con los nuestros."

"No, de eso ya me aseguré."

De repente, Lucy parpadeó, levantó la mirada y las observó con ojos colorados y llorosos. "Sí, acá están. ¿De veras? Bueno. Espera." Le pasó a Mercy su celular. "Rubén. Quiere hablar contigo."

Mercedes se quitó un arete, luego recibió el teléfono y se lo llevó al oído. "Eh."

"Gracias a Dios que la encontraron. ¿Qué tan prendida está?"

Mercy se dio media vuelta y habló con voz controlada. "No tanto. Quieres que nosotros simplemente. . . . la llevemos de vuelta, o—"

"No."

Hubo una pausa breve. "¿No?"

Su suspiro se sintió en el teléfono. "Mira, Dios sabe que amo a esa mujer, pero ella no está lista para regresar. Mercy, y obligarla no va a servir para nada. Es obstinada."

"Tienes razón."

"Sé que es más poco ortodoxo que el diablo prescindir de la novia en la noche de bodas, pero ¿será . . . será que ustedes tres se pueden quedar con ella? ¿Lo que ella necesite? No creo que sirva que yo esté con ella ahora, pero le he dicho que acá la estaré esperando cuando esté lista para regresar a casa."

"Rubén—" Mercedes estaba tan sorprendida, que ni siquiera estaba segura de cómo manejar la situación. Verdaderamente, era el hombre perfecto. "¿Estás seguro?"

"Absolutamente. Dije que haría lo que fuera para asegurarme de que este matrimonio funcionara, y si eso implica pasar mi noche de bodas solo mientras ella pasa el rato con su pandilla, se vale."

Mercedes rió con suavidad. "No he pensado en mi persona como parte de una pandilla en más de veinte años."

"Y yo no puedo pensar en ustedes, mujeres, como en nada diferente. Pero tráiganmela a casa, ¿bueno? Como puedan. Pero, ¿Mercedes? Eso sí, no más Vicodín, nena. Por favor."

"Lo juro," replicó Mercedes. "Y discúlpame por ese asunto."

"No hay de qué. Estamos casados. Eso es lo que cuenta."

"Me aseguraré de que se registre."

"Y no se metan en problemas, ¿vale?"

"¿Nosotros? ¿Problemas?"

"Ni me tires de la lengua," dijo Rubén con un lamento.

Capítulo Doce

Varias horas después, Lucy se sentía ligeramente mejor—o por lo menos bien anestesiada por todo el tequila—cuando el agradable *barman* que le había prestado el teléfono se acercó a la mesa, limpiándose las manos en la gruesa toalla blanca. "Señoras, me temo que es el último pedido del bar. ¿Puedo traerles a cada una otro trago?"

"No a mí," dijo Annette, con la lengua floja y una amplia sonrisa. "Soy la conductora asignada, sabe."

"Ah, créame. No conducirá a ninguna parte," dijo Zeb riendo. "No podría permitirle hacer eso." Extendió la palma de la mano. "De hecho, por qué no me entregan las llaves de una vez para no tener que desinflar llantas o algo así. No puedo permitir que cuatro bellas mujeres cometan una locura."

"No, no. No conduciré si piensa que no debo."

"No debes," dijo Mercy, y no sonaba muy contenta por ello. "Ninguna de nosotras debe."

"Pero . . . ¿y cómo vamos a regresar a Denver?" preguntó Annette, parpadeando, como si acabara de comprender el concepto.

Sus amigas se dieron cuenta de la situación con creciente solemnidad, y Lucy les echó una mirada. Habían estado tan concentradas en mimarla a ella que ninguna había pensado en el trayecto largo y lleno de curvas que había que hacer desde lo alto de la montaña hasta Denver. Ahora estaban jodidas.

"Zeb, supongo que no conozca de ningún hotel o cabaña que podamos alquilar para la noche. Sé que es muy tarde," dijo Mercedes en esa voz ronca y sexy que a todos les fascinaba menos a ella. "Pero supongo que ninguna de nosotras pensó—"

Lucy midió a Mercy. Interesante. Le encantaría ver a Mercy con un hombre de verdad como este tipo Zeb en lugar de esos ricachones de mierda que todo el tiempo le rompían el corazón. ¿Pero acaso las editoras poderosas se interesaban en tipos normales? No parecía ser el caso de Mercy. Zeb se frotó la recia línea de su mandíbula con los nudillos, evaluando la pregunta.

"Preferiblemente a poca distancia de aquí," agregó Mercedes con ironía, como de pasada.

"Bien, no conozco ningún lugar así que quede cerca. Pero mi amigo tiene unas cabañas que alquila. La cosa no está fácil porque estamos en la temporada alta de vacaciones y todo eso. Pero le daré una llamada." Señaló a las otras mujeres con el dedo. "¿Y las demás? ¿El último trago antes de dormir?"

"Pues si no voy a conducir, denos a todas un último trago," dijo Annette ostentosamente. "¿Por qué no? Vivamos un poco."

Lucy le sonrió a Annette. ¿Cómo era posible que mujeres que había conocido de toda la vida pudieran sorprenderla y maravillarla a cada rato?

"Listo."

Cuando el muchacho se marchó, Lucy miró implorante a sus amigas. "Siento tanto todo esto. Nunca fue mi intención que quedaran atrapadas sin sus cosas."

"No pidas disculpas," le dijo Cristina. "Todas hacemos cosas impulsivas. Estamos acá para ti. Rubén es comprensivo. Te ayudaremos a superar esto, Lucy, ¿y quién necesita cosas en todo caso?"

Lucy suspiró, descansando los codos sobre la mesa y la barbilla en las manos. "¿Qué hice yo en la vida para merecerlas a ustedes?"

"¿Quién dijo que nos merecías?" preguntó Mercedes subiendo una ceja.

Reían todavía cuando el barman se acercó de nuevo con los tragos de tequila sobre una bandeja. "Esta va por mí." Miró a Mercedes. "A mi amigo le queda una cabaña, y va a dejarles la llave debajo del tapete de entrada. Pueden arreglarse con él en la mañana. De todos modos, no queda demasiado lejos. Puedo llevarlas a todas en mi auto hasta allá, si quieren."

"Sensacional," dijo Mercedes. Luego, después de una pausa, añadió, "¿No será usted uno de esos retorcidos hombres de montaña que son asesinos en serie, verdad?"

"Eso mismo era lo que yo iba a preguntar," dijo Lucy.

Mercedes indicó con el pulgar en dirección a la novia. "Es policía."

"Ah," sonrió. "Bien, pues no hay nada de qué preocuparse. No soy tan emocionante. Además, mi casa queda a poca distancia y puedo regresar mañana para mi turno en mi bicicleta de montaña. No es problema." Miró a Lucy. "Le puedo mostrar mi identificación, si desea."

Ella sacudió la mano. "No, al carajo. La vida al borde del peligro se siente bien en este momento." Lo midió, con seguridad. "Además, no se deje engañar por el vestido. Yo podría patearle el culo seriamente si tuviera que hacerlo."

"Tomo debida nota," dijo Zeb, con una carcajada de aprecio. Mercedes asintió con la cabeza. "Bien, pues. Un millón de gracias. ¿Tal vez sepa de alguna tienda que esté abierta en el camino?" Se miró el vestido. "Le puedo contar que estos vestidos no están hechos para dormir con ellos puestos."

Zeb sonrió. "Claro. Hay una tienda de miscelánea más arriba en la carretera. Creo que venden hasta camisetas de los Broncos. Ya sabe, *souvenirs*. Damas, podrán dormir al verdadero estilo Denver."

"Que Dios bendiga a los Broncos," dijo Lucy.

Después de que Zeb había dejado los tragos sobre la mesa, los saleros y el limón, incluido un trago para él, se lamió la sal de la mano, levantó la copa, y dijo, tentativamente, "¿Salud?"

Las mujeres imitaron el gesto, chocaron las copas, y cada uno se bebió el trago. Lucy notó que Zeb observaba a Mercedes de nuevo mientras se limpiaba la boca con el dorso de la mano. "Juraría," le dijo, moviendo el dedo, "que la conozco de algún lado."

Lucy sonrió. "Ah, bien, ella es—"

"Es muy fácil de confundir a alguien con otra persona," se apresuró a anotar Mercedes, echándole a Lucy una severa mirada de advertencia. Tenía la cara algo descompuesta y pálida. Upa. Bien, claramente no quería que el hombre supiera quién era ella, pero ¿por qué no? Debería sentirse orgullosa. Mercy podría de verdad tirarse a este tipo si quisiera y, siempre y cuando Damián estuviera comportándose como un flojo, ¿por qué no? "Tengo ese tipo de cara. Pero no soy de estos lados. No me conoce."

Él se encogió de hombros. "Bien, pues. Lo que usted diga. Avísenme cuando estén listas para salir y las llevaré." Y luego, con un respingo, "Ah, un inconveniente: el lugar solamente tiene una cama doble."

"Compartir la cama no es problema," dijo Annette. "Nos hemos quedado a dormir juntas después de una fiesta desde que estábamos empezando la secundaria." Las otras asintieron.

Zeb hizo un guiño con la practicada coquetería de un barman profesional, y les regaló una sonrisa lenta mientras se alejaba. "Eso me suena a fiestas a las que me encantaría que me invitaran."

La cabaña pequeña y rústica quedaba tan distante de cualquier lugar donde Cristina se hubiera quedado recientemente, que se sentía como si hubiera aterrizado en otro planeta. No era propiamente el Plaza. Pero le encantaba. Había una enorme chimenea de piedra verduzca y, aunque apenas empezaba junio, la encendieron. ¿Cómo no hacerlo? Se sentía a la vez hipnotizada y animada por el crepitar y por los destellos; y el olor a humo de madera le aliviaba el alma como un bálsamo. Las noches eran frías a 8.500 pies de altura, y con las ventanas abiertas, la temperatura era perfecta.

La cabaña también tenía una pequeña cocina, completa, con mesita y dos asientos, además de un baño diminuto, y una cama de postes rústicos, que estaba separada del resto de la cabaña por un biombo.

Se turnaron para usar el baño, limpiarse un maquillaje que debía haber sido retirado hacía largo tiempo atrás, y se pusieron las camisetas de los Broncos que Mercedes les había regalado a todas. Camino a la cabaña, en la tienda que abría toda la noche, también habían comprado otra cantidad de cosas. Ahora estaban sentadas en círculo sobre la cama, con las piernas cruzadas, tomando café y pasándose una bolsa de galletas. Aunque la boda de Lucy había tenido un terrible desenlace, Cristina se sentía envuelta por una sensación de seguridad, de amistad. Era extraño estar pasando la noche de bodas de Lucy *con* ella, pero por lo menos al parecer Lucy se había serenado. De hecho, había pasado de maníaca a melancólica, lo cual, irónicamente, parecía constituir un paso adelante. En el bar habían pasado el rato hablando de esto y lo otro, excepto del hecho de que Lucy se le había escapado a Rubén, prefiriendo dejar que fuera ella quien tomara la iniciativa de cruzar ese campo minado. Pero se había puesto pensativa desde que llegaron a la cabaña, y Cristina tenía la sensación de que ya casi estaba lista para el desahogo, si tan sólo pudieran transmitirle suficiente amor y espacio para organizar sus pensamientos. Si tan solo la animaran un poco a hacerlo. Miró a Annette, quien asintió ligeramente. Luego, vio que Annette le lanzaba una mirada a Mercedes.

Mercedes, como siempre de líder, dio la señal. Aclaró la garganta, enderezó la espalda, y en un tono suave, dijo, "¿Quieres hablar de las cosas, Lucy? Somos tus amigas. Nada podrás decir que cambie lo que sentimos por ti."

Lucy no levantó la mirada, pero empezó a llorar en silencio, con la cabeza inclinada sobre la tapa plástica de su taza de café. Con el dedo recorría distraídamente el borde de la tapa. "No puedo creer que me largué," susurró, "y aun así no estoy lista para regresar y encarar el desastre que he armado."

"No tienes que regresar sino cuando estés lista," dijo Cristina inclinándose hacia delante para poner una mano sobre la rodilla descubierta de Lucy. "Rubén está de tu parte."

"Y tampoco es como si te estuvieras perdiendo tu luna de miel, pues ésa es para más tarde, de todos modos," agregó Annette.

"Así es." Cris le dio un apretón a la rodilla de Lucy y, luego, retiró la mano. "También nosotras estamos acá para ti."

"Pero estoy tan avergonzada." Lucy les echó una rápida mirada antes de bajar de nuevo la vista. "Tengo treinta y ocho años, y ni siquiera puedo manejar una situación como casarme. Todas ustedes tienen sus vidas tan bajo control. Me siento como una imbécil tarada emocional en presencia de las tres reinas magas."

Por un instante, sobre la habitación descendió un silencio estupefacto.

Mierda, si Lucy tan sólo supiera. Cris no podía mirarlas a ninguna de ellas, por temor a delatarse. Annette y Mercedes quizás tuvieran todo bajo control, pero su vida era un embrollo triste y lamentable.

Annette fue la primera en reír. Con una risa que le salió de lo más profundo del estómago. Sorprendida, la mirada de Cristina se volvió hacia ella. No pudo menos que unírsele y hasta a Mercy empezaron a temblarle los labios.

Lucy las miró parpadeando, confundida. "¿Dónde está la gracia?"

Annette tomó un sorbo de café y miró directamente a Lucy. "¿Tú crees que mi vida rueda perfectamente?"

"Claro que sí. Eres una de las mujeres más organizadas y sensatas que he conocido."

Annette resopló, sacudiendo la cabeza. "Déjame decirte algo. Unos días antes de venir, consideré seriamente escaparme, irme a algún lugar tan remoto que nadie supiera jamás que yo era una esposa, o una madre, o cualquier cosa diferente de lo que yo les dijera. Y lo único que les diría es, 'Me llamo Annette, déjenme vivir mi P. vida en paz.' "

Una corriente eléctrica recorrió a la escandalizada Cristina, y miró a Annette con ojos nuevos. Bueno, Cristina sabía que Mercy y ella tenían problemas, pero había pensado de verdad que por lo menos Annette tenía su vida bajo control. ¡Y había usado la palabra P! O por lo menos la letra P.

Lucy sacudió la cabeza. "Vamos, Annie—"

"No. Lucy. Es verdad. Paso mis días o bien preguntándome si alguien de mi familia de verdad aprecia lo que hago por ellos o bien fantaseando que tengo una vida diferente. O que tengo una vida, punto. Todos en mi familia tienen una vida, excepto yo."

"Pero ellos son tu vida," susurró Lucy.

"Cierto, pero a veces quiero más." Se encogió de hombros, y el color le subió a las mejillas. "A veces quiero ser solamente Annette."

"¿Qué estás diciendo, Annie?" A Lucy se le habían agrandado los ojos. "Desde que te conozco has querido estar casada y tener una familia."

Annette asintió. "Sí, así es. Todavía es lo que quiero, no me malinterpreten. Y ellos también me quieren, casi hasta la muerte." Dejó escapar un suspiro impaciente, al parecer buscando en su mente las palabras adecuadas. "Me he perdido. Me perdí en el karate y en las hormonas adolescentes y en hacer la cena y en los horarios de todo el mundo menos los míos. Me quieren, sí. Pero me chupan hasta dejarme seca. Hay días en que me despierto y ni siquiera sé ya quién es Annette." La barbilla empezó a temblarle, y se mordió el labio inferior para controlarla. "No es un sentimiento agradable, el del resentimiento contra los seres amados, por más que uno los quiera." Annette hizo una pausa, sacudiendo la cabeza. "¿Mi sucio secretito? He estado teniendo pesadillas con eso de tener que regresar a casa. Es algo que me hace sentir como la peor madre y esposa del mundo."

Cristina sintió una punzada de verdadera empatía. Todas las madres se sentían de este modo a veces. ¿Acaso Annette no lo sabía? "Ay, corazón, por qué no dijiste algo antes?"

Annette levantó un pulgar hacia Lucy. "Porque estaba tratando de llevar a ésta hasta el altar. Esta semana no era yo la protagonista."

Cristina sonrió. Ambas habían estado protegiendo a Lucy.

"Dios, Annette. No tenía idea de que te sintieras así," dijo Lucy, dejando de pensar en sí misma por el momento.

Cristina miró de reojo a Mercedes, quien no había dicho gran cosa. Sin embargo, había estado observando a Annette intensamente. Claramente le importaba, pero seguramente no lograba comprender. ¿Quién sabía?

"¿Quieren oír cuál es mi última crisis doméstica?" preguntó Annette.

"Claro," dijeron las tres al unísono.

"Déborah está enamorada."

"Qué maravilla, Annie," dijo Lucy.

"¿No tiene acaso como cuatro años?" preguntó Mercedes.

Annette sonrió. "Tiene veinte. El tiempo ha pasado, Mercy, no olvides."

"Enamorarse no es una crisis," dijo Cris.

"Lo sé. Pero espera. No he terminado. Déborah se ha enamorado de otra mujer. De una joven muy, muy encantadora." Annette miró a su alrededor. "Se declaró homosexual ante nosotros hace unas semanas."

Permanecieron en silencio unos instantes. "¿Y cómo te sientes en cuanto a eso?" le preguntó Lucy con suavidad. "Quiero decir, no veo el problema. Yo trabajo con muchas mujeres *gay* que son maravillosas."

"Yo he *estado* con mujeres," dijo Mercedes sin rodeos.

"¿Qué?" gritó Cristina.

Mercedes hasta soltó una risita. "Miren. Vivo en la ciudad de Nueva York, trabajo en el mundo editorial. Soy en extremo liberal. No es tan poco común. No lo censuren hasta no haberlo ensayado."

"No lo estoy censurando, estoy—" Cristina miró en silencio a Mercy por unos instantes. "Dios, creo que en realidad siento envidia." Pasó la mirada de Lucy a Annette. "Es una locura, ¿verdad?"

"¿Te gustó?" preguntó Lucy, intrigada.

Mercedes se encogió de hombros. "¿Qué podrá tener que a uno no le guste? Pero ése es tema para toda otra noche. Regresemos a Déborah." Todas miraron a Annette. "¿Cómo te lo contó? ¿Qué ocurrió?"

Annette mordió una galleta y masticó pensativamente. "Tengo que decir que quedé sorprendida, pero no escandalizada. Ni tampoco decepcionada. Y"—miró a Mercedes—"en cierto sentido, puedo entender que ella se haya enamorado de Alex. O de otra mujer, quiero decir. Nunca lo he hecho, pero para mí es lógico desde un punto visceralmente femenino y aplaudo su capacidad de buscar exactamente lo que quiere. Tuvo que ser muy difícil para ella, sincerarse con nosotros. En cuanto a mí, lo único que quiero es que mi nena sea feliz."

"¿Lo es?" preguntó Lucy.

"Radiantemente feliz. Es doloroso para mí verlas juntas, pero lo digo en el buen sentido." Annette suspiró. "El problema es la forma en que reaccionó Randy a la noticia."

"Ay, ay, ay," dijo Cristina.

Annette hizo una mueca. "Pues sí, no es que fuera cruel. Ustedes conocen a mi Randy. Pero es un tipo tradicional, y no pudo llegar al punto de darles a Alex y a Déborah su bendición. Las niñas se fueron, Déborah hecha un mar de lágrimas, y desde entonces Randy ha estado merodeando inquieto por la casa, lleno de remordimientos. Ama a sus hijos. Tarde o temprano reaccionará. Creo que ya lo ha hecho."

"¿Entonces por qué no llama a Déborah y arregla las cosas con ella?" preguntó Lucy. "Ella comprenderá el choque inicial."

Annette le dirigió a Lucy una mirada de extrañeza. "Porque, verán, aparentemente es mi trabajo arreglar todo en mi familia. Superar la distancia, romper el distanciamiento." Se alisó el pelo con los dedos, con expresión de fatiga. "Esta vez no estoy a la altura del reto. He aceptado a Déborah y a Alex, y no quiero ser la mensajera de Randy. Tendrá que manejarlo él mismo."

"¿Se lo has dicho?" preguntó Cristina.

"No tan claramente," Annette hizo una pausa, jugando con un moño de lana que tenía la colcha que cubría la cama. "Pero, de todos modos, si creen que tengo la mitad de mi vida organizada, están totalmente equivocadas. Quizás sea el caso de ustedes dos, pero—"

"Estas dos no," dijo Cristina. El corazón le golpeaba con fuerza, y la garganta se le secó inmediatamente, pero ella sabía que era el momento perfecto para hablar con franqueza. Le lanzó a Mercedes una mirada de disculpas. "O al menos no yo."

Todas se habían estado preguntando desde hacía tanto por ella, y ella percibió la ansiedad en sus expresiones. Se humedeció los labios con un movimiento rápido de la lengua, tratando de descubrir cómo diablos soltar lo que estaba pendiente. Se tomó un sorbo de café, tragó, se aclaró la garganta. Cómo decirlo, cómo decirlo, cómo decirlo. "Verán, el asunto es que, yo sé que todas ustedes piensan que Zach me golpea"—sostuvo en alto sus dos muñecas lavadas, con las marcas claramente visibles—"pero en este caso están totalmente despistadas."

"¿Entonces, qué es lo que pasa?" preguntó Annette. "Sencillamente estamos preocupadas por ti, Cris, no estamos enjuiciando a Zach."

"Pero debes reconocer que la evidencia. . . ." agregó Lucy.

Cristina asintió, pero el movimiento resultó brusco. Miró de reojo a Lucy. "A ti es a quien más me avergüenza contarle esto, Lucy. Lo siento mucho."

Lucy frunció el ceño. "No seas ridícula. Nada de lo que me puedas decir podría cambiar mis sentimientos hacia ti."

"No estés tan segura." Pasó un momento de tensión, y finalmente Cris dijo, "Las marcas. . . . me las hicieron las esposas. Casi quisiera poder decir que a Zach y a mí nos gusta el sexo exótico, pero no. La verdad es que, el día antes de venir acá . . . me detuvieron." La expresión de escándalo mundial de Mercedes casi pagaba el precio de la confesión. "Verán, al parecer tengo un pequeño problema con"—se encogió—"robar en las tiendas."

"Ay, Cris," dijo Annette exhalando.

Cristina se cubrió la cara con ambas manos. La información ya había salido de ella y ya no podía volverla a recoger. Pendía sobre la habitación como un olor. ¿Debería haber mantenido cerrada la boca? ¿Haber mantenido la imagen? ¿No era ésa acaso la suma total de su vida? Sentía que acababa de tomar el mayor riesgo de su vida. "Dios, me siento tan avergonzada."

"No te sientas así," le dijo Lucy, aunque sí sonaba un poco abatida. "Nadie es perfecto. Cuéntanos qué ocurrió."

Cristina se retiró lentamente las manos de la cara e hizo círculos con los hombros para destenderlos. Evadió calculadamente mirar a Mercy a la cara porque, aunque estaba muy consciente de que no había nada entre ellas que pudiera perderse, se sentiría herida si llegara a percibir en ella cualquier asomo de satisfacción. "No sé, empezó hace como un año, por capricho. Eso suena tan horrible, pero—"

"Deja de juzgarte," le dijo Annette. "Simplemente cuéntanos. Nosotros no te estamos juzgando."

Cristina inhaló profundamente y, luego, dejó salir el aire. "Está bien. Un día estaba de compras y me vino una idea a la cabeza, 'róbatelo,' así no más. Y eso fue lo que hice," dijo con fatigada aceptación. "Y además tenía el dinero con qué pagar. Es espantoso, pero sentí tal sensación de emoción cuando salí, me sentí más viva de lo que me había sentido en años, pero rápidamente se convirtió en una adicción enfermiza." Levantó una mano hacia Lucy. "Déjenme decirles que, después del incidente, me las he arreglado para pagarles a todos los dueños de los almacenes. Y siempre trato de enmendar las cosas dando dinero a las personas desamparadas que hay en San Antonio. Cien dólares cada vez. Juro que me hacen fiestas cuando me ven venir. Yo sé, sin embargo, que eso no hace que las cosas sean mejores."

"Es un problema común de las mujeres ricas, Cristina," dijo Mercedes, sorprendiéndola. "Este año publicamos en la revista un artículo sobre el asunto."

"Lo sé. Lo leí." Miró a Mercedes con suave reproche. "No estaba tan sólo adulando cuando te dije que leía asiduamente la revista."

A Mercedes se le subió el color a las mejillas. La garganta se le apretó tratando de tragar. "La cuestión es que, hay maneras de ayudarte con eso."

"Pues tal parece que ahora voy a tener que buscarla. Se acerca la fecha de mi citación a corte."

"¿Lo sabe Zach?"

"No se lo dije. Empaqué y me largué, como la cobarde que soy. Pero estoy segura de que a estas alturas la noticia ya debe haberse filtrado en nuestros círculos sociales." Se cubrió la cara de nuevo y gruñó, a duras penas capaz de soportar la idea. "Dios, no sé cómo lo voy a enfrentar. Es la peor parte. Zach es una figura pública. Un maldito presentador de noticias de horario estelar, de todas las cosas, en millones de salas de hogares, todas las noches. Su cara aparece pegada en autobuses y vallas. Es una figura clave en la sociedad de San Antonio, no solamente por su trabajo, sino por la época en que estuvo en los Astros y por la familia de donde procede. Gústeme o no, lo que pasó tendrá consecuencias para él. ¿Cómo afectará su carrera? ¿Su familia? ¿Los niños? Dios. Los niños."

"Es una figura pública de alto perfil que te ama," dijo Annette.

"Quizás, pero . . . su madre me desprecia. Esto validará todos los pensamientos malvados que haya tenido sobre mí."

"¿Qué?," exclamó Annette, claramente incrédula.

"Es cierto. Siempre me ha despreciado y nunca pierde la oportunidad de clavarme las espuelas. Sencillamente no soy lo suficientemente buena para su precioso hijo. Hago todo para mantener contenta a la mujer, y nunca nada es suficiente." Soltó un bufido de desagrado. "¿Por qué carajo las madres latinas educarán a sus hijos para que crean que son dioses? ¿Acaso no recuerdan lo que era pasar por el torbellino de casarse con un hombre que cree que se merece por derecho la adoración y la lisonja?"

"Seguramente por eso. Pasaron por la situación, así que, por Dios, sus nueras también tendrán que padecerla," dijo Lucy.

Annette rió con risita ahogada. "Me alegro de tener solamente hijas mujeres. Lo único que tengo que hacer es educarlas para que sean autosuficientes y no le aguanten malcriadeces a nadie y seguramente tendré éxito."

"Al parecer estás haciendo un maravilloso trabajo," dijo Mercedes.

Annette le dio una palmadita de agradecimiento en la pierna.

"Desde que pudo hablar, he educado a Manuel para que sea un hombre autosuficiente. Le he martillado en la cabeza que ninguna mujer que valga la pena tener en estos tiempos se va a apuntar para ser su esclava personal." Cristina se encogió de hombros. "Creo que está funcionando. Lava su propia ropa, ayuda con los quehaceres de la casa. Su abuela piensa que es una deformación, que yo no lo trate como a un principito consentido—otro departamento donde estoy fallando como esposa y como madre, pero que se joda."

"Sí, que se joda," dijo Mercedes. "Seriamente."

Cristina suspiró, tocándose distraídamente las marcas de las esposas. "Tengo una buena vida. La tengo. Una vida privilegiada. Pero a veces me siento como si se me hubiese asignado un papel que está tan por encima de quien realmente soy. Quiero decir, soy del noroeste de Denver, no de la crema de San Antonio. ¿A quién engaño? La madre de Zach tiene razón—no pertenezco a esa clase. A veces sencillamente me cuesta demasiado seguirlo intentando."

"Eso no es cierto," dijo Lucy. "Perteneces tanto como ella porque Zach te quiere y se casó contigo."

Se encogió de hombros. "En todo caso, supongo que robar era una válvula de escape para mí. Una liberación que, ahora que me pillaron, me perseguirá y me morderá el culo por largo tiempo."

"¿Es por eso que has estado evitando hablar con Zach?" preguntó Mercedes. Su tono parecía suave y libre de acusación.

Cristina hizo una pausa, sopesando a Mercedes. Cuando se sintió segura de que la pregunta era tan sólo eso—una pregunta—, respondió. "Sí, es que no soy fuerte como ustedes. Le tengo un pavor de mierda a la confrontación."

Lucy resopló. "Ahhhh, sí, soy muy fuerte. Me escapé de mi propia boda. Con el hombre que amo. Mujer del año, Lucy Olivera."

"Eres fuerte," dijo Cristina en tono firme. "Tú—todas ustedes— tienen tanta sustancia en sus vidas." Hizo una pausa, mientras que los ojos le ardían por las lágrimas que no quería derramar. "Yo no."

Annette se inclinó hacia delante. "Sí, sí la tienes," dijo con brusquedad. "No quiero oír nunca a una madre decir que su vida no tiene sustancia, porque conozco lo duro y agotador que puede ser criar a los hijos. Piensa en Cassandra y en Manuel. Y tienes el peso adicional de tus obligaciones sociales. Sé justa contigo misma, Cristina. Estás haciendo lo mejor que puedes, cielo."

Cristina acomodó la taza de café casi vacía para poder estirarse sobre la cama hasta donde estaba Annette y abrazarla. "Te quiero, Annie. Había olvidado cuánto, y lo lamento."

No tienes que pedir disculpas. Tenemos vidas llenas de ocupaciones."

"Así que supongo que es solamente Mercedes la que tiene una vida completamente organizada. Carrera exitosa en una industria competitiva, belleza, los hombres que quiera," la instó Lucy.

"Damián me dejó," dijo Mercedes sin mayores rodeos.

Lucy inclinó la cabeza. "Pensé que habías dicho que los dos sencillamente estaban pasando por un momento difícil."

"Mentí." Se echó el pelo hacia atrás. "Me dejó por la directora de la guardería de la revista. Sunshine Sanderson."

"¿Es ése su verdadero nombre?" dijo Cristina burlonamente.

Mercy sonrió breve y amargamente. "Sí, una putita regordeta. Y he acá el meollo. Sunshine entró a mi oficina a decirme cómo administrar la revista, y la despedí. Eso enfureció a Damián, y tuvo las pelotas de venir a mi apartamento a acusarme . . . de toda clase de cosas terribles." Sintió un escalofrío. "Vino la policía."

"Ay, no," dijo Annette.

A Cristina le costó admitir que se sentía casi esperanzada de contar con una camarada. "¿A ti también te detuvieron?"

"No, todavía no nos habíamos ido a los puños," hizo una mueca. "En realidad quisiera haberle dado un par de puños. Y tal vez una sólida patada en los huevos."

"Lo siento mucho, Mercedes," dijo Lucy, con decidida simpatía. "Pero en realidad, de todos modos tu vida sigue siendo muy organizada. Quiero decir, qué puedes hacer si tu ex novio es un idiota. De hecho, estaba pensando hace un rato que deberías haberte empatado con el lindo barman, Zeb. Estaba detrás de ti con ganas, chica."

"Agradable idea, pero no, no me tenía ganas. Sencillamente me había reconocido."

"¿De la revista?" preguntó Lucy.

Mercy dudó. "Algo así."

Cristina observó cómo Mercedes de verdad luchaba, e inmediatamente supo que la historia no se acababa ahí. La cuestión era, ¿lo contaría? Las otras lo habían contado.

"¿Hay más?" preguntó Cristina, esta vez sin temor.

Mercedes se tomó la última gota de café de la taza de cartón, la arrugó con una mano y la lanzó hacia atrás sobre su hombro. "¿Quieren la fea historia completa? ¿Es eso?"

"Solamente si la quieres compartir," dijo Annette, siempre deferente hacia los sentimientos de los demás. Cristina juró recibir una lección de ella, de todas ellas, de hecho. Pero no todavía.

"Quiero el resto de la historia," dijo Cristina.

"Y yo," agregó Lucy.

Mercedes desdobló las piernas y atravesó la habitación hasta donde estaba su bolso de viaje. De allí sacó tres periódicos—en realidad tabloides—y los tiró sobre la cama, con la primera página hacia arriba. "Bien, ahí lo tienen," dijo en tono endurecido. "La verdad sin barnices. Compré éstos con todas las cosas en la tienda de miscelánea. ¿No les parecen agradables?"

Cristina leyó el primer titular, mientras una corriente de escándalo la recorría como un relámpago. A Mercedes la estaban descuartizando en los tabloides, casi como a Martha Stewart y a Rosie O'Donnell las habían golpeado un tiempo atrás. Qué pesadilla.

EDITORA DE LO QUE IMPORTA, UN FRAUDE

Lucy levantó el tabloide que estaba encima y todas se agacharon sobre el segundo para leer el título:

MERCEDES FELÁN, ¿QUÉ ES LO QUE IMPORTA? EL DINERO, EL DINERO, EL DINERO.

Annette parpadeó un par de veces, mirando primero a Mercedes. "Ay, Dios mío, Mercy. ¿Por qué no nos lo dijiste? Lo siento tanto."

"No se los conté por la misma razón por la que no nos contaste sobre tu vida. Esta semana giraba en torno a Lucy, no en torno a mí." Agachó la mirada sobre los feos titulares y fotos poco amables. "Y además, tenía la esperanza de que Damián entrara en razones y abandonara su campaña de desprestigio. Además . . . estoy medio que escondiéndome."

"¿Esto lo hizo Damián? ¿Les mintió sobre ti a los tabloides?" quiso saber Lucy, los ojos destellantes de ira.

"Él y la Hermanita Mary Sunshine buscaron a los tabloides después de que le di a ésta la patada voladora." Hizo una mueca. "El problema es que no todo es mentira."

"¿Entonces?," la instó Lucy.

Mercy suspiró. "En pocas palabras, no soy conocida como la gerente más fácil en el mundo laboral en el que me muevo."

Lucy arrugó uno de los tabloides y lo lanzó al otro lado de la habitación. "Dios, ¿y a quién le importa? Si fueras un hombre, no importaría. Te aplaudirían por ello. Me dan ganas de salir a buscar a ese Damián y matarlo."

"De nada valdría," Mercedes se subió de nuevo a la cama y agarró uno de los periodicuchos que quedaban, analizando la primera página. "El daño está hecho. Mi carrera seguramente arruinada. Y todo porque eché al tarro de la basura a la putita que se estaba comiendo a mi supuestamente monógamo novio. Y estoy equivocada."

"Me parece tan injusto," dijo Annette.

"Es injusto. Por lo menos esa parte. Pero seré la primera en reconocer que no es fácil trabajar para mí, que mi prioridad son las ganancias. Sencillamente estaba tratando de convertir la revista en un éxito. Ahora *es* un éxito, pero *yo soy* un fracaso colosal." Mercedes se encogió de hombros. "Y no hay una maldita cosa que pueda hacer para cambiarlo."

"No estoy tan segura," dijo Cristina. "Ya sabes lo que dicen, cero publicidad es mala publicidad."

Mercedes dio vuelta al tabloide para que Cristina lo viera. "Aterriza. Soy la directora editorial de una revista cuya línea editorial se basa en mantener la vida enfocada en lo que es verdaderamente importante para poder vivir una existencia simplificada y plena y estos artículos me acusan de comportarme como una dictadora con mis empleados, de crear un ambiente de trabajo hostil, de ser promiscua y una miríada de otros males. Los lectores perderán por completo su fe en mi, tenlo claro. Nuestra distribución demográfica no tolerará esta clase de comportamiento, gústeles la revista o no. Sea cierto o no." Lanzó el tabloide con furia. "Y créanme que habrá suficientes personas dispuestas a corroborar las acusaciones. Como dije, no soy Madre Teresa. La totalidad de mis empleados, desde los editores hasta el más humilde seleccionador de correo, me desprecia."

"Eso no puede ser cierto," dijo Lucy.

"Ah, sí, lo es. ¿Sabes cómo me llaman?"

"¿Qué?" dijo Annette, visiblemente preparándose para lo que iba oír.

"Sin Merced Felán. La Mercenaria Felán."

Rió sin alegría. "Muy descriptivo, ¿no creen?"

Mercedes echó la cabeza hacia atrás, y clavó la mirada en las vigas del techo. "Supongo que al dueño de la revista le caigo lo suficientemente bien. A fin de cuentas, le genero al hombre una tonelada de dinero. La gente se aguanta todo siempre y cuando uno les esté generando ganancias." Pensó brevemente en Alba. "Mi secretaria . . . ella no necesariamente está de mi lado, pero tuvimos una conversación. Miren, no quiero hablar más de esto. Sinceramente, por ahora estoy disfrutando negármelo a mí misma." Miró a Lucy con agudeza. "¿Pero ves? Acá no hay ninguna semblanza de una vida perfecta, nena. Estás tristemente equivocada. Me he divorciado tres veces, me han dejado y calumniado una vez, y todos mis empleados piensan que soy el Anticristo."

Todas se quedaron sentadas en silencio grave unos momentos, hasta que Lucy sacudió la cabeza lentamente. "¿Cómo fue que llegamos a estar todas tan jodidas?"

La pregunta era a la vez muy simple, y muy profunda. Tras una pausa, todas se echaron a reír sobre la cama en carcajadas incontrolables. Todas se habían franqueado. Ninguna era perfecta. Todas tenían problemas. De alguna forma, esto le proporcionaba a Cristina un indescriptible consuelo. Se sentía segura dentro de los límites de esta extraña y de todos modos perdurable amistad . . . incluso con Mercedes.

Exhaustas por el día vivido, y por todas las revelaciones, empezaron a caer. Una por una se fueron metiendo debajo de las cobijas. Cristina apagó una de las lámparas de la mesa de noche, y al otro extremo de la cama, Mercedes apagó la otra. Durante un momento permanecieron así, de lado a lado sobre la cama, observando el brillo del rescoldo de la chimenea, cada una perdida en sus pensamientos privados. Annette, la más cercana a Cristina, empezó a cantar una canción de cuna de esas sin sentido, "Cuatro en la cama y el pequeñito dijo, 'media vuelta, media vuelta,' " Mercedes contribuyó con aquella de las noventa y nueve botellas de cerveza en la pared. Cuando pararon de reírse como si fueran unas adolescentes fumando marihuana, Cristina de repente se acordó de un artículo que había leído durante el vuelo. "¿Han visto esas revistas que dan en los aviones?"

"Sí," dijo Lucy medio dormida.

"Camino acá, leí un artículo sobre una ermitaña mexicana que es curandera y que vive en algún lugar en las montañas de Nuevo México. Era muy interesante. Tiene fama de ser capaz de cambiar o de mejorar la vida de la gente. Quiero decir, el artículo era parte documental y parte leyenda. Hablaba sobre cómo mucha gente en la zona dice que ha sido salvada o ayudada por su sabiduría y su magia, pero ni una sola persona estaba dispuesta a reconocer haberla conocido. Supongo que esta mujer es una especie de misterioso hombre de las nieves."

"Guau," dijo Mercedes.

"Sí. Nadie la ve jamás, por lo menos ya no la ven. Nadie siquiera sabe dónde vive."

"Qué chévere," murmuró Annette.

Cristina suspiró. "Recuerdo haber pensado, cuando lo estaba leyendo, Dios, ojalá que yo poseyera esa habilidad. Imagínense cómo podría cambiar mi vida . . . si tan sólo . . ."

"Puedo pensar en un millón de cosas que haría si pudiera cambiar mi vida," dijo Mercedes.

"Igual yo. Sería espectacular," dijo Annette.

Lucy no dijo nada, y todas supusieron que se había quedado dormida. Necesitaba el sueño; el día había estado lleno de tensión, para no decir más. Sin querer despertarla, las otras tres se dieron las buenas noches en un susurro y se quedaron dormidas sobre la gran cama, en la pequeña cabaña, en la noche que estaba destinada a ser la noche de bodas de Lucy. Lo último en que pensó Cristina antes de caer rendida había sido, curiosamente, en la legendaria curandera. ¿Y si de verdad existía, y si en efecto tenía el poder de arreglar la vida? ¿Y si pudiera arreglar sus vidas monumentalmente enredadas? Sintió una fracción de segundos de esperanza antes de que ésta se disipara de nuevo.

Aterriza, Cris.

Nadie sabía dónde vivía la curandera, o si de verdad existía. Era sin embargo, una agradable fantasía y Cristina se quedó dormida con una sonrisa en el rostro.

Parte Dos

Capítulo Trece

Desde que vio a Lucy a la mañana siguiente, Annette debería haber sabido que algo rondaba en el aire. A fin de cuentas, era el día después de la "Suprema Pesadilla de una Noche de Bodas." Debía haber estado melancólica o por lo menos pensativa. Pero, por el contrario, dio un brinco al otro extremo de la cama, despertándolas a las tres con un sobresalto.

"Arriba, dormilonas." Tenía una sonrisa absolutamente radiante. "Tengo listo el desayuno y tengo todo resuelto."

Mercedes se dio vuelta lentamente y se apoyó sobre los brazos hasta quedar sentada contra el espaldar, los ojos nublados. "Por favor, dime que estás hablando de tortillas, papas fritas y paz en el mundo."

"*Pop-Tarts,* pan tostado, café instantáneo, y un plan de acción, pero también es cierto que fuiste tú la que hizo las compras."

"Cierto." Mercedes bostezó y se frotó los ojos. "Y la paz mundial realmente es un sueño falso, al menos mientras los hombres y el partido Republicano se mantengan en el poder."

Lucy rió con un bufido.

Annette miró hacia donde estaba Cristina, todavía dormida boca abajo con los brazos sobre la cabeza. Le dio un empujoncito.

Cristina gruñó. "¿Es verdad entonces?" dijo entre dientes hacia la almohada. "¿Alguien en realidad quiere despertarme al rayar el alba? ¿Ninguna de ustedes, locas, ha oído hablar de la correlación entre el sueño y la belleza?"

"Es casi mediodía," les informó Lucy. "Y ustedes todas ya son lo suficientemente bellas. Ahora, despierten. Lo digo en serio. Tengo una propuesta que les va a encantar."

Annette se incorporó junto a Mercedes. Lentamente y mediando muchas quejas, Cristina se unió por fin a las otras dos. "Más vale que sea algo bueno, Lucy, lo juro por Dios. Estar alegre en la mañana es un crimen contra la naturaleza."

Lucy sonrió con una mueca, levantando ambas manos. "Es bueno. Es absolutamente perfecto. Espérenme acá." Dio la vuelta por detrás del biombo y regresó, caminando con cuidado y con la mirada pendiente de las tres tazas de humeante café instantáneo que llevaba en una bandeja. Cuando las repartió, regresó con una taza para ella y un plato lleno de pan tostado con jalea de fresa. Lanzó sobre la cama unos sobres de azúcar, mezcladores de plástico y tarritos de crema, y cada una tomó lo que le gustaba. Mientras cada una le echaba lo que quería al café, Lucy se encaramó en los pies de la cama, y luego se sentó expectante sobre los talones, mirando a sus amigas.

"¿De qué se trata todo esto?" preguntó Mercedes.

"Es sobre Cristina," sacudió la mano. "O, de hecho, sobre la historia que Cristina nos contó anoche."

Cristina dejó de soplar su café y la miró perpleja. "¿De qué hablas?"

"La curandera."

"La—la de la revista del avión?" frunció el ceño.

"Sí, tenemos que encontrarla." Lucy levantó la mano, como queriendo detener las objeciones anticipadas. "Antes de decir nada, simplemente hagan una lista—"

"¿Encontrarla? Suertuda, por el amor de Dios, ¿te está dando otro colapso nervioso? ¿Acaso no has alcanzado tu cuota de la semana?" preguntó Mercedes. "Eres una recién casada. No puedes escaparte con tus amigas en una excéntrica búsqueda de una curandera ermitaña que nadie sabe siquiera con seguridad si existe."

"*Escúchenme* un momento," miró juguetonamente a Mercedes. "Ya tomé prestado tu teléfono celular y ya hablé con Rubén. Nos apoya cien por ciento. De todos modos, él va a estar trabajando."

"Uf, realmente ustedes dos son el uno para el otro," Mercedes sacudió la cabeza, tomó un sorbo y tragó. "Los dos son un par de adictos al trabajo, criminalmente desquiciados, con una lógica severamente cuestionable."

Lucy suspiró con impaciencia. "Permíteme preguntarte algo, Mercy. ¿Tú realmente quieres regresarte a Nueva York ahora mismo?"

Transcurrió un instante. "Bueno . . . no."

"¿Cris?," Lucy subió una ceja. "¿Lista para enfrentarte a tu música en San Antonio? ¿O necesitas acaso más tiempo con tus amigas?"

Cristina resopló. "Como si tuvieras que preguntar."

"Annette, yo sé que estás ocupada, pero . . ."

"Por qué no nos dices sencillamente de qué estás hablando, Lucy." Annette se había empezado a llenar de nerviosismo. A lo mejor otras personas podían escapar de sus vidas hasta que el caos se organizara solo, pero su vida era caos. ¿No lo entendían acaso? Huir no serviría de nada.

"Pienso que deberíamos buscarla. Empacar nuestras cosas, tomar carretera, e ir tras ella. Quiero decir, vamos, ninguna de nosotras está en su mejor momento, y si esta mujer puede cambiar vidas—"

"Supuestamente. Además, ¿cómo sabes que la podemos encontrar?" preguntó Cristina. "Se los dije, el artículo lo hacía parecer casi como si tan solo fuera otro mito urbano."

"¿Pero también hablaba de hechos reales, verdad?"

"Pues sí, pero—"

"Cómo lo sabremos si no lo intentamos?" Silencio. Lucy extendió los brazos. "¿No han querido nunca dar sencillamente un gran salto de fe? ¿Hacer algo loco y arriesgado y lleno de posibilidades desconocidas?"

"Ah, sí,—¿como pasar la noche de bodas de la mejor amiga, con ella, en una enmohecida habitación de cabaña?" preguntó Mercy burlona. "Ah, sí, esa siempre estuvo bien alta en mi lista."

Lucy equilibró su taza de café precariamente sobre la cama, la sostuvo entre las rodillas, y unió las manos en señal de súplica a sus amigas. "Por favor, chicas, se los ruego. ¿Cuándo volveremos a tener esta oportunidad? Mercy y Cris, ustedes dos estaban pensando en quedarse unos días más de todos modos. Y tus hijos ni siquiera están en casa esperándote, Cris."

Cris inclinó la cabeza hacia atrás y luego hacia delante, los labios en un puchero, mientras pensaba. "Pues sí, eso es muy cierto."

"¿Qué es exactamente lo que se supone que hagamos si es que encontramos a esta mujer? Como si fuera muy probable." Mercy estudió a Lucy por encima del borde de la taza mientras la inclinaba hacia sus labios para dar otro sorbo. Trataba de comunicar escepticismo, pero Annette percibió que ya la propuesta había despertado su interés.

"No lo sé exactamente," respondió Lucy.

Aparentemente esta parte del gran plan todavía estaba por definirse. Ahí estaba pintada Lucy, pensó Annette.

"¿Para qué darle demasiada cabeza al asunto? Hablarle, supongo. Preguntarle cosas. Descubrir si existe un remedio para mi cerebro desorbitado."

"Y mi vida desorbitada," dijo Cris en voz baja.

"¿Y mi carrera desorbitada?" preguntó Mercy.

"Exactamente." Lucy se encogió de hombros, suavizando el tono. "Podría al fin no ser nada más que un paseo loco, pero que en sí sería divertido, ¿cómo lo sabremos si no lo intentamos? ¿Por favor? Hace veinte años que no estamos todas juntas. Sencillamente siento que es una buena idea. Lo siento, en el fondo de mi alma."

Annette podía darse cuenta de que Mercy y Cris estaban intrigadas, y ¿por qué no? Annette misma estaba intrigada, pero también tenía obligaciones en casa que sencillamente no podía dejar de lado. Tal vez estas tres pudieran irse todas libres a errabundear tras una aventura, pero para ella era imposible. Totalmente y sin lugar a dudas imposible.

A duras penas podía pensar en el resto del 'no plan' de Lucy porque tenía tantos deseos de ir . . . pero, Dios, no podía y ella bien lo sabía.

Sintiéndose excluída de cincuenta maneras diferentes y nada orgullosa de la envidia que se le agolpaba dentro, se salió de debajo de las cobijas, dejó de su taza en una mesita de noche, y se puso de pie. Todas la miraron con expectativa y ella logró sonreír. "Ya regreso," dijo. "Madre Naturaleza obliga." En realidad no tenía tanta necesidad de ir al baño, pero era una buena excusa para escaparse unos minutos y organizar sus pensamientos.

En el baño, Annette hizo lo que tenía que hacer, y luego se apoyó con ambas manos en el viejo lavamanos de pedestal y miró su reflejo en el espejo partido. No iba a estar enfurruñada. ¿Para qué? Tenía que aceptar el hecho de que su vida no era como la de Mercy o la de Cristina o la de Lucy. Nunca lo sería. Ella tenía obligaciones con otras personas, y eso no era para ella nada nuevo. Estaba acostumbrada a sacrificar sus propios deseos por las necesidades de sus hijos.

¿Pero es eso todo lo que hay?

¿No debería ser suficiente?

No es suficiente.

"No es suficiente," susurró. Sintiéndose culpable, dejó de mirar su reflejo y se cubrió la cara con las manos. Cómo se atrevía a alimentar estos pensamientos. No estaba bien. Pero aun así, se sentía en ese momento más distante de sus amigas de lo que había estado jamás, y detestaba el sabor amargo que tenía en la boca, el resentimiento, el terrible anhelo.

No sabía cuánto tiempo llevaba en el baño, pero pronto sonaron en la puerta unos golpecitos tentativos. Saltó, dándose vuelta para encarar a la intrusa. La parte baja de su espalda estaba recostada contra la fría porcelana del borde del lavamanos, y alcanzaba a sentir que una gota de agua se le colaba por la camiseta. Tenía el corazón conmocionado; se puso una mano contra el pecho para tratar de serenarlo. "¿Sí?"

"¿Annie?" dijo Lucy con voz amortiguada del otro lado de la puerta de pino rústico, cerrada por una encantadora cerradura de ojo. "¿Estás bien?"

Annettte se alisó el pelo desordenado y lo apartó de la cara con manos temblorosas. Respiró profundamente para controlarse. "Bien. Solo un poco de resaca," mintió con voz falsamente alegre. "Ya salgo."

"Bien, date prisa. Acá tenemos Pepto Bismol y Alka-Seltzer y aspirina. También queremos hacer unos planes."

Planes. Planes que no la incluirían, infortunadamente, por más que quisiera estar en ellos. Se le hizo un nudo en la garganta y tragó para deshacerse de él. "Está bien. Ya salgo."

Cuando regresó por fin a la reunión en la cama, las tres amigas la miraban ansiosamente. Les lanzó una mirada rápida, concentrándose más en tomar su taza de café de la mesa de noche que en ellas. "Lo siento."

"¿Qué piensas entonces, Annette?" preguntó Mercedes, pasándole un vaso efervescente de Alka-Seltzer.

Pensándolo bien, no se sentía tan bien. Darse tragos de tequila no era parte de su vida real. Dejó de nuevo la taza de café en la mesa de noche y empezó a tomarse el Alka-Seltzer de sabor repugnante.

"Esta ridícula cacería de Lucy a lo mejor resulta divertida," agregó Mercy, apartándose cuando Lucy le dio una palmada en el brazo.

Annette las miró a las tres, una a una. "¿Está decidido entonces? ¿Lo del viaje? ¿Cris?"

Cristina asintió. "Mientras más pienso en eso, más divertido me suena. ¿Cuándo volveré a tener una oportunidad de aventura en mi vida? Nunca."

"¿Mercy?"

"Sí. Yo voy. Caray, ¿por qué no?"

"¿Cuál es el veredicto, Annie?" preguntó Lucy, ofreciendo una implorante sonrisa de por favor, por favor, por favor dí que sí.

Annette suspiró, luego se sentó al borde de la cama. "Miren," exhaló largamente, y luchó un momento con las palabras—y con las emociones. "Por más que me encantaría ir con ustedes, no puedo." Las tres empezaron a protestar, pero ella levantó una mano. "No estoy tratando de ser una aguafiestas. Pero miren mi vida. De manera realista. Tengo cinco hijos. Mi esposo es el único que tiene trabajo remunerado. Yo no puedo esperar que saque tiempo para acompañar a los niños solamente para que yo pueda escaparme con mis amigas, por más que quiero hacerlo. Y me gustaría desesperadamente hacerlo, es importante que lo sepan." Escudriñó en sus rostros en busca de aceptación. "De todos modos, honestamente no podemos darnos el lujo de que él deje de trabajar por unos días más."

Al cabo de un momento, Lucy gateó sobre la cama hasta donde ella y la abrazó, y Annette se aferró con fuerza. "Dios, siento tanto ni siquiera haber tenido en cuenta tus circunstancias," dijo Lucy.

Annette le acarició la espalda y sacudió la cabeza contra el cuello de Lucy. "No tienes que pedir disculpas." Se apartó, tratando sinceramente de transmitir alegría y emoción por ellas. "No es que nos esté yendo mal, pero sostener a siete personas con un sólo sueldo." Se encogió de hombros. "Es una oferta increíblemente tentadora. Pero no puedo. Ustedes vayan todas y pasen un tiempo mágico. Espero que me mantengan al tanto."

Enseguida, Cristina abrazó a Annette. "No será lo mismo sin ti, Annie. Nos harás tanta falta."

"De veras," dijo Mercedes, bufando. "Realmente eres la única cuerda de todas nosotras." Miró a Lucy y a Cristina como disculpándose. "Sin ofender."

Lucy sonrió. "Nadie se ha ofendido."

"O nadie se ha ofendido de otra manera que no sea la esperada," agregó Cristina, el tono entre odioso y dulce.

Annette tomó otra galleta y le dio un mordisco. "De hecho no me gusta ser conocida como la cuerda. Pero qué mas da. Supongo que todas somos lo que somos. Pero puedo acompañarlas una parte del camino," ofreció, como rama de olivo. "Tengo que conducir de vuelta a Nuevo México, de todos modos, así que las puedo llevar hasta Las Vegas, luego pueden alquilar un auto desde allí."

Lucy se animó inmediatamente. "Es una idea fantástica."

"Podemos turnarnos para conducir," dijo Cristina. "Excepto Mercedes. Ella vive en la ciudad de Nueva York, así que me imagino que sus habilidades de conductora están algo oxidadas. Yo ciertamente no quisiera verla al volante."

"Ay, callaté," le dijo Mercy en tono rezongón. "Conduzco tan bien como cualquier taxista de Nueva York."

"Pues sí, eso es lo que temo," dijo Cristina.

"Me parece recordar que en la secundaria diste marcha atrás contra una jodida máquina dispensadora de Pepsi, Cris. No creo que puedas hablar mucho."

"¡Jesús, dejen de pelear, ustedes dos!" Lucy sacudió la cabeza. "Lo juro, parecen una pareja de casados." Se puso de pie, con las manos sobre las caderas. "Ahora que ya superamos eso, ¿qué les parece si cancelamos las habitaciones, vamos a la ciudad a recoger nuestras cosas, y emprendemos camino? Es tarde, pero podemos parar en Trinidad para pasar la noche si nos cansamos. Es un trayecto inicial corto, y francamente quisiera echar a rodar este *show*. Lo más pronto posible."

"Hagámoslo," dijo Cristina, levantándose ella también y estirando los brazos hacia el techo.

"Solamente quiero que una cosa quede perfectamente clara," les dijo Mercedes levantando un dedo de advertencia. "No incurriremos en desmanes delictivos, ni pienso lanzarme con el auto por un acantilado por ninguna de ustedes. Al diablo el romanticismo. Que Thelma y Louise me muerdan el culo."

Todas rieron, los ánimos lo suficientemente aligerados. Hasta Annette trató de estar feliz por el poco tiempo que tendría para pasar con sus amigas. Era, a fin de cuentas, mejor que nada, y siempre había sido el tipo de persona que ve las cosas de manera optimista. Aprovecharía por completo el recorrido con sus amigas antes de sumergirse de nuevo en su vida real.

Su vida real.

Con un escalofrío, despachó de su mente esa idea por el momento. La vida real era demasiado agobiante, fatigosa y confusa . . . y estaba todavía demasiado resentida por el hecho como para reflexionar en él.

Cuando salieron del Brown Palace y se detuvieron en la casa vacía de Lucy para que ella pudiera empacar una maleta, el entusiasmo de Mercedes por el viaje había aumentado. Tan sólo para enojar a Cristina, insistió en conducir durante el primer trayecto y Annette había estado de acuerdo y se sentó en el asiento del pasajero. El problema era que la mujer parecía un cachorrito maltratado. Ah, sí, estaba poniendo su mejor cara por consideración con ellas, pero era claro que Annette se sentía decepcionada por tener que retirarse del escenario de la gran obra *Escape a la Montaña de la Bruja*.

Mercedes no la culpaba. Era como cuando a uno no lo escogían para el equipo de la escuela. Mercedes recordaba esa sensación demasiado bien. Sabía que no había forma de hacer cambiar a Annette de decisión—ni siquiera la culpaba—pero había estado pensando en algo que, entretanto, le devolviera la sonrisa al rostro. Mercedes se dio vuelta en el asiento del conductor y miró de frente a Cristina y a Lucy mientras éstas se ponían el cinturón listas para tomar carretera. "En primer lugar, ¿tenemos todas el celular y el cargador?"

"Yo sí," dijo Lucy.

"Yo también," dijeron Cristina y Annette a dúo.

Vaciló por unos instantes, observando los rostros de estas mujeres. "Saben, se me ocurrió una idea."

"¿Y estaba solita?" le preguntó Cristina, obviamente todavía con rabia por el asunto de quién conduciría primero.

"Sí, muy gracioso," Mercedes le lanzó una sonrisa postiza y odiosa. "Pero no. He pensado que deberíamos ir a casa de Annette en Las Vegas por el camino a Albuquerque."

Lucy miró a su alrededor, como en busca de una cámara escondida. "Síííííí," dijo. "Sabía que la geografía no era tu mejor materia en la escuela, Mercy, pero no es que quede exactamente por el camino saliendo de aquí."

"Lo sé, gran genio, pero tampoco queda tan lejos de la ruta." Mercy se concentró en Lucy y en Cristina. "¿Y no sería lindo si pudiéramos pasar a visitar a Déborah? ¿A decirle que estamos de su lado y a conocer a la tal, Alex que le robó el corazón?" Miró a Annette, cuyo rostro empezaba a resplandecer de emoción. "¿Tienes tiempo, verdad, Annette?

De otro modo llegarías a casa un día antes, y te mereces disfrutar todo el tiempo de descanso que habías programado."

"Ay," dijo Annette con un suspiro. "Me encantaría." Se volvió hacia la parte de atrás del van, con una esperanza sin pudor. "Lucy, Cris, ¿les importaría? Significaría tanto para las muchachas, yo lo sé."

"¿Importar?" dijo Lucy. "Creo que es una super idea."

"Me encantaría conocerlas, Annie," agregó Cris. "De hecho, por qué no las llamas ya mismo y les dices que estamos en camino. Así les das tiempo de prepararse para el asalto."

Los ojos de Annette se llenaron de lágrimas, y estiró la mano para apretar la de Mercy. "Y a ti te llaman *sin Merced*. Qué idiotas."

"Sí, sí. Llama a Déborah, ¿bueno?" Mercy se deshizo del cumplido como si le aburriera, pero lo sintió como un rayo de sol que calentase aquellas partes oscuras y frías de su alma.

Annette escarbó en la cartera en busca de su teléfono y marcó. Mercy se pilló conteniendo la respiración, y cuando miró hacia atrás vio que Lucy y Cris hacían lo mismo.

"¿Debby?" Una pausa, luego una risa. "Ah, Alex, hola corazón. Es la mamá de Debby. Hablan tan parecido. ¿Ella está? Bien, gracias." Annette echó un vistazo a sus amigas y susurró sin necesidad, "Fue a buscarla."

Unos momentos después, la sonrisa de Annette se hizo más ancha. "Hola, cariño. Sí, todavía estoy en Denver, pero ¿adivina qué? ¿qué tal te caería una visita nuestra?" Hizo una pausa para escuchar. "No, mía y de mis amigas. Sí, todas nosotras." Otra pausa. "No, no. Ella se casó, pero . . . bien, es una larga historia, y todas vamos rumbo a Nuevo México. Hay una curandera a la que queremos encontrar y que . . . mira, te lo explico todo en un minuto. Tenemos que arrancar. Pero si nos recibes, podríamos llegar mañana por la mañana, y si te viene bien, podríamos quedarnos a pasar la noche. Tus tías Cristina, Mercedes y Lucy quieren verte y"—interrumpió, tratando de detener profundas oleadas de emoción que la hicieron poner colorada—"y quieren conocer a Alex y darle la bienvenida a la familia."

Tras un momento, Annette rió, y una lágrima le rodó por la mejilla. Las miró a todas. "Déborah y Alex dicen que les encantaría recibirnos a todas. Ya que a todas las quieren por el hecho . . . por, solo por—"

"Ya sabemos," dijo Mercedes quedamente.

"Besos a las dos," dijo Lucy, descargando un beso en la palma de su mano y soplándoselo a Annette.

Annette asintió, luego se acomodó un mechón tras la oreja y retomó la conversación, dándole a Déborah la versión Selecciones del *Reader's Digest* de lo que inspiraba el recorrido en auto, y los detalles, los pocos que tenían, sobre la curandera. Con tan sólo oír el lado de la conversación que le correspondía a Annette, Mercedes percibía que a Déborah y Alex les había picado la curiosidad y estaban emocionadas por todo el asunto.

Con una sonrisa enigmática, Mercy aceleró el motor, y se metió por entre el tráfico. Sí. Hacerles una visita a Déborah y Alex era lo correcto. Para las niñas mismas, y también para Annette. Caray, quizás para todas ellas. Siempre había creído que las mujeres tenían que apoyarse más de lo que generalmente lo hacían.

Y era entonces que mujeres como Sunshine Sanderson entraban en el cuadro.

No pensaría en ella. Caramba, ella se merecía a Damián. *Quédate con él, perra.* Que Sunshine llegara a la terrible conclusión de que Damián no sabía qué hacer con su lengua aunque ella tuviera tatuajes explícitos con instrucciones por todo el maldito estómago. ¡Ja! Para Mercy ese embrollo había terminado.

Sonrió con una mueca, sintiéndose mejor de lo que se había sentido en semanas, gracias a lo inesperado de encontrarse con viejas amigas y a las maravillosas sorpresas que producían en ella.

¿Ah? ¿Quién lo habría pensado?

En su emoción, habían decidido conducir por turnos directamente hacia Albuquerque, a pesar de haber iniciado el recorrido en la tarde. Ahora las muchachas esperaban su llegada para muy tarde en la noche, y les habían asegurado que eran muy bienvenidas si querían quedarse en su casa, aunque no fuera un establecimiento de cinco estrellas.

Antes de salir para Denver, Cristina, por intermedio del conserje en el Brown Palace, había obtenido una copia de la revista de vuelo que tenía la historia de la curandera. Durante el rato que a Lucy le tocó conducir, Mercedes encendió la computadora, y utilizando su espléndido y moderno módem celular, se conectó a Internet. Por más que lo intentaron, no lograron encontrar más información acerca de la curandera. Sabían cuál era su nombre—Matilda "Tili" Tafoya. Para lo que les servía esa información. Cristina pasó un buen rato en su teléfono celular haciendo llamadas a diversas Cámaras de Comercio en Nuevo México, en vano. Esta mujer era como el abominable hombre de las nieves. Si es que existía.

Cuando el titilar de las luces en el atardecer les indicó que se acercaban a Albuquerque, la emoción de Lucy con el viaje se había moderado hasta convertirse en desinflada desesperación. Había llegado a la sobria conclusión de que había arrastrado a sus amigas a lo que seguramente acabaría siendo solamente una cacería alocada, y eso sería fatal. Pero peor aún, se sentía realmente decepcionada con la idea de no encontrar a Tili, como habían empezado a llamarla. Tili era como la última gran esperanza—su única esperanza—de poner en orden toda la mierda. Si no la encontraban, ¿qué ocurriría con su vida? ¿Con su matrimonio? Sintió un apretón en el estómago. No podía permitirse siquiera pensarlo. La evasiva Tili se le aparecía como su única oportunidad de romper la maldición Olivera.

Pero lo que hizo fue echar la cabeza un poco hacia atrás para mirar a Annette en el espejo retrovisor. "Bueno, Annie, dirígeme desde acá. Debemos estar llegando."

Annette le dio indicaciones para llegar a un barrio viejo pero encantador bajando por Buena Vista, saliéndose de la Avenida Central y frente a la Universidad de Nuevo México. El viejo enclave consistía más que todo de casas de alquiler para estudiantes. Los álamos maduros se erguían por encima de la calle y sus hojas—negras en la noche—aleteaban en la brisa ligera. Pronto las cuatro amigas entraron a la resquebrajada calzada de acceso de concreto frente a la derruida casa de arriendo de los años 20, que compartían Alex y Déborah, construida con ladrillo de cemento. Objetivamente, era un lugar triste, pero claramente las muchachas habían tratado de mejorarlo, y eso le daba un toque especial. Una bandera de Snoopy colgaba de un poste al lado de la puerta, y había dos macetas con geranios rojos para alegrar el austero pórtico de concreto. Adentro todavía brillaban las luces. Lucy le echó una mirada al reloj del tablero del auto—ya era casi medianoche.

"Dios, deberíamos haberles dicho que no nos esperaran despiertas. Es tan tarde."

Mercy rió. "Son estudiantes de universidad, Suertuda, y están de vacaciones de verano. Claro que todavía están despiertas."

"Tienes razón." Apagó el motor, y por un momento permanecieron sentadas, escuchando el tic tic del motor caliente. "Dios, qué bien se siente haber llegado por fin."

"Tengo las piernas encogidas desde hace horas," dijo Annette.

"Se me durmió el culo," agregó Mercedes.

"¿No es desconsolador que la mente de uno se sienta de veinte pero el cuerpo insista en recordarle a uno que ya casi tiene cuarenta?" preguntó Cristina. "Es tan injusto."

"Mi mente se siente como de catorce. No es divertido," Lucy giró en el asiento. "¿Entramos, pues, señoras?"

"Absolutamente. Vamos," dijo Annette. "No veo la hora de ver a mi bebé." Dio vuelta a la manija de la puerta y la deslizó hasta abrirla, saltó a la calzada y se estiró."

En ese instante se abrió la puerta principal, y la luz se extendió sobre el diminuto pórtico. El rostro de Déborah desplegó una sonrisa beatífica, y bajó corriendo los dos escalones, cruzó el jardín y se lanzó en brazos de su madre. Mientras las dos se abrazaban, a Lucy se le encogía el corazón. Déborah se parecía tanto a Annette cuando tenía la misma edad. Era delgada y vibrante y totalmente adorable. Tenía el cabello negro cortado en una línea recta a la altura de los hombros y tenía un rizado natural.

Mientras Cristina se bajaba del minivan tras Annette, y tomaba su turno para abrazar a Déborah, Lucy dirigió la mirada hacia la puerta y vio allí a otra mujer delgada, vibrante y muy atractiva. Alex. Tenía un manto de lustroso cabello negro que le descendía hasta la mitad de la espalda y llevaba pantalones cortos de la universidad, y una camiseta negra de color entero. Estaba medio agachada, con el dedo engarzado en el collar de un precioso perrito sabueso que enloquecía de felicidad con la llegada de nuevas personas, y observaba a Déborah abrazar a Annette, con una dulce sonrisa en el rostro. Levantó la mirada y vio que Lucy la observaba. Alzó la mano en saludo. Enseguida sintió que Alex era buena gente. Una elección inteligente por parte de Déborah. Sencillamente tenía un aspecto . . . *auténtico.*

"Bajemos nuestras cosas y bajémosnos nosotras," dijo Mercy. Había estado sentada en el asiento del pasajero de adelante durante la última parte del trayecto. "Es tan extraño, pero no veo la hora de conocer a estas muchachas. ¿No se ven muy jóvenes?" agregó nostálgica. "Tienen toda la vida por delante y seguramente no se la han jodido demasiado todavía. Dios, cuánto les envidio eso."

"Sí," Lucy miró a Mercedes, recogiendo su cartera y el maletín de la computadora. Se estiró y le tocó el brazo. "Mercy, ¿puedo preguntarte algo que no es de mi incumbencia?"

Mercy hizo una pausa y se dio vuelta para mirar a Lucy. Tenía un costado de la cara iluminado por la luz del pórtico, que le delineaba el contorno de los pronunciados pómulos y del mentón fuerte y femenino; el otro lado de la cara estaba a oscuras. Frunció el ceño. "Claro, ¿y si no para qué son las amigas?"

Transcurrió un instante, durante el cual Lucy se preguntó por qué era que ella era tan condenadamente curiosa. Pero lo era. Quizás porque ella y Mercy eran tan cercanas, y aun así ella no había sabido. Sencillamente era algo extraño. Algo que creaba distancia. "¿Cuándo estuviste con mujeres?"

"Ah, eso," el rostro de Mercy se relajó y sacudió una mano. "No sé. Unas cuantas veces en los últimos veinte años. Nunca fue nada serio. Ratos divertidos que ocurrieron espontáneamente."

"Pero entonces tú no te consideras—"

"Detesto ese tipo de clasificaciones," dijo Mercy, levantando el índice, "en primer lugar. Y no, no me considero—digamos que tengo una mente abierta. ¿Bueno? En realidad no es nada trascendental."

"Ah, a mí no me pareció que fuera algo trascendental. Me pareció algo, algo como . . . chévere." Observó el perfil de Mercedes. "Tu personalidad tiene tantas capas."

"Todos tenemos capas," Mercy la miró y le hizo un guiño. "Se llama ser humano, chica."

"¿Te molesta que te haga preguntas?"

"No. Y si me molestara, ni siquiera se los habría contado. No me avergüenzo. Hombres, mujeres, lo que sea. Lo importante es la persona, no el sexo, si quieres saber cómo pienso." Levantó la vista hacia donde estaba Alex, quien permanecía en la puerta principal. Lucy siguió su mirada. "Eso es lo que espero mostrarles a estas dos. Celebren lo que ustedes son, sean quienes sean. No tienen nada de qué avergonzarse. El amor siempre es algo hermoso."

Lucy batalló con su siguiente pensamiento y luego decidió, ¡qué caray! "¿Por qué no me lo dijiste?," le preguntó con suavidad.

Mercy se encogió de hombros. "Nunca surgió el tema. Y, como dije, no eran encuentros de amor. Tan solo aventuras tontas." Estudió a Lucy por un momento, luego le apretó la mano. Su tono descendió a un nivel tranquilizador. "Te prometo, Lucy, que he compartido contigo todos los sucesos importantes de mi vida. Éstos no fueron importantes. Lo cual no quiere decir que no los hubiera disfrutado. Lo cual no quiere decir que no tomaría el mismo camino si la situación así lo indicara. Pero si alguna vez me hubiera enamorado, tú serías la primera en saberlo, eso te lo prometo."

Lucy sonrió, sintiéndose mejor. "Eres una buena amiga, Mercy. Y una buena persona."

Mercy se echó al hombro la correa de la maleta y entornó los ojos.

"Ah, sí, cómo no." Abrió su puerta y se bajó del minivan. "Cuéntaselo a *Hard Copy*."

"Quizás deberías," dijo Lucy suavemente mientras Mercy cerraba la puerta. "A lo mejor todas deberíamos." Ni siquiera estaba segura de que Mercy la hubiera oído, y de todos modos no importaba. Con un suspiro de satisfacción, Lucy se bajó del minivan y se unió a las otras.

Capítulo Catorce

Dado lo tarde que era, Annette hizo presentaciones rápidas, y luego Alex y Déborah se pusieron a explicarles a las mujeres cuáles eran sus diferentes opciones de lugares donde dormir en la diminuta casa de dos habitaciones. La casita incluía la minúscula habitación de Alex y Déborah, además de un segundo cuarto atiborrado y con un futón sin su bastidor en el medio del piso de saltillo, la sala, la cocina y el baño. Habían pedido prestada una colchoneta inflable a una amiga, y la habían puesto en la sala, al lado de un sofá desvencijado de segunda o tercera mano. Las dos proyectaban una extraña energía nerviosa que a Mercedes le pareció curiosa. Se la adjudicó al hecho de que les acababan de caer de visita cuatro mujeres prácticamente sin previo aviso.

Déborah se acomodó el pelo ondulado detrás de la oreja—un gesto que sin darse cuenta compartía con su madre—y no miró directamente a ninguna de las visitantes. "Así que bueno, mamá, pensé que tú podrías dormir en . . . mi habitación conmigo. Alex puede . . . dormir en el sofá, y luego una de ustedes puede dormir en el futón, y las otras dos pueden compartir la colchoneta inflable. Si les parece bien."

Ah, debería haberlo sabido. La forma de acomodarse para dormir tenía agitadas a las pobres muchachas. Mercedes imaginó que se habían preocupado por ello todo el día. Una cosa era contarles a los padres de uno que se estaba enamorado de alguien del mismo sexo. Otra cosa bien diferente era dormir juntas básicamente delante del padre o de la madre.

Mercedes miró a Annette, observó cómo su boca se abría sin poder pronunciar palabra. Con la esperanza de acertar a decir lo que Annette no lograba articular, Mercedes intervino. "Déborah, no seas tonta."

Déborah la miró, sorprendida. Annette parecía agradecida.

"Alex y tú comparten una habitación, ¿verdad?"

Observó como la cara de la hermosa hija de Annette se tornaba colorada, y cómo miraba de repente a Annette. "Pues . . . mm, sí. Sí compartimos."

Mercedes extendió la mano y le dio un apretón en el hombro. "Somos huéspedes en tu casa. Alex y tú pueden dormir juntas en la habitación de siempre, y nosotras cuatro nos repartimos las otras dos camas. No hay problema. ¿Verdad?" Miró una por una a las otras, y todas asintieron en silencio.

A Déborah el rostro se le puso de color púrpura moteado, lo que presagiaba lágrimas inminentes. Extraño, pero Mercedes recordaba ese gesto característico desde cuando Déborah estaba en preescolar, que había sido básicamente la última vez que la había visto. Hacía décadas. Era extraño cómo algo así se había conservado en la edad adulta. Mas extraño aun que Mercedes lo recordara.

Déborah se dirigió a su madre, sin poder contener las lágrimas. "¿No hay problema contigo, Mamá?" preguntó, en un tono alto y chillón a causa del llanto.

Con un chasquido comprensivo, Annette envolvió con sus brazos a la vulnerable hija. "Ay, cariño." Le besó el pelo, meciéndola suavemente. "Claro que está bien. Así es como debe ser. No vinimos a juzgarte." Le sonrió a Alex por encima de la cabeza de Déborah. "Vinimos a celebrar lo que eres. Y a decirles que estamos orgullosas de las dos por . . . por—"

"Por sentirse orgullosas de amarse," dijo Mercedes con firmeza.

"Siéntanse *siempre* orgullosas de eso. No dejen que *nadie* les arruine ese sentimiento entre ustedes. Lo digo de verdad."

Annette le lanzó una mirada rápida y agradecida. "Sí, hazle caso a tu tía Mercedes. Es sabia."

"Bien. Gracias. Te quiero, Mamá," sollozó Déborah.

"Yo también te quiero. Y a ti, Alex. Ven acá." Extendió un brazo, y Alex aceptó el abrazo.

"Gracias, señora Martínez," dijo Alex.

"Ahora eres parte de la familia y no quiero que nunca te sientas de otra forma. El papá de Déborah entrará en razones, te lo prometo."

Aquello no hizo sino que Déborah llorara más fuerte, tanto que hasta le daban ataques de hipo.

Alex también empezó a llorar.

"Vamos, vamos, lloronas. Nosotras también las queremos y las apoyamos," les dijo Lucy, uniéndose a ellas. Una por una, las otras mujeres fueron cayendo en capas sobre el abrazo hasta quedar apretadas en un gran abrazo grupal que se mecía. Permanecieron así unos instantes, antes de separarse una por una. Déborah y Annette fueron las últimas en apartarse. A Déborah le brillaban los ojos de contento, y se limpió las lágrimas con el dorso de las manos antes de secárselas en los pantalones cortos. Alex se le acercó y le tomó con timidez la mano. Las muchachas compartían una mirada de puro amor que le apretó el corazón a Mercedes. De sólo mirar a sus amigas, se dio cuenta de que compartían la misma reacción. El amor en estado puro siempre era difícil de presenciar. ¿Por qué?, se preguntaba. ¿Por ser tan raro? ¿Tan bello? ¿Tan condenadamente imposible para la mayoría de los infelices que a duras penas se las arreglan en la vida?

"Muy bien, entonces. Dormiremos en nuestra habitación." Déborah se encogió de hombros. "Supongo que ustedes pueden jugar 'piedra, papel o tijera' para decidir quién se queda con el futón y quién con la cosa esa de inflar. Tengan en cuenta que Bailey duerme en el futón y es imposible deshacerse de él ni con una palanca."

Cristina levantó la mano. "Entonces yo me quedo con el futón. Mi perrito me hace falta."

"Y yo con la colchoneta de inflar," dijo Mercedes rápidamente.

Annette y Lucy se sonrieron con conocimiento de causa. No quisiera Dios que Cristina y Mercy acabaran compartiendo la misma cama. Hasta en la cabaña habían tenido que valerse de Annette y Lucy como barrera entre las otras dos en la enorme cama doble de postes.

Lucy habló. "También yo dormiré en el futón. Extraño a Rebelde y Rookie. Cristina y yo aprovecharemos al perrito mientras podamos." Inclinó la cabeza hacia Annette. "¿Te parece bien?"

"Claro," dijo mientras le dirigía una sonrisa maliciosa a Mercedes. "Así puedo decir que dormí con la famosa directora editorial de una revista, dos veces."

"¡Mamá!" exclamó Déborah.

Mercy gruñó. "Grandioso. Justo lo que necesito."

"Oigan, ustedes dos, estoy bromeando. Epa, relájense un poquito." Entornó los ojos. "Parecen un par de señoras puritanas de iglesia. Era un chiste."

Déborah y Alex rieron, luego Alex habló, ya claramente más relajada. "Mañana les haremos un gran desayuno de bienvenida, así que acérquense con hambre a la cocina. Ahí nos podemos conocer un poco mejor, después de que hayan descansado."

"Teniendo en cuenta que esta mañana desayunamos pan tostado con jalea de fresa y café instantáneo—Dios ¿fue esta misma mañana? Parece que fue hace tanto tiempo. De todos modos, no hay que preocuparse de que no lleguemos con hambre, cielo, créeme," dijo Lucy.

Las seis mujeres se turnaron el diminuto baño del vestíbulo, y pronto ya estaban acurrucadas en sus respectivas camas. Annette y Mercedes hablaron por un rato sobre temas triviales, y luego Annette se dio vuelta, dándole la espalda a Mercy. "De verdad espero que puedan encontrar a Tili," dijo con voz adormilada.

Mercedes suspiró, agradecida de estar compartiendo la cama con Annette. Era extraño. Sus vidas eran tan profundamente diferentes, pero a pesar de eso había empezado a sentirse más cercana a ella. Cerca de Annette se sentía segura. Real. Quería ser también para Annette una persona que transmitiera seguridad, pero ni siquiera estaba segura de que fuera posible . . . o de que Annette quisiera que fuera así. "No parece probable, ¿verdad?"

"No. Pero por Lucy . . ."

"Sí, lo sé." Mercedes permaneció un rato en silencio, preguntándose qué tan sensato sería abrir su corazón en este momento. Eh, ¿por qué no? Si había alguien con quién franquearse, Annette parecía una buena opción. Además, teniendo en cuenta su situación actual, a lo mejor era algo que Annette necesitaba escuchar. Aclaró la garganta "¿Annette? ¿Puedo decirte algo?"

"Sí, claro."

Mercy se mordió el interior de la mejilla y retorció la cobija entre las manos. "Solamente quiero que sepas . . . que quizás tu vida sea dura, y eso no lo pongo en duda. De hecho, a veces me pregunto cómo lo haces todo sin volverte loca. Pero también es algo que uno envidiaría."

Annette se dio vuelta; alcanzaba a percibir los contornos del perfil de Mercedes en el rayo azuloso de luna que entraba a chorros por las ventanas de la sala. Mercy no tenía el valor de mirarla, pero aun así podía sentir su mirada, la gratitud no expresada de Annette. "Gracias, Mercy, qué cosa más dulce me dices."

"No estoy tratando de ser dulce. Lo digo de verdad. El amor de un niño"—suspiró—"yo sé que dan mucho trabajo, pero es un amor magnificado, Annie. Y tú lo tienes magnificado por cinco. Vives en un pueblo pequeño y acogedor, en un estado precioso. Randy te ama. A veces . . . envidio tu mundo, eso es todo. Parece despreocupado. Sé que no lo es, pero—"

"Ay, Mercy," dijo Annette, claramente conmovida. "Me cuesta trabajo imaginar que alguien envidie mi vida, pero gracias. Sí me sirve para mirar las cosas con mucho más objetividad." Permaneció en silencio un momento. "He pensado lo mismo acerca de ti y de tu vida, ¿sabes?"

"Mi vida te mataría, Annie. No es tan grandiosa."

"Tienes un trabajo glamoroso—."

"Por el que todo el mundo me desprecia."

"Eso no lo puedo creer."

Suspiró, nada orgullosa del hecho. "Es cierto. Además, aunque me encanta, es apenas un trabajo. No es tan glamoroso como podrías imaginártelo. No tengo a nadie a quien volver en las noches y con quien compartir mi éxito, así que ¿para qué?"

"Lo siento, cielo."

"No te preocupes. Sencillamente así es." Hizo una pausa, pensando. Siempre pensando últimamente. "Siempre quise tener hijos," dijo Mercedes con nostalgia. Se dio vuelta para mirar a Annette, la almohada arrugada debajo de la cabeza. "¿Sabías eso?"

Annette sentía el dolor de la vulnerable nostalgia de Mercy. "No, no lo sabía. No eres exactamente un libro abierto."

Mercy sufrió una pequeña punzada de culpa. "Lo sé. Lo siento. Yo . . . supongo que es mi mecanismo de defensa."

"Entiendo. Pero, Mercy, todavía hay mucho tiempo para tener hijos si de verdad lo quieres. Solamente tienes treinta y ocho años."

Mercy sacudió la cabeza. "No hay tiempo. Mi estilo de vida no se aviene con la posibilidad de dar a luz. O de educar hijos. Por no mencionar que no veo ningún padre potencial en todo el panorama. Y de todos modos seguramente sería la peor madre del mundo."

"No lo serías." Annette rebuscó en su mente. "Y sabes . . . hay donantes. O puedes adoptar. Eres una mujer exitosa y adinerada. Te dejarían adoptar, sin lugar a dudas."

"Quizás antes. No desde que los tabloides sacaran a relucir todas esas historias," dijo con suavidad. "Soy soltera y he sido vilipendiada en la prensa. Ya eso son dos *strikes* en mi cuenta, Annie, y quedo fuera del juego."

"¿No se requieren acaso tres *strikes* para estar *out?*"

Mercy sonrió con tristeza en la oscuridad. "No tienes que tratar de arreglarme la vida. Solamente quería que supieras . . . que a veces me encantaría tener *tu vida*. Así que quizás cuando las cosas se pongan difíciles puedas acordarte de eso y sentirte mejor."

Annette tragó con esfuerzo. "Gracias. Por decírmelo."

"Y quisiera que pudieras acompañarnos en esta loca aventura. Tanto."

"Yo también."

Permanecieron así en silencio unos instantes, y entonces Mercy dijo, "Bueno, pues. Hasta mañana, Annette."

"Hasta mañana, Mercy. Te quiero."

Mercy suspiró, sintiéndose tan a la deriva, tan desecha por esa expresión simple y claramente genuina de cariño. No estaba segura de poder hablar debido al nudo que tenía en la garganta, pero finalmente logró tragar y susurrar, "Ídem."

En la otra habitación, Lucy y Cristina estaban acostadas una al lado de la otra en el futón que estaba directamente sobre el piso, con un sabueso que roncaba entre ellas. Ambas acariciaban distraídamente el pelo suave de Bailey, que yacía boca arriba, en total contento canino. "Gracias por acompañarme en este viaje de locos, Cris. Sé que para ti no es el momento más fácil."

"Por Dios, Lucy. No es el momento más fácil para ninguna de nosotras, especialmente para ti."

Lucy suspiró, el corazón cardado por la decepción y una fuerte sensación de responsabilidad. Además, no quería pensar en lo de la huída de la fiesta de la noche de bodas. O en Rubén. Era más fácil concentrarse en este viaje, en el aquí y el ahora. "Tengo la sensación de que el viaje va a ser un fiasco. Estaba realmente tratando de aferrarme a cualquier esperanza. Lo reconozco. Lo siento."

"Nunca será un fiasco estando todas juntas. Bien, excepto por Annette." Una pausa. "Qué lástima."

"De verdad que sí." Permanecieron en silencio unos minutos, cada una perdida en sus propios pensamientos. "A ver, un tema menos deprimente. ¿No es verdad que Alex y Déborah son adorables juntas?"

"Dolorosamente adorables. Dios, es tan evidente el amor en sus rostros. Me pregunto si alguna vez he sido así de abierta." Suspiró. "Estoy bastante segura de que no, por lo menos no desde que conocí a mi suegra-ogro y me di cuenta de que odiaba mis entrañas. Todo ha sido plástico desde entonces. Pero Déborah y Alex . . . me alegro de que Annette no tenga problemas con el asunto, porque ellas de verdad se ven muy felices. Eso es lo que cuenta en la vida."

"Era fácil saber cómo lo tomaría. Annette es la persona menos enjuiciadora que he conocido."

"Muy cierto. Pero las cosas pueden cambiar cuando se trata de los hijos, créemelo. Uno quiere que ellos tengan vidas libres de cargas. Déborah no ha elegido el camino más fácil."

"No. Pero tendrá mucho apoyo."

"Ojalá que Randy termine aceptándolo."

"Lo hará." Lucy imaginaba que ya lo había hecho pero que no sabía cómo empezar a arreglar las cosas. Dios sabía que los hombres no eran los mejores comunicadores del mundo. Sin embargo, Rubén en realidad era maravilloso en ese aspecto. El corazón se le encogió, mientras procuraba desplazar los pensamientos sobre el único amor de su vida, su—mierda—su *marido*. "¿Lo entenderías tú? Quiero decir, si Cassandra o Manuel escogieran el mismo camino difícil . . ."

Notó que Cristina sopesaba el asunto. "Creo que sí. No quiero decir que no habría cierta decepción. Especialmente si Cassandra fuera . . . Quisiera tener nietos."

"No hay nada que diga que dos mujeres no pueden darte un nieto."

"Pues . . . cierto. Sí, en verdad." Otra pausa. "Creo que si Manuel lo fuera, temería por él, solamente por los riesgos para su salud."

"Esos no se limitan a la comunidad *gay*, chica."

"Sí, lo sé. No dije que fuera lógico, pero es lo que me viene a la mente como madre. Pero yo no tendría problema. Quiero que mis hijos sean felices. No quiero que se sientan vacíos por dentro o que traten de vivir para cumplir expectativas poco realistas." Sacudió la cabeza, con un gruñido. "Por ese camino se va al desastre, y si no mírenme a mí."

Lucy aclaró la garganta, consciente de que tenía que decir más pero sin saber cómo empezar. Decidió lanzarse de un salto. "Hablando de eso . . . ," dijo, "quiero que sepas que no te juzgo en absoluto por lo de la detención."

"¿De veras?" preguntó Cristina, en un tono desvergonzadamente vulnerable.

"De verdad, verdad. Eres mi amiga. Te quiero incondicionalmente. Siento mucho que estés en este embrollo, y siento mucho que te hayas sentido tan mal con tu vida que tuvieras que hacer lo que hiciste, pero no te condeno por ello."

"Gracias." La voz le temblaba. "No tienes idea de lo que esto significa." Cristina suspiró, jugueteando distraídamente con la tierna y blanda oreja de Bailey. "¿Estoy bien enredada, no?"

Lucy se dio vuelta sobre el costado y apoyó el codo para sostener la cabeza en la mano. "Nada que no puedas resolver. Y es un delito menor, lo cual es bueno. No bueno, pero podría ser mucho peor, Cristina."

"Sí. Eso fue lo que me dijo el policía."

"Pero no será divertido, eso sí te lo puedo decir. Y tendrás eso en tus registros. La detención no se puede cambiar. Lo que se hizo, se hizo. Pero lo que cuenta es cómo lo manejes de ahora en adelante."

"Eso también me dijo el policía."

"Supongo que es un rollo típico de policías. Pero es cierto." Le dio un golpecito en el hombro con el puño. "Mira el lado bueno, ahora todas estamos enredadas, así que estás bien acompañada."

Cristina rió, tratando de no alzar la voz. "Chica, esa es el eufemismo del siglo."

Lucy también rió entre dientes y después de unos minutos se prepararon para dormir. Lucy se echó boca arriba, mirando el techo. Le sonaban las tripas. "¿Qué habrá de desayuno? Cuando estaba en la universidad mi repertorio consistía de ramen y restos de pizza. Y gaseosa de naranja. Siempre gaseosa de naranja."

"Bien, hay que incorporar las frutas para equilibrar," bromeó Cristina. "Pero Déborah y Alex parecen mucho más maduras que nosotras a los veinte años, ¿verdad? ¿o es mi imaginación?"

"Mierda tu imaginación. No es solamente impresión tuya, créeme. Parecen más maduras que yo *ahora*."

Cristina chasqueó la lengua. "No seas ridícula. Ok, tienes un par de peculiaridades. No te castigues por eso."

"Peculiaridades," dijo Lucy resoplando. "Vaya forma de trivializar."

"Soy la reina en eso," Cristina rió nuevamente con suavidad. "Con suerte nos dejarán maravilladas y nos prepararán algo suculento de desayuno. Tengo ganas de conocerlas mejor. Ganas de eso y de un buen café." Cristina se acomodó, haciendo crujir las ligeras sábanas. "¿No te duermes a veces en la noche pensando en la primera taza de café de la mañana, Lucy?"

"Sí. Soy tan adicta a la cafeína como el que más." Cayeron nuevamente en un silencio fácil, mientras escuchaban el ronquido feliz del perro, acariciando su suave pelo e inmersas en pensamientos privados.

"¿Crees que Mercedes y tú alguna vez se arreglen?" soltó Lucy de la nada. Había estado pensando y pues . . . así había salido. Pero no lamentaba haberlo preguntado.

Cristina permaneció en silencio tanto tiempo que Lucy pensó que quizás se había quedado dormida. Pero finalmente respiró profundo y exhaló lentamente. "No lo creo, Lucy. Las cosas avanzaron demasiado. Yo ni siquiera sabría por dónde empezar. Ni siquiera sé qué es lo que necesita repararse."

"Eso de veras que me entristece, Cris."

"Sí," susurró Cristina, después de un largo rato de meditación. "A mí también."

A la mañana siguiente, Lucy llevaba despierta en la cama más o menos una hora, pues no quería despertar ni a Cristina ni a Bailey, ambos profundamente dormidos. Tampoco estaba lista para enfrentarse al día, la verdad. En la escasamente decorada habitación de huéspedes, de paredes blancas, entrecruzó los dedos detrás de la cabeza y miró hacia el techo. De la cocina le llegaban apetitosos olores a café y a carne—¿chorizo?—que le hacían sonar el estómago, y del otro lado de la puerta cerrada le llegaban los sonidos de las conversaciones y risas amortiguadas de otros, aunque no lograba distinguir las palabras. Tendrían que levantarse eventualmente, pero prefirió aprovechar este rato tranquilo para organizar sus ideas, tomar ciertas decisiones.

Cierto: no habían logrado conseguir ninguna información decente sobre Tili—ni un asomo—y desde entonces había estado batallando con el paso siguiente. ¿Debería continuar con la búsqueda? ¿Descartarla como un acto desesperado e irse a casa para enfrentar sus enredos?

Cuando Cris empezó a moverse, Lucy había decidido que el único plan lógico era abandonar esta ridícula aventura antes de empezar a malgastar tiempo y dinero en pura decepción. Gracias a su entusiasmo descabellado, pensó, Cristina y Mercy estaban tensas. No sabía cómo decirles que ya no tenía el mismo entusiasmo. Pero necesitaba hacerlo, y mejor pronto que tarde. La evasión era una bella cosa, ahí no había discusión posible, pero en realidad todas necesitaban irse a casa a hacerles frente a sus problemas. Ir tras una quimera no cambiaría absolutamente nada.

Cristina se despertó con un gruñido, se dio vuelta y se incorporó sobre los codos. Echó un vistazo por el cuarto de huéspedes, desorientada. "Creo que somos las últimas en despertarnos," le dijo a Lucy en medio de un bostezo. "¿Por qué será que siempre parece tan condenadamente temprano?"

"Porque nos acostamos tarde."

"Sí," dijo Cristina, trenzándose el pelo con los dedos. "Y ya estoy demasiado vieja para esto."

"¿Acaso no lo estamos todas? Pero mejor nos reunimos con las demás. Llevan cuarenta y cinco minutos levantadas."

"Y esto lo sabes ¿por qué? . . ."

"Llevo una hora despierta."

Cristina le lanzó una aguda mirada. "¿Por qué no me despertaste?"

"¿Y despertar tu furia?" dijo Lucy, burlona. "No gracias."

Cristina le dio una palmada.

"En realidad no fue por eso. Bailey y tú estaban en medio de un sueño tan profundo, que no quería despertarlos. Además, estaba disfrutando el simple hecho de estar acá acostada pensando en cosas."

"¿Ah sí?" Cristina se puso de pie y buscó en el maletín su kimono de seda china. "Qué cosas?"

"Tili. Todo el viaje. Rubén. Cosas."

Cristina no habló hasta no haber pasado los brazos por el kimono y amarrado el cinturón. Luego, se echó el pelo hacia atrás y le plantó una mirada. "¿Te estás acobardando?"

"No es eso," le dijo Lucy, levantándose para hurgar en su propia bolsa. Se pasó por la cabeza una enorme camiseta. "O quizás sí lo sea, en parte. Pero no hemos podido encontrar nada. No quiero hacerlas perder el tiempo ni a ti, ni a Mercy."

"Estamos grandecitas, Lucy. Déjanos a nosotras decidir qué es un desperdicio y qué no. Además, acabamos de llegar." Lucy se quedó en silencio. "¿Qué tal si hacemos un pacto de no darnos por vencidas hasta que no hagamos un poco de labor detectivesca en el estado?"

"No sé, Cris," suspiró Lucy.

"Está bien." Torció la boca hacia un lado, pensativa. "Entonces, ¿qué tal si no tomamos decisiones hasta que no estemos debidamente cafeínadas y tengamos la panza llena de lo que están preparando allá y que huele tan absolutamente maravilloso. ¿Llegamos a un compromiso al menos en eso?"

Lucy sonrió. "Bueno . . . está bien."

Cuando se unieron a las demás, la luz del sol entraba a raudales por la ventana sobre la poceta, alegrando la que de otra forma hubiese sido una cocina lúgubre. Las muchachas habían dejado abierta la puerta trasera para que entrara una brisa fresca y el canto de los pájaros.

"Vaya, aquí vienen las dos dormilonas," dijo Annette, sonriendo contenta cuando entraron a la cocina. Ella y Mercy estaban sentadas en el destartalado comedorcito mientras Déborah y Alex estaban atareadas en la cocina preparando juntas el desayuno como si lo hubieran hecho así durante veinte años.

"Buenas" dijeron al unísono Lucy y Cristina.

Alex puso frente a ellas dos grandes tazas de café humeante. "¿Durmieron bien en ese futón del infierno?"

"Estuvo perfecto," dijo Cristina, levantando la vista y sonriendo. "Y ese sabueso de ustedes es un ángel. Gracias." Levantó su taza a modo de saludo.

Entretanto, Lucy observaba a las dos muchachas moverse por la cocina en sincronización perfecta. Trabajaban tan bien juntas, se movían tan bien juntas, que para ella era algo a la vez agudamente enternecedor y sin embargo doloroso de observar. ¿Cómo era posible que dos mujeres de veinte años lo hubieran logrado mientras que ella, una mujer supuestamente madura de treinta y ocho, no? ¿Acaso ella era defectuosa?

"¿Qué es ese delicioso olor?" le preguntó a Déborah, quien con una espátula movía algún tipo de carne sobre la sartén hirviente.

"Es *linguiça*. ¿Alguna vez la han probado? Es chorizo portuguesa." Le sonrió a Alex. "Alex es de ascendencia portuguesa por parte de madre, y su abuela nos la envía en hielo seco desde San Francisco."

"Del otro lado de la bahía, en realidad." Alex le hizo un guiño a Déborah, suavizando la corrección. "San Leandro."

"Lo que sea," dijo Déborah. "Es delicioso, es lo único que sé."

"Pues huele delicioso."

"A que no adivinas lo que estas dos chicas estuvieron haciendo mientras nosotras conducíamos hasta acá, Lucy," dijo Annette.

"Jm . . . A ver." Lucy inclinó la cabeza y desvió la mirada hacia el techo. "¿A qué me dedicaría yo si mi madre y sus amigas locas estuvieran a punto de aterrizar en mi casa? ¿A limpiar?"

Alex y Déborah rieron.

"No, estaban buscando a nuestra famosa Tili."

Lucy parpadeó sorprendida con las dos niñas, y la esperanza se despertó de nuevo en ella. *Eso* sí era algo que no había esperado. "¿De verdad?" Casi no se atrevía a preguntar. "Y . . . encontraron algo que valiera la pena?"

"Mucho," dijo Alex.

"Alex es la maga de la investigación," agregó Déborah orgullosa. "Tiene un promedio de 4 en la universidad, y está estudiando dos carreras a la vez—Estudios sobre los Indios Americanos y Lingüística de los Indios Americanos."

"¿Qué piensas hacer cuando te gradúes?" le preguntó Mercy.

Alex rió. "¿Quién sabe? Seguramente seré abogada."

A Lucy empezó a latirle con fuerza el corazón dentro del pecho mientras hacía caso omiso de la cháchara. ¿Podría ser cierto? ¿Podría ser que la pista que se había enfriado se hubiera calentado otra vez, gracias a un par de inteligentes estudiantes de universidad? Este desvío propuesto por Mercy quizás hubiera sido más inspirado de lo que se daban cuenta cualquiera de ellas. "¿Nos van a contar pues lo que descubrieron?"

"Más tarde," dijo Déborah, retirando de la estufa la sartén con la mezcla de linguisa y huevos revueltos todaría crepitante. "Pero primero comamos crepitando. Tenemos que alimentar el cerebro antes de utilizarlo. Eso me lo enseñó mi mamá." Le sonrió a Annette, luego empezó a servir el desayuno en los platos. Alrededor de la mesa diminuta no había sino cuatro asientos, así que ella y Alex se sentaron en el mostrador, lado a lado, con las piernas colgando.

Entre mordiscos y sonidos de satisfacción, Lucy lanzó hacia sus amigas una mirada culpable. "Tengo que confesar que hoy estaba lista para darme por vencida en esta búsqueda."

Mercedes se quedó mirando a Lucy con una expresión de incredulidad, y el tenedor a mitad de camino. "¿Después de todo lo que ya hemos pasado? ¿Estás loca?"

"Sí, es un hecho. Pero no íbamos a ningún lado, Mercedes. Todo empezó a parecerme desesperado y estúpido. No quería arrastrarlas con mis neurosis."

"Pensé que eras un poco más perseverante," dijo Mercedes, sacudiendo la cabeza y regresando a su desayuno.

Eso le había dolido. "Bueno . . . gracias a Dios que existen estudiantes de universidad que saben cómo hacer una investigación." Levantó la taza de café en dirección a Déborah y Alex, quienes compartían una sonrisa de satisfacción. "Si tenemos una pista, la seguiría con gusto."

"Definitivamente no encontramos ninguna evidencia concreta de dónde está ella en el momento," advirtió Alex, "pero sí tenemos una pista. Sabemos dónde vivió en algún momento y aproximadamente cuándo se marchó de la ciudad. ¿Saben que un grupo de fanáticos religiosos empezó a perseguirla diciendo que era una bruja?"

"Qué terrible."

"¿No son acaso inteligentes mis muchachas?" preguntó Annette.

"Sí, orgullosa mamá," dijo Lucy en broma. "Lo son." Miró a sus anfitrionas. "Todas las *seis*," dijo con énfasis.

Álex sonrió. Tomó un sorbo de café, y se dirigió a Lucy, Mercy y Cristina. "Estaba pensando . . . después de terminar el desayuno y cuando todo el mundo esté listo, podría llevarlas a dar una vuelta por el pueblo. Podemos almorzar en el restaurante Frontera, en la Central. Es un sitio local chévere." Le dio un empujoncito a Déborah en el hombro. "De esa forma ésta puede gozar de unos ratitos privados con Mami antes de que tengan que irse."

"Qué gran idea," dijo Lucy. Cristina y Mercedes murmuraron asintiendo.

"¿Tía Lucy?" preguntó Déborah. "Yo sé que mi mamá seguramente después me va a llamar la atención por ser imprudente, pero ¿qué pasó en la boda que te hizo escapar?"

"¡Déborah!" exclamó Annette.

Déborah entornó los ojos y giró la cabeza hacia su madre. "¿No se los dije?"

Lucy extendió la mano sobre la mesa y le acarició a Annette la mano. "Está bien, Annie. Nos recibieron casi sin previo aviso, hicieron toda esa investigación por nosotros. Merecen saber."

"En pocas palabras, nuestras vidas están completamente patas arriba," intervino Mercedes en tono de resumen de datos. Levantó un dedo. "Que esto sea una lección para ustedes. La edad no necesariamente trae sabiduría."

Las niñas lucían intrigadas. "¿Qué quieren decir con patas arriba?"

Mercedes miró a sus amigas. "Ah, es una larga historia. En mi caso, es la carrera y los hombres." Hizo cara de comentario intencionado. "En el caso de Cristina—"

"Es mi vida personal," dijo Cristina.

"Y tu tía Lucy ha sido una desquiciada desde el primer día." Mercy le pasó un brazo a Lucy por los hombros y la atrajo hacia sí. "Sin ofender."

"Síguele dando."

Déborah rió, luego miró a su madre. "¿Y tú, Mamá? ¿Tu vida también está patas arriba?"

Annette se irguió. "No digas sandeces, cariño. Yo estoy perfectamente bien. Termina tu desayuno."

Las tres mayores, menos Annette, intercambiaron miradas no tan sutiles. ¿Acaso Annette no se daba cuenta de que nada cambiaría si no comunicaba a los demás cómo se sentía? Pero era su hija y no era asunto de ellas entrometerse.

"Bueno, yo pienso que ustedes todas son totalmente increíbles," dijo Alex. "Nadie prometió nunca que la vida fuera a ser lógica. Quiero decir, por ejemplo nosotras." Le sonrió a Déborah con dulzura. "Ninguna de las dos esperaba esto nunca . . . pero ella me cegó. Y tampoco quisiera que fuera de ninguna otra forma."

Déborah se le acercó a Alex. "¿Ahora se dan cuenta de por qué no había más remedio que enamorarse?"

"Desde luego," dijo Mercedes. "Pero nunca dudamos de tu criterio. Conocemos a tu madre hace mucho tiempo. No es una sorpresa que haya criado a una hija tan inteligente y aguda."

Annette se puso de pie, se dirigió al mostrador y envolvió a Déborah entre los brazos, los ojos húmedos y brillantes. Pensándolo bien, los ojos de Déborah también estaban nublados, mientras le devolvía el abrazo. De tal palo tal astilla.

Lo cual era bueno. Muy bueno. Lucy no podía pensar en un mejor modelo para Déborah.

Capítulo Quince

Después de que las demás se marcharon a hacer su recorrido por el campus universitario y almorzar juntas, Annette y Déborah se sentaron, con las piernas cruzadas, en el piso de la sala, tomando café y conversando sobre la universidad, recetas, flores, ropa—sobre cualquier cosa. Una suave brisa hacía volar hacia afuera las cortinas blancas de gasa y las traía luego nuevamente, junto con la fragancia caliente de la salvia que despedía el verano del Suroeste.

Parecía que hiciera siglos que no compartían un rato así, solas las dos, y Annette deseaba congelar ese momento para guardarlo en su corazón. Miraba las facciones de Déborah e instantáneamente la veía como la niña que apenas empezaba a caminar, más grandecita, y luego como adolescente. Déborah sería su bebé para siempre, pero ahora era una mujer, madura para su edad, y encantadora. Annette no se había sentido así de relajada en meses. Quizás ni siquiera en años.

"Me alegro tanto de que todas hubieran venido, Mamá," dijo Déborah, durante un receso en lo que había sido hasta el momento una conversación ligera. Annette sabía que tarde o temprano el tema se tornaría más serio, y estaba lista. Déborah hizo una mueca de tristeza.

"Necesitaba tanto verte. He estado tan . . . no sé, fastidiada por cosas desde . . . Papá."

Annette sintió una punzada de dolor en el alma. "Tu padre reflexionará, eso te lo prometo." Estiró la mano y le acarició la mejilla. "Es un buen hombre."

"Sé que lo es. Eso es lo que hace tan difíciles las cosas. Lo amo y, por Dios"—Déborah entornó los ojos—"quiero su aprobación. ¿Es eso infantil de mi parte?" Arrugó la nariz.

Annette rió. "Desde luego que no. Todavía quiero la aprobación de tus abuelos, ¿sabes?"

"¿De verdad?" Déborah parecía esperanzada y vulnerable. También un poco sorprendida.

"Claro que sí. Siempre queremos la aprobación de nuestros padres." Bebió un sorbo. "Pero debes matizar esa necesidad con el conocimiento de que estás haciendo lo que tienes que hacer—lo que quieres hacer—para vivir una vida feliz. Es tu vida, ése es el punto crucial, y eso es lo más importante. Sé feliz."

Los hombros de Déborah se levantaron con una gran inhalación, luego descendieron en un suspiro. Sus ojos adquirieron una mirada soñadora y lejana de pura y auténtica felicidad. "Soy feliz."

"Sé que lo eres, cariño. Cualquiera que te mire puede darse cuenta."

Se produjo una dilatada pausa, y luego Déborah miró a su madre directamente en los ojos. "¿Tú eres feliz?"

El estómago de Annete dio un brinco, y ella esquivó la mirada, pellizcando un pedacito de lana suelta para retirarlo del tapete. "Claro que soy feliz. No hagas preguntas tontas," dijo con demasiada rapidez. La pregunta la había tomado totalmente por sorpresa.

Déborah emitió un sonido de frustración. "Por Dios, no me digas mentiras, Mamá. Te abrí el corazón de la manera más temible que me fue posible y tú ni siquiera me puedes mirar para responder a esa simple pregunta. No soy una niña. Por favor, simplemente, sé sincera conmigo."

A Annette se le llenaron los ojos de lágrimas, y parpadeó frente a su hija tan crecida. Tan llena de comprensión. Quería hablar pero dudaba sobre la sensatez de ser abiertamente franca. Encogió levemente un hombro. "Estoy un poco agotada y tensa. No es lo más fácil del mundo, criar a cinco hijos."

Déborah se mordió un lado de la boca, y recorrió con el dedo el borde de la taza. "¿Te pesa haber tenido tantos hijos?" preguntó en un tono suave y cauteloso. "¿O haber tenido hijos?"

"Ay, Dios," susurró Annette horrorizada. Puso su café a un lado, hizo lo mismo con el de su hija, y luego le tomó ambas manos entre las suyas, acariciando los suaves nudillos con los pulgares. "Nunca he lamentado ni uno solo de los instantes de la vida con ustedes. Eso lo saben. Pero a veces—" Se interrumpió, cerrando con fuerza los labios hasta convertirlos en una delgada línea, y sacudió la cabeza.

"Dime, Mamá."

Annette se debatió tratando de decidir cuánta angustia un padre o una madre deberían desahogar en un hijo. Había leído todos los libros sobre la crianza de los hijos. Pero Déborah merecía ser tratada como una adulta. Se había más que ganado ese derecho. Annette exhaló lentamente su tensión. "A veces me parece sencillamente que mi vida . . . no tiene sentido. Con la excepción de ustedes, de mis hijas, claro, y de Papi," se apresuró a agregar. "Pero *mi* vida. ¿Qué hago con *mi* vida? Cero."

Déborah abrió los ojos grandes y redondos. "Eso es ridículo. No ves que ninguna de nosotras podría haber resultado ser lo que es si no fuera por ti. Tú eres nuestro sostén."

A Annette se le apretó la garganta. Durante unos instantes no pudo pronunciar palabra. Estiró la mano para tomar su taza, y para comprar tiempo con un sorbito de café. "Lo sé," dijo cuando recuperó la compostura. "Pero miren a mis amigas. Todas han logrado cosas tan increíbles. Hasta Cristina, aparte de criar a sus hijos, ha hecho . . . cosas tan fenomenales con su vida. Su vida. ¿Tú entiendes lo que te estoy diciendo?"

"Sí, pero—"

"Aparte de criarlas a ustedes y de cuidar a tu padre, ¿qué he hecho? Nada."

"¿Y qué quieres hacer, Mamá? ¿Ir a la universidad? ¿Conseguir un trabajo?"

"Yo . . . yo no sé. Ése es el problema."

Se formó entre ellas una espesa pausa, pero la mirada escrutadora de Déborah no abandonó ni un instante la cara de su madre. "Mamá, creo que deberías acompañar a tus amigas en ese paseo."

"No."

"Sí, Mamá. *Sí.* Te lo mereces." Su voz se hizo más apasionada y apretó con más fuerza los dedos de su madre. "Te lo has ganado de sobra. ¿No lo ves? Nunca haces nada solamente para ti, y ahora tienes la oportunidad de hacer algo tan . . . tan de una sola vez en la vida." Déborah suspiró. "Necesitas ir. Lo siento. Esto es algo que sencillamente no deberías perderte. Por favor, por favor, por favor, ve con Mercy, Cristina y Lucy."

Annette sacudió la cabeza, y una sonrisa melancólica le levantó los extremos de la boca. "No puedo, cariño. Por más que quisiera, y créeme, quisiera. No es mi intención hacerme la mártir. Pero tus hermanitas son tan quejumbrosas y dependientes cuando no estoy allá, y tu Papi no puede pedir más tiempo en el trabajo."

"Lo sé." Déborah se humedeció los labios nerviosamente y miró a su madre de reojo. "Pero Alex y yo lo hemos discutido."

"¿Discutido qué?"

"Escucha." Levantó una mano. "Tan sólo escucha antes de que digas que no. Hemos investigado el tema de Tili, y ambas pensamos que la pueden encontrar si la buscan lo suficiente. Realmente creo que ella está en algún lado."

"Sí, yo también."

"Ruthie y Mary nos adoran. Y nosotras a ellas." Sacudió la cabeza con exasperación. "Además, nunca podré arreglar las cosas con Papá a menos que yo tome la iniciativa. El muy tonto está en plan de hacerse el hombre latino estoico."

"Irritante, ¿verdad?"

Rieron, pero por primera vez Annette sintió el cosquilleo de la anticipación, el aletear de una posibilidad que le corría por la espalda.

"Tanto Alex como yo estamos libres durante el verano y ninguna de las dos tiene trabajo. Estamos haciendo el mismo trabajo voluntario con Habitat for Humanity, pero podemos tomarnos un tiempo. ¿Y qué tal si nosotras vamos a casa y cuidamos a mis hermanitas?"

"Ay, Déborah, no puedo dejarte—"

En esto no estamos siendo totalmente desinteresadas, te lo prometo. De esta forma, Papá se dará cuenta de lo bien que nos va a Alex y a mí. Nos amamos y no somos anormales." Enderezó la espalda. "No pienso esconderme de él, Mamá. Amo a Alex y me siento orgullosa de ello. Pero él es mi padre. A él también lo amo y también quiero que sea parte de mi vida."

"Yo tampoco quiero que te escondas, cariño."

"Así no tendrá que ausentarse más días del trabajo. Ruthie y Mary ni siquiera te extrañarán si estamos con ellas, sin ofender, y podemos llevar a Bailey. Adoran a Bailey." Se acercó y habló con convicción. "Quiero hacer las paces con Papá y de esta forma no puede evadirnos." Sonrió con timidez. "Y así tú y tus amigas pueden irse a ver cómo se encarrilan de nuevo, por ponerlo de alguna forma, lo cual a Alex y a mí nos parece algo totalmente espectacular. La simple idea me hace sentir tan orgullosa de ti. Espero tener el valor de hacer algo tan espontáneo cuando tenga tu edad."

Annette simplemente posó la mirada en su hija durante varios largos momentos. Estaba tan abrumada por el amor, que no podía hablar. Si no hacía ninguna otra cosa que valiera la pena con su vida, ya podía morir sabiendo que había criado a una mujer maravillosa, madura, generosa y sabia que podría asumir cualquier cosa con fortaleza, confianza y brío.

Dios, haz que sus hermanas resulten iguales de determinadas.

Finalmente, haló a Déborah en un abrazo feroz. Estuvieron así varios momentos antes de que Annette moviera la cara y le diera a Déborah un beso en la nuca. "¿Estás segura, cariño?"

"Estoy segura. Ambas estamos seguras, Alex y yo. Pienso que será divertido estar con mis hermanitas. Les podemos enseñar palabrotas en tres idiomas."

"¡Ni te atrevas!"

"Estoy bromeando."

"Cielos, te quiero tanto, Debby." Las lágrimas se desbordaron por las comisuras de los párpados de Annette y se aferró con más fuerza al abrazo. "¿Cómo fue que tuve la suerte de tener una hija como tú?"

"No fue suerte," dijo Déborah, con suavidad, bañando con su tibio aliento la mejilla de Annette. "Fuiste tú. Tú me hiciste la persona que soy hoy, y solamente quiero decir . . . gracias." Déborah la besó en la mejilla. "Quiero que vayas con tus amigas."

Annette se apartó y rió entre lágrimas, limpiándoselas con el dorso de la mano. "Bueno. Iré."

"¿En serio?" a Déborah le brillaban los ojos de la emoción.

"En serio."

Déborah aplaudió. "Se morirán de la emoción."

Decir que las otras se pusieron muy emocionadas resultó un enfemismo de proporciones épicas.

"¡Annette!," exclamó Lucy con los ojos relucientes. "¿Estás bromeando? Es maravilloso." Por fin todo empezaba a tomar forma.

"No fue idea mía," señaló a Déborah y a Alex.

Lucy se dirigió primero a Déborah, levantándola del piso y meciéndola, y luego hizo lo mismo con Alex. "Ustedes dos no se imaginan lo que esto significa para mí. Para todas nosotras."

"Sí," dijo Alex en medio de la risa. "Alguna idea tenemos. Por eso queremos hacerlo. Además, pensamos que la posibilidad de encontrar a Tili es fantástica."

Lucy miró a Mercedes y a Cristina, ambas sonrientes. "¿No es maravilloso?"

"Perfecto," dijeron al unísono.

"Bien, entonces." Déborah aplaudió una vez con sus pequeñas y finas manos. "Alex y yo ya tenemos todo empacado. Y también Bailey. Tan pronto como estén todas listas, podemos emprender camino. Mientras más pronto, mejor, creo yo."

"Yo también empaqué ya," dijo Annette a sus amigas. "Llamaré a Randy cuando ustedes dos estén listas."

"Camino a Las Vegas, podemos ayudarles a hacer un mapa inicial de la búsqueda, basado en nuestras investigaciones sobre Tili," agregó Alex. Tenía las manos en los bolsillos de atrás de sus pantalones cortos de denim, y se mecía hacia delante y hacia atrás sobre los talones. "Al final estarán sólas en esto pero por lo menos podemos ayudarlas a empezar."

"Dios, esto es fantástico. Empaqué mis cosas esta mañana. ¿Cuánto tardarán ustedes en estar listas?," les preguntó Lucy a Mercedes y a Cristina. "¿Cinco minutos? ¿Diez?"

"¿Ansiosas? ¿Quién dice?," dijo Mercedes con malicia.

"Diez minutos, eso es," dijo Cristina, dirigiéndose hacia el cuarto de huéspedes para recoger sus cosas.

"Yo puedo hacerlo en cinco," dijo Mercedes.

"¿Sí? ¿Apostamos?" dijo Cris, en un tono engañosamente amistoso y cantarín.

Mercy salió corriendo en dirección de su maletín en el rincón de la sala y empezó a embutir todas sus pertenencias sin ceremonia. "Como si me pudieras ganar a mí en empacar."

"Ya lo verás."

Lucy sacudió la cabeza, sonriendo. Competitivas a más no poder, esas dos. Pero viéndole el lado positivo a las cosas, ella sabía que ninguna de las dos se tardaría los cinco minutos completos, ahora que había sido arrojado el guante, lo cual significaba que estaban mucho más cerca de salir en su búsqueda de la iluminación. Por una vez, no sentía la necesidad de decirles a Mercy y Cristina que bajaran la guardia. Éste era un espectáculo que quería poner en marcha, y si la batalla por sacarle ventaja a la otra lo aceleraba, pues, bien. *A la tarea, muchachas.*

Annette se había sentado al volante para el recorrido desde Albuquerque hasta Las Vegas, y las otras mujeres estaban apiñadas a los lados de Déborah y Alex en el asiento de atrás. Las muchachas resaltaban información relevante en un mapa plegable grande e incómodo. A medida que las millas pasaban debajo del auto, las mujeres trataban valientemente de concebir algún tipo de plan y así no sentirse como en un recorrido infernal hacia ninguna parte.

"Van a ir en dirección a la Nación Apache Jicarilla, que tiene su sede principal en Dulce"—indicó Alex—"acá, ¿lo ven?"

"¿Y es ahí donde vivió Tili la última vez?" Lucy tenia un bolígrafo sobre una libreta en la cual había hecho copiosas anotaciones.

"No vivía en la reservación, no. Pero sí cerca."

"Bien, ¿pero cuál es el nombre del pueblo donde vivía?"

Alex hizo una mueca. "Ésa es la cuestión. Tili siempre prefirió vivir en el campo. Campo adentro. Así que ella no estaba realmente en un pueblo, si me sé explicar. Hasta donde sabemos subsiste de la tierra. Pero el pueblo más cercano que pudimos encontrar—"

"—es Dulce," terminó Déborah. Su tono se tornó casi de reproche. "Y recuerden que si están en territorio indígena, están en una nación soberana. Existen reglas y formas de mostrar respeto que sencillamente hay que seguir."

Mercedes miró a Lucy con cara de sorpresa. "¿No se supone que los adultos les digan a los estudiantes de universidad cómo comportarse, Suertuda? Vaya."

A Lucy le empezó a temblar un lado de la boca. "Aparentemente, nuestra fama nos lleva la delantera."

Mercedes inclinó la cabeza, asintiendo.

"¿Como qué, muchachas?" preguntó Cristina. "Lo último que querría sería ser irrespetuosa."

"No se toman fotos, no se hacen dibujos, no se filman vídeos," Déborah contó las cosas con los dedos. "No hay que entrar en las casas."

"Como si fuéramos a hacer algo así," dijo Mercedes, despectiva.

"No, pero lo que quiero decir es que sí hay gente que lo hace. ¿Se imaginan?" Déborah sacudió la cabeza. "Veamos, ¿qué más?" miró a Alex en busca de ayuda.

"Recuerden que las danzas o ceremonias con las que puedan encontrarse no son un entretenimiento," dijo Alex. "Se les permite ver. Pero no hagan nada de mal gusto como aplaudir o hablar con los bailarines o atravesarse."

"Realmente vamos allí con una meta en mente," les recordó Lucy con suavidad. "No estamos de vacaciones."

"Cierto. Pero de todos modos," dijo Déborah. "No saben con qué se encontrarán. No recojan trozos de cerámica ni caminen sobre los muros de las ruinas. Ah, y no se acerquen a los *kivas*."

"Todo eso suena razonable," dijo Cristina.

"Ah, una cosa importante. No lleven ni drogas ni bebidas alcohólicas a tierras Indias," dijo Déborah, y Alex asintió.

"Grandioso," dijo Mercedes con sarcasmo. "Justo el tipo de lugar para mí. Ajá. ¿Conocen algún convento que podamos visitar en el camino? A lo mejor puedo entrar. Con toda seguridad que yo soy exactamente lo que están buscando."

Annette, desde la silla del conductor, se limitó a reír.

Alex le sonrió a Mercedes con una mueca. "No es nada tan trascendental. Simplemente . . . mostrar respeto. Es su tierra. Y Dulce realmente está en el límite. Estoy segura de que pueden conseguir un lugar para tomarse un trago en las afueras del pueblo."

"Seremos respetuosas, muchachas, prometido," dijo Lucy. "Eso lo entendemos. Pero volviendo a nuestra búsqueda, ¿dónde exactamente queda el último lugar conocido de residencia de Tili?"

"Caray, hablas como una policía, tía Lucy," dijo Déborah. "Solamente los datos, señora, y todo eso."

"Soy policía, muñeca." Lucy le retorció a Déborah la punta de la nariz.

Alex estaba todavía en plan de organizadora y más bien ausente de toda la cháchara y los comentarios al margen. "Hasta donde sabemos, vivió en algún lugar entre Dulce y Chama. Pero podría haber sido en el área de . . . bueno entre allá y Lindrith."

Mercedes se inclinó para ver más cerca el mapa, frunciendo el ceño y siguiendo con el dedo los nombres de varios pueblos. "Bien, desde Dulce, ésos están en dos direcciones opuestas."

"Sí, pero si uno traza un triángulo en la zona, debería poder encontrar a alguien, en algún lugar, que las pueda ayudar."

"¿Tenemos que triangular?" Lucy se recostó, abrumada. Bailey estaba acurrucado y durmiendo en la silla de al lado, y ella empezó a acariciarlo distraídamente. "¿Supongo que encontrar una simple dirección de la mujer era demasiado pedir?"

Alex hizo una mueca. "Ah, sí. Si fuera así de fácil, ella no sería una especie de leyenda. Pero la búsqueda será la mejor parte. Esperen y verán."

"Eso dices. Ojalá pudieras venir como guía."

"Lo siento," dijo Déborah, enganchando el brazo con el de Alex. "Está de turno conmigo. No se la pueden llevar."

"Pero nos pueden llamar cada vez que necesiten orientación o ideas nuevas," dijo Alex, sonriéndole a Déborah. "Juro que nosotras estamos casi tan emocionadas con esta búsqueda como ustedes cuatro."

"Tan solo haznos un favor," dijo Mercedes. "No dejen que sus vidas se desvíen tanto del camino que tengan que irse en una espontánea y alocada búsqueda imprevista cuando tengan nuestra edad para encontrar a una mujer que—con suerte—pueda organizarles la mierda."

"Deja de decir palabrotas delante de mi hija, Mercy," dijo Annette.

"Lo siento."

Déborah entornó los ojos ante la sobreprotección de su madre. "No prometo," dijo. "Equivocarse es parte de la vida. Ustedes cuatro no son muy diferentes de otras personas que también buscan como arreglárselas."

Mercy parpadeó mirando a Déborah unas cuantas veces, y luego preguntó, "¿Cómo te volviste tan sabia en veinte breves años?"

Déborah sonrió mirando a su mamá, luego estiró la mano y le apretó el hombro. "Tuve una buena maestra."

Al cabo de una hora, habían llegado a casa de Annette. Déborah y Alex se habían puesto nerviosas y habían estado silenciosas las últimas millas. Annette las compadecía; sabía que estaban atemorizadas.

Echó un vistazo por el retrovisor a sus respectivas expresiones de perrito asustado.

"Ésto saldrá bien," dijo en tono tranquilizador. "Papá estaba contento de saber que venían. De verdad lo estaba."

Déborah no dijo nada, pero respiró hondo. Lucía más nerviosa de lo que Annette la había visto, incluso más que cuando se había franqueado con ellos, y eso ya era mucho decir. Alex le apretó la mano a Déborah, luego se la soltó, frotándose las palmas.

Caray, Annette no podía culparlas por preocuparse, pero tenía simplemente la sensación de que todo saldría bien. Curioso cómo algo de tiempo y de perspectiva podían realmente cambiar la opinión de una persona. Hacía una semana había tenido la sensación de que la situación entre Randy y Déborah era una crisis mayor e insuperable. Ahora parecía apenas algo más que un pequeño obstáculo en el loco camino llamado vida.

Annette apagó el motor, pero antes de que el grupo pudiera bajarse del minivan, Randy había abierto la puerta principal y estaba parado en el pórtico, sonriendo. A Annette se le apretó el corazón al verlo. Sí, dejando de lado todas sus dudas y preocupaciones, ella amaba a este hombre con todo su corazón y toda su alma.

Ruthie y Mary salieron atropelladamente cada una por un costado y corrieron hacia el asiento del conductor, y empezaron a saltar junto a la puerta de Annette, saludándola con la mano. Annette sonrió, y enganchó el freno de emergencia antes de abrir la puerta. Mercedes había estado en lo cierto. El amor por los hijos era un amor hermoso, magnificado y puro, y nunca quería darlo por descontado.

Abrió la puerta y las mellizas la atacaron con abrazos y besos y cháchara enloquecida. Las escuchaba a medias, dando respuestas distraídas y todo el tiempo observando cómo se desarrollaba la escena entre Déborah y Randy.

Déborah salió del minivan y se quedó ahí parada, titubeando y evidentemente poco preparada para La Censura de Papá, segunda parte. Pero no habría de ser. Randy descendió del pórtico y cruzó el jardín hacia ella con pasos largos y veloces. La recibió con un abrazo de oso, le cubrió la cabeza con una mano y empezó a mecerla con suavidad.

"Debby, mi nena. Lo siento tanto."

Déborah rompió a llorar. "Yo también, Papi."

"No. No. Tú no tienes que pedir disculpas."

"La amo," dijo Déborah, con voz temblorosa.

Annette observó a Randy mirar a Alex, que todavía estaba apostada en el estribo del minivan, la mano alrededor de la manija de la puerta y mordiéndose con preocupación el labio inferior. Él sonrió, invitándola a que se les uniera. "Yo sé. Yo entiendo el amor porque te amo ti, y a tus hermanas y a tu madre, y mucho. Esa parte la entiendo completamente, ¿sí?" Alex se acercó con cautela, y él la envolvió también en el mismo abrazo de oso. "Lo siento, Alex. Nunca quise hacerles daño a ninguna de las dos."

"No hay problema, señor Martínez."

Bailey dio un ladrido agudo desde el minivan, y los tres se separaron riendo. Alex se dio vuelta y bajó al perrito para que pudiera dar enloquecidas vueltas por todo el jardín como un perro bajo los efectos del *crack*. Ruthie y Mary abandonaron a su madre para perseguir felices a Bailey, y Annette se acercó a su marido.

Randy se agachó un poco y la besó, prácticamente ronroneando de contento. "Dios, cariño. Es tan bueno verte. Aun si es por corto tiempo."

Ella arrugó la nariz. "¿De verdad que está bien si voy?"

"Desde luego, ¿quién te necesita?" Guiñó un ojo, luego puso una mano en la nuca de Déborah y otra en la de Alex. "Los tres tenemos muchas cosas de qué hablar y las mellizas están dichosas de gozar un rato de su hermana. Tú no te preocupes por nosotros."

Annette extendió la mano y acarició la mejilla de Randy. "Eres un buen hombre."

"Un poco lento, a veces"—miró a Déborah con cara de arrepentimiento, y ella rió—"pero hago lo mejor que puedo." Miró primero a Déborah y luego a Alex con cara de disculpas. "No puedo decir que entiendo completamente su decisión, muchachas—"

"El amor no es una decisión, Papi. El corazón tiene sus propias ideas. Eso deberías saberlo."

"Probablemente tengas razón, y trataré, ¿listo? Te quiero." Miró a Alex y le guiñó un ojo. "Y cualquiera a quien mi Déborah quiera, está bien para mí. Sé que te eduqué con buenos instintos."

Los tres se abrazaron de nuevo, y Annette soltó el aire. Todo estaría bien, tal como sus amigas le habían asegurado. Randy pasaría tiempo con las muchachas, y se daría cuenta. El amor es el amor.

Por primera vez sintió que podía irse con sus amigas, libre de preo-cupaciones. Echó un vistazo al jardín, que estaba igual que cuando ella había salido de viaje. La casa lucía cálida y acogedora, el césped había sido podado. Ruthie y Mary se revolcaban con Bailey, gritando y riendo cuando éste saltaba y se enrollaba y les besaba la cara. Randy tenía de la mano a Déborah y Alex, y Déborah se veía radiante. Incluso Sarah y Priscilla se veían felices, ahora que habían salido al pórtico para partici-par un poco, con esa forma distante de los adolescentes, del alboroto. Les lanzó besos. Ellas los devolvieron. La vida continuaba, aun cuando ella no estuviera ahí. Sintió una pequeña punzada de . . . algo. ¿Preocu-pación de que no la necesitaran? Pero se deshizo de ella. Era una buena cosa. Sintió que se quitaba un gran peso de los hombros, y se dio cuenta de que lo que Déborah había dicho era la verdad. Este viaje era parte de su destino.

Sintiéndose quince años más joven, y boyante de esperanza, An-nette sencillamente no lograba parar de sonreír. ¡Y no veía la hora de emprender camino! Tenían un mapa, un plan de acción y el apoyo total de sus familias. ¿Qué más podían pedir?

Capítulo Dieciséis

"Perdón por mi francés, pero ¿dónde carajos estamos?" preguntó Mercy, con un dejo de exasperación, echando un vistazo a toda la extensa nada que se veía por la ventana del minivan. Donde estaban, un maldito arbusto de artemisa o de piñón era igual al siguiente, y las indicaciones eran escasas y esporádicas. "¿Acaso no seguimos el mapa?"

"No estoy segura exactamente de dónde fue que tomamos el giro equivocado," murmuró Lucy agachada sobre el mapa, y con el labio inferior pellizcado entre los dedos mientras se concentraba. "Ni siquiera si en efecto *tomamos* un giro equivocado. Quiero decir, según estos indicadores de millas, deberíamos estar en algún lugar cercano a . . . ¿Cuba?"

"Si estamos cerca de Cuba, realmente tomamos por donde no era," dijo Mercedes recostándose y cruzando los brazos.

Annette rió. "Cuba, Nuevo México, tonta. Queda muy cerca de Lindrith. ¿No era ése uno de los pueblos cerca de los cuales las muchachas pensaban que Tili podría encontrarse?"

"Sí, así era," dijo Lucy.

"Propongo que nos detengamos," ofreció Cristina. "Tengo hambre."

"Estoy de acuerdo," dijo Mercedes.

"Inclúyanme a mí también," agregó Lucy dejando a un lado el mapa.

"Pues bien, la mayoría manda," dijo Annette, poniendo las luces indicadoras y preparándose para tomar la salida hacia Cuba propiamente dicho. "Estoy más que lista para bajarme de este minivan."

Cuba, Nuevo México, ocupaba un lugar privilegiado en los límites del Bosque Nacional de Santa Fe, a lo largo de la U.S. 44, que conectaba esta parte del estado con la popular área de Four Corners. Ventaja adicional, porque la transitada autopista daba a entender que, para ser un pueblo tan pequeñito, Cuba tenía mucho que ofrecer en términos de alimentación y hospedaje. Si tenían que desviarse de la ruta, Cuba era un buen lugar donde quedar uno abandonado a la suerte.

Mercedes sentía un fuerte antojo por un plato de sushi pero puesto que ésa no era una opción en esta metrópolis, dejó que las otras eligieran dónde comer. Dudaron si meterse en una pizzería con una fachada de adobe azulado, y finalmente se decidieron por una cafetería pequeña pero con personalidad y pinta de nueva que quedaba en la Calle Principal y que tenía en la ventana un anuncio de cerveza en luces de neón. En breve, se encontraron sentadas en un pequeño patio cubierto, escuchando un rock suave que, a bajo volumen, se filtraba desde la rocola del restaurante. La mesa era del tipo regular, redonda, en madera de secoya y con sillas de hierro forjado que en realidad no combinaban bien, pero que lograban un encanto ecléctico. Los aromas de la carne que se estaba asando en la parrilla se mezclaban con el característico olor de verano a vegetación calentada por el sol proveniente de la zona contigua. En todo y por todo, era una agradable opción.

Mercedes se recostó contra el adornado pero no tan cómodo espaldar, ora observando el famoso brillo rojizo del sol poniente de Nuevo México, ora mirando, a través de una puerta ventana adyacente a su silla, cómo trajinaban los meseros y empleados de la cocina. Cristina, Lucy y Annette estaban ocupadas estudiando los mapas y las notas de Alex y Déborah, pero por el momento, Mercy no lograba interesarse. ¿Acaso no había sido suficiente por un día? Además, quería tomarse un

Vicodín. Como fuera. De hecho, tenía tantas ganas de uno que el doloroso deseo la distraía.

La mesera se les acercó como si pisara sobre nubes, y Mercy se dio vuelta para mirarla. El nombre pegado a su delantal decía "Senalda." Debía medir unos cinco pies, tener dieciséis años y unos siete meses de embarazo. El distendido vientre alcanzó la mesa varios segundos antes que el resto de su cuerpo. Tenía la cara colorada por el calor y la fatiga, y mechoncitos negros y húmedos de su largo cabello negro adheridos a los pronunciados pómulos. Cómo lograba mantenerse en pie durante todo el turno era un misterio, pero las mujeres hacían lo que tenían que hacer.

Siempre había sido así.

"Buenas. ¿Desean algo de beber?" preguntó con dulzura en una voz con un marcado acento, y con la pluma lista sobre la libreta que había sacado del bolsillo del delantal.

Mercedes recordó los anuncios de neón en la ventana del frente, pero preguntó de todos modos, "Sirven cerveza, ¿verdad?"

"Sí, ¿del sifón o de botella?"

Mirando a sus amigas, notó que ninguna de ellas estaba siquiera prestando atención a la conversación. Entornó los ojos. "¿Qué tal una jarra de lo que tengan en el sifón y cuatro vasos? Y agua."

Senalda anotó algo en su libreta y asintió. "Ya lo traigo. Tómense su tiempo con el menú."

"Gracias," le dijo Mercedes.

"De nada," dijo la mesera en español.

Después de que Senalda se alejara con su caminar de ganso, Mercedes hizo chasquear los dedos varias veces. Sus amigas la miraron. "Bájense de las nubes. Acabo de pedir una jarra de cerveza, así que si eso no era lo que querían, están sin suerte—lo siento."

"Ah, qué bien. Eso estuvo perfecto, Mercy." Lucy dejó a un lado el cuaderno y tomó el menú plastificado de dos caras. "Lo siento, estábamos—"

"Sí, ya sé."

"Supongo que deberíamos decidir qué es lo que queremos," dijo

Lucy, recorriendo el menú con la mirada y dándose golpecitos con los dedos en el labio inferior.

"¿Tú qué vas a pedir, Mercy?" preguntó Annette, después de analizar su menú durante varios minutos.

"Hamburguesa de carne de búfalo con queso cheddar, ensalada para acompañar."

"Eso suena bien," dijo Annette apartando el menú.

"Multiplícalo por tres," agregó Lucy, uniéndoseles.

Y, con suerte, una o dos píldoras empujadas con una cerveza, pensó Mercedes, repasando mentalmente lo que había pedido para incluir lo que verdaderamente quería a estas alturas del viaje. Dios. ¿Por qué sería que no podía transitar por la vida sin las malditas cosas materiales? Era una debilidad tan grande, y sentía desprecio por la debilidad. Cruzó los brazos sobre el torso, sintiéndose defensiva sin razón aparente. Ni que la gente pudiera oírle los pensamientos. Su razonamiento era que nada en su vida valía un comino, así que ¿por qué no darse gusto con algo que de vez en cuando le hiciera olvidarlo todo? No serían *del todo* malas para ella.

"Yo creo que optaré por el burrito de frijoles," murmuró Cristina. "Aunque los chiles rellenos suenan bien también."

"Pide el burrito," le sugirió Lucy.

Cristina se encogió de hombros. "Bueno."

La diminuta mesera regresó con la jarra de cerveza y a cada una le sirvió con destreza un vaso con el mínimo de espuma. Repartió vasos altos de agua helada, rodajas de limón y pajillas, y cubiertos envueltos en su servilleta. Luego, sacó de nuevo la libreta de pedidos del bolsillo del delantal y les sonrió con fatiga. "¿Decidieron ya las señoras?"

Le hicieron la lista de sus pedidos, pero antes de que pudiera marcharse, Mercedes extendió una mano y la tocó ligeramente en el brazo. "¿Le puedo hacer una pregunta rapidito?"

La mesera pareció sorprenderse, pero asintió.

"¿Sabe usted algo sobre una curandera llamada Matilda Tafoya que según creemos vivió en algún momento por esta zona?"

Senalda sonrió con timidez y negó con la cabeza. "Pero si necesitan a alguien, hay muchas curanderas. Les puedo dar algunos nombres."

Mercedes sonrió con tristeza. "No. Gracias de todos modos."

Senalda levantó ligeramente un hombro. "Sus pedidos pronto estarán listos." Indicó con la mano la etiqueta con su nombre. "Por favor, pregunten por Senalda si necesitan alguna otra cosa."

La mesera se marchó y Mercedes miró a sus amigas y se encogió de hombros. "Valía la pena intentarlo."

"Definitivamente," dijo Lucy, plantando los codos sobre la mesa y descansando el mentón en las manos. Frunció el ceño. "¿Te estás sintiendo bien, Mercy? Te ves un poco . . . descompuesta."

Le vino una idea a la cabeza. Sintió una punzada de culpa, pero de todos modos se refugió en una mentira fácil. Hizo muecas y se frotó la pierna, infeliz por el hecho de ser tan débil y engañosa, pero ahí tenían. "Los tendones de la pierna realmente me están molestando. Debe ser todo el tiempo que hemos pasado en el auto."

"Tómate una píldora," le dijo Lucy, como si nada. Si tan sólo supiera. "Para eso las tienes." Hizo un guiño. "Pues, para eso y para drogar a tu amiga y lograr que llegue al altar."

Mercedes hizo una mueca, y luego jugó a ladear la cabeza, como si la idea jamás se le hubiera ocurrido. "¿Sabes? Buena idea. Supongo que me tomaré una." Con las manos temblorosas ante el alivio que significaba que le hubieran dado "permiso," buscó en su bolso y sacudió el frasco hasta quedarse con dos píldoras en la mano, escondiendo una. Se las lanzó a la boca y se las bajó con agua, sintiéndose mejor al instante, no porque hubieran ya hecho su efecto amortiguador, sino porque pronto lo harían. "Entonces, ¿cuál es el plan?"

"Esta noche, dormir," dijo Annette. "Podemos quedarnos acá, en el Motel Del Prado, en esta misma calle, si a nadie le parece mal, y arrancar mañana para Dulce. Ya sabemos que no queda lejos de acá, ahora que ya miramos con más detenimiento. No estamos tan desviadas. Sencillamente creo que estamos demasiado cansadas por el recorrido."

"Bueno, me parece bien," Mercedes torció la boca hacia al lado. "Probablemente ya es hora de ponerme en contacto con Alba y averiguar por las repercusiones de las historias en los tabloides y *Hard Copy*."

"Sí, me gustaría hablar con Rubén. Solo para decirle hola." La expresión de Lucy tenía un brillo de nostalgia.

"Voy a llamar a Déborah, también, y ver si ya están locas por regresar dando gritos a Albuquerque." Annette sonrió.

Todas miraron a Cristina. Se envolvió en sus propios brazos y se acarició suavemente, y luego miró hacia el horizonte del oeste. "Bonito atardecer, ¿verdad?"

Nadie dijo una palabra.

La comida llegó pronto, y comieron casi en total silencio. Todo estaba sorprendentemente bueno, fresco y preparado a la perfección. Justo cuando Mercedes empezaba a sentir los efectos tranquilizadores de las píldoras que se había tomado, la asustó el sonido de una bandeja que caía al suelo, seguido de una discusión a media voz que provenía de detrás de la puerta de la cocina. Con la vista fija en esa dirección, vio que un hispano de cara colorada agarraba a Senalda del brazo con suficiente fuerza para dejarle marcas. La cara era una máscara de furia, y todo su cuerpo proyectaba una clara y fuerte "amenaza." Sintió una sacudida en las entrañas, y que se helaba y temblaba por dentro—una reacción que le venía de décadas ante la violencia física. Iría a la tumba insistiendo en que no había nada peor que presenciar una golpiza a la madre de uno. Cuando niña, ello la había hecho sentirse impotente, aterrorizada y enojada.

El hombre se inclinó para murmurar algo entre dientes, y la pobre niña se encogió ligeramente, volteando la cara como un perrito acostumbrado a que le dieran bofetones. Con la otra mano le agarró el mentón, y tiró de su cara para acercarla a la de él. Cuando ella se retiró de nuevo, el hombre retrocedió y le dio una bofetada con suficiente fuerza para hacer que el cuello se le torciera.

Mercedes retrocedió, como si le hubiesen dado a ella la bofetada. "Ah no." ¿Acaso había sucedido de verdad? ¿Estaba alucinando?

"¿Qué?" preguntó Lucy.

El hombre le dio otro bofetón a Senalda, esta vez con un agresivo golpe del dorso de la mano, y Mercedes sintió que una explosión hirviente de ira había comenzado a circular por el congelador innato de sus emociones. A la oleada inicial de impotencia siguió una furia ciega. Las cosas eran diferentes hoy en día. No se sentía ni impotente ni aterrada. Ya no era una niña a merced de una madre que no podía—o no quería—cuidarse. Todavía, sin embargo, estaba enceguecida de furia por el recuerdo de su madre, su padrastro, este cretino que golpeaba a la mesera—por todo. No podía soportarlo.

El hombre le dio a Senalda un tercer bofetón, y ella se encogió acobardada contra la pared, protegiéndose el abultado vientre. "Jesús, ¿qué le pasa a la gente?" Mercy miraba desesperada más allá de Senalda y del hombre. ¿Por qué condenada razón ninguno de los demás empleados del restaurante saltaba a ayudar?

"¿Qué?" quiso saber Lucy de nuevo, estirándose para ver qué había producido la explosión de Mercy. "¿Qué está pasando?"

Alimentada por la furia, y envalentonada por la cerveza, Mercy ni siquiera contestó. Echó de un empujón la silla hacia atrás y se acercó a zancadas a la puerta de la cocina. La abrió de un tirón, agarró al hombre por el brazo, y se aseguró de hundir bien sus uñas en él. Llevaba una camiseta blanca sin mangas, y un par de *jeans* negros. El hombre le disparó una mirada con los ojos entrecerrados y despectivos.

"Suéltela," le dijo ella, ahora que ya había actuado, haciendo gala de una mortal serenidad.

El hombre, por lo menos tres pulgadas más bajito que ella, infló el pecho y miró a Mercedes de arriba abajo con desprecio evidente. "¿Quién carajos es usted?"

Mercy se acercó y sacando ventaja de su mayor estatura, lo miró con desprecio, y endureció la voz hasta darle el filo de cuchillo. "Soy su peor maldita pesadilla si no la suelta ya, idiota. Ya."

Para entonces, Lucy se había acercado por detrás de Mercedes para ver por sí misma cuál era la conmoción. Pasó, dando un empujón, por el lado de Mercedes, todavía midiendo fuerzas con la bestia, y le agarró el brazo al hombre cerca de la muñeca. Mercedes no estaba segura de qué había hecho Lucy—con toda probabilidad alguna dolorosa llave de policía—pero el brazo del hombre se enderezó y encogió de nuevo, y tuvo que doblarlo a la altura de la cintura. "Ay, Jesús, suélteme, perra estúpida."

"Eso no sucederá," dijo Lucy, con voz de policía.

"¿Le excita ensañarse con mujeres embarazadas más pequeñas que usted?" dijo Mercedes entre dientes con voz áspera. Se dio cuenta de que las extremidades le habían empezado a temblar por la inyección de adrenalina. "¿Qué clase de hombre a medias es usted?" Miró hacia donde estaba Senalda, cuyos ojos se habían vuelto redondos del miedo y la sorpresa. El pómulo se le había empezado a hincharse y la cara ostentaba las reveladoras marcas que se convertirían en moretones antes de la mañana. Todo su cuerpo también temblaba, y las marcas rojas de los dedos permanecían tatuadas en la piel del brazo. Mercedes, abrumada por un sentimiento de protección, le indicó a la mujer que se parapetara detrás de ella.

"Es mi novia, hombre. Puedo hacer lo que se me dé la condenada gana." Lanzó una escupida en dirección a los pies de Mercy, pero ella se echó para atrás con suficiente rapidez para evitar que le cayera en el zapato. "No se meta en lo que no le importa, puta."

Lucy cambió la posición del brazo del hombre, y éste se enderezó y quedó todo erguido sobre sus pies. Hizo un gesto de dolor. Lucy cruzó miradas con el cocinero, que observaba boquiabierto la confrontación. Levantando la mandíbula hacia el cocinero, le ordenó, "Llame a la policía. Ahora mismo." Su tono de pedernal no dejaba espacio alguno para la discusión.

El cocinero tragó, y la nuez se le movió de arriba abajo mientras iba con la mirada del hombre al que Lucy tenía agarrado a la propia Lucy, asintió y se dio vuelta escabulléndose.

Detrás de Mercedes, Senalda había empezado a llorar con un llanto derrotado y lastimero que le partió a Mercedes el corazón. Annette y Cris se acercaron. Mercedes las miró por encima del hombro y dijo en voz baja. "Siéntense con ella en alguna de las mesas."

Annette pasó un brazo por los hombros de la joven y la guió con suavidad. Mercedes la escuchó decir, "Está bien. Ya estás a salvo."

¿Pero acaso lo estaba? Mercedes pensó, mientras un nudo de temor se endurecía en sus entrañas y tomaba forma de miedo enfermizo. Ellas se quedarían acá una noche y luego se marcharían. Sin duda Senalda tendría que quedarse acá con ese tipo de mierda, y tal como funcionaba el sistema, saldría de la cárcel en un día, si acaso. Descargaría sobre la joven su furia por todo el asunto tan pronto como pudiera ponerle otra vez las manos encima. Eso era lo que siempre hacían.

La recorrió un escalofrío. Sólo Dios sabía por qué estaba metiendo las narices en los asuntos de una extraña, pero sencillamente no tenía agallas para desentenderse y marcharse. Sentía como si fuera a reventar. Las últimas semanas habían sido de tanta tensión, y ella estaba más que lista para desatar su frustración en alguien que de verdad se lo mereciera. Observó los ojos chatos y negros del hombre y vio en ellos a todos los cretinos maltratadores que había conocido.

Se le metió otra vez en la cara. "Si la vuelve a tocar alguna vez, bastardo de mierda, me aseguraré de que lo lamente."

"Mercedes," le advirtió Lucy, con voz suave.

"No, Lucy. *No.*" Sintió un ardor en la cara mientras hizo caso omiso de la admonición de Lucy. Lo amenazó con el dedo. "Estoy harta de que este tipo de imbéciles piensen que pueden hacer con la gente lo que quieran. Por el amor de Dios, está *embarazada.* Si actúa de esta forma ahora, ¿qué pasará cuando haya tenido el bebé? ¿Le pegará? ¿Le partirá los huesos? ¿Acabará en el hospital? ¿Y qué pasará con el bebé?"

"Lo sé, nena," dijo Lucy. "Lo que quise decir es que dejemos que lo maneje la policía."

"¿Pero lo harán?" exigió Mercedes, sintiéndose acorralada contra una pared de ladrillo y lista para pelear. "Tú sabes tan bien como yo cómo funciona el sistema, Suertuda. Le darán una palmadita en la muñeca, nada más. Entretanto, Senalda queda atrapada y sin recursos. ¿Dónde está su familia? ¿Su sistema de apoyo?"

Lucy suspiró, mirando al piso. Sabía que era cierto. "Yo no sé. Yo no conozco a la mujer. No las puedes salvar a todas."

"Alguien tiene que salvar por lo menos a una."

Lucy estudió a Mercy por unos minutos, retorciéndole el brazo al idiota de vez en cuando para mantenerlo a raya. "¿Entonces, qué sugieres?"

Mercy se alejó, y se pasó los dedos por entre los cabellos. "No lo sé, no lo sé, no lo sé," dijo exhalando. El corazón le golpeaba el pecho. Ya le había sucedido suficientes veces, quedarse quieta mirando como una mierda así duraba toda la vida, y eso lo tenía claro. Esta vez, sin embargo, sentía que había llegado a su límite. Estaba demasiado emocionada, demasiado atrapada en su ira y resentimiento tras años viendo cómo su mamá sencillamente . . . lo soportaba.

En breve llegó la policía, Lucy les mostró su credencial y habló con ellos unos instantes. Esposaron al hombrecito, haciendo todos caso omiso de los insultos y amenazas que escupía sobre Mercedes, Lucy y Senalda. Después de que lo metieron en la parte de atrás del carro de la patrulla y se alejaron, Mercedes respiró profundamente, dejando caer deliberadamente los hombros. Le pidió al cocinero otra jarra de cerveza y volvió a la mesa con las piernas temblándole para unirse a Annette, Cristina y Senalda, que se habían tranquilizado pero se veían preocupadas y alicaídas.

"No sirve de nada," dijo, frotándose las manos. "Es un problema."

Mercedes se sentó a su lado y le tomó la mano. "¿Qué cosa no sirve? ¿Estás bien? Por cierto, mi nombre es Mercedes."

"Estoy bien," dijo con humildad. "Pero esto ya ha pasado antes. Regresará. Es un problema para mí." Se encogió del dolor y se puso la mano sobre el abultado vientre.

Mercedes sabía exactamente de qué estaba hablando ella, y la culpa la dejó sin respiración. Debería haber tenido en cuenta la situación de la mujer antes de intervenir como si fuera una jodida superheroína. Era a lo que menos se parecía. Le acarició con dulzura la otra mano a Senalda y le preguntó, "¿Dónde está tu familia?"

"En México. Puebla." Inclinó la cabeza hacia la puerta que conducía a la cocina. "Vine acá con él . . . por el bebé. Mi familia . . . no estoy casada, ¿me entiende? Él no siempre fue así. Solamente desde que llegamos acá."

Mercedes asintió. "¿Le puedo preguntar . . . cuántos años tiene?"

"Diecinueve." Levantó sus líquidos ojos pardos brevemente para encontrarse con los de Mercedes, luego bajó la vista y la clavó en su regazo.

Ah bien, un poco mayor de lo que Mercedes había imaginado. Eso era bueno, al menos. "¿Quieres regresar a casa?"

"Sí, pero él se queda con todo el dinero que yo gano. Ni modo."

A Mercedes se le ocurrió una idea. "En ese caso, ven con nosotras, dijo apuradamente. "Yo te daré lo que necesites para regresar a casa, lo que necesites. Tienes que alejarte de él."

Senalda parpadeó y miró a Mercedes, en claro estado de incredulidad. "Yo no entiendo, ¿por qué hace usted esto por mí?"

Mercedes suspiró. ¿Ciertamente, por qué? "Porque . . . está mal, lo que él hace. No lo sé. Quizás porque estoy arrepentida de haber interferido." Pero no lo estaba. "He agravado las cosas y quiero compensar por eso. Por favor, déjeme hacerlo. Él nunca va a cambiar."

"Sí, lo sé." A Senalda le temblaban los labios. "Le tengo miedo," e hizo otra mueca de dolor, frotándose el vientre.

Mercedes bajó la mirada para observar la pequeña mano de Senalda, y una señal de alarma se disparó dentro de ella. "¿Se siente bien?"

"Es sólo por la tensión. Además, me da muchas patadas."

"No tiene que tener miedo. Venga con nosotros. La cuidaremos hasta que pueda regresar a casa." Miró de nuevo el vientre de Senalda. "¿Ha visto un médico durante el embarazo?"

Senalda sacudió la cabeza. "Solamente a la partera. Viene a la casa."

"Eso está bien," dijo Mercedes. "Basta con eso. Y ¿va todo bien con el embarazo? ¿Es el primero?"

Con una sonrisa tímida, Senalda asintió. "Está bien."

Mercy hizo un gesto de aprobación con la cabeza y se frotó la frente mientras analizaba la logística de su plan. Un plan. Eso era lo que necesitaban. "He acá lo que haremos. Podemos ir a su casa mientras él está con la policía, y nos marchamos. ¿De acuerdo? ¿Puede confiar en nosotras?"

"Sí." Senalda las miró a todas, y los ojos se le llenaron de lágrimas. "Le pedí a Dios un ángel y me mandó cuatro. Dios es bueno conmigo."

Mercedes levantó la mirada y vio que sus tres amigas observaban pensativamente su interacción con la joven. Ni siquiera le había pasado por la mente pedirles su opinión antes de invitar a esta adolescente embarazada a acompañarlas. "¿No hay problema con ustedes?" preguntó implorante, con la esperanza de que ellas no objetarían. "No la puedo dejar con él. Por favor. Yo sólo—"

"No, claro que no puedes," dijo Annette, seria. "Es la única solución y la apoyo totalmente."

"Yo también," dijo Lucy, y Cristina asintió al mismo tiempo.

"Bien. Pues paguemos la cuenta y larguémosnos de acá," dijo Mercedes, extrañamente desinteresada en tomar cerveza de la nueva jarra. Quizás se debiera a una repentina sobriedad inducida por la compasión por Senalda. Quizás se tratara solamente de que se sentía concentrándose en los problemas de otra persona cuando éstos eran mucho más grandes que los propios. Quizás su carrera hubiese llegado a su fin, pero ¿y qué? Un trabajo era un trabajo. Senalda vivía en un pozo ciego de peligro físico prácticamente sin salida. En comparación, los problemas de Mercy parecían triviales y carentes de importancia. Además, Senalda no la percibía como a Sin Merced Felán, una mujer que despreciar y aborrecer. La miraba con gratitud y respeto. Claro, no era el mundo real, pero vaya, de todos modos la hacía sentirse bien.

Habían conducido hasta una pequeña y derruida casa en las afueras del pueblo para que Senalda pudiera recoger sus sorprendentemente escasas pertenencias, y luego las subieran al minivan, su hogar lejos de casa. El tono general durante el recorrido había sido silencioso y serio. Todas las llamadas que habían planeado hacer al Mundo Real habían sido aplazadas en aras del acá y el ahora.

En lugar de quedarse en el mismo centro del pueblo, habían decidido, por sugerencia de Senalda, quedarse en el Circle A Ranch, situado a unas cinco millas al norte de Cuba, en el Bosque Nacional Santa Fé. Mercedes había hecho antes una llamada. El Circle A ofrecía hospedaje estilo residencia, pero a todas les pareció bien. Si el distanciado novio de Senalda fuera dejado en libertad, era poco probable que las encontrara en este lugar.

Estarían compartiendo una barraca pero sería solamente para las cinco, lo cual estaría bien. Todas las habitaciones y la suite estaban reservadas, así que era la barraca o nada. Por instrucciones, pararon a comprar toallas y otras necesidades, que no se les proveían a los huéspedes a menos que utilizaran las habitaciones o la suite.

Lucy conducía, con Annette en el asiento del pasajero dando orientaciones. Cristina iba sentada detrás, haciendo un esfuerzo porque no se notara que escudriñaba la conversación de Mercedes con Senalda, cuando en realidad era lo que estaba haciendo. Nunca había visto a una Mercedes tan cariñosa, tan suave. Era casi como si Senalda fuera su pariente, y en algún lugar secreto y profundo de su alma, Cris sentía dolor. Se mordió el labio inferior para contener el nudo de dolor que se le hacía en la garganta. ¿Cómo podía Mercedes ser tan dulce y cariñosa con una extraña, y tan fría con ella, alguien a quien alguna vez había llamado su mejor amiga? ¿Qué había hecho?

Cristina había quedado impresionada por el valor de Mercy para enfrentarse al abusador del novio de Senalda en el restaurante. Dios, el personaje era un mierda de primera categoría; tenía que serlo para abusar de una mujer pequeñita, joven y embarazada en medio de un lugar público. Pero eso no había detenido a Mercy. Caray, no. Había entrado con firmeza a esa cocina sin dudarlo un instante, que era exactamente lo que había que hacer. Demasiadas mujeres morían porque la gente temía a intervenir—Cristina sabía eso intelectualmente. Pero no podía menos que preguntarse si ella habría hecho lo mismo que Mercy si hubiera estado en su posición. ¿La verdad? Probablemente no.

Con un pequeño suspiro, Cristina miró hacia la oscuridad más allá de la ventana y observó su reflejo apagado en el vidrio. ¿Cuándo se había convertido en semejante cobarde? Trató de recordar algún tiempo en que no le hubiera tenido miedo a su propia sombra, y no lo lograba. De niña, había temido el reproche de sus padres. Para evitarlo, había hecho todo lo posible por convertirse en una hija obediente. Durante la secundaria, había temido no ser aceptada, no caer bien. Había hecho enormes esfuerzos para asegurarse de que esto no ocurriera, pero ocurrió de todos modos. Mercy la despreciaba. Sintió otra punzada de dolor.

Ahora, en su matrimonio, estaba tan condenadamente asustada de ponerle límites a su castigadora suegra-ogro, tan temerosa de confrontar a Zach y de preguntarle por qué nunca la defendía, tan temerosa de que la gente de sociedad descubriera que ella realmente no pertenecía a su clase social y que nunca pertenecería. Miedo. Su vida estaba totalmente conformada y guiada por el miedo, y eso la asqueaba.

Mercy, por otro lado, podía ser una monumental odiosa de talla mundial salida de los infiernos, pero no le tenía miedo a nada. Perseguía sin ambages lo que quería, hacía con valentía lo que sentía que debía hacer, independientemente de las consecuencias personales.

Dios, Cris no quería sentir tanta admiración por Mercy, no quería sentir ese retorcijón de la vieja amistad, amor y respeto por la mujer. Mercy había pisoteado su corazón y continuaba haciéndolo, veinte años después. ¿Por qué habría de importarle?

Pero le importaba. Tanto, que la desgarraba por dentro.

Quería ser tan segura como Lucy, tan cariñosa como Annette, pero sobre todo, tan valiente como Mercedes. Especialmemente ahora, con todo lo que tenía que enfrentar: a Zach, a los Aragón, y a toda la gente de su chismoso círculo de San Antonio. En ese momento, en el minivan y camino al Circle A, Cristina ansiaba tanto ser alguien—cualquiera— que no fuera lo que ella era. Débil. Asustada. Una mujer en estado de tan profunda negación de todo lo que no andaba bien en la concha que era su vida, que insistiría en que esa vida era todo menos una concha vacía.

Mentiras. Encubrimientos. Espejismos e ilusiones.

La entristecía profundamente darse cuenta de lo poco que significaba para ella su vida, y al parecer no lograba quitarse de encima su amilanamiento, particularmente esta noche, negra y sin luna en un lugar cualquiera de Nuevo México.

"¿Están pasando vacaciones juntas?" les preguntó Senalda después de que se habían registrado en la barraca del Circle A y se habían instalado para pasar la noche. Las paredes del dormitorio escasamente decorado eran pálidas y las literas, de metal negro, tenían encima un colchón delgado cubierto con una colcha azul oscura. Era como estar otra vez en un campamento de verano, pensó Lucy. Las cortinas rosadas se enrollaban con suavidad en la brisa que entraba por la ventana abierta. Las literas eran tan baratas, que Mercedes había pagado un recinto completo, aunque quedaran varias vacías. Aunque realmente necesitaban estar solas y por ello se sentían como en una suite.

Senalda y Annette habían pedido las literas de abajo. Lucy estaba sentada con las piernas cruzadas en su litera encima de la de Annette y Mercedes estaba extendida boca abajo en la litera encima de la de Senalda. Cristina dormía en la parte de abajo de una litera para ella sola y se había acurrucado hacia un lado, ensimismada y algo triste, pensó Lucy. Tomó nota mentalmente de preguntarle más adelante qué le ocurría, pero tenía la sensación de que Cris estaba concentrada en el asunto de su detención.

Lucy le echó un vistazo a Mercy antes de responder a la pregunta de Senalda e interpretó su encogerse de hombros como una expresión de que no tenían nada qué ocultar. "En realidad estamos buscando a esa curandera por la cual te preguntó Mercedes en el restaurante," le dijo Lucy a Senalda. "Tenemos información de que solía vivir en esta zona, pero no sabemos dónde."

"Y esta curandera," preguntó Senalda, con evidente interés, "¿por qué ella? Hay tantas."

Lucy hizo una mueca. "Es más bien una larga historia, pero hemos oído decir que tiene ciertas habilidades, y todas tenemos algunos... problemas." Senalda se veía confundida. "Problemas. En nuestras vidas." Lucy aclaró. "Queremos consultarla a ver qué nos puede decir."

Senalda asintió con sabiduría. Se veía aun más joven ahora que se había soltado la trenza que lucía en el restaurante. "¿Me podrían repetir su nombre, por favor?"

"Matilda Tafoya," dijo Mercedes, desde la litera de arriba. "También es conocida como Tili. Nosotras le decimos Tili." Mercedes se acercó al borde de su litera y dejó la cabeza descolgada. Senalda miraba a lo lejos pensativamente. "¿Crees que después de todo la conoces?"

Senalda sacudió la cabeza. "Pero yo sé de un hombre. Ha vivido acá toda la vida y conoce a todo el mundo. A lo mejor las puedo ayudar" Parecía esperanzada. "Le puedo preguntar a él lo que ustedes quieren saber."

"Muy amable de tu parte ofrecernos tu ayuda pero ya tienes suficiente de qué preocuparte," dijo Lucy. "¿Qué tal si solamente nos das el nombre y nosotras se lo preguntamos?"

Senalda sonrió. "Algunas personas no confiarán en cuatro extrañas de otra ciudad haciendo preguntas. Este hombre, quién sabe si es así. Ustedes me ayudaron. También yo quiero ayudarlas. He vivido acá casi un año. Confían en mí. ¿Ustedes hablan español?"

"Muy poco," dijo Lucy. "Pero lo entiendo. Y soy bastante buena con el *spanglish*."

"Yo también," dijo Mercedes, "la mayoría del tiempo."

"Yo lo hablo," dijo Annette, "pero no a la perfección."

Cristina sencillamente no respondió.

"Mucha gente por estos lados solamente habla español."

Mercy y Lucy intercambiaron una mirada. "No había pensado en eso," dijo Lucy. "Realmente necesitamos que la gente nos hable con confianza. Y tenemos que comunicarnos claramente. ¿El hombre que dices habla solamente español?"

"Habla inglés," Senalda sonrío con picardía. "Pero pienso que quizás no lo hable con ustedes."

Pues bien, ese sí sería un problema, pensó Lucy. No había contemplado la posibilidad de que la gente no quisiera ayudarlas.

"¿Por cuánto tiempo podrías ayudarnos? ¿Cuántos meses de embarazo tienes, es lo que quiero decir?" Mercedes hizo una mueca en dirección de Lucy. "No quiero que se quede tanto tiempo que después la aerolínea no le permita viajar. ¿Cuál es el tiempo límite para que una mujer embarazada pueda volar?"

"Creo que es el octavo mes," dijo Annette, "pero no estoy cien por ciento segura. Podemos llamar y preguntar."

"¿Cuántos meses tienes?" le preguntó Mercy a Senalda otra vez.

"Solamente seis meses y medio." Se tocó el vientre. "Parece más pero es porque soy menuda."

"Bien, entonces tenemos tiempo," dijo Lucy. "De todos modos me gustaría que se subiera al avión en las siguientes dos semanas, para estar seguras."

"Si no encontramos a Tili en las siguientes dos semanas, tendré que irme a casa de todos modos," dijo Annette con pesar.

"Y yo también," murmuró Cristina. Todas la miraron. Había estado tan callada, que casi habían olvidado que estaba allí. "Tengo pendiente la citación para presentarme en el juzgado."

Se quedaron en silencio unos instantes. ¿Qué podían decir?

"Bien, tenemos un plazo," dijo Lucy. "Si no encontramos a Tili en dos semanas, haremos balance de las pérdidas y nos marchamos a casa a intentar resolver estas cosas por nuestra propia cuenta. ¿Trato hecho?"

"Me parece bien," dijo Mercedes. Descolgó la cabeza una vez más por el borde de la litera y le sonrió a Senalda. "Y estamos muy agradecidas por tu ayuda. Gracias, Senalda."

La joven le sonrió a Mercedes con timidez, pero con gran afecto. "De nada. Haré lo que sea para pagarle su bondad conmigo."

"Ah, pues ten un bebé sano, cielo," le dijo Mercedes en un tono suave que nada parecía tener que ver con su personalidad. "Y aléjate del peligro y de hombres que te hagan daño, ¿de acuerdo?"

Senalda asintió, y Cristina se dio vuelta y se alejó del resto, arropándose hasta por encima de los hombros. Ni siquiera dio las buenas noches.

Lucy frunció el ceño. Las placas tectónicas que soportaban su relación de a cuatro, habían pasado por una sutil modificación con la llegada de Senalda, y Cristina parecía ser la más afectada. Pero no estaba segura de exactamente cómo o por qué. Lo único que sabía era que Cristina parecía andar con los ánimos caídos, aislada de las demás. Por fortuna tendrían dos semanas completas para estar juntas. Lucy quería a Cris y tarde o temprano lograría llegar hasta el fondo del asunto, aun si tuviera que arrinconarla y sacárselo con una ganzúa.

"Buenas noches, Cristina," le dijo Lucy, deliberadamente.

Transcurrió un instante cargado de tensión. "Noches," murmuró Cristina, sin darse vuelta.

Lucy miró a Mercy, interrogante. Mercedes se limitó a encogerse de hombros. Se sentía tan despistada en cuanto a las razones de la melancolía de Cristina como el resto de ellas. Annette compartió con ellas una mirada semejante de perplejidad. Dios, Cris realmente necesitaba hablar con Zach. Lucy tomó nota mental de otra cosa: animar a Cristina a dar los primeros pasos para encarar sus problemas. ¿Cómo es el dicho? El que no sabe, ¿enseña?

Capítulo Diecisiete

La antigua casa de adobe parecía tan gastada por los elementos y tan intrínseca al paisaje del desierto, que podría simplemente haber brotado de la tierra sobre la cual reposaba, pensó Lucy. Ella y las demás habían decidido esperar afuera mientras Senalda entraba a hablar con el viejo y su mujer acerca de Tili. Después de que Senalda y el hombre hubieron intercambiado unas cuantas palabras, el viejo se asomó tras la puerta de anjeo, tal como se los había advertido Senalda, con aire bastante receloso. El hombre estaba tan curtido por la intemperie como su casa y se confundía por igual con el paisaje rural. La curtida piel marrón de su rostro parecía como de cuero suavizado por el uso pero con grietas profundas. Llevaba puesta una guayabera de lino azul claro, jeans azul oscuro y botas vaqueras que habían visto su buena dosis de trabajo honrado en el campo. En este lugar nada era ostentoso.

Lucy acariciaba una cabra especialmente linda y amistosa que merodeaba por el jardín cuando llegaron y que se había acercado a saludar. Mientras el hombre las escrutaba, ella levantó la mano en señal de saludo. Su expresión permaneció igual, levantó la barbilla ligeramente antes de dar un paso atrás para permitirle a Senalda entrar a la casa.

Antes de que ella entrara, se dio vuelta y las dejó con una sonrisa de aliento y una señal de buen augurio comunicada levantando el pulgar.

Y empezó la espera.

Después de haber salido del Rancho Circle A esa mañana, se habían adentrado bien en el condado de Río Arriba, en algún lugar entre Lindrith y Dulce. Siguieron las indicaciones de Senalda, las cuales las trajeron a esta carretera sin pavimentar que se desviaba de la autopista 595—la cual no habrían identificado si no hubiera sido por ella—indicaciones que también en última instancia las llevaron hasta este hombre que tenía fama de conocer a todo el mundo.

"¿No se sienten como si hubiéramos retrocedido un siglo?" susurró Mercedes.

"Sí," dijo Lucy. "Es surrealista."

Mercedes retrocedió un par de pasos cuando la cabra se estiró para morderle el borde de la camisa. "Epa, bastardita. Esa camisa me costó trescientos dólares."

Lucy rió, metiéndose las manos en los bolsillos de atrás y balanceándose. "Eres la única que se pondría una camisa de trescientos dólares en el campo en Nuevo México."

Mercy le hizo una mueca. "¿Acaso yo empaqué sabiendo de esta aventura, Miss Nancy Drew?"

"Tienes razón. Pero me alegro de estar acá, aun en otro siglo con gente que sospecha de nosotros." Dejó de balancearse, nerviosa de repente. "Quizás sea eso lo que se requiera para encontrar a Tili. Dios, así lo espero. Estoy desesperada."

"No te desesperes, Suertuda," Mercy la agarró por el largo pelo y le sacudió la cabeza ligeramente. "Rubén te quiere. Con o sin Tili, ustedes dos pueden resolver sus cosas si tú puedes evitar ser una completa insensata en cuanto a todo el asunto."

Lucy no parecía estar tan segura de ello. Además, hasta ahora no había dado pruebas de no ser una insensata.

Ya que el plan con la camisa de Mercy le había fallado, la cabrita se alejó en busca de algo de comer haciendo sonar los cascos y Lucy cruzó los brazos sobre el torso con firmeza, mientras le echaba un vistazo a la propiedad. Un granero ligeramente ladeado se asomaba por entre unos robles y un cobertizo de apariencia nueva ocupaba un parche de cemento fresco un poco más cerca. También había un gallinero pintado de cal y una huerta rodeada de una alta cerca, sin duda para impedir la entrada de animales salvajes. Una oxidada camioneta Ford de carga de los años cuarenta, rodeada de hierba alta, mostraba un parecido increíble con una moderna instalación artística para espacios al aire libre.

Cristina y Annette andaban por entre unas cuantas gallinas del patio, bailando y chillando como un par de muchachitas cada vez que una de las gallinas se les acercaba al tobillo. Gallinas jugando con gallinas, pensó Lucy.

Al cabo de lo que pareció una eternidad, la puerta de anjeo que daba a la casa se abrió con un chirrido y dio paso a una sonriente mujer—en un vestido de estar en casa de algodón blanco almidonado— que las invitaba a pasar con su brazo de piel morena. Nerviosa, Lucy intercambió con sus amigas una mirada de sorpresa, antes de encabezar la procesión hacia la casa.

"Buenos días, señora," le dijo Lucy con deferencia, ofreciéndole la mano. "Soy Lucy Olivera."

"Bienvenida, bienvenida," dijo la señora, tomando entre ambas manos la mano extendida de Lucy y apretándola antes de darle la bienvenida al interior de su santuario, que olía a canela, vela derretida y al chile de esa mañana.

Cada una de ellas repitió el ritual del apretón de manos, y en breve estaban sentadas en una sala de paredes azules decorada con una abrumadora cantidad de motivos religiosos. El catolicismo estaba en pleno apogeo en la región, vaya que sí. Ahí no había discusión. Por pura costumbre, Lucy casi había hecho una genuflexión antes de tomar asiento en el sofá.

Un cuadro enmarcado en dorado de un Jesús de gran tamaño, de cabello largo, piel blanca y ojos azules presidía un extremo de la sala por encima de una mesa semi-oval cubierta con un mantel de encaje y recostada contra la pared. La mesa servía de apoyo también a una estatua de la Virgen en traje azul, velas encendidas, un rosario y tarjetas de oración, algunas gastadas y otras nuevas, y varias fotografías, sin duda de familiares ya fallecidos.

Las gruesas paredes de adobe mantenían fresco y cómodo el interior de la casa, a pesar del radiante calor de junio que abrasaba el exterior de la propiedad bajo el centellante resplandor del suroeste.

La mujer—todavía no conocían su nombre—había repartido tazas de té, que todas equilibraban nerviosamente sobre sus rodillas, tomando apenas un sorbito ocasional. Lo que realmente necesitaban era ganarse la confianza del hombre, y todas lo sabían. Aún mostraba un rostro inexpresivo y parecía aún ligeramente receloso, pero les habían dado la bienvenida a su casa. Eso ya era por lo menos algo.

"¿Por qué quieren encontrar a la señora Tafoya?" preguntó con aspereza.

Lucy aclaró la garganta, tomando la iniciativa. "Leímos en una revista un artículo sobre ella, señor, y—"

"Mire, éste es," interrumpió Cristina, buscando en su bolso. Sacó la revista y se la entregó al hombre con una sonrisa Colgate. Él le respondió lanzándole una mirada mecánica tanto a la revista como a ella, la dejó a un lado y se concentró otra vez en Lucy.

"Verá, todas nosotras tenemos unos cuantos . . . problemas en la vida, y nos encantaría conocer a Tili—eh, a la señora Tafoya—, pedirle consejo. Según el artículo ella tiene ciertas . . . especialidades." Él no dijo nada. Lucy aclaró la garganta nerviosamente. "Si tiene idea de cómo encontrarla, estaríamos más que agradecidas."

"¿De dónde son ustedes?" preguntó.

"Originalmente, todas somos de Denver," le lanzó una mirada a Annette. "Ella ahora vive en Las Vegas con su familia. Cinco hijas. Una de ellas ya está en la universidad."

El hombre asintió con respeto mirando a Annette y ella le sonrió.

"Cristina vive en San Antonio, Texas, con su esposo y dos hijos. Mercedes vive y trabaja en la ciudad de Nueva York—"

Ante esa información, el hombre subió las cejas.

"—y yo todavía vivo en Denver."

El hombre asintió, apretando los labios, escrutando sus rostros como si tratara de desenmascararlas y exponer sus motivos. Al cabo de un silencio tenso que ninguno quería romper, tomó aire de forma decisiva por la nariz y luego exhaló. "Yo no sé dónde está la señora."

Hizo una pausa, y Lucy sintió que el estómago se le hundía.

"Pero," continuó, "sé dónde vivía antes de que la obligaran a huir."

Lucy soltó el aire. Tragó convulsivamente, sin decir nada. Temerosa de romper el encanto.

"Puedo dibujarles un mapa," dijo con escaso entusiasmo.

Lucy se puso una mano sobre el corazón, equilibrando la taza de té con la otra. "Eso sería . . . maravilloso."

El hombre bajó la mirada hacia el calzado que las cuatro mujeres llevaban puesto, y subió una de las cejas blancas y ensortijadas. Sin pronunciar palabra, decía mucho con las cejas, notó Lucy. Ella y Annette llevaban zapatos tenis, pero Cristina tenia mocasines de apariencia costosa y Mercedes tenía puestas una altas sandalias de plataforma que seguramente costaban lo que se ganaba Lucy en la policía en cada pago.

"Desde acá será una caminada de unas cuatro o cinco millas."

"No le tenemos miedo a las caminatas," le dijo Mercedes.

El hombre sacudió la cabeza, como lavándose las manos de todo el asunto. Las mujeres locas se merecían caminar por el campo en zapatos de tacón, parecía decir con sus gestos. "Esperen acá entonces. Les dibujaré un mapa." Miró a su esposa y le hizo un gesto con la barbilla. "Lenora, hazles a las señoras algo de comer para llevar."

"No es necesario," dijo Annette. "Muy amable de su parte, pero no se moleste."

El estoico hombre analizó a Annette por un par de segundos, luego hizo caso omiso de su comentario sin responder y movió el mentón hacia su esposa por segunda vez. "Lenora."

Ella se puso de pie de inmediato y se puso a trajinar en la cocina antigua pero inmaculadamente limpia. El hombre cruzó hacia un pequeño nicho-comedor al lado de la sala. Después de reunir lo que necesitaba, se agachó sobre la oscura mesa de madera. Tomó una hoja grande de papel y con un marcador Sharpie que había sacado del cajón del aparador, les trazó cuidadosamente un mapa que con suerte las llevaría hacia la segunda clave en su cacería en pos de Tili.

Si tan solo él supiera cuán ineptas habían sido hasta el momento interpretando mapas . . . pero Lucy no estaba en plan de decírselo. A lo mejor cambiaba de parecer. Ella no estaba segura de qué encontrarían en la cabaña, pero era el único punto de agarre en este recorrido por la pendiente hacia el fracaso, y ella estaba más que contenta de asirlo.

Aún tensa y deseando con desesperación mostrarles a estas amables personas que eran respetuosas y que estaban sumamente agradecidas por la ayuda, Lucy se quedó sentada totalmente quieta y escuchó los sonidos, procedentes de la cocina, que producían el abrir y cerrar de las alacenas y el refrigerador. Miró a Senalda, quien sonrió y le hizo un gesto de ánimo y asentimiento. Por alguna razón, esto la tranquilizó.

La cosa iba bien. Empezaban a avanzar. Por fin.

Armadas con agua y alimentos proporcionados por Lenora y un mapa rudimentario pero comprensible que había trazado el enigmático marido, las cuatro estaban en el límite de la propiedad intercambiando adioses temporales con Senalda y la pareja de mayores. El viejo, que nunca se había molestado en presentarse, miró dudoso los zapatos de Mercedes y de Cristina. Lucy cruzó su mirada con la de él y pronunció las palabras que seguramente él quería decir, pero no podía. Por más inapropiado que le pareciera el atuendo para la ocasión, era demasiado formal para hacer comentarios sobre el calzado y el vestuario de estas mujeres que le eran extrañas. "Mercy, Cris, ¿están seguras de que no quieren ponerse zapatos más cómodos antes de que salgamos?"

Ambas se miraron los pies.

"Yo no traje nada mejor que esto," dijo Cristina, al parecer sorprendida por la sugerencia. "Son los zapatos más cómodos que tengo."

"No te preocupes por mí," le dijo Mercy, deshaciéndose de la preocupación con un movimiento de la mano. "Camino millas en la ciudad todos los días. Estos zapatos están bien."

"Híjuela," masculló el hombre.

"No vamos a caminar precisamente en andenes pavimentados, nena," le recordó Lucy a Mercedes.

"Tampoco estamos escalando los Himalayas."

Lucy se encogió de hombros. "Bueno, si así te parece."

"¿Tienen abrigos?" preguntó Senalda. "En las noches hace frío. Hasta en junio."

"No tenemos planes de ausentarnos hasta la noche." Lucy le dio una palmadita a una bolsa que se había echado al hombro. "Pero tengo camisetas para todas. Y un equipo de primeros auxilios."

"Supongo entonces que estamos listas," dijo Annette, y sonaba nerviosa. Miró hacia el horizonte. "¿Hay animales salvajes allá afuera?"

"Claro," dijo el hombre con brusquedad. "Es un bosque."

Lucy y Annette intercambiaron miradas de preocupación, pero Lucy tocó la cartera que tenía amarrada alrededor de la cintura. "Llevo pistola. Está bien, Annie. Te lo prometo."

Se turnaron para abrazar a Senalda, agradeciéndoles a Lenora y a su esposo por cuidarla a ella y al minivan mientras ellas hacían su recorrido. Al cabo de un coro de *de nadas y buena suertes,* las cuatro mujeres emprendieron camino. Habían decidido que, de las cuatro, Annette era la menos mala para leer mapas, así que a ella se le asignaron las tareas de navegante. Tomaron en dirección noroeste, para atravesar un paisaje engañosamente escarpado con dispersos arbustos de ocotillo y chollo, artemisa, enebro y piñón. El aire olía a verano, tierra seca y sol. Mientras caminaban, los pájaros y los insectos proporcionaban un dulce trasfondo musical. Lejos, en la distancia distorsionada por el aire caliente, una meseta de forma volcánica las guiaba; había sido distintivamente marcada sobre el mapa.

El recorrido era lento, pues tanto Mercedes como Cristina pronto se dieron cuenta de que en verdad su calzado dejaba mucho qué desear, a pesar de las negativas iniciales. Cris paraba cada dos pasos para sacarse piedras y cardos de los zapatos, y cada vez que Mercedes se torcía el tobillo sobre el piso desigual, paraban a atenderla y a verificar que no se hubiera tronchado y no tuviera hinchazón, lo que a cada instante hacía que le aumentase el mal genio.

A una hora de recorrido, era poco lo que habían avanzado. Lucy se detuvo y se sentó sobre una roca para evaluar las opciones. Cuando Mercy y Cris finalmente las alcanzaron, evidentemente agobiadas por el calor, enojadas y adoloridas, Lucy dijo, "No sé si esto vaya a funcionar, chicas. No estamos preparadas."

"Estamos bien," respondió con brusquedad Mercedes, uniéndose a ella en la roca y cruzando una pierna sobre la otra para sobarse el tobillo adolorido. "Sigamos. Finalmente tenemos una pista, ¿para qué parar ahora?"

"Porque," dijo Lucy, como si le hablara a un niño de escasa inteligencia, "ni tú ni Cristina están adecuadamente vestidas. Si alguna de las dos se torciera el tobillo o se hiciera un esguince, quedamos fritas para el resto de la búsqueda. ¿Se dan cuenta cuánto tiempo nos tardaríamos en conseguirles ayuda? Y ustedes quedarían acá, incapacitadas, en medio de las serpientes de cascabel y otros animales."

Permanecieron en silencio un momento, reflexionando en lo que Cris había dicho.

"Por el amor de Dios, tienes puesta una camisa de diseñador de trescientos dólares."

Mercy miró hacia otro lado.

"Si llueve, a Cristina se le atascarán los tacones en el lodo y tendremos que conseguir una palanca para desatascarle el culo," agregó Lucy, en tono fastidiado. "Ni siquiera tenemos una palanca. Es absurdo."

"¿Y entonces qué proponen?" preguntó Cristina. En realidad lucía bastante esperanzada de que la infernal caminata pudiera llegar a su fin.

"Cortemos con las pérdidas y regresemos. A lo mejor encontramos una tienda que venda equipo de expedición, y podemos conseguir lo que necesitemos e intentarlo de nuevo mañana."

"¿Y perder todo un día?" dijo Mercedes resistiéndose.

Lucy extendió los brazos a todo lo ancho. "¿Ustedes de verdad creen que estamos logrando algo?"

Annette estaba a un lado en la sombra de un arbusto de piñón, analizando el mapa casero. Desde su lugar de centinela, levantó la mirada y con ella recorrió los alrededores, haciéndose sombra sobre los ojos con la mano. "Maldición, creo que hemos ido en círculos."

Lucy levantó las cejas. "¿Se dan cuenta?"

"Pero no podemos sencillamente regresar a gatas," dijo Mercedes tristemente. "El marido de Lenora ya pensó que somos el contingente de citadinas más mal preparado que haya oscurecido jamás el umbral de su puerta. Se le notaba en la cara."

"¿Y qué? Eso éramos. Eso *somos*." Lucy se paró con los brazos extendidos delante de ella y de Cristina. "No tiene nada de malo reconocer que uno está fuera de su elemento." Sacudió una mano en dirección de Annette, quien todavía analizaba el mapa con una expresión de curiosidad que, francamente, no inspiraba mucha seguridad. "Debemos regresar mientras todavía sabemos cómo, a menos que quieran aparecer en los periódicos de Nuevo México . . . cuatro estúpidas mujeres de la ciudad mueren en terreno agreste ataviadas con zapatos de marca y caminando en círculos mientras buscaban una cabaña abandonada."

"Eso *sería* terrible," admitió Cristina.

"Pero apuesto a que en Leno y en *Saturday Night Live* harían una comedia inspirados en nosotras," dijo Mercedes con una mueca maliciosa. "Eso no me parecería tan mal."

Lucy le lanzó a Mercy una mirada asesina, luego le dijo a Annette, "¿pero sí sabemos cómo regresar, verdad?"

"Creo que sí."

" 'Creo' no me convence mucho, Annie," dijo Lucy. "¿Sabemos o no sabemos?"

"Sí sabemos, sí, deja de presionar," Annette inhaló profundamente, suficiente aire como para limpiarse, luego se les unió. "Mira, estamos cansadas, tenemos calor. Estamos de mal genio. Estoy segura de que los tobillos de Mercedes están adoloridos."

"Mis tobillos están bien," dijo Mercy malhumorada.

Annette no le hizo caso. "Creo que deberíamos comernos el fiambre que Lenora nos preparó con tanta amabilidad, descansar, organizar las ideas y, luego, emprender el camino de regreso. Lucy tiene razón, no estamos adecuadamente vestidas." Se mordió un instante el interior de la mejilla. "Y —suspiró— "necesitamos encarar el hecho de que ninguna de nosotras es capaz de leer un condenado mapa rural."

"Soy buena para la geografía de Denver," dijo Lucy. "Pero tener las montañas como un signo de orientación permanente ayuda mucho."

"¿Y qué de los animales salvajes?" preguntó Annette.

"Leones, y tigres y osos—¡Ay no!," dijo Mercy.

Annette extendió la mano para darle una palmada.

Mercedes puso en alto ambas palmas. "Bien, bien. Demos vuelta a la cola y a regresar. Pero juro por Dios, cuando salgamos mañana será con un guía contratado. No me importa cuánto cueste. Estoy harta de perderme."

"Trato," le dijo Lucy.

"Me apunto en esa," agregó Annette.

"Y yo también," dijo Cristina. Abrió el morral que llevaba y que contenía la comida que Lenora les había preparado y repartió botellas de agua, emparedados envueltos en papel de aluminio, mandarinas y bolsitas de galletas. Se sentaron en una gran roca plana y empezaron a comer.

La comida resultó excelente. Desde luego, a estas alturas podrían haber estado comiendo fideos ramen crudos e igual les habrían sabido deliciosos. Una caminata hacia el infierno no tenía que ser muy larga para que una mujer apreciara un nutritivo refrigerio.

Mercedes tragó un mordisco de emparedado, tomó un sorbo de agua y aclaró la garganta. "¿Qué creen que Senalda les dijo para convencerlos de que nos ayudaran?"

Lucy rió. "Ni siquiera quiero saber. Tienen que admitir que por estos predios seguramente nos señalan como si estuviéramos marcadas."

"Apuesto a que sintieron lástima de nosotras," dijo Annette, sonriendo antes de meterse una galleta a la boca. "A veces sencillamente hay que tener compasión de la gente inepta. Yo sé que no es la imagen que queremos proyectar, pero mirémoslo desde su perspectiva."

"Me parece que fueron muy dulces," dijo Cristina. "Haciéndonos el mapa. Preparándonos comida. Hasta don Cascarrabias, a su manera, fue dulce." Masticó pensativamente unos instantes. "¿A alguna le recuerda a su padre?"

A continuación una ronda de "sís" colectivos.

"Mierda, ¿todos son iguales?"

Lucy sonrió con una mueca. "¿Recuerdan lo que el padre de Cristina solía decirnos cuando íbamos juntas al centro de Denver para asistir a la función de media noche del Rocky Horror Picture Show?"

Annette, Cristina y Mercedes respondieron escalonadamente. "Miren por dónde caminan. Un día de esos se les acercará un minivan negro, las subirá, les meterá drogas en el sistema y en menos de una semana las tendrán trabajando la calle."

Las cuatro soltaron la carcajada, especialmente Cristina, pero su sonrisa era agridulce. El cáncer se había llevado a su padre hacía varios años. Siempre había sido supercontrolador y excesivamente melodramático, pero siempre también había sido un buen hombre y Lucy sabía que Cristina lo extrañaba profundamente. "¿Se pueden imaginar qué haría si supiera lo que está sucediendo ahora con nosotras?"

Cristina sintió un escalofrío. "Me patearía el culo por lo de la detención. Probablemente me desheredaría. Y la vieja culpa católica me haría sentir la necesidad de confesar, aun a sabiendas de eso."

"Tampoco aprobaría la forma en que me gano la vida," murmuró Lucy. El señor Treviño siempre la había tratado como a una segunda hija, a todas las había tratado así. "Estaría ciego del pánico. Una pseudo hija suya interfiriendo en peligrosas transacciones de drogas sin chaleco antibalas, ni arma, ni nada aparte de su astucia."

Cristina dejó de masticar. "Eso *sí es* bastante aterrador, Lucy."

"Sin broma," dijeron en coro las otras dos.

"Desearía que no hubieras dicho nada," agregó Annette.

Lucy se encogió de hombros. "Está bien," dijo restándole importancia al tema. "Estoy bien entrenada. Lo hago todo el tiempo. Es mi E-M-P-L-E-O, como se darán cuenta."

"Pues bien, quizás no deberías contarnos cómo es porque me va a dar pesadillas," dijo Annette.

Lucy entornó los ojos. "Bueno."

"También se preocuparía de saber que Mercedes vive en la ciudad grande y peligrosa," dijo Cristina, pensando todavía en su padre. Inclinó la cabeza hacia un lado. "De hecho, a la única que aprobaría sería a Annette.

"Super. Desde luego," gimió Annette. "La predecible Annette, haciendo lo que todo el mundo espera de ella, sin hacer preguntas." Sacudió un dedo. "Algún día las voy a sorprender a todas ustedes."

"Ánimo, chica," le dijo Lucy. Terminó su emparedado e hizo una bolita con el papel de aluminio en que venía envuelto. Aspiró profundamente y dejó escapar un suspiro. "Extraño a tu padre, Cris."

"Sí." Cristina hizo una mueca. "Yo también, el viejo dictadorcillo voluntarioso."

"Todas lo extrañamos," dijo Mercedes en un escaso momento de franqueza.

Cristina parpadeó sorprendida.

"Siempre quise pertenecer a la familia de alguna de ustedes. Especialmente a la tuya, Suertuda."

Lucy dejó caer la mandíbula. "¿Has consumido narcóticos?"

Mercy sacudió la cabeza. "No menosprecies a tu parentela. Sé que es insoportable, pero es la manera en que todos se quieren. Es realmente algo envidiable. Deberías tratar de sentir un poco más de gratitud por lo que tienes."

"Mercy tiene razón," dijo Annette. "Apuesto a que si regresaras a casa ahora mismo, los Olivera reunirían a todo el ejército y te apoyarían a lo largo de este difícil período, sin hacer muchas preguntas."

"Ay, sí." Lucy soltó una risa monosilábica. "Queridas, dejé a mi esposo tirado en la fiesta, ¿debo acaso recordárselo? Y nunca regresé." El tono escéptico de Lucy se reflejaba en la expresión de su rostro. "No creo que habría mucho apoyo."

"No estés tan segura. Son tan extraños," dijo Cris, "de eso no hay duda. Pero no puedes negar la fiereza del amor que se tienen. Y siempre están dispuestos a acoger a otra persona en el rebaño. Eso ya es mucho."

"Sí, se llama necesidad. Con nuestra astronómica tasa de divorcio, ¿qué opciones tenemos?"

Cris sacudió la cabeza, rehusando reconocer el comentario despectivo de Lucy. "Realmente en tu familia tienes algo escaso, Lucy. Algún día deberías tomar distancia de todo lo que te irrita de ellos y echar un buen vistazo a lo chéveres que son. Cómo son de unidos. Cuánta fuerza hay en su sentido del amor y la compenetración."

Lucy bajó la mirada, y siguió jugando con la bolita de aluminio que tenía en las manos y esquivando la culpa que sentía. "Quizás tengan razón. Quiero decir, los amo. Sencillamente no quiero acabar como ellos."

"Nada dice que debas hacerlo, excepto por tu cerebro aturullado," dijo Mercy con firmeza. "Rubén te quiere, tú lo quieres. Si quieres que dure, durará."

"Quiero que dure," dijo con suavidad. Con dolor.

"Entonces durará," dijo Mercy, como si fuera así de fácil.

"Rubén es lo mejor que me ha sucedido jamás."

"No me digas, Sherlock."

"Bueno, pero lo reconoció. Es el primer paso." Annette extendió la mano y le acarició a Lucy la pierna.

Lucy suspiró. Si el amor fuera suficiente, su familia no tendría la notable historia que tenía. "Sencillamente ustedes no entienden."

"No nos jodas con insultos," dijo Mercy indignada. "Somos las mejores de las viejas amigas. Entendemos mucho más de lo que crees."

Lucy levantó la mirada, debidamente reprendida. "Lo siento."

Mercy le hizo una señal de advertencia con el dedo. "A veces, Suertuda, cuando uno cree que el mundo entero no entiende algo, es realmente uno el que necesita desesperadamente comprender algo de la situación."

Un costado de la boca de Lucy se levantó en una débil sonrisa. "Estoy de acuerdo, Mercy. Yo sí necesito comprensión. Definitivamente. Y es por eso que andamos a la caza de Tili. Ella me ayudará a comprender lo que necesito. Lo siento."

Las tres la miraron unos momentos, sin decir nada. Finalmente Cristina se puso de pie, sacudiéndose las migas de los pantalones que nunca habían estado diseñados para trepar una roca ni para hacer picnic sobre ésta. "Y dicho esto, larguémonos de acá y regresemos a casa. Llámenme loca, pero no me imagino que las tiendas por estos lados abran hasta las nueve de la noche. Y si queremos volver a salir mañana—"

"Sí queremos," dijo Mercy. "Tenemos fecha límite. Créemelo, yo conozco el asunto de las fechas de entrega. Tenemos que evitar más salidas en falso . . . o quizás no la encontremos a tiempo."

Pensar en que tenían tiempo limitado las hizo sentir a todas más sobrias, y emprendieron el camino de regreso calladas y pensativas.

Capítulo Dieciocho

El viejo en realidad rió cuando las vio regresar cojeando por el jardín, un cuarteto desarreglado y sudoroso de mujeres derrotadas. No se veía de hecho tan imponente: la risa le transformaba todo el rostro. De hecho, todo su ademán había cambiado. Ya no había rastros de la figura ceñuda y estoica que les recordaba a sus padres en el peor de los días. Este hombre tenía modales desenfadados y como una sonrisa burlona en sus profundos ojos marrones—a costa suya, naturalmente. Pero estaban dispuestas a recibir la burla. Dios sabía que se la habían ganado.

El hombre apoyó el rastrillo sobre el tenedor, y se apoyó en el mango. "Ocurrió más rápido de lo que yo esperaba."

Lucy sonrió con fatiga. Así que las había estado probando. Curioso. "Espero que no hayan hecho ninguna apuesta."

"No soy hombre de apuestas," dijo.

"En verdad no estábamos vestidas adecuadamente," dijo, lo cual era una admisión totalmente innecesaria. "Además . . . nos perdimos."

Sacudió la cabeza, dejó el rastrillo a un lado y cruzó el jardín para hablar con ellas. "Soy Esteban. Llámenme por mi nombre."

Lucy bajó la barbilla. "Gracias."

Esteban apoyó los puños sobre las caderas y dejó salir el aire por la nariz mientras estudiaba los pies aporreados y cubiertos de polvo de Mercedes y Cristina. Finalmente ladeó la cabeza señalando la puerta de su casa. "Entren, ustedes dos. Lenora les pondrá los pies en remojo y se los aliviará con algo de bálsamo."

"Ah, no, eso no—"

"Gracias," dijo Mercedes, interrumpiendo a Cristina. Extendió la mano para apretarle el brazo justo debajo del codo. No querían empezar a insultar a su inadvertido anfitrión ahora que finalmente parecía estar en plan de bienvenirlas, ¿verdad? "Se lo agredecemos. ¿No es cierto, Cristina?"

Cris retiró el brazo, lanzándole a Mercedes una mirada oblicua de ligero reproche. "Claro que sí."

Esteban asintió y, luego, se dirigió a Lucy y a Annette. "Y para ustedes dos, he hecho una lista. Hay una tienda no muy lejos. Si piensan seriamente en buscar a la Señora, necesitan equipo adecuado. Muchas partes de Nuevo México siguen siendo salvajes. No es un parque de ciudad."

"Pensamos exactamente lo mismo," dijo Lucy.

"Senalda las acompañará para que no se pierdan," dijo él, con un ligero temblor en un costado de la boca.

Annette y Lucy intercambiaron miradas irónicas. "Gracias."

Mercedes carraspeó, asumiendo su personalidad ejecutiva. "Cuando estemos debidamente vestidas, nos gustaría ir a buscar de nuevo la cabaña. Mañana. Tal vez podríamos pagarle esta vez para que fuera nuestro guía."

Sacudió la cabeza. "No aceptaré su dinero, pero sí las guiaré. Tengo que trabajar en la mañana, pero podemos salir mañana por la tarde. Estará más fresco entonces." Sacudió la cabeza. "Es bueno que hayan tenido la sensatez de regresarse."

"¿Por qué no nos detuvo usted antes de salir si sabía que fracasaríamos?" preguntó Annette.

Esteban respondió con un evasivo encogerse de hombros. "Ninguna de las cuatro parecía estar lista para escuchar. Decidí dejar que el terreno y el fracaso les enseñaran la lección. Yo sabía que regresarían."

Lucy sonrió. "Supongo que somos bastante transparentes."

"Gente de ciudad," dijo encogiéndose de hombros, como si eso fuera suficiente explicación. Su expresión se tornó más seria. "Senalda nos contó muchas cosas a Lenora y a mí. Muchas gracias por ayudarla en el restaurante." Exhaló una bocanada de aire preocupado. "No sabíamos."

"No es necesario que nos dé las gracias," dijo Mercedes. "No podía permanecer impasible mientras eso sucedía. Ninguna de nosotras hubiera podido hacerlo. Era lo único que podíamos hacer."

"Es una buena chica, Senalda."

"Lo es," dijo Lucy, "transpira bondad."

Esteban asintió, con los labios apretados y miró a Mercedes con una mezcla de recelo y respeto. "La llama a usted su ángel de Nueva York. ¿Sabía eso? Yo no sabía que había ángeles en la ciudad de Nueva York."

Mercy rió ante el apodo que le habían dado, y ante el supuesto. "No soy ningún ángel, créamelo. Pero gracias. Cualquier cosa que pueda hacer para ayudarle es un gusto."

Esteban no le respondió a Mercedes exactamente con una sonrisa, pero en sus ojos había un brillo de reservada deferencia. Enseguida, metió la mano en el bolsillo de atrás y sacó una hoja, doblada en cuatro. Al abrirla, la alisó y la analizó un momento antes de pasársela a Lucy. Claramente, había determinado que ella era la líder de la manada. Levantó la barbilla hacia Mercedes y Cristina. "Entre con estas dos para que Lenora las atienda, luego busque a Senalda. Vayan pronto antes de que cierre la tienda. Ya llamé. Casi todas las cosas están listas para ustedes, pero necesitarán las tallas de los zapatos y la ropa."

"Bueno." Lucy lo miró con sincera y humilde gratitud. "Esteban, usted ya se ha molestado tanto—"

"De nada." Acompañó la expresión con un gesto de su mano curtida por el trabajo, como restándole importancia y sin siquiera dejarla terminar el cumplido. "Lenora tendrá lista la cena cuando regresen, así que no tarden." Les dirigió una juguetona mirada de advertencia. "No querrán perderse el chile de Lenora. El chile más picante que comerán jamás . . . si es que lo pueden sobrevivir." Miró una vez más los pies de Mercy y de Cristina, sacudiendo la cabeza. "Pero por alguna razón creo que sí."

Horas más tarde, ya habían sido compradas las provisiones, el chile hipercaliente de Lenora había sido disfrutado (¿sobrevivido?) y las cuatro amigas se sentían más en casa y más cómodas de lo que habían estado en largo rato. A medida que la tarde iba cayendo y adquiriendo suaves tintes dorados, que luego tendían a mango, y finalmente al mundialmente famoso rojo por el cual era conocido Nuevo México, Lucy entendía por qué Georgia O'Keeffe se había retirado a esta luz. Tenía un efecto benéfico que sería difícil explicarle a alguien que no estuviera acá, bañándose en este sol de brillo tecnicolor que consolaba el alma.

Ayudaron a Lenora a organizar la cocina, y luego Lucy tomó su celular y se alejó hacia el granero para hablar con Rubén con cierta privacidad. La cabra, de nombre Rudy, según se había enterado ella, se fue detrás como si fuera una mascota. Le acarició distraídamente el duro pelo de la cabeza, mientras el teléfono timbraba una, dos, tres veces.

"Hola, cariño."

Lucy se sintió inmediatamente mejor, una sonrisa le alzó los labios y entonces dejó caer los hombros en una posición relajada. Sonaba como el Rubén de siempre, a pesar del hecho de que lo había dejado en el que debía haber sido el día más importante de sus vidas. Auch. "Hola," dijo ella con suavidad. "¿Estás ocupado?"

"Nunca estoy demasiado ocupado para ti. ¿Dónde estás?"

"Quién sabe dónde. En algún lugar en las afueras de Cuba, Nuevo México. Estoy acariciando una cabra."

Después de un momento de sorprendido silencio, Rubén se echó a reír. "Eres la mujer más extraña que he conocido, Lucy del Fierro."

La mención de su nuevo nombre de casada—aunque tenía pensado combinar con un guión los apellidos de los dos—le produjo de todos modos un aletear de mariposas en el estómago. O podría ser el ronroneo suave de su voz que le llegaba hasta el fondo. "Upa. Gracias. Eso creo."

"¿Y qué hay con esta cabra, querida?"

Lo actualizó sobre su hospedaje del momento y los intentos fallidos de encontrar a la curandera. Él rió de buena gana cuando ella le contó la historia de los zapatos poco adecuados e hizo preguntas interesadas e interesantes sobre Senalda. Rubén era perfecto para ella. No le decía que tuviera cuidado, y ella apreciaba su confianza más de lo que podía decir. "Mañana saldremos de nuevo, esta vez con Esteban como guía."

Rubén dejó escapar un silbido bajo y prolongado. "Qué hombre más valiente, saliendo de expedición por esos parajes perdidos con ustedes cuatro. Tengan consideración con el viejo, ¿sí?"

"Sabes que eso haremos." Trivialidades, actualizaciones, cháchara. Lucy ya estaba harta. Suspiró. Tenían tanto de qué hablar, y ella necesitaba que la tranquilizaran. Muy probablemente también él lo necesitaba. "¿Todavía estamos bien, corazón?"

Rubén suavizó el tono. "Claro que estamos bien."

"Te dejé plantado en la noche de bodas, Rubén."

"Lo sé. Nada más imagina las historias que podremos contarles a nuestros nietos."

A Lucy le dio un brinco el corazón. "Estoy demasiado mayor para tener hijos y no pienso pedir licencia de maternidad en la oficina, ¿recuerdas?"

"Está bien, a los nietos de nuestros perros," corrigió él con facilidad.

Lucy rió, y la risa se le convirtió al final en una tierna emoción. Se mordió el labio para contener una oleada inesperada de ahogo. "¿Y mi familia? ¿Está que trepa por las paredes?"

"Más bien sí."

"Sensacional." Se recostó desalentada contra la cálida pared del granero.

"No te preocupes por ellos, Lucy. Nunca antes te preocupaste. Sencillamente concéntrate en ti. Luego, cuando estés lista, preocúpate por ti y por mí. Haz lo que tienes que hacer, luego regresa a mí, nena mía."

"Estoy tratando, Rubén." Ella cerró los ojos.

"Lo sé. Y es todo lo que pido. Te amo, Lucy. Te amo tanto. ¿Este tiempo que hemos estado separados? No ha sido sino una pequeña pausa, cosita linda. De todos modos, estoy inundado de trabajo. Ni siquiera te extraño."

"Qué mal."

"Sipi, y también es mentira," dijo riendo. "Sobreviviremos, tú y yo, porque estamos destinados a sobrevivir."

Annette llevó su celular al pórtico y se sentó en una de las sillas tejidas de alambre, que recordaba de su infancia. Marcó el número. El teléfono sonó una vez y Randy contestó. "¿Aló?"

"Hola, cielo," le dijo Annette.

"Hola, extraña." De nuevo podía oír la sonrisa en su voz. Pensándolo bien, siempre había podido oír la sonrisa en su voz. Era una de las cosas que la atraían de él. Pasara lo que pasara en sus vidas, siempre sonaba feliz de oírla. Qué maravilloso regalo. "¿Cómo va la gran cacería?"

"Tenemos algunas pistas," dijo ella, sin querer hablar de su búsqueda. "¿Cómo van las cosas con las muchachas?"

"En realidad, no podrían ir mejor," dijo él, y sonaba algo mortificado. "Alex y Déborah tienen con las mellizas la energía de un par de organizadoras de campamento. Son increíbles, y las mellizas andan por las nubes. Ni tiempo hemos tenido de aburrirnos."

"¿De modo que no están ya listas para volverse a Albuquerque dando gritos, y las gracias de tener solamente un perro?"

"No. Para nada."

Annette hizo una pausa. No quería presionarlo, pero quería saber. "¿Y ustedes tres, cómo van?"

Él suspiró. "Es difícil para mí, Annie. No te diré mentiras. Yo sencillamente nunca me imaginé—"

"Lo sé."

"Pero ella es la misma Déborah de siempre." Había sorpresa en su voz.

"Claro que es la misma, tontín."

"Excepto que se ve . . . más feliz." Annette percibía en su voz que reconocerlo le había costado trabajo.

"Mucho más. ¿Ves? Y muy tranquila. No podríamos pedir más para una universitaria de veinte años, Randy. Las cosas podrían ser mucho peores. Con todas las fiestas que hacen, y el Éxtasis y las enfermedades de transmisión sexual—"

"Ah, soy un hombre fuerte, pero no quiero pensar en mis hijas y en el sexo en la misma frase."

"Lo siento." Ella sonrió. "Lo que estoy diciendo es que hicimos las cosas bien."

"Sí." Hizo una pausa. "Así es. Lo único que siempre quise para mis hijas es que fueran felices." Hizo una pausa. "Todas, Annie," dijo con énfasis. "Incluso tú. Te das cuenta de eso, ¿verdad?"

A Annette se le tensó el torso, y se dio cuenta de que aquella punzada de emoción no era sino puro miedo. De niña, le encantaba meter los dedos en la cera caliente derretida, pero siempre evitaba las llamas. Demasiado cercanas. Demasiado atemorizantes. Demasiado dolorosas.

Era tanto lo que deseaba *no* hablar de sus propios asuntos.

No soportaba hacerlo.

"Estoy feliz, Randy," dijo en el tono más ligero de que fue capaz.

"Bueno . . . qué bien." No sonaba muy convencido. "Pero si en algún momento *no* estás feliz, sabes que tienes mi apoyo total para hacer lo que sea necesario para cambiarlo, siempre y cuando no tenga que ver con sacarme hasta el andén de una patada. Lo que necesites . . . tiempo sola, un trabajo, regresar a la escuela."

Annie sacudió la cabeza. "¿Te habló Déborah?"

"Un poco."

"La muy viva," dijo con afecto enmascarado por la irritación.

"Todo está bien, cielo. Ella quiere lo mejor para ti, y ella sabe que yo también. Tómate tu tiempo con tus amigas y concéntrate en Annette, ¿vale? Quizás yo nunca te lo haya dicho, pero nunca esperé que te sacrificaras por . . . nosotros."

"No fue lo que hice."

Randy suspiró. Claramente no pensaba discutir. "Te estaremos esperando cuando regreses. Queriéndote. Siempre queriéndote, sea lo que sea que necesites."

A Annette se le salieron las lágrimas. "¿Cómo llegué a ser tan afortunada?"

"No fue suerte. Te lo merecías, Annie, mi nena, siempre. Todavía te lo mereces. Todo. Ser feliz, ser amada, ser apreciada. Eres la mejor mujer que conozco." Dejó escapar un suspiro de remordimiento. "A lo mejor no te lo he dicho lo suficiente. Es mi culpa. Lo siento."

Annette se limpió una lágrima díscola con el dorso de la mano. "Quizás, pero siempre lo supe, Randy. Y eres el mejor hombre que conozco. Tenlo presente cuando estés arreglando todo lo que hay que arreglar con Déborah y Alex. Le dimos a Déborah—a todas nuestras hijas—un ejemplo que se ha quedado con ellas de amor verdadero y perdurable. Lo hemos vivido." Se imaginó a Alex y a Debby juntas, haciendo el desayuno, tomadas de la mano. "Mira más allá del asunto del sexo, Randy, porque son perfectas la una para la otra."

"Lo sé," dijo con suavidad. "También estoy tratando de verlo de esa forma. Cada vez es más fácil, si eso te sirve."

"Sí, sirve."

"Diviértete con tus chicas, cielo. No te preocupes por nada de lo de acá, ¿bueno? Te extrañamos como locos, pero nos estamos defendiendo bien."

"¿Cansados ya del chile Hormel enlatado?," bromeó.

"Ah, te enteraste, ¿eh?" rió suavemente. "No. Esa Alex es una cocinera de raca mandaca. Las mellizas están en la gloria. Debo reconocer que en eso estoy con ellas."

"¿Ves?" dijo ella simplemente.

"Veo," dijo él. "Más y más cada día gracias a ti. Como siempre, Annie, gracias a ti."

Mercedes sacó su teléfono celular y se sentó en el asiento trasero del minivan de Annie. Nunca había llamado a Alba a su casa, pero necesitaba encarar la fea realidad de que, para los medios de comunicación, ella era el árbol caído del momento y debía programar una estrategia para cambiarlo. El teléfono sonó dos veces, y una vocecita menuda respondió.

"¿Aló?"

Alterada por el hecho de que hubiera respondido una niña, por este inesperado y pequeño asomo a la vida privada de su secretaria, tartamudeó una respuesta. "Ah, hola. ¿Está tu mamá en casa?" Extraño que nunca hubiera pensado en Alba como en una persona real, con una vida fuera del trabajo. ¿Y eso qué decía de ella?

"¿Puedo preguntar por favor quién la llama?"

Mercedes sonrió. Una pequeña secretaria ejecutiva en ciernes, ésta que respondía. "Claro, dile que es su jefa, llamándola de Nuevo México."

"Sí, un momento."

El teléfono fue descargado de golpe sin mucha ceremonia, y Mercedes escuchó los pasitos de la niña que se alejaba corriendo a buscar a su madre. Mientras esperaba, Mercedes se concentró en el cautivante e intenso atardecer. Podría acostumbrarse definitivamente a este tipo de atardeceres, así como a los poderes curativos de esta tierra agreste y sin corromper. No había junglas de cemento acá, y sorprendentemente, con lo mucho que adoraba la vida de la ciudad, sentía que esto otro le encantaba.

Momentos después, una agitada Alba salía al teléfono. "¿Doña—Mercedes? ¿Es usted? ¿Está de verdad en México?"

"Soy yo, vivita y coleando. Pero estoy en Nuevo México, no al sur de la frontera." Arrugó la cara. "Espero que no sea problema que la haya llamado a la casa."

"C-claro que no. Lo que pasa es que me sorprendió."

"¿Está ocupada?"

"No. Dándoles un baño a los niños, pero ya estoy con los mayorcitos y esos lo saben hacer solos."

"Bien, dígame, ¿qué tan graves están las cosas?"

Alba suspiró. "Bien. Podrían estar mejor. El editor ha estado haciendo un buen trabajo defendiéndose contra la peor parte del ataque de los paparazzi, pero hemos tenido que contratar a una practicante para que maneje toda la correspondencia de los lectores."

Mercedes dejó que sus ojos parpadearan antes de cerrarse, y sintió que se le hundía el estómago. "¿Fatal?"

"No todo. Más o menos el cincuenta por ciento. Tiene muchas admiradoras entre el público."

Ella resopló. "Claro, entre el público. No en la oficina." Alba no la contradijo. "¿Han caído las suscripciones, la venta de anuncios?"

"Ligeramente, pero no hasta un punto preocupante. Sorprendentemente, en la bolsa estamos firmes, así que eso es positivo." Alba dudó, como si sopesara la sensatez de continuar. Finalmente preguntó, "¿Qué tal estuvo la boda?"

Guau. Estaban hablando sobre algo no relacionado con el trabajo. Y, notó Mercy, no le molestaba para nada. "Preciosa, en realidad. Estresante, como lo son todas las bodas, pero de todos modos hermosa. Todo este asunto de Nuevo México es una larga historia para otra ocasión, pero quizás no regrese antes de un par de semanas."

"De hecho puede que sea lo mejor. Hasta que se aplaquen las cosas."

"Claro. Pero tarde o temprano voy a tener que enfrentarme cara a cara con el asunto, Alba. No puedo sencillamente esconderme para siempre y abrigar la esperanza de que todo se desvanecerá, por más que quisiera que así fuera."

"Eso es cierto. Podemos resolverlo cuando llegue el momento."

Podemos. Mercedes se ablandó, ese sencillo plural la dejó completamente desconcertada. Quizás a fin de cuentas sí tenía un aliado en la oficina. Tragándose la emoción que, por una vez en la vida, no se estaba permitiendo sentir, continuó adelante. En días anteriores, nunca habría considerado formular esa pregunta, pero justo en ese momento parecía lo correcto. "¿Y usted cómo va, Alba? ¿Están bien todas sus cosas? Sé que está en medio del fuego cruzado, y lo siento mucho."

Transcurrió un instante. Cuando Alba habló, sonaba atónita. "¿Yo? Yo estoy bien. Como dije, el editor está impidiendo que se cuele lo peor."

"Es bueno saberlo."

Alba aclaró la garganta. "Y-y quería decirle—de nuevo—que gracias por el aumento. Para nuestro hogar ha significado una gran diferencia. Ni siquiera puedo expresarle—"

"Me alegra," se apresuró a decir Mercy. No quería que Alba se sintiera endeudada. "Usted se lo ganó. Usted trabaja duro y aguanta mucha mierda." Dejó que eso quedara en el aire mientras sopesaba cada una de las siguientes palabras. "No crea que fue algo que le regalé. Yo la aprecio, Alba, y aprecio el trabajo que usted hace."

"Guau." Alba resopló y dejó escapar una risa sorprendida. "Gracias. No sé qué es lo que está haciendo allá, Mercedes, pero este viaje ya le ha hecho muchísimo bien."

Cristina llevó su bolso hasta el baño, supuestamente para alistarse para dormir. Pero en lugar de hacerlo, se sentó sobre la tapa del inodoro y buscó en el bolso su teléfono celular. Las manos le temblaban y tenía la boca seca como el Sahara. Encendió el aparatico e hizo una rápida revisión. Mensajes vocales: 34.

Treinta y cuatro condenados mensajes.

Presionó botones hasta llegar a la lista de números de las llamadas perdidas, para poder revisar de quién eran. Zach. Zach. Zach. Zach. Zach.

Todas de Zach. Zach multiplicado por treinta y cuatro se traducía en Problemas Grandes.

Cerró los ojos con fuerza y oró, le pidió de verdad a Dios que le diera la fortaleza para llamar a su esposo y franquearse con él. Encarar lo que había hecho. Claramente, ya él lo sabía, así que, ¿qué sentido tenía evitarlo? No habría treinta y cuatro mensajes en su buzón si él no se hubiera enterado de la detención. Debería tan solo . . . hacerlo.

Vamos, Cris, ten un poco de valor.

El corazón empezó a golpearle el pecho mientras esperaba que apareciera el valor y la movilizara. El sudor le corría por las palmas de las manos y su respiración se había tornado ligera e insuficiente.

Esperó.

Y esperó.

Pero realmente nunca se materializó el valor que necesitaba.

Con una punzada de angustia, Cristina apretó unos cuantos botones y borró todos los treinta y cuatro mensajes sin escuchar ni uno. Sencillamente no podía. Las náuseas le daban vueltas en el estómago. Sí, ella era una horrible pusilánime—la peor de las peores—pero el fondo de la cuestión era que todavía no estaba preparada para enfrentarse a todo.

¿Estaría lista algún día? ¿Algún día sería tan fuerte como sus amigas, tan capaz de atrapar las curvas que inevitablemente le lanzaba la vida sin acobardarse por la quemazón en la palma de la mano? ¿Algún día sería cualquier otra cosa diferente de una cobarde de talla mundial que ni siquiera tenía la oportunidad de dejar caer la pelota, porque no hacía otra cosa que esquivarla?

Sintiéndose derrotada y avergonzada, Cristina guardó el teléfono, se puso de pie y empezó como por costumbre su compleja rutina de cuidado de la piel, derivando algún consuelo de ese hábito. Quizás no pudiera manejar los aspectos más difíciles de su vida, pero el diablo sabía que había logrado convertir los rituales mundanos en una jodida forma de arte. Eso tenía que contar.

Síguete diciendo eso, Cris. Perdedora.

A la tarde siguiente parecía que hubieran caminado horas y también, extrañamente, como si lo hubieran hecho en círculos. Pero, a ver, Esteban conocía la zona, y ellas ni distinguían su propio culo de un hueco en el suelo, así que, ¿quiénes eran ellas para cuestionar?, pensaba Lucy. Finalmente le dieron la vuelta a un bosquecillo de robles y arbustos de piñón y llegaron a una cabaña arrasada por el sol, sola en medio de una extensión de pastos nativos, matorrales y artemisa que coronaban el montículo. Esto lo deberían haber encontrado el día anterior. El mapa de Esteban estaba más que claro, notó Lucy fastidiada.

"¿Esta es?" preguntó Lucy, y el corazón se le aceleró.

"Sí. Permítanme entrar y dar una revisada rápida primero."

"Ah, no tiene que hacer eso por nosotras," dijo Annette.

Lucy miró a Annette y sonrió. Los ojos marrones de su amiga brillaban con una expectativa a duras penas contenida. Claramente Annie estaba tan emocionada como ella de encontrar la cabaña, y ante las infinitas posibilidades de descubrimiento que ofrecía.

"Para ver que no haya animales salvajes," le dijo Esteban a Annette. "Les gustan los refugios abandonados. A menos que prefieran—"

"Suficiente con lo dicho." Annette alzó las palmas. "Sírvase."

Tensas por la expectativa, las cuatro mujeres se sentaron afuera juntas, quitándose los morrales y estirándose, y permitiendo que el cálido sol les secara el sudor de la espalda. El calor y la fatiga de la expedición habían sido prácticamente olvidados mientras esperaban con una prometedora y clara sensación de esperanza a que Esteban les diera una señal para que se acercaran. Lucy se sentía totalmente efervescente con el triunfo. Habían encontrado la cabaña—una clara indicación de que ciertamente Tili existía. Podría parecer una leyenda, pero era a fin de cuentas una mujer real de carne y hueso. La sola idea de que quizás pudieran encontrar el camino hasta ella, con la ayuda de cualesquiera que fueran las claves que contuviera la cabaña, era suficiente para estallar de alegría.

"¿Qué creen que habrá ahí dentro?" les preguntó a las demás.

"Arañas," dijo Mercedes, impasible. Cruzó los brazos. "Ratas, quizás, o una culebra acá o allá."

"Cállate," la reprendió Annette, frotándose los antebrazos. "¿Quieres que tenga pesadillas para siempre?"

Mercedes le sonrió. "Estaba bromeando. Tan sólo tratando de provocar a Lucy."

"Muchas gracias," dijo Lucy. "Quiero decir, ¿y qué de Tili?"

"Sé lo que quisiste decir, y supongo que eso está por verse," respondió Mercy. "La paciencia es una virtud, Suertuda."

"Como si alguna vez hubieras sido virtuosa."

Mercy hizo una mueca. "Casi casi."

Cuando Esteban regresó, el sol se había posado cómodamente sobre el horizonte, pleno y de un naranja dorado y listo para esconderse

tras las montañas a pasar la noche. Esteban asintió mirando a las mujeres. "Todo está despejado. Demasiado despejado," dijo con pesar. "No
queda nada aparte de muros y paredes peladas, me temo."

A Lucy se le cayó el corazón un peldaño y luchó por mantener el optimismo. "Pero . . . eso está bien, ¿verdad? Quizás podríamos dar una
mirada."

"Desde luego." Esteban se sacudió de encima el morral y empezó a
sacar los componentes de su tienda de campaña unipersonal. "Y la letrina queda a una corta caminada saliendo por la puerta de atrás. Ya la
revisé también. No tiene problemas."

"¿Letrina?" preguntó Mercedes incrédula.

Cristina levantó una ceja.

"¿Y qué, quieres un juego completo de baño en mármol con bidé?"
preguntó Lucy en tono sarcástico.

"No, pero un inodoro de agua podría ser agradable."

"Dios, eres tan mimada," dijo Lucy sacudiendo la cabeza.

"Comemierda," susurró Mercedes, para que no la oyera su anfitrión
y guía.

Lucy dirigió su atención a las actividades de Esteban. Había sacado
de su morral todas las partes necesarias y había empezado a armar la
tienda a la sombra de un centenario roble. "¿Y qué hay con todo el
equipo de acampar?"

Levantó la barbilla para indicar el sol que se ponía a toda prisa.
"Esta noche no podremos regresar. La caminada toma demasiado
tiempo. Ustedes cuatro se acomodan en la cabaña. Es cómoda y lo suficientemente segura. Yo estaré acá afuera en la tienda."

"Ah," exclamó Annette. "No tiene que quedarse afuera. Está más
que bienvenido a quedarse adentro con nosotras."

Esteban inclinó la cabeza. "No. No es correcto. No me molesta la
tienda. Ahora entren. ¿Tienen fósforos para sus velas? Pronto estará oscuro."

Lucy le dio unas palmaditas a su morral, que también se había quitado de encima de los hombros. "Acá mismo los tengo."

"Entonces vayan acomodándose mientras que haya luz." Indicó un hueco para encender una hoguera que quedaba a unos cuantos pies de la cabaña. "Encenderé una hoguera y así, antes de separarnos para la noche, podemos calentar la cena que nos empacó Lenora." Señaló una bomba metálica que había en el piso. "Hay agua si quieren bañarse. Háganlo pronto, después de organizar la cabaña. No será tan fácil en la oscuridad."

Las cuatro mujeres miraron hacia la bomba. "Bueno," dijo Annette, y luego se concentró en sus amigas. "Podemos tomar turnos cortos."

Las otras tres asintieron.

"Emprenderemos regreso mañana en la mañana cuando estén listas," les dijo Esteban. "Cuando hayan visto todo lo que querían de la cabaña, desde luego, aunque no estoy seguro de que eso sirva para encontrar a la Señora."

Lucy se encogió de hombros. "Pues sí, bien, uno nunca sabe qué ocurrirá," lo cual parecía ser el eufemismo del siglo. Con optimismo renovado, Lucy encabezó el grupo que entró en la cabaña abandonada de Tili, pidiéndole a Dios que lograran averiguar algo, cualquier cosa sobre la mujer de cuya existencia había llegado a depender tanto en los últimos días.

Capítulo Diecinueve

La cabaña estaba, en serio, pelada.

Paredes de vigas rústicas, piso de tablones; una ventana pequeña y rectangular de vidrio corrugado en cada una de las cuatro paredes. Y nada más. Una estufa de leña yacía abandonada en una esquina al lado de un pequeño mostrador encima del cual había varias repisas vacías con estantes vacíos debajo. No había baño, ni dormitorio, ni siquiera agua. Vacío.

Desalentada, Mercedes se quedó parada junto a la puerta y observó a sus amigas recorrer en emocionado tropel por esta caja vacía de casa como si fuera el maldito Taj Mahal. ¿Qué diablos estaban fumando? ¿Acaso de verdad pensaban que iban a conseguir alguna pista sobre Tili a partir de esta chabola completamente desprovista de todo y situada en el quinto coño?

Con un gesto de desagrado, dejó caer el morral al piso y se pasó las manos por el cabello sudoroso. Se sentía sucia y pegajosa, le dolían las piernas y en el talón izquierdo le había salido una ampolla, lo que la hacía sentir como si la última media hora de caminata hubieran sido diez años en una jodida cárcel extranjera, en la que la hubiesen torturado a diario con un hierro al rojo vivo. ¿El placer de dormir en una cabaña—rústica era un término demasiado suave—que habían tardado horas en alcanzar? ¿Por la dicha de orinar en un fétido hueco en el piso detrás de la casa?

Carajo. Esto era una mierda. Otro día desperdiciado.

Supremamente irritada, se consoló con el pensamiento de que tenía vino en el morral. Dos botellas, para más. No veía la hora de hacerse de ellas, porque con toda seguridad no iban a pasar la velada desentrañando pistas útiles sobre el paradero de Tili a partir de esta horrible cabañita del tamaño de una caja de fósforos. Mercedes nunca había sentido claustrofobia, pero en ese preciso momento tenía una condenada necesidad de alejarse de todo el mundo antes de estallar.

"Voy a donde está la bomba a lavarme un poco," les dijo a las demás en un tono derrotado que ni siquiera procuró esconder.

En todo caso no lo percibieron, inmersas como estaban en su mal orientado regocijo por el supuesto "hallazgo." Annette se dio vuelta para mirarla, sonriente. "Bueno, cielo. Te organizo la cama. ¿Dónde quieres dormir?"

"En cualquier parte, Annie. No me importa." Mercy se agachó sobre su morral para revolverlo en busca de jabón, una toalla y, desde luego, su confiable vitamina V. Un par de esas por lo menos harían más tolerable este día catastrófico.

"Durmamos todas en el centro del cuarto," sugirió Lucy como si fuera una gran fiesta. ¡Yuuuuupiii!

Mercedes no levantó la mirada, pero entornó los ojos. Toda la maldita cabaña era "el centro del cuarto," ¿acaso Lucy no se daba cuenta de eso? Mercedes se echó una toalla sobre el hombro y se metió en el bolsillo el jabón y el estuche de las píldoras. Agachándose de nuevo, extrajo las botellas de vino, las agarró por el cuello con los dedos de una sola mano mientras pescaba el sacacorchos. Las puso a la vista de todas. "Ábranlas para que se oxigenen. Si tengo que usar una letrina, estaré condenadamente borracha cuando lo haga."

Lucy rió.

"¿Qué?" dijo Mercy cortante, estoy tan poco de ánimo para estar con gente feliz.

"Jesús, arráncame la cabeza. Eres tan . . . tú." Lucy agarró las botellas y el descorchador, y atravesó la habitación para ponerlas sobre el mostrador.

"Ajá, muy divertido," dijo Mercedes, totalmente sin humor, mientras abría de un tirón la puerta de la cabaña y salía a zancadas, cojeando lentamente debido al punzante dolor que tenía en el talón y sintiéndose apenas un poquitín culpable por haberla arremetido contra su mejor amiga. Pero, mierda. ¿Por qué estaban todas tan entusiasmadas?

Sintió otra punzada de dolor en el talón y se encogió, caminando un poco más ágilmente. Zapatos de molesquín, cómo no. Las botas nuevas le habían pelado los pies. No veía la hora de ver agua corriente. A lo mejor toda esta expedición de mierda le parecería más divertida cuando ya no se sintiera que la habían pasado por arena y aceite Crisco las tres últimas horas, pero mientras caminaba hacia el atardecer tenía serias dudas.

Para sorpresa suya, no obstante, descubrió que Esteban, en aras de la privacidad, había levantado un parapeto provisional alrededor de la bomba, valiéndose de palos largos y algunas lonas impermeables que seguramente había empacado. El gesto simple e inesperado amainó su furia, como si nada. La tensión abandonó sus hombros y Mercedes dejó de fruncir el ceño.

Miró hacia Esteban, quien tenía su pequeño campamento todo organizado a la sombra de un gran roble. Estaba sentado en cuclillas al borde del hoyo para la hoguera donde un todavía débil pero acogedor fuego empezaba a crepitar y lanzaba al aire llamas anaranjadas y humo gris claro. Alimentaba el fuego con movimientos diestros y mesurados. Ya ella se había dado cuenta de que él encaraba todo su trabajo de la misma manera, con calma y gran control.

Como si la percibiera, Esteban levantó la mirada. Ella le indicó la bomba y levantó la mano en agradecimiento. Él asintió una vez, luego le dio la espalda, bien para darle mayor privacidad o en señal de rechazo.

Extrañamente contenta por esto, sintió que una sonrisa le levantaba los labios. No era un secreto que él albergaba cierto prejuicio contra ella por vivir en la ciudad de Nueva York, pero a ella de todos modos le gustaba el viejo malhumorado. A lo mejor incluso más debido a su actitud recelosa, quién sabe.

Sintiéndose mejor, se desnudó detrás de la pantalla y se dio un rápido baño de esponja bajo el chorro helado de la bomba. Se quedaba sin aire cada vez que el agua le caía sobre la piel, pero al final se sintió limpia y viva, infinitamente más entusiasta frente a la noche que tenía por delante. Se dio cuenta de que no había estado enojada con sus amigas por el asunto de la cabaña, ni con Esteban por la caminata saca–ampollas. Todo aquello no era sino una cortina de humo. La verdad era que cuando habían entrado en la cabaña se había sentido ahogada por una oleada de profunda decepción al no encontrar rastros de Tili. Eso era todo. No estaba segura de cuánto Cristina o Annette añoraban encontrar a Tili, pero Lucy, por lo menos, estaba totalmente empeñada en encontrar a la curandera. Si bien, como regla general, Mercy solía ocultar sus sentimientos, en este caso estaba con Lucy. Su anhelo de encontrar a Tili, de que los rumores sobre la fama de la mujer fueran ciertos, la enceguecía con intensidad. De hecho, Mercedes no estaba segura de lo que sucedería en su lúgubre futuro si no encontraban a la mujer. Se había vuelto *así* de dependiente de la idea de que alguien pudiera arreglarle la vida.

Triste, pero cierto.

Pero ahora, limpia y sintiéndose más filosófica acerca de todo el asunto, podía aceptar que este tipo de búsquedas muchas veces eran un paso adelante y dos hacia atrás. Podía lidiar con ello.

Sin ponerse ropa interior, se vistió a prisa con su atuendo de expedición y se dirigió silbando de regreso a la cabaña. Cuando llegó a la puerta, de repente se dio cuenta de que no se había tomado el Vicodín. No había tenido necesidad de tomarlo, por más extraño que sonara. Simplemente la ansiedad no había hecho presa de ella como generalmente sucedía. Con la mano sobre el pomo de la puerta, dudó. Podría tomarse una ahora que todavía tenía la oportunidad. Se mordió el labio inferior mientras se debatía ferozmente entre una idea y otra, pero decidió, finalmente, no tomarse la píldora. No la necesitaba.

"¿Qué nos puedes decir sobre ella?" le preguntó Lucy a Esteban mientras se relajaban después de comer, sentados en troncos a una distancia segura, pero de todos modos cercana, al fuego. Las envolvía el olor a humo de leña. "Digo, lo que sea que quiera contarnos. No hay mucha información sobre ella."

Esteban asintió. "Es mejor así. ¿Ustedes qué saben?"

"Sabemos que la obligaron a irse de este lugar porque pensaban que era una bruja," se adelantó Annette.

Esteban inclinó la cabeza.

"Leímos que se supone que tiene poderes para cambiar la vida de la gente," agregó Cristina. "Que es lo que en primer lugar nos trajo acá, como seguramente usted ya sabe."

"Ah, sí. La revista." Esteban miró hacia el cielo, como si estuviera rogando no perder la paciencia.

"¿De modo que lo que escribieron en el artículo es falso?" preguntó Cristina, y el desaliento envolvió sus palabras como cuerda enredada.

"No estoy diciendo que sea falso."

"¿Es cierto, entonces?" preguntó Lucy.

"Tampoco estoy diciendo eso."

"¿Qué está diciendo?" preguntó Mercedes, procurando no sonar tan directa como se sentía. ¿Por qué los hombres siempre daban rodeos en las conversaciones? *Hable, y ya.*

Esteban suspiró. "La Señora es una curandera muy respetada y que sabe mucho. Fuimos muy afortunados de tenerla en esta región, aunque fuera por corto tiempo. Sus habilidades con hierbas." Juntó las puntas de los dedos y las besó. "Y, sí, era parte consejera, como ustedes han oído decir. Ayudaba a la gente con sus problemas." Hizo una pausa, fijando intencionalmente la vista en cada una de ellas, una a una. "Pero no es una maga. No hará ningún hechizo para hacer que sus vidas sean perfectas, si eso es lo que esperan."

"Nosotras no necesariamente esperamos nada. Simplemente queremos conocerla y . . . ver qué tiene que decir," le dijo Lucy. No era totalmente cierto. Ellas sí medio esperaban que Tili tuviera poderes mágicos.
Todo sería entonces tanto más fácil.

Esteban la observó detenidamente por un momento. "Ojalá yo les
pudiera decir a dónde se fue. Lo siento. La Señora siempre fue muy reservada, muy ensimismada, ¿entienden?" Todas asintieron. "Ella podía
hacerlo sentir a uno como si lo hubiera conocido toda la vida, pero uno
no sentía lo mismo hacia ella. Ella es . . . un enigma."

"¿Cómo es su apariencia?"

Esteban inclinó la cabeza hacia un lado, y movió los labios hacia
abajo. "Esa no es una pregunta para un hombre. Yo no me fijé en su
apariencia. Tiene el aspecto de una anciana, supongo."

Annette rió y Esteban sonrió. De las cuatro, al parecer era Annette
la que mejor le caía. Tal vez porque ella también era de Nuevo México.
Tal vez porque era madre. En realidad no importaba. Ella era una del
grupo, y su afinidad con ella les daba ciertas ventajas a todas.

"¿Estaba casada? ¿Tenía hijos, nietos, familia en general?" preguntó
Lucy, obsesionada con el tema.

Los ojos de Esteban tenían un brillo de malicia cuando dijo, "Estoy
seguro de que en algún momento tuvo un padre y una madre. Así suelen
ser las cosas."

"Sabe a qué me refiero," dijo Lucy.

"Sí, pero nunca supe que haya tenido familia. Como les dije—"

"Era muy reservada. Un enigma." Lucy suspiró.

"Sí."

"Dios, espero que podamos encontrarla," dijo Mercedes con la mirada perdida en la distancia.

"Sigan intentándolo," sugirió Esteban. "¿Qué otra opción tienen aparte de darse por vencidas? ¿Y acaso es ésa una verdadera
opción?"

El silencio descendió sobre ellos mientras reflexionaban la profundidad de la pregunta. Él lo reducía todo a algo tan simple, pensó
Lucy. Pero a lo mejor así era de simple. La perseverancia pavimentaba

el camino a las cosas más maravillosas que la vida tenía que ofrecer, ¿no era así?

Después de limpiar el lugar donde habían acampado y de desearle buenas noches a Esteban, entraron en la cabaña y se acomodaron sobre sus colchonetas, listas para una velada de vino y quejas. Los seis faroles de vela que habían llevado eran diminutos, pero producían una buena cantidad de suave y titilante luz. Las esquinas de la cabaña permanecían envueltas en sombras, pero eso simplemente hacía que el pequeño iluminado círculo de sacos de dormir fuera tanto más acogedor e íntimo.

Mercedes no había sentido aún la necesidad de tomarse un Vicodín, pero tenía las píldoras en el bolsillo, por si acaso.

Una mujer no podía nunca pecar de ser demasiado cautelosa.

Lucy parecía especialmente melancólica, su mirada fija en su copa plástica de vino-guión-taza de café como si el reflejo de la luz de la vela sobre la superficie del vino fuera a generar una respuesta, como si fuera una bola de cristal.

Mercy inclinó la cabeza. "¿Qué pasa, Suertuda?"

Los hombros de Lucy se levantaron y descendieron de nuevo. "Extrañando a Rubén. Preguntándome si nuestro matrimonio durará. Ya saben, pensamientos ligeros y felices. Ja."

"¿Has hablado con él recientemente?" preguntó Annette, inclinándose hacia delante para agarrar una botella de vino y llenar su taza. Apuntó con el pico de la botella, ofreciendo con los ojos, y Cristina extendió el brazo para que también le volvieran a llenar la taza.

"Sí, hablamos ayer."

"¿Qué tal sonaba?" preguntó Mercedes.

"Como suena siempre. Está ocupado en el trabajo, un poco distraído con eso, supongo, pero eso no es nada nuevo." Arrugó la nariz. "Aparentemente los Olivera están en conmoción. Pero citando a Rubén, 'no te preocupes por ellos. Nunca antes lo hiciste.' "

"El hombre tiene algo de razón," Mercedes se bebió todo el vino que le quedaba en el vaso y lo llenó de nuevo."

"Saben," dijo Lucy dudosa, sopesando cada palabra antes de pronunciarla, "todo este asunto de la maldición de los Olivera es . . . tan sólo parte de mi problema. Supongo que eso no lo he mencionado antes."

"¿De qué hablas?" preguntó Cristina desconcertada.

Mercedes miró a su alrededor. Las tres parecían tan confundidas como ella. Gracias a Dios no era ella la única.

Lucy torció la boca hacia un lado. "La cuestión es que no tengo muy buen historial de longevidad con los hombres. Mi pasado está plagado de tipos con los que salí y descarté por el camino. He estado pensando que a lo mejor mi destino es ser una piedra rodante. A lo mejor el matrimonio es un error para mí, aun sí de verdad amo a Rubén con todo el corazón. Se requiere más que amor para hacer durar un matrimonio—por ejemplo: toda mi familia."

"Ay, Lucy," dijo Annette, con preocupación en sus grandes ojos compasivos. "¿Cuál es el aspecto del matrimonio que más te asusta?"

Lucy rió. "Todo. El compromiso. Todo el aspecto del compromiso legal." Se echó el pelo hacia atrás, luego recogió las rodillas contra el pecho y se abrazó las piernas con los brazos. "La cuestión es que tiendo a ponerme inquieta en las relaciones. Siempre me ha ocurrido. Y a mí no me gusta que me frenen, que me obliguen a cumplir expectativas que no corresponden a quien soy."

"¿Te ha detenido Rubén de alguna manera? ¿Te ha obligado a cumplir expectativas que no encajan contigo?" preguntó Mercedes.

"Bueno . . . no," intercaló evasiva. "Pero nunca antes hemos estado casados. Tan sólo hemos vivido juntos."

"¿Y tú crees que el simple hecho de estar casados cambia las cosas?" Mercedes se inclinó hacia delante y su tono se hizo más agudo. "¿Un jodido pedacito de papel? Aterriza."

Lucy le clavó a Mercy una mirada. "¿No fue así en tu caso?"

"No, no fue así. El compromiso viene mucho antes del papel, Suertuda, y eso deberías saberlo. Y ningún pedazo de papel logrará que sigas casada, tampoco. Eso depende de los dos."

El silencio descendió sobre ellas y Lucy parecía dudar. Finalmente descansó la barbilla sobre las rodillas.

Cuando Annette habló, lo hizo con voz suave y comprensiva. "Lucy, cielo, es normal sentirse inquieto dentro del matrimonio. A mí me pasa." Eso hizo que Lucy levantara la cabeza. "Estoy segura de que a Cris también le pasa."

"Y a mí también me pasó," agregó Mercy. "Aunque mis tres maridos eran todos unos idiotas, así que no me hagan caso. Lo siento. No me tengan en cuenta, me limitaré a beber y callar."

Annette le regaló una rápida y comprensiva sonrisa a Mercy, y luego continuó. "No es el delito del siglo preguntarse, sentirse inquieta. Las cosas son así. Toda la cuestión radica en comprometerse a seguir juntos a lo largo de los tiempos difíciles, recordar por qué fue que uno se enamoró y saber que vale la pena. Nadie ha dicho nunca que la luna de miel duraría toda la vida."

"Pero yo sí quiero que dure toda la vida."

Annette se encogió de hombros. "Bien, a algunas personas les pasa. Pero siempre hay sus altibajos. A lo mejor Rubén y tú tendrán más altos que bajos. Pero el asunto es que"—hizo una pausa como para hacer énfasis hasta que Lucy la mirara, esperando—"nunca sabrás si tiras la toalla antes de darte una oportunidad."

"Además," agregó Cristina, "uno no puede medir su matrimonio sobre la base de relaciones anteriores." Sacudió la mano. "La mayor parte de las relaciones que tuve antes de conocer a Zach no significaban nada para mí."

Mercedes sintió un violento apretón de estómago. Justo cuando empezaba a sentirse más Zen en cuanto a todo, Cristina tenía que meter el cuchillo en la herida.

Obtusa como siempre, Cristina continuó. "Pero eso está bien. Vivir para aprender. Fueron ratos divertidos, si bien temporales, y nadie salió dañado del asunto."

La mente de Mercedes voló de inmediato hacia atrás, hacia Johnny Romero. La conocida y antigua ira empezó a ingresar en su torrente sanguíneo, haciéndole tensar la mandíbula y latir el corazón con una mezcla tóxica de vergüenza y amargura. Estiró la mano y agarró una de las botellas de vino, llenando el vaso casi hasta el borde.

Claro, a Cristina ninguno de sus tipos les importaba un carajo.

Claro, a ella parecía no importarle.

Claro, entretanto había destrozado a su mejor amiga, pasando las horas con tipos que le importaban un bledo, ajena totalmente al daño que les causaba a otros, porque ése era entonces el *modus operandi* de Cristina.

Nadie salió dañado del asunto, ¿verdad Cristina?

El ansia de Mercedes por tomarse un Vicodín regresó con fuerza. Cristina podía hablar con ligereza sobre amores pasados como si apenas fueran escombros que hubieran quedado en la playa azotada de huracanes de su vida. No tenía ni la más jodida idea de que ciertas cosas tuvieran alguna repercusión en Mercedes, y aunque la tuviera, ¿importaría?

Maldita sea, se dijo Mercedes a sí misma. ¿Por qué eran tan mercuriales sus emociones? Un minuto coexistía con Cristina en una especie de recelo recíproco y cómodo, pero al minuto siguiente quería patearle el culo.

Mercedes se puso de pie con dificultad, roja de la ira y sintiendo la necesidad de tomar distancia de todo lo que sentía en ese momento.

"¿Qué pasa, Mercy?" preguntó Lucy.

"Nada, estirando los tendones de las piernas." dijo con demasiada brusquedad.

"¿Te están molestando?"

No, las estoy estirando porque están perfectas, pensó con sarcasmo. "Sí," murmuró. "Me siento un poco tensa." Mientras las otras siguieron hablando, Mercedes merodeó por entre las sombras más profundas de la cabaña, luchando por mantener a raya la reprimida furia que le crecía por dentro, la necesidad imperiosa de arremeter contra Cristina, de hacerle daño. No tenía sentido. Lo de Johnny Romero había sido hace mucho tiempo atrás. Apenas un romance de secundaria, por dondequiera que se lo mirase. Necesitaba dejar atrás ese asunto.

No podía.

No era solamente Johnny. Él era apenas un síntoma de un mal

mayor y subterráneo que se había fermentado en la amistad entre ella y Cristina, finalmente sofocándola.

En el rincón más oscuro, sacó de su bolsillo dos píldoras de Vicodín y, dándoles la espalda a sus amigas, se las bajó rápidamente con vino. Sí claro, muy seguro y muy saludable, mezclar narcóticos con alcohol. ¿Pero a quién carajo le importaba? Lo único que sabía era que necesitaba una barrera, física o farmacéutica, contra todo lo que quería decirle a Cristina. ¿Decirle? Lo que quería era apuñalar a la consentida princesita. Pero no era ni el momento ni el lugar. De hecho, no habría nunca ni un tiempo ni un lugar, porque a ella Cristina ya no le importaba. No necesitaba que una mujer como Cristina Treviño Aragón fuera parte de su vida.

Mercedes escurrió la última gota del vaso y lo dejó en el mostrador contiguo a la estufa. Se desentendió de la conversación de las otras y caminó arriba y abajo, luchando por concentrarse en todo lo que era bueno en su vida, por alcanzar ese punto de equilibrio que siempre parecía tan lejos de su alcance.

Cierto: había construido una carrera increíble.

Que quizás ahora estuviera ya destrozada . . .

Cierto: era la presidenta y directora editorial de una revista importante y ésta era obra suya, por entero su creación.

Pero quizás fuera a dar a la mierda por causa de la controversia.

Cierto: tenía un espectacular apartamento en Sutton Place en la ciudad más vigorizante del país.

Y nadie la esperaba en casa . . .

Dejó de caminar y entrelazó con fuerza los dedos con el pelo. Carajo, la cosa no andaba para nada bien. Nada era bueno en su vida. Nada, nada, nada. Más bien debía unirse a las demás; nada cambiaría. Dándose vuelta, dio un paso hacia el círculo de sacos de dormir, pero pisó un listón de madera que sonaba diferente. Se detuvo, dio un paso atrás, y lo pisó con fuerza un par de veces. Y efectivamente, tenía un sonido hueco.

Poniéndose en cuclillas, Mercedes golpeó la tabla con los nudillos.

Definitivamente, hueco. Sintiendo una repentina oleada de emoción, sacudió los bordes de la tabla y encontró que estaban sueltos. Al halar con más fuerza, finalmente logró retirar la tabla. La dejó a un lado y se asomó a la grieta, sin poder ver mucho en la oscuridad.

"Pásenme una de las linternas," dijo, sin dirigirse a nadie en particular. Metió la mano, preguntándose si lamentaría la decisión, y se estremeció cuando tocó algo parecido a una caja de cigarros. "Ay, Dios mío."

Su exclamación atrajo la atención de las otras, y Lucy alcanzó una de las linternas y se puso de pie. "¿Qué haces allí, Mercy?"

Sin responder, Mercedes metió la mano en el hueco y palpó los bordes de la caja. Decididamente una caja. La luz de la vela de Lucy se mecía sobre el hueco y a Mercedes el pulso le golpeaba con más fuerza. Extrajo una caja frágil y desteñida de cigarros Cremo. La marca anunciaba cigarros por cinco centavos, La Crema y Nata de los Tabacos, "certificados" para su protección. Casi tenía miedo de levantar la tapa con bisagra. Con la suerte que tenía, resultaría ser el ataúd de una rata mascota muerta hace rato. Respiró profundo y la abrió de todos modos.

Lo primero que vio fue una nota escrita a mano sobre una pila de recuerdos:

Propiedad de Matilda Tafoya

Emocionada, asombrada y con el corazón en la garganta, Mercedes miró a sus amigas con ojos atolondrados. Todas la miraban con evidente curiosidad. "No me lo van a creer. Acabo de encontrar una caja con cosas de Tili."

Capítulo Veinte

Se habían sentado a revisar la caja de tesoros de Tili hasta que del vino quedaba apenas un recuerdo, y las gordas velas blancas de los faroles se habían extinguido una a una dejando sus estelas de humeante oscuridad. Para entonces, habían descubierto lo suficiente para reavivar su emoción ante la búsqueda, una búsqueda que cada vez parecía menos un ejercicio inútil, y más algo que en realidad podía dar fruto.

Y pensar que supuestamente una cabaña vacía no podía revelar claves. La caja debía haber sido un lugar conveniente para que Tili guardara sus notas y papeles, que claramente había olvidado por la prisa con la que tuvo que salir de la cabaña. No eran el tipo de cosas que una persona extrañaría largo tiempo, pero ofrecía una buena cantidad de información que podría conducirlas a ella. Después de dejar de lado algunas listas sin importancia, fotografías y un par de tarjetas escritas en un idioma que ninguna de ellas reconoció, habían gritado vivas al encontrar una tarjeta de cumpleaños para Tía Matilda, de parte de una sobrina—con un remitente en el sobre.

Aparentemente, Tili tenía familia cerca del pueblo sureño de Nuevo México llamado Truth or Consequences, lo cual era irónico en varios sentidos. De cualquier forma, al día siguiente la caminada de regreso se les hizo mucho más corta y más directa. Se ducharon, recogieron a Senalda y les manifestaron su profunda gratitud a Lenora y Esteban por la invaluable ayuda y hospitalidad. Temprano por la tarde, estaban nuevamente en camino hacia la verdad . . . ¿o las consecuencias? Eso estaba por verse.

Annette transmitió a Alex y Déborah la información que habían encontrado y éstas inmediatamente se metieron de cabeza a investigar más sobre la pista y prometieron llamar si descubrían algo. De acuerdo, Tili había tenido familia en T. o C. en algún momento, si la tarjeta y las notas encontradas en la caja estaban en lo cierto, pero eso no quería decir que todavía estuvieran allí. O que la familia estuviera dispuesta a darles información sobre su paradero—ésa era la gran pregunta. Todas las claves apuntaban al hecho de que Tili no deseaba ser encontrada, lo cual presentaba un problema por más prometedora que fuera la evidencia. Lo único que podían hacer era seguir conduciendo y esperando a que algo ocurriera. Como les había dicho Esteban, o eso, o darse por vencidas.

Al cabo de aproximadamente una hora de viaje, el celular de Cristina sonó de repente. Y sin más ni más, el auto se llenó de tensión. Cris miró a sus tres amigas, que fingían no estar pendientes de ella y del teléfono que sonaba. Todas eran más que conscientes de que evadía a Zach. Había pensado en apagar el maldito teléfono . . . de hecho *lo había* apagado. ¿O no? Miró a sus amigas con sospecha, deteniéndose en el perfil ligeramente culpable de Lucy, antes de extraer de su cartera el maldito objeto. Leyó la identificación en la pantalla, sabiendo de antemano qué número desplegaría.

Zach. La llamada número treinta y cinco.

"Respóndelo, Cris," la instó Lucy.

Cristina empezó a temblar, y el estómago a revolvérsele de acidez. El teléfono sonó de nuevo, vibrando ligeramente contra su palma. "No . . . no puedo," dijo. "Lo siento. Sé que piensan que soy débil y estúpida, pero sencillamente no puedo. Todavía no."

"¿Cuándo?" preguntó Lucy, pero el tono era compasivo y de apoyo, no de exigencia. "No eres ni débil ni estúpida en estos momentos, pero este asunto no va a desaparecer y el temor se va a volver tanto más grande y más difícil de manejar cuanto más lo esquives. Necesitas hablar con tu esposo. Él te ama."

"Jesús, Suertuda, si ése no es un caso clásico del burro diciéndole orejón al otro, entonces no sé qué lo será."

"Cállate, Mercy," dijo con brusquedad Lucy. "El tema es Cristina, no yo."

"Ah," murmuró Mercy, con sarcasmo. "Pero claro."

Lucy hizo a sus espaldas un gesto como de no hacerle caso.

"Quizás sencillamente podría desaparecerme y nunca regresar a Texas," dijo Cristina sin hacerles caso a ninguna de las dos.

"¿Y no volver a ver a tus hijos? ¿Vivir fugitiva de la ley?" preguntó Lucy. "Me parece un mangífico plan."

Cris apagó el teléfono al quinto timbre. A pesar de los argumentos de Lucy en sentido contrario, su única opción era silenciar el timbre que seguía fastidiando como una notificación de atraso del departamento de recaudación de su conciencia. Evadió la mirada de Lucy, sintiéndose avergonzada y atemorizada. "No pienso escapar. Lo prometo. Estaba dándomelas de impertinente. Pero por favor . . . déjenlo así. No puedo hacerle frente a Zach. No puedo hacerle frente a su demoníaca madre," corrigió, pronunciando la última palabra como si fuera una maldición especialmente aterradora. "Y por favor, no vuelvan a encenderme el teléfono. Por favor."

Lucy no negó haberlo hecho. Más bien se limitó a suspirar. "Diré esto y nada más. Cuanto más esperes, más difícil será. Sencillamente recuerda, Zach te ama. Cállate, Mercy," agregó, para cortar cualquier otra acotación.

Mercy carraspeó, pero no dijo ni una palabra.

"Quizás tengas razón." Cris ofreció una sonrisa breve y forzada que realmente no era una sonrisa. "Pero Zach también ama su imagen, su posición y la reputación de su familia, y yo decididamente les he

jodido la existencia sin remedio." Miró a Senalda. "Perdón por el voca-
bulario."

"De nada," le dijo Senalda.

"Eso depende," le dijo Mercedes.

"¿Qué depende de qué?"

"La imagen de Zach. O si de verdad la dañaste irreparablemente.
Todo depende."

"¿Cómo lo sabes? ¿Depende de qué?"

"Del giro que le des a todo el asunto," Mercy se dio vuelta desde el
asiento delantero para mirarla. "He estado analizando todos mis enredos, los cuales"—levantó la palma de la mano—"concedido, son un
poco diferentes. Pero también se parecen de muchas formas. Como
están las cosas, creo que podré salvar algo de mi reputación si puedo
darle un giro positivo a lo que sucedió."

Cris resopló, cruzando los brazos sobre su torso y sobre el cinturón
de seguridad. "Pues sí, apenas le des un giro a lo tuyo, estás más que
bienvenida a intentar hacerlo con lo mío. Pero en este momento prefiero
ignorar el asunto. Así que, si no les importa, concéntrense en sus problemas y déjenme a mí con los míos. Sin ofender. Buena suerte, de todos
modos," le dijo a Mercedes, y lo dijo con sinceridad, "con todo el
asunto de los giros."

Cris apretó los brazos y concentró la atención deliberadamente en el
paisaje al otro lado de la ventana. Estaba tan saturada de hablar del
tema, tan saturada de pensar en el tema. Por suerte sus amigas entendie-
ron la indirecta, y el silencio volvió a reinar en el auto.

Una media hora antes de llegar a T o C, sobre un desolado trozo de
autopista que se parecía a todos los tramos desolados de autopista
del Suroeste, Annette estacionó el minivan en el polvoriento estacionamiento de una bomba de gasolina y lo dejó frente a unos antiguas bom-
bas de la era pre–digital. "Si no ponemos gasolina, no llegaremos," les
dijo a las otras. "Lo siento, sé que ya casi llegamos, pero—"

"Si se necesita gasolina, pues se necesita gasolina," dijo Lucy. "¿Qué es lo que hay que lamentar? Estás haciendo eso que les endoctrinan a todas las mujeres, Annie, y pidiendo disculpas por tus acciones. No lo hagas."

"Lo siento, Lucy. Opa. Otra vez." Annette cruzó miradas con Cristina por el espejo retrovisor. "¿Te importa llenar tú el tanque? De verdad que necesito estirar un poco las piernas."

"Claro que no. Me toca pagar la gasolina de todos modos." Cristina se desabrochó el cinturón. "¿Necesitan algo de adentro?"

"Para mí, agua," dijo Lucy.

"Para mí una Pepsi de dieta," agregó Mercedes.

"Lo mismo para mí. Gracias, Cris," dijo Annette, antes de escudriñar imperturbable a Mercedes. "¿Quieres darte una caminada rápida conmigo, Mercy? Me gustaría tener compañía, y como te ha estado dando calambres en la pierna."

"Ciertamente," las dos mujeres descendieron del minivan y se alejaron por la berma.

"¿Y para ti, Senalda?" le preguntó Cristina.

"Yo solamente necesito el baño," dijo Senalda, con algo de esfuerzo en la voz. Cristina sintió una punzada de simpatía por la joven. Un viaje por carretera tenía sus retos en cualquier circunstancia. Pero con siete meses de embarazo, con los órganos reacomodados y la vejiga al reventar, el sacrificio se convertía en suplicio. Cristina lo sabía. Había viajado con Zach y el equipo todo lo que le fue posible durante los embarazos, y las más de las veces había sido infernal.

"Ay, cielo, déjame ver." Cristina recorrió con la vista la propiedad— dos edificios sin forma y de techo plano, carentes de estilo y nada que resultase acogedor en las fachadas. Pero vendían gasolina y refrigerios. En esta parte del país, eso era todo lo que necesitaban para prosperar. Tan solo otro vehículo ocupaba el estacionamiento, una desocupada camioneta Toyota amarilla con un cascarón que no le correspondía, parada junto a las puertas del frente. Cris finalmente descubrió las puertas a los baños de hombre y mujer en la más pequeña de las estructuras, que quedaba detrás de la estación de gasolina propiamente dicha. Se los mostró a Senalda. "Creo que quedan allá. Tú ve que yo voy a comprar leche, jugo y agua."

"Justo lo que necesito," bromeó Senalda, bajándose del auto con movimientos de pato y agarrándose el torso para protegerse. "Más para beber."

Lucy y Cristina rieron. Justo antes de que Cristina se bajara de la camioneta para llenar el tanque de gasolina, Lucy le tocó el brazo. "¿Te molesta si me quedo acá y llamo a Rubén? Puedo luego ir a pagar, si quieres."

"En absoluto. Llama a tu amorcito." Sonrió. "Soy perfectamente capaz de llenar el tanque y pagar."

"Gracias, Cris."

"¿Lo extrañas?"

Lucy entornó los ojos. "Como no te imaginas."

"Bueno, epa, por lo menos una de nosotras quiere llamar a su marido," Cristina se bajó de un salto por la puerta lateral antes de que Lucy pudiera emprender de nuevo la cantilena debes-llamar-a-Zach.

Annette había estado buscando la forma de estar a solas con Mercedes desde la noche que habían dormido en la cabaña de Tili. No sabía qué lo había producido, pero en un minuto habían estado hablando tranquilamente en grupo y al siguiente todo el modo de Mercedes había cambiado, tornádose oscuro, remoto e inalcanzable. Se había distanciado de todas, y sin embargo su ira irradiaba todo el ambiente. Su estado de ánimo había sido inconfundible. Si pensaba que nadie se había dado cuenta o que a nadie le importaba, estaba equivocada.

Annette nunca olvidaría lo dulce que había sido Mercy la noche que compartieron la colchoneta inflable en casa de Alex y Déborah, cuán vulnerable y abierta había sido. Quería pagar el favor. A ella le importaba Mercedes más de lo que esperaba después de todos los años de silencio. Tenía un instinto de madre y algo le decía que Mercy necesitaba saber que era amada.

Habían caminado unas cuantas yardas cuando Annette soltó el aire. Mercedes había esperado en silencio, o a lo mejor estaba disfrutando de la caminata entre el polvo y el calor—Annette no estaba segura. Pero si iba a emprender la discusión, tenía que lanzarse al agua.

"Mercy . . ." Annette dudó. "Tengo que decirte algo y quiero que simplemente me escuches."

Mercedes parpadeó, y pareció confundida. "Sí . . . claro."

"Anoche . . . en la cabaña de Tili . . . sé que algo te estaba molestando cuando empezamos a hablarle a Lucy sobre el matrimonio." Levantó un dedo cuando Mercedes abrió la boca para hablar. "Déjame terminar," dijo en su mejor voz de madre de cinco. "Déjame llegar hasta el final."

Con una sonrisa ligeramente divertida, Mercedes cerró la boca e hizo como si cerrara una cremallera sobre los labios.

"Mira," dijo Annette aplacada, "yo sé que eres una persona reservada, y no te abres con cualquiera. No estoy entrometiéndome en tus asuntos. Quizás te sorprenda saber que soy igual." Miró a Mercy de reojo, y Mercy asintió con una inclinación de cabeza. "Pero algo hizo anoche que tu estado de ánimo cambiara, y quiero que sepas . . . que me puedes hablar sobre el asunto, si en algún momento tienes la necesidad de hablarlo con alguien."

Mercy se detuvo y se paró frente a Annette.

Annette, temiendo que Mercy se cerrara, levantó las palmas. "Yo sé que eres mucho más amiga de Lucy que mía, y lo entiendo. Seguramente preferirías mil veces hablar con ella."

"Annie, eso no—"

"A primera vista, parecería que no tenemos nada en común en nuestras vidas. Solamente soy una mamá y tú eres . . . ese famoso y maravilloso ícono del mundo editorial."

"Annie, tú también eres mi amiga."

Annette entornó los ojos, pero con una sonrisa de buen talante. "¿Cuántas otras amigas tienes que tengan cinco hijos y se queden en casa con ellos?"

"Eso no viene al caso. No me importa qué haces para ganarte la vida, y si criar hijos es lo que haces, te respeto por ello. Eso lo sabes." Bajó y suavizó el tono. "Ya hablamos del tema de los niños."

Annette asintió y empezó a cavar rítmicamente un huequito en el polvo con la punta del zapato. "Tienes razón. Lo hablamos. Y es en parte por eso que te estoy hablando ahora." Levantó la mirada hacia la cara de Mercedes, y tuvo que entrecerrar los ojos por el resplandor del sol. "Es que quiero que sepas . . . que *yo* sé que algo te está molestando. Sé que sientes dolor"—se llevó un puño cerrado a la altura del pecho— "dentro. Así que no te tomes la molestia de negarlo. Te conozco desde hace mucho tiempo y me duele."

"No malgastes tu preocupación en mí."

"Demasiado tarde. Pero está bien. No espero que seas un libro abierto sobre estas cosas, pero me importas. Recuérdalo." Annette miró a su amiga hermosa, combativa, impetuosa y autoprotectora y observó cómo un torbellino de emociones cruzaba el rostro de Mercy.

Sus ojos también se humedecieron, y se mordió el labio. "Gracias," susurró, casi sin poder hablar.

"Es todo lo que tenía que decir."

Mercedes atrajo a Annette para abrazarla. "Dios, tú eres tan buena amiga, a pesar de que no he sido para nada amiga tuya por años," dijo Mercedes. "Con razón tu familia te adora."

"Ja."

"Así es. No te hagas la tonta," Mercy también la estudió unos instantes. "También me alegro de que hayamos encontrado terreno en común, Annette. Y si en algún momento quiero hablar, serás la primera en saberlo."

"Será un honor."

Mientras Cris esperaba a que se llenara el gran tanque de gasolina, miró con añoranza hacia la carretera por donde iban Annette y Mercedes. El cuarteado asfalto negro despedía ondas de calor que desfiguraban los contornos de las dos mujeres. Pero para ella no pasaba inadvertido ni la forma íntima en que hablaban ni que se tomaran de la mano o se abrazaran.

Cristina apartó la mirada, los ojos le ardían. Se abrazó el torso para deshacerse de esa vacía sensación de pérdida. Mercedes, al parecer, podía amar a todo el mundo menos a ella. No debería dolerle tanto, pero Dios.

Una lágrima escapó de sus ojos y le rodó por las mejillas. Se la limpió, e inclinó la cabeza hacia atrás para deshacerse de otras que pudieran seguirla, cuidando de darle la espalda a Lucy, que todavía estaba sentada dentro del minivan, acurrucada con su teléfono. Con suerte estaría demasiado concentrada en Rubén como para notar siquiera la estúpida emotividad repentina de Cristina.

¿Cómo era que podía despreciar a Mercedes un instante y al siguiente echar tanto de menos su amistad? El tanque de la camioneta terminó de llenarse y Cristina regresó la boquilla a su sitio en la bomba, le puso la tapa al tanque y cerró la puertecita que la cubría. Mientras atravesaba el pavimento, buscó en su bolso la tarjeta de crédito, pero su mente seguía fija en Mercedes y Annette . . . y en Mercedes y Senalda . . . y en Mercedes y todas las otras personas que no eran ella.

Podían tildarla de pesimista, pero toda la depresión y todas las repercusiones emocionales de largo alcance que su rompimiento con Mercy habían repartido por su mundo indicaban una cosa: un insuperable defecto en su propio carácter. Cerró los ojos contra el ácido dolor que se revolvía en su estómago.

Cristina se acercó a la estación de gasolina, deseosa de sentir el aire acondicionado y abrió la puerta. El despliegue de tabloides a la entrada captó de inmediato su atención. Todos tenían como asunto principal una foto de la cara de Mercedes que ocupaba toda la página. Buscó y localizó la caja y le pareció extraño que el dependiente estuviera detrás del mostrador con los brazos en alto. Le tomó varios largos segundos de confusión, negación y, luego, caída en cuenta antes de que su mente comprendiera que acababa de irrumpir en un atraco.

Para entonces, la pistola la apuntaba a ella.

"Ni siquiera piense en moverse, señora."

La adrenalina inundó el sistema de Cristina. Desde la puerta lanzó una rápida mirada hacia la camioneta. Lucy estaba ahí. Instintivamente retrocedió un pasito hacia la puerta.

"Pare ahí," dijo el hombre armado, acercándosele unos centímetros. "No estoy bromeando." Lucía nervioso y amenazante—siempre una mala combinación cuando de por medio había un arma.

Cristina se paralizó. Lo único que veía era el cañón negro y redondo de esa pistola. Por la mente le pasó veloz la idea de decirle al tipo que ella también era una delincuente. Cosas en común y todo eso. La locura de todo aquello le propinó un severo golpe y empezó a reírse en voz alta. De hecho, no lograba parar de reír. Un segundo después estaba totalmente desecha en carcajadas, doblada hacia delante sujetándose el estómago. Su risa maníaca pareció confundir al hombre. Cambió de punto de apoyo entre un pie y el otro, el tiempo suficiente para que ella alcanzara a ver al dependiente que estaba detrás. Inicialmente el ladrón había tapado al dependiente, pero ahora, mirando al joven, notó que éste al parecer le hacía señas de que siguiera distrayendo al tipo. A lo mejor tenía un botón de alarma. O una escopeta.

Su mente retrocedió a un artículo que había leído en la revista de Mercy meses atrás . . . todo acerca de cómo sobrevivir en situaciones peligrosas. ¿Qué era lo que decía de los atracos?

Casi todos los atracos que se convertían en homicidios lo hacían porque algo asustaba al ladrón. Se suponía que uno les diera lo que pedían, no que los asustara, que procurara mantenerlos tranquilos.

"Voy a levantar las manos lentamente, ¿vale?," le dijo en medio de la risa. "No estoy acá para entrometerme en sus planes y no le causaré problemas." El artículo también hablaba de la importancia de advertirle al ladrón sobre posibles sorpresas. "Conmigo están cuatro amigas. Todas mujeres. No creo que ninguna vaya a entrar, pero si las veo venir, se lo diré, ¿bueno?"

Bien fuera por su risa incontrolable o por su honestidad, parecía haberlo despistado. Dudó, luego apuntó hacia un lado la pistola. "Párese allá al lado de las latas de Coca Cola y cállese. Y ponga en el piso su puta cartera, despacio."

Ella se acuclilló, muy lentamente, y puso sobre el polvoriento linóleo industrial de color blanco su cartera Kate Spade. "Ahí está. Me voy, ¿sí? No me voy a atravesar," dijo, finalmente recuperando algo de compostura.

Cuidándose que la mirada no la delatara, utilizó su visión periférica para ver que el dependiente había sacado un bate de béisbol. Le hizo una seña a Cristina con un movimiento decidido pero cauteloso de la cabeza. Cuando estuvó casi al lado de la torre de latas de Coca Cola cerca del atracador, fingió haberse torcido el tobillo y cayó hacia delante, tumbando la pirámide y ocasionando una estruendosa cascada de las latas que golpeaban contra el linóleo. Dos latas se reventaron, esparciendo la pegajosa Coca Cola hacia las piernas del atracador. Cristina siguió a las latas, y rodó como mejor pudo hacia un lugar seguro, hasta quedar detrás del exhibidor metálico de Twinkies.

De repente, las relaciones de poder dentro de la tienda había cambiado. El dependiente aprovechó la oportunidad y tomó impulso con el bate hacia la cabeza del atracador, propinándole un golpe contundente. El sonido le revolvió las tripas a Cristina.

Al atracador se le doblaron las rodillas y mientras caía al piso se le disparó la pistola. Cris se protegió la cabeza con los brazos y se encogió cuando una explosión increíblemente fuerte fue seguida de inmediato por el sonido de cristales quebrados. "¡Puta!" ¿Acababa ella de gritar eso? En lo único en lo que podía pensar era en sus hijos.

"¿Está usted bien?" oyó que le gritaba el dependiente.

Cristina se aventuró a darle un vistazo rápido al atracador y se percató de que el hombre estaba fuera de combate, con el arma todavía en la mano. Se irguió hasta ponerse de rodillas y se arrastró hacia él, retirándole el arma de una patada y, luego atravesó arrastrándose la tienda. "Estoy bien."

Justo en ese instante, la puerta principal se abrió de un golpe haciendo que la campana sonara con fuerza y Lucy irrumpió como un torbellino, con la pistola lista. "¡Quietos! ¡Soy policía! Nadie se mueve."

"Está bien, Lucy," dijo Cristina, con la respiración entrecortada como si hubiera corrido un maratón. "Está inconsciente. Estamos bien."

Lucy vio a Cristina en el piso, miró al dependiente. "¿Está bien?"

El dependiente asintió, y contestó con voz temblorosa. "Sí."

Lucy enfundó su pistola en el cinturón, justo en la parte baja de la espalda, luego cruzó hasta donde estaba el atracador inconsciente y procedió a ponerle las esposas que llevaba en el bolsillo de atrás. Después de asegurarlas con doble vuelta de llave, miró al dependiente. "¿Llamó a la policía?"

"Presioné el botón de alarma."

"Bien, eso quiere decir que seguramente están en camino pero quizás piensen que el atraco no se ha acabado todavía. Llame al 9-1-1 y hágales saber que el sospechoso está bajo custodia. Dígales quién está en la escena, también, para que no piensen que nosotros somos sospechosos." Exhibió su credencial. "Soy una oficial antinarcóticos del departamento de policía de Denver, en Colorado, por si preguntan."

"Listo," dijo, y luego miró a Cristina con un destello de admiración. "Dios santo, señora, usted estuvo imponente. Entró justo a tiempo. Mierda. Reviví toda mi vida en un instante."

El orgullo florecía en el pecho de Cristina. "Usted también lo hizo muy bien."

Lucy cruzó rápidamente hasta donde estaba Cristina y se acuclilló, ofreciéndole una mano y analizando su cara con una mezcla de horror y preocupación. "¿Estás bien, nena? ¿De verdad?"

"Sí," dijo Cristina maravillada, sorprendida al darse cuenta de que era verdad. Acababa de impedir un maldito robo utilizando apenas la rapidez de pensamiento y el valor. Le sonrió a su amiga. "Soy algo grandioso, de verdad que sí."

"Mierda, cuando esa ventana del frente se rompió, pensé que era lo peor, Cris. Era—" la voz se le atascó. En un impulso, Lucy tomó a su amiga en un apretado abrazo. "Siento no haber estado allí cuando me necesitabas."

"Pero sí estuviste," dijo Cris. "Trajiste las esposas."

La campana de la puerta de entrada tintineó de nuevo, y Annette y

Mercedes entraron corriendo y respirando con agitación. Observaron los destrozos, el ladrón esposado, Lucy y Cristina en el piso. "¿Por el amor de Dios, qué es lo que está ocurriendo?" preguntó Mercy.

Lucy miró sobre el hombro. "Cristina entró en medio de un atraco. Y lo impidió, además."

El dependiente regresó. "La policía está en camino."

"Bien hecho. Vaya y cierre la puerta principal hasta que lleguen." Se dirigió a sus asombradas amigas. "Mercy, Annette, ustedes dos esperen afuera en la camioneta con Senalda."

Annette estudió a Cristina. "¿Estás bien?"

"Estoy bien, Annette. De verdad. Tumbé las latas a propósito para distraer y para que el dependiente pudiera pegar un jonrón con la cabeza del tipo," dijo. "Es una táctica que recordé haber leído en la revista de Mercy. La parte de la distracción, quiero decir. Toda. Y de veras funcionó, después de todo."

Mercy realmente sonrió. "Recuerdo ese artículo."

Cristina rió. "Pues sí que me alegro de haberlo leído. No sé qué habría hecho si no."

Mercy cruzó los brazos y sacudió la cabeza, la mirada llena de admiración. "Tendremos que escribir una segunda parte para un número futuro. ¿Quisieras ser entrevistada más adelante?"

"¿Bromeas? Me encantaría."

"Vayan, ustedes dos," las apuró Lucy. "Antes de que Senalda salga del baño y quede en medio de la policía que llega en enjambre. Créanme, la rodearán. Lo último que necesita es esa clase de estrés para el bebé."

"Bien," dijo Mercy. Miró a Cristina una última vez. "Bien hecho, Cris. Pero no nos vuelvas a asustar de esa forma otra vez."

Cristina se dejó caer de nuevo en el piso y se recostó contra un exhibidor de dulces. Respiró profundo y exhaló con lentitud y se dio cuenta de que no se había sentido así de bien en mucho tiempo. Combatir el crimen era hasta mejor que cometerlo, por la adrenalina que le proporcionaba. A lo mejor debía volverse policía. Una policía con un récord de robo. Se rió de nuevo en voz alta.

Quizás mejor no.

Capítulo Veintiuno

El tramo final de su recorrido hacia T o C se retrasó, desde luego, por la investigación del robo, durante la cual Cristina fue presentada como una heroína perspicaz. Resultó ser que este delincuente en particular había estado atracando remotas estaciones de gasolina en tres condados y la policía no tenía buenas pistas sobre el tipo. Tantas veces los oficiales que acudieron a la gasolinera y sus amigas se refirieron a ella como alguien valiente, hasta el punto en que ella empezó a sentir que el calificativo le correspondía. La crisis, y su reacción ante ella, elevó a tal punto la confianza de Cristina en sí misma, que sintió el impulso repentino de llamar a Zach. ¿Qué tan atemorizante podía ser una conversación difícil cuando había sobrevivido—en realidad impedido—un maldito atraco a mano armada?

Cuando finalmente llegaron a Truth or Consequences, y se habían registrado en el motel, cada una partió en pos de unos minutos de privacidad antes de reagruparse. Senalda inmediatamente se hizo de una de las camas para tomar una siesta. Lucy se fue a la tienda para comprar refrigerios. Mercedes se metió en la ducha y Annette y Cristina se acomodaron en la segunda cama doble para mirar de nuevo el contenido de la caja de cigarros con los tesoros de Tili, abrigando la esperanza, mientras *oraban,* de encontrar algo que antes hubieran pasado por alto.

Tarjetas, notas, recetas, listas e, inexplicablemente, una foto de un apuesto hombre con una recua de burros. El respaldo de la foto decía sencillamente "Yiska." Casi todo estaba escrito en inglés, algunas cosas en español, pero otras en un idioma que ellas supusieron era un dialecto de los Indios Americanos. Dejaron a un lado lo que no podían comprender, y que claramente no tenía un significado más profundo. El resto, lo analizaron. Buscaban cualquier cosa que las pudiera llevar a Tili.

Por una parte, las cuatro sentían punzadas de culpa por indagar entre los objetos privados de Tili, pero sus motivos eran puros. Pensaban devolverle la caja cuando la encontraran. Seguramente que al abandonar la cabañita, Tili no había tenido la intención de dejarla y, a lo mejor, la caja contenía algunos recuerdos que ella estaba buscando. Ellas serían héroes, y a su vez ella les arreglaría a todas la vida de puro agradecimiento. ¿No sería acaso *eso* amable y bonito?

Todas se habían convencido de que la cajita mágica tenía la clave para encontrar a Tili, pero por más que lo intentaran, Cristina y Annette no lograban encontrar ninguna clave directa en la caja.

Descorazonada, Cris se puso de pie, se estiró y se echó el bolso al hombro. Quería llamar a Zach mientras se mantuviera alta su confianza en sí misma después del atraco. "Mira, Annie, por acá no vamos ningún lado y los ojos se me están cruzando. Voy a estirar las piernas. A organizar mi cabeza."

"¿Quieres compañía?"

"De hecho, quiero pensar un poco."

"Claro," dijo Annie. "Adelante."

Cristina se escabulló de la habitación sin comunicarle a nadie sus verdaderas intenciones. No pensaba que pudiera resistir las miradas de ánimo y esperanza en sus rostros. Esta llamada era algo que necesitaba hacer sola. Ahora que su valor había recibido una inyección de ánimo muy necesaria, estaba tan lista como podría estarlo. Eligió una de las tumbonas azules que rodeaban la pequeña piscina cercada y se sentó en el borde. El sol sureño de Nuevo México hervía en lo alto, calentándole su lustroso cabello negro y haciendo que el cuello le empezara a sudar. Muchos de los clientes del hotel aprovechaban el agua azul clara y fresca de la piscina para refrescarse y Cristina aspiró el olor limpio y húmedo, arropada por el anonimato. Acá estaba sola en medio de la multitud— su estado preferido.

A pesar de su henchida bravura, cuando estaba marcando el número de Zach el corazón le empezó a golpear contra las costillas. Sus amigas habían tenido razón—había agravado el problema al no hacer caso de sus llamadas durante más de una semana. Él no iba a estar muy contento, pero ella lo podía manejar.

El teléfono timbró dos veces antes de que Zach lo contestara. "¿Cristina? ¿Eres tú?"

"Soy yo." Una brisa impregnada de sol le enroscó el pelo sobre la cara, haciéndole cosquillas en el pómulo. Se aseguró un mechón detrás de la oreja.

"Dios mío, ¿qué cuernos está pasando?" Sonaba a la vez exasperado y aliviado. "¿Dónde estás? Llevo días dejándote mensajes."

"L-lo sé. Estoy en Nuevo México con mis amigas."

"¿Nuevo México? Pero yo pensé que Lucy y Rubén se casaban en Denver?"

"Sí, se casaron en Denver. Pero . . . bien, todo eso te lo explico después. Es una larga historia." Se mordió el labio por un instante, sobrecogida por una oleada de remordimiento. "Pero . . . en cuanto al resto, lo siento. Zach. Yo tenía . . . miedo de llamarte. Es que lo siento . . . tanto."

Zach hizo una larga pausa que le dijo a Cristina más que cualquier palabra. "Entonces, ¿es verdad?"

Ella suspiró, desentendiéndose de la algarabía que la rodeaba. "Sí, es verdad."

"Dios, Cris. ¿Por qué?" Su voz se tornó ronca. "Tenemos suficiente dinero para que te compres lo que quieras, cuando quieras."

Ella cerró los ojos, herida por la profunda decepción en el tono de su voz. Él nunca entendería que su compulsión de robar no era una cuestión de dinero, así que para qué molestarse siquiera con explicaciones insulsas. No estaba segura de lograr que él comprendiera porque no tenía sentido, ni siquiera para ella. Alguna parte masoquista en ella quería preguntarle qué se sabía en su círculo social, qué sabía su madre, pero por el momento su valor se agazapó en su escondite. No podía enfrentar la censura sino de parte de una persona a la vez, y hoy le pertenecía por completo a Zach.

"Ni siquiera sé qué decir. Y no me inventaré excusas. Lo hice. Me pillaron." Inhaló profundamente y exhaló con un resoplido. "Estoy lista para enfrentarme a las consecuencias."

"¿Me cuentas simplemente qué pasó? ¿Cómo pudo algo así—fue un error?"

"No, no fue un error."

"¿De modo que lo hiciste a propósito?"

Ella se debatió entre el disimulo, embellecer los aspectos más feos de su compulsión, y luego decidió que más bien debía dejar salir todo. "Sí. A propósito."

"Cris." Siguió una larga pausa. "No entiendo."

Ella dejó caer la cabeza hacia delante, entrelazando los dedos de su mano libre con el nacimiento del pelo. No podía culparlo por sentirse decepcionado de ella, pero decidió que mientras tuviera su atención, más bien debía ser franca en todo. "La cuestión es que no soy feliz, Zach. No lo he sido en mucho tiempo."

"¿Cómo que infeliz? Tenemos una vida maravillosa."

"Es verdad. En muchos sentidos, sí. Te amo a ti y a los niños tanto, pero . . . tu madre me odia y nunca deja pasar la oportunidad de denigrarme. Le ha hecho daño a mi amor propio más de lo que te imaginas."

"Vamos, Cris." Zach sonaba más bien escéptico. "Eres la mujer con más aplomo y auto–control que conozco. Siempre has sido así. Es una de las cualidades que más quiero en ti."

Sacudió la cabeza, aunque él no la podía ver. "No. Es tan sólo una fachada, una manera de sobrevivir cada día. ¿La verdad? Siento miedo todo el tiempo. Tu madre—Dios, Zach. Me hace dudar de mí misma, de nuestro matrimonio. Yo—"

"Tienes que entender—"

"No. Déjame terminar. Y yo *no tengo* que entender," dijo con firmeza poco característica. El hombre tenía que despegarse de las faldas de su madre de una vez por todas si es que su matrimonio había de durar. De repente se sintió desesperada por hacer que él la oyera. "Soy tu esposa. Elegiste pasar tu vida conmigo y, sin embargo, ni una sola vez me has defendido cuando tu madre se mete. Me hace sentir tan . . . fuera de lugar. Como si su opinión negativa fuera validada por la única persona que quiero que crea en mí."

"Yo sí creo en ti."

Cris no le hizo caso. Las palabras no eran sino eso, y en el esquema de las cosas, no significaban una mierda. "Me esmero tanto con ella y nada nunca funciona. Está decidida a demostrar mis deficiencias."

"Es una mujer difícil," admitió él.

"¿Y entonces por qué no me defiendes? ¿Estás de acuerdo con ella?"

"Claro que no. Es que—" dejó escapar un sonido impaciente, como si fuera incapaz de encontrar las palabras apropiadas. "Es mi madre. No quiero pelear con ella. Ella y Papá han hecho tanto por mí."

"También he hecho mucho por ti, Zach," le recordó ella en un tono de suave reproche. "Te di hijos, te he seguido a todas partes en pos de tu carrera, trato de ser una buena esposa para ti."

"Eres una buena esposa."

"Entonces házmelo sentir," le dijo con convicción, llevándose el puño cerrado al pecho. "Dile a tu madre que soy una buena esposa, no me lo digas solamente a mí. Muéstrale cuál es tu posición. Hazle saber claramente que tiene que aceptarme o mantenerse al margen de nuestras vidas. Nos está destruyendo, Zach. Me está destruyendo."

"Dios, lo siento," dijo él, tras una pausa larga y estupefacta. "Yo no sabía. Yo estaba tratando de mantenerlas contentas a las dos y a ti te tocó la peor parte. Nunca quise que fuera así."

Ella se ablandó ligeramente. "Sí. Zach, yo tampoco quise nunca empezar a . . . robar." Aj, la palabra le supo mal en su lengua. "Supongo," suspiró—"esto quizás te sonará incomprensible, pero era un escape por todo el dolor que sentía en mi vida. En *nuestra* vida. No lo sé. Una inyección de adrenalina para hacerme olvidar. Lo único que sé es que . . . no puedo seguir así."

"¿Eso qué significa, que 'no puedes seguir así,' Cristina? ¿Me estás pidiendo un divorcio?"

Cristina rió de verdad ante la idea. "Claro que no. Te amo y te amaré para siempre. Quiero pasar toda mi vida contigo y los niños."

"Bueno. Mierda, me asustaste."

"Pero . . . no he terminado." Hizo una pausa para que él cayera en cuenta. "Vas a tener que elegir entre aplacar a tu madre y ser un buen marido para mí. No soporto más su maltrato. Y *es* un maltrato, por sutil que sea. La próxima vez que ocurra, espero que me defiendas. Que lo cortes de raíz. La próxima vez y todas las veces."

"Te escucho."

"¿Me escuchas? ¿De verdad escuchas lo que estoy diciendo?"

"Sí. Podemos tratar de arreglarlo. Te prometo que las cosas cambiarán." Pasó un instante. "Pero, por favor, ¿podemos hablar unos minutos sobre la detención? Han ocurrido tantas cosas. Tenemos que—"

"Claro." Ella tragó con fuerza. *Ah. Eso.*

"Esto acá ha sido un infierno, nena. Durante la transmisión del programa tuve que referirme al asunto después de que había salido en todos los periódicos y yo ni siquiera sabía qué decir porque mi propia esposa me dejó totalmente fuera. ¿Tienes alguna idea de cuánto me dolió eso?"

El remordimiento le dolió en las entrañas. No podía imaginar lo duro que habría sido para Zach enfrentarse a ese tipo de escrutinio en las noticias de la noche. Nunca había estado en el centro de la atención por algo negativo. "Es mi turno. *Lo siento.*"

Zach dejó escapar un soplido largo y fatigado. "Ya terminó y pasó. Disculpas aceptadas." Lo dijo con un tono de sutil reproche. "Pero deberías haberme llamado. Deberías haber confiado en mí al menos para eso."

Tres niños alebrestados corrieron gritando por el borde de la piscina y se tiraron al agua, con las rodillas recogidas para caer en bomba, lanzando hacia el aire enormes surtidores de agua con olor a cloro. Cristina se movió para esquivar el agua. "Tienes razón."

"No quiero que nunca más dudes de ti misma o de mi amor, nunca jamás, ¿de acuerdo? Lo que mi madre piensa está mal, y yo no estoy de acuerdo con ella. Nunca he estado de acuerdo."

"Ojalá lo hubiera sabido." Tanto tiempo perdido.

"Yo debería habértelo dicho. Yo debería habérselo dicho a ella."

Cristina suspiró. Debería, querría, podría. El mundo entero sabía que los problemas en el matrimonio comenzaban cuando cesaba la comunicación, pero aun así la gente no lo podía evitar. ¿Por qué? ¿Acaso así somos de lentos para aprender los seres humanos? "Tenemos mucho en qué trabajar. Pero quiero hacerlo."

"Yo también, nena. Yo también." Su tono cambió, se suavizó. "Mira, en cuanto a la detención . . . acá moví unas influencias con el juez. Es viejo amigo de la familia."

Cristina rió con ironía. "Pues claro."

"Eh, no te burles," dijo Zach. "Está dispuesto a considerar desestimar las acusaciones o algunas otras opciones. Sin embargo, tienes que llamarlo." Recitó un teléfono, el cual ella anotó apresuradamente en un recibo que sacó del bolso.

Tenía que llamar a un juez. Uf. Por otro lado, no obstante, la recorrió el alivio. No debido a la consideración del juez sino por todo el incidente y lo que había producido. Teniendo en cuenta que devolvía el dinero a los dueños de las tiendas, en realidad con sus acciones no le había hecho daño a nadie fuera de sí misma. Daría un mal ejemplo, sí. Pero en el gran esquema de las cosas, su problema la había llevado al presente, a Truth or Consequences, Nuevo México, de todos los lugares posibles. Sus amigas, sus experiencias, incluso haber tenido el valor de exigirle a Zach—nada habría ocurrido si no la hubieran pillado. "Gracias por escuchar . . . y por hablar con el juez," añadió con reticencia.

"Haría cualquier cosa por ti, cielo," le dijo con un profundo ronroneo. "Supongo que no sabías eso."

"Supongo que no. Pero ahora lo sé."

"¿Vas a llamar al juez?"

"Voy a encargarme de eso, Zach. Te lo prometo. Pero escucha. Éste problema es mío, y de ahora en adelante, lo voy a revolver sola, a pesar de tus conexiones familiares. No necesito que en lo adelante ejerzas influencias."

"Bien, si así es como quieres que sea." Sonaba dudoso. "Me dices cómo van las cosas."

"Te contaré. Lo prometo." Colgó dándose cuenta de que no le había contado nada sobre el fiasco de la boda de Lucy, sobre Tili, sobre el abortado atraco—todo lo que había ocurrido desde que había llegado a Denver. Un reconocimiento traumático a la vez, supuso, pero las omisiones la hicieron sentir distante. Ya habría oportunidad de contárselo todo cuando regresara a San Antonio.

Antes de dirigirse de nuevo a su habitación, Cristina marcó los números que había escrito en el recibo, haciendo caso omiso del miedo en su garganta. Se concentró en los niños que jugaban al lado de la piscina mientras la línea timbraba y puso la cabeza más en alto de lo que la había tenido en mucho tiempo. A lo mejor más que nunca. Hablaría con el juez, pero también manejaría las cosas a su manera—y eso no incluía escabullirse como un gusano de las consecuencias que ella merecía. Sonriendo para sus adentros, de repente Cristina sintió que todo saldría bien.

Cuando Cristina entró en la habitación del motel Lucy levantó la mirada y pensó, inmediatamente, que su amiga se veía diferente. Más calmada, más serena. Más segura. "¿Dónde has estado?"

"En la piscina. Llamando a Zach," agregó en tono orgulloso.

"¿Llamaste a Zach?" preguntó Annette emocionada.

Hasta Mercedes desvió la atención de la caja de tesoros de Tili para escuchar.

Cristina asintió. "Y luego"—miró una tras una a sus amigas, claramente disfrutando el suspenso—"llamé al juez que está a cargo de mi caso de robo."

"¿Estás bromeando?" dijo Lucy, sentándose de repente sobre las rodillas como mejor pudo sin despertar a Senalda que todavía dormía. "Cuéntanos todo."

Cris las puso al tanto acerca de la conversación entre ella y Zach y sus "conexiones familiares" con el juez.

"¿Entonces desestimó las acusaciones?" preguntó Lucy.

"Él estaba dispuesto a hacerlo. Le dije que no."

"¿Ah?"

Cris se dejó caer en el borde de la cama, y doblando la rodilla se sentó sobre una de sus piernas, y luego aceptó la bolsa de papas fritas que Lucy le ofrecía y empezó a comer. "Le dije que no tenía interés en escabullirme cobardemente de mi castigo. Quiero decir, ¿qué clase de ejemplo sería ése para Cassandra y Manuel? ¿Acaso el asunto del robo y de la detención no ha sido ya suficientemente mal ejemplo?"

"Me siento tan orgullosa de ti," dijo Annette, con los ojos nublados.

Cristina resplandecía. "Gracias. Yo también estoy orgullosa de mí misma."

"¿Y entonces qué te van a hacer?" preguntó Mercedes.

"Tengo una audiencia privada de sentencia con el juez en tres semanas. Él me ahorrará la vergüenza de un juicio público, puesto que prácticamente admití todo."

"Eso está bien. Zach deberá apreciar eso."

"Bueno, es algo, al menos. Le dije al juez Cartwright que quería libertad provisional y servicio comunitario, porque es lo que merezco. También pagaré una multa, si él cree que debo hacerlo. Lo que sea. No voy a pasar tiempo en la cárcel, eso lo sé."

"No por una cosa como la que hiciste," dijo Lucy.

"En todo caso, ya nos pondremos de acuerdo sobre el asunto. Me dijo que fuera pensando en qué clase de servicio comunitario sería mejor, a la luz de mi delito."

"Guau." Lucy cruzó los brazos, los ojos destellantes de respeto. Cris quizás no se diera cuenta ella misma, pero era tanto lo que ya había crecido en este viaje. "Y, entonces, ¿se enojó Zach por eso? Quiero decir, ¿lo llamaste y le contaste todo?"

"Sí, y no. Nada de enojos. Le dije que era mi delito y que yo manejaría las repercusiones a mi manera. No quería utilizar el nombre de la familia." Se encogió de hombros. "Estaba . . . un poco molesto de que yo no estuviese de acuerdo con que se desestimaran las acusaciones después de que él se había molestado en hablar con el juez. Pero el Juez Cartwright estaba admirado de que yo asumiera la responsabilidad, me siento cómoda con el desenlace, y Zach sencillamente tendrá que superarlo."

"Lindo," dijo Mercy, y sonaba auténtica.

"Sí, bien hecho," le hizo eco Annette.

"¿Cómo te sientes?" le preguntó Lucy.

Cristina rió. "Apenas un millón de veces mejor que cuando llegué acá." Arrugó la nariz. "Pero sí me siento mal de haber puesto a Zach en una posición incómoda en el noticiero. Supongo que tuvo que enfrentar la situación en vivo, y no tenía idea de qué estaba sucediendo. Eso debió haber sido fatal."

"Lo superará," dijeron al unísono las tres amigas.

"Es Zach Aragón," agregó Lucy, con una mueca. "Es invencible, ¿recuerdas? Estoy segura de que manejó las cosas con elegancia y de paso se ganó más admiradores."

"Cierto. Cómo olvidarlo, estoy casada con Superman." Cris sonrió ampliamente. "Está bueno de hablar de mí. ¿Cuál es 'el plan Tili'?"

Mercy levantó la libreta de Lucy y la agitó en el aire.

"Hemos anotado todas las direcciones que encontramos en la caja," dijo Lucy. "Cuando estés lista, sencillamente nos subiremos a la camioneta e iremos de la una a la otra."

"Yo ya estoy lista." Echó un vistazo a Senalda. "¿Y nuestra mami?"

"Déjenla dormir," dijo Mercy, mirando a la joven como si fuera un querubín. "Podemos dejarle una nota, y más tarde traerle la cena. Pobre muñeca, la tenemos agotada."

Un par de horas después, al cabo de varios intentos absolutamente fallidos tocando puertas, las cuatro regresaron a la habitación del motel, frustradas, pero armadas de pizza y copiosas cantidades de vino tinto. Habían regresado en un silencio casi sepulcral—especialmente después de que alguien les había llamado a la policía. De acuerdo era extraño que cuatro mujeres andaran por ahí tocando puertas y haciendo preguntas, pero ninguna de ellas tenía cara de malhechora. Los hechos eran los hechos: habían agotado todas las pistas que contenía la caja, infructuosamente. Nadie en este maldito pueblo polvoriento conocía a Tili. Por lo menos, nadie estaba dispuesto a revelarlo. Ninguno de sus parientes vivía en las direcciones que habían recopilado y ninguna de las cuatro sabían dónde más buscar. No querían reconocer la derrota, pero Mercy sabía que todas estaban llegando al final de su entusiasmo por la infructuosa búsqueda.

Estacionaron frente a la habitación del motel, y apagaron la camioneta. Por un momento se quedaron ahí sentadas. "¿Y ahora qué?" dijo Annette.

"Comamos," sugirió Lucy, con la voz oprimida.

"Al carajo con la comida. Más bien que viva el licor," contestó Mercy. "Una pizza nunca me ha hecho olvidar mis penas, pero el vino a menudo lo logra."

"Por lo menos temporalmente," dijo Cris.

Mercy metió el hombro para abrir la puerta principal. "Eso es suficiente para mí."

Mientras se bajaban de la camioneta, Senalda salió al andén caminando como un pato y sonriendo como si se hubiera ganado la lotería. Mercy sintió una esperanza en el corazón. Ciertamente, la joven se veía tan emocionada, que no debía ser solamente por el regreso de las cuatro. A Mercy se le hizo un nudo en la garganta, pero trató de llenarse de ilusión.

"Regresaron," dijo Senalda. "Qué bueno."

"¿Cómo estuviste, cielo?" le preguntó Mercedes, acercándose para abrazarla. Se retiró y bajó la mirada para observar el vientre de Senalda. "¿Y cómo va nuestro pequeñito?"

Senalda se puso una mano protectora sobre el vientre. "Estamos bien. Me siento muy descansada, y tengo muy buenas noticias."

Con los ojos fijos en el rostro de la joven, y una mano apretada sobre su brazo, Mercy esperó sin respirar por lo que Senalda tenía que decir. Rogaba que fuera algo así como que Tili vivía en la misma cuadra vendría a cenar con ellas.

"Estuve horas en el teléfono con Déborah y Alex, y también leyendo las tarjetas en la caja de Tili." A Mercy se le tensó todo el cuerpo mientras esperaba más. "Creemos que la curandera vive cerca de acá. En las montañas Caballa. Creemos que la podemos encontrar acá."

Lucy gritó vivas mientras Mercedes permaneció estupefacta. ¿Cómo podía habérseles pasado algo en esa maldita caja de recuerdos?

Lucy le pasó por el lado a Mercedes y abrazó a Senalda. "¡Es fantástico! ¿Pero cómo? Leímos esas tarjetas una y otra vez, y fuimos a todas las direcciones."

Las otras hicieron un círculo alrededor, bullentes de emoción.

Senalda rió, un sonido feliz como de campanas al viento. "Fueron los burros. Con el hombre."

"¿Esa extraña fotografía?" Annette intercambió una mirada de desconcierto con Cristina. "¿Y cómo eso podrá conducirnos a Tili?"

"Eso, y las tarjetas."

"Pero leímos todas las tarjetas. Hasta más no poder," dijo Mercy.

"Las tarjetas que no pudieron leer. Están en navajo."

"¿Esa cosa que parece como sánscrito era navajo? ¿Tú lees navajo?" preguntó Annette maravillada.

"No. Pero Alex sí—"

"Ahí está," dijo Mercedes, haciendo un mueca. "La genio al rescate."

Senalda asintió. "En la universidad estudia los dialectos indígenas. Le envié la tarjeta por fax desde la oficina del hotel, y pudo . . . ¿cuál es la palabra?" Giró la mano.

"¿Traducir?"

"Ah, sí, traducir."

"Y entonces qué dice," presionó Lucy.

"Es una tarjeta en que le agradecen a la curandera por el nacimiento de un bebé. El bebé del hombre del burro. Busqué y lo encontré aquí en el pueblo. Se llama Yiska. Él sabe dónde vive la curandera."

Lucy le apretó las muñecas a Senalda, agachándose. "¡Senalda, eres un ángel! ¿Hablaste con ese tipo, Yiska?"

"Sí. Su gente viene de la Reservación de Álamo Band, cerca de Socorro, pero ahora vive acá con su esposa e hija. Él las llevará mañana a donde la curandera."

¿Mañana? ¿Así no más? Lucy no lo podía creer. Ni siquiera podía hablar. ¿Una pista sobre el paradero de Tili y un guía que las mantuviera bien encaminadas? Era casi demasiado bueno para ser verdad.

"¿Podemos estar seguras de que fue Tili la que asistió en ese parto?" preguntó Mercy, la mano sobre la garganta. "¿No la está confundiendo con otra curandera, verdad?"

"No lo puedo decir con seguridad," Senalda les regaló una sonrisa de autocomplacencia. "Pero la niña se llama Matilda, en honor a la curandera que ayudó en el parto. A la niña le dicen . . . Tili."

Lucy intercambió en silencio electrizantes miradas con sus tres amigas. El cerebro a duras penas le alcanzaba para abarcar la idea de que estaban así de cerca. Lo que había empezado como un capricho se había convertido en algo real, algo que de verdad podría ocurrir. Algo que podría cambiar el curso de la historia de los Olivera. No soportaba admitir que de verdad no había esperado esto. Había estado completamente preparada para una absurda aventura, que culminaría con las cuatro escabulléndose de regreso a casa, sintiéndose todas estúpidas y pidiendo disculpas.

"Quiere salir mañana al mediodía, si les parece bien."

"Perfecto," dijo Cristina. "No hay tiempo que perder."

"Yiska dice que el camino es largo, pero no hay problema. Él se encontrará con ustedes en Lago Caballo y traerá los burros para ustedes."

Annette rió, con un sonido corto de total asombro. "¿Vamos a montar en los burros del hombre?"

"¡Ay, Dios santo!" agregó Cristina.

Lucy le echó una mirada a Mercedes, quien cruzó los brazos e hizo una mueca. Apoyó un pie sobre el andén. "Bien," dijo, con fingida seriedad. "Nunca he montado en burro, pero teniendo en cuenta la calidad de mis ex maridos y novios, supongo que podría decir que me he sentado a horcajadas sobre un par de bestias."

"¡Mercy!" gritó Lucy, cubriéndose la boca para reír.

Mercy hizo un guiño. "Digo yo."

Lucy dejó escapar un largo suspiro de alivio. Senalda y—de nuevo—Déborah y Alex habían salvado el día y de qué forma. Tili ya no era un mito, sino una mujer al alcance de la mano. Pero lo mejor de todo era que Mercy volvía a bromear, lo cual significaba que seguramente se recuperaría de la calamidad de los tabloides, especialmente ahora que tenían una pista sobre la mujer que quizás pudiera ayudarlas a todas.

Lucy se sentía segura de que Mercedes emergería ilesa de las cenizas y lo más probable que en una posición mejor de la que había tenido antes. Esa era Mercy—siempre caía de pie. Si sentía que necesitaba la ayuda de Tili para lograr ese aterrizaje, bien, afortunadamente, ya no era asunto de *si* encontrarían a Tili, sino de *cuándo* la encontrarían.

Gracias a Dios por la gente joven, pensó Lucy, elevando una rápida oración por Déborah, Alex y Senalda. Sin ellas, ella y las otras quizás todavía estarían perdidas en la autopista en medio de la nada, luchando con el maldito mapa.

Tras celebrar la buena nueva con pizza, y luego de un largo baño en uno de los manantiales termales de T o C, las cuatro decidieron no arriesgarse a apresurar la fecha probable de parto de Senalda antes de enviarla en el vuelo de regreso a México. Era su primer embarazo, y Senalda tenía apenas diecinueve años; el bebé podría fácilmente adelantarse. Por más que la extrañarían, sabían que había llegado el momento de hacer lo menos egoísta y enviarla a casa con su familia, como lo habían prometido.

Mercedes le compró un boleto de avión para Ciudad de México en un vuelo de American Airlines para la mañana siguiente. Senalda llamó a su padre, quien aceptó con entusiasmo hacer el recorrido de sesenta millas desde Puebla para ir a buscarla. Contrario a sus temores, a su familia no le importó que no se hubiera casado y estuviera embarazada. Tan sólo querían tenerla en casa con ellos.

Siempre leales a su estilo de actuar primero y pensar después, ahora tuvieron que levantarse antes de la madrugada para hacer el recorrido de dos horas en auto hasta El Paso y dejar a Senalda allí a las 6:30 de la mañana, de modo que alcanzara su vuelo. El plan era despacharla y, luego, regresar a encontrarse con Yiska en Lago Caballo un poco después del mediodía. Tendrían más que suficiente tiempo, pero también sin duda estarían agotadas después de un primer día montando en burro.

Annette observó a Mercedes con detenimiento. Había estado melancólica toda la tarde mientras ayudaba a Senalda a empacar. Le había dado una maleta adicional repleta de regalos, ropa y artículos para bebé que le había comprado la noche anterior. También le dio a Senalda dinero, tarjetas prepago para llamadas, comida saludable para el vuelo—de todo. Mercy parecía ser presa de contradicciones en relación con la idea de enviar a la adolescente embarazada sola en un viaje.

Annette sentía pena por Mercy y su inminente pérdida. Sabía que entre Mercy y Senalda se habían establecido vínculos como de madre e hija y sabía lo duro que sería para Mercy cuando Senalda se despidiera del todo. Habían crecido tanto durante este viaje y Mercedes parecía especialmente frágil últimamente. O quizás Annette la estaba percibiendo con mayor claridad al haberse estrechado los vínculos entre ellas. Mercy fingía estar por encima de las emociones de los meros mortales, pero Annette sabía cómo eran en realidad las cosas. Mercedes era profundamente sensible, y ésa era la razón por la cual se protegía ferozmente. Las personas sensibles que han sido heridas construyen muros de piedra alrededor del corazón.

Todo el asunto entristecía a Annette.

¿Cuánto aguantaría Mercedes antes de estallar? Pero, por otro lado, si estallaba, quizás dejara escapar suficiente presión par ayudarla a ver que existía una luz al final del oscuro túnel por el que había estado dando tumbos. Quizás se daría cuenta de que había personas en el mundo que la amaban y que le perdonaban sus debilidades, que pensaban que ella era perfecta, con todo y sus aristas.

Annette se dirigió a Lucy y a Cristina. "¿Por qué no vamos a dar una caminada? Rebajamos un poco lo ganado con esta pizza y—" hizo movimientos exagerados de los ojos hacia Mercy y Senalda, que estaban demasiado inmersas organizando cosas como para darse cuenta.

"Gran plan." Lucy se puso de pie. "Mercy, ¿te importa si las tres salimos un rato?"

Mercy levantó la mirada, distraída. "No, adelante."

Sin ceremonia, las tres salieron con gran ajetreo de la habitación.

"¿Estás emocionada de ver a tu familia?" preguntó Mercedes, la voz ligeramente temblorosa. ¿Cómo era que se había apegado a esta joven con tanta rapidez? *Detestaba* absolutamente tener que verla partir, aun sabiendo que era lo correcto.

"Sí. Han pasado muchos meses." Se tocó el hinchado vientre y su voz adquirió un tono de tristeza. "Muchos largos meses."

"Cuéntame sobre ellos."

Senalda se sentó en el borde de la cama, suspirando agradecida de poder tomarse un descanso. "Mi padre, es un hombre amable. Trabaja en la galería de arte. Pone el . . . cómo se dice—" hizo con el dedo un trazo rectangular en el aire.

"¿Los marcos?"

"Sí, pone los marcos en los cuadros." Hizo una mueca. "Creo que quería ser el artista, pero con todos nosotros—"

"¿Cuántos hermanos y hermanas tienes?"

"Dos hermanos mayores. Tres hermanas. Dos más pequeñas y mi gemela."

"¡Eres gemela!" exclamó Mercedes. "Es maravilloso."

Senalda asintió. "Sofía. Me hace falta. Está ahora en la universidad. Ojalá yo—"

"¿Ojalá tú qué?" Mercy se acomodó en la cama al lado de Senalda y tomó una de sus manos entre las suyas.

"Ojalá yo pensara más. Sobre la vida. Mi futuro. Ojalá yo fuera a la universidad con Sofía. Pero ahora"—se miró el vientre—"ahora mi vida es ser mamá."

"Mi cielo, las mamás pueden ir a la universidad."

Senalda se encogió de hombros, bajó la cabeza y se quedó un rato en silencio con sus pensamientos.

"¿Y tu mamá?"

"Murió," dijo Senalda. "Hace mucho tiempo, cuando tuvo a Juanita, mi hermana menor."

"Dios, Senalda, lo siento tanto."

"Gracias. Pero Papá nos ha cuidado bien. A mí me da lástima cuando veo . . . el hambre en sus ojos en la galería. Sé que quiere hacer más que enmarcar, pero—" Con la mano levantada, se frotó las yemas de los dedos entre sí.

"Siempre es el dinero el que nos detiene," dijo Mercy. "Pero estaría dispuesta a apostar a que es un hombre feliz. Tiene una maravillosa familia, tú." Sonrió, muy sorprendida de sentir que las lágrimas le ardían en los ojos.

"¿Tú tienes familia, Mercy?"

Mercedes se mordió el tembloroso labio inferior y sacudió la cabeza, pesarosa. Reflexionó sobre Annette, la vida que vivía, todo lo que ella misma había dejado a un lado para poder tener éxito en el negocio de las revistas. "No. Solamente yo. Mi vida es tan . . . complicada. Lo único que tengo es mi trabajo." Y muchas cosas que lamentar.

Senalda tomó las dos manos de Mercedes entre las suyas y las apretó con fuerza. "Eres una madre. Para mí. Yo no he tenido a nadie en tanto tiempo. Me haces sentir como si tuviera otra vez una mamá, cuidándome, queriéndome."

Mercedes le sonrió a la joven mientras se le aguaban los ojos y luego la estrechó con suavidad entre sus brazos. Las palabras de Senalda, su sinceridad, significaban para Mercedes más que cualquier festival de difamaciones en los estúpidos tabloides. Si no sacaba nada más de este viaje, siempre llevaría las palabras de Senalda en su corazón. "Gracias," susurró. "Tú también me haces sentir como si tuviera una hija."

Dios, ¿cómo iba a hacer para permitir que esta joven se subiera al avión y saliera para siempre de su vida?

Las cuatro de la madrugada era una hora desagradablemente temprana, pero todas se levantaron sin quejarse apenas y se subieron, con los ojos empañados, a la camioneta. El recorrido de dos horas fue largo y silencioso, pero con olor a café, gracias a Dios.

En el aeropuerto, Annette, Cris y Lucy se quedaron a propósito atrás para permitirle a una Mercedes muy pesarosa registrar a Senalda antes de que las cuatro la acompañaran hasta el control de seguridad. De ahí no podían pasar, así que se hicieron a un lado para las despedidas. Lucy, Cris y Annette la despidieron con un abrazo, deseándole a ella y al bebé lo mejor y dándole las gracias por su invaluable ayuda. Cuando terminaron los abrazos y los besos en la mejilla, se hicieron a un lado para permitirle a Mercedes un momento de privacidad con ella. Annette, sin embargo, preocupada como estaba por Mercedes, se mantuvo atenta a la conversación. Casi sentía agrietarse la armadura emocional de Mercedes.

Mercy respiró profundamente y exhaló de nuevo. Le ofreció a Senalda una alegre sonrisa. "Bien. ¿Tienes todo?"

"Sí. No puedo—" las palabras de Senalda se quebraron en un sollozo, y Mercedes la atrajo para abrazarla, la meció y le acarició la cabeza. "No quiero irme."

"Sh, está bien. Tú sí quieres irte. Eres parte de tu familia y ellos te aman."

"Ustedes también son mi familia," dijo Senalda.

Mercy tragó en seco, apretando los ojos con fuerza. "Para siempre."

"Gracias," susurró Senalda, llorando contra el hombro de Mercy. "Nunca te olvidaré. Algún día te pagaré."

"De nada, tesoro. Fue un gusto. Y más te vale que no me olvides."

Mercy dio un paso atrás pero siguió asiendo a Senalda por los brazos. Tomó aire y levantó el mentón, pero todavía no había dejado escapar ni una lágrima. "Y sabes que puedes llamarme en cualquier momento, para lo que sea, ¿listo? Lo digo de verdad, ¿bueno?"

"Lo sé. Tengo tus teléfonos."

"Tú vete a casa y ten un bebé sano. Te compré cámaras desechables. Espero rollos y rollos de fotos cuando nazca, ¿bueno?"

"Te quiero, Mercy," dijo Senalda.

A Annette las lágrimas se le agolparon en la garganta; apenas podía imaginar qué clase de golpe esas le habían asestado al corazón de Mercedes. Mercy se mordió los labios y retuvo la respiración todo el tiempo que pudo. Annette estaba a punto de dar un paso adelante para ofrecerle su apoyo, cuando Mercy recuperó la compostura. Abrazó con suavidad una vez más a Senalda y la besó en la mejilla. "Ídem," susurró.

"¿Perdón?" preguntó Senalda, confundida.

Annette observó por encima del menudo hombro de Senalda mientras Mercy batallaba con sus emociones. "Eso quiere decir que . . . yo también te quiero." Programó sus facciones para producir la característica sonrisa plácida de Mercedes, y se alejó. "Ahora vete. Vete, vete, vete. No quiero que te atrases para tu vuelo."

Senalda asintió, y las lágrimas le corrían por la cara. Mientras les tiraba besos por el aire con un soplido y ellas se los devolvían, se veía enteramente como la adolescente que era. Luego alzó con esfuerzo el pequeño maletín de mano, se lo echó sobre el hombro, y se desplazó con pasos lentos y pesados hacia las máquinas de rayos X.

Lucy y Annete se adelantaron y se situaron cada una a un costado de Mercedes. Lucy extendió un brazo alrededor de la cintura de Mercy e inclinó la cabeza sobre su hombro. Annette le tomó la mano y apretó, complacida cuando Mercy la retuvo. Cris se acercó a Annette. Se quedaron mirando hasta que Senalda pasó el punto de control y se dio vuelta para saludar con la mano por última vez. Cuando ella se perdió de vista, Mercedes soltó el aire.

"¿Estás bien, Mercy?" preguntó Lucy.

"Sí. Bien. Vamos."

Dicho con demasiada rapidez, pensó Annette. El barniz tenía que cuartearse en algún momento. Cuando llegaron al estacionamiento, en efecto, Mercedes empezó a respirar profundo, luego se oyeron sollozos entrecortados, hasta acabar llorando con lágrimas desgarradoras. Lloraba con tanta fuerza, que a duras penas podía respirar. Se detuvieron junto a la parte trasera de la camioneta y la ayudaron a sentarse en la defensa para que allí pudiera dejarlo salir todo con tranquilidad. Las tres permanecieron a su alrededor.

"¿Qué diablos anda mal conmigo?" gimió cuando al fin logró absorber suficiente aire como para poder hablar.

Annette sonrió, acuclillándose delante de ella y apoyando sus palmas sobre las rodillas de Mercy. "Nada anda mal contigo, Mercy. Tú la amas como a una hija. La protegiste. Es comprensible. Deberías haberme visto cuando Déborah se fue a la universidad, y eso que ella vive a una corta distancia."

Mercy parpadeó y levantó la mirada, mientras las lágrimas seguían fluyendo con fuerza. "¿De verdad?"

Annette asintió. "Y mucho." Miró a Cris, con la esperanza de que entrara en la conversación, anhelando poder servir de especie de puente entre una amiga fuerte y obstinada y la otra. "¿Tú lloraste cuando Cassandra y Manuel se marcharon para Europa, ¿verdad, Cris?"

"Como un bebé. Y además tenía síndrome pre–menstrual. Fue feo."

Annette levantó las cejas y miró a Mercy. "¿Ves?"

"La echo ya tanto de menos." Mercedes lloró con más fuerza, y empezó a hacer más cosas tan poco típicas de Mercedes, como limpiarse la nariz con el dorso de la mano y sorber con fuerza. "Soy una persona horrible. Todo lo que dicen los tabloides es verdad," dijo, cambiando de curso sin previo aviso.

"No seas ridícula," le dijo Lucy. "Si todo lo que publicaran fuera cierto, nunca habrías ayudado a Senalda."

"Soy p-p-promiscua," dijo Mercy con una temblorosa inhalación.

Annette estuvo a punto de reír. "¿Y qué, Mercy? Eres soltera. Puedes hacer lo que quieras."

"Soy adi-di-dicta al Vicodín," dijo en un sonoro lamento.

Ahora bien, eso sí era una sorpresa. Annette compartió una mirada de preocupación con Lucy, quien se sentó al lado de Mercy sobre la defensa.

"¿Qué quieres decir, nena?" le preguntó Lucy con cautela. "¿Pensé que lo tomabas para el dolor en los tendones de las piernas?"

Cristina hurgó en su cartera y le entregó a Mercedes un paquete de Kleenex de bolsillo.

"N-no. Me lo tomo porque no soporto mi jo-jodida"—hizo una pausa para sonarse con un gran sonido de bocina—"vida, y tengo un médico al que no le importa recetar drogas."

Todas permanecieron en silencio unos instantes.

"No le caigo bien a nadie. Ni siquiera a mí misma. Soy una perra y una zorra y una dictadora y una . . . adicta," terminó en un ronquido pleno de vergüenza.

"¿Y?" preguntó Cris, sorprendiéndolas a todas de modo que todas la miraron. "Soy una delincuente. Y yo no consumo drogas, pero soy adicta al Bótox. ¿Ves?" Hizo algunas expresiones faciales, y nada se movió por encima de los ojos. "Sin el Bótox, mi frente parece un acordeón. Créeme. Nadie es perfecto," dijo Cristina. "Permítete algo. Y olvida los estúpidos tabloides."

El reconocimiento del Bótox distrajo a Mercedes lo suficiente para que el llanto aminorara hasta convertirse en un mero lloriqueo. Se sonó una vez más y le preguntó a Cris, "¿Duele?" mientras le analizaba la frente.

"¿Qué? Ah, ¿el Bótox?" Mercy asintió. "No mucho. Las inyecciones arden un poco, y a veces uno tiene una sensación como de un crujido cuando entra la sustancia, pero pasa"—hizo chasquear los dedos—"así no más. Y unos días después, cero arrugas. Es un maldito milagro, si quieren saber la verdad."

Mercedes evaluó el rostro de Cris. "Se ve bien."

"Gracias." Cris sonrió con suavidad. "¿Qué tal te parece si ahora nos limpiamos esas lágrimas y nos vamos a montar en burro?"

"Guau," dijo Lucy, con sequedad. "Una oferta demasiado tentadora."

Mercedes sorbió un par de veces, luego se puso de pie. "Lo siento, muchachas, no fue mi intención deshacerme en lágrimas."

"Deshacerse en lágrimas es lo que hacen los niños pequeños," dijo Annette, incorporándose para darle a Mercy un abrazo. "Lo que hiciste es simplemente . . . humano. Dejar fluir las emociones está bien, ¿sabes?"

"Liberar las emociones me sabe a mierda," dijo Mercedes. "Aunque sí me siento un poco mejor," admitió, no de muy buena gana.

Lucy rió. "¿Te das cuenta?" Pasó un instante y luego agregó con suavidad, "Si quieres darme el Vicodín, Mercy, te lo guardo. Si es que te sirve de algo."

Mercedes le lanzó por entre las pestañas una mirada llena de temor. "Hoy no, ¿de acuerdo? Suertuda. Todavía no."

Lucy asintió. "Cuando estés lista."

"Si es que estoy lista alguna vez."

"Algún día estarás lista. No hay presión."

Se subieron al van, Annette al volante, Mercy en el asiento del pasajero, y Cris y Lucy detrás. Mercy bajó el espejo para limpiarse los ojos, luego se tocó la frente con las yemas de los dedos. Su mirada se cruzó brevemente con la de Cristina en el espejo, luego puso de un golpe el espejo de vuelta en su lugar. "¿Sabes qué? Quizás todas deberíamos ponernos Bótox," propuso. "Montar en burro, rescatar adolescentes maltratadas, confesar todo, ponernos Bótox. A mí me suena razonable. De verdad que sí. A lo mejor nunca encontremos a Tili, y quizás los muslos nos duelan por la montada en burro, pero por lo menos nos veríamos bien al final."

Cristina empezó a reír, y ella y Mercedes compartieron una sonrisa que les recordó su antigua amistad.

Annette oró en silencio por que ese momento fuera el primer paso hacia la reparación de la relación entre Cristina y Mercedes. Ella de verdad creía que eso tenía que suceder, para que Mercedes fuera capaz de seguir adelante. A lo mejor Cristina lo necesitaba también.

Al entrar en la autopista, Annette se dio cuenta de otra cosa gracias a las actividades de la mañana. Mercedes no necesitaba a Tili para hacer que sus problemas desaparecieran, ni necesitaba un tipo que la quisiera *a ella* para ablandarla y darle un giro a su vida. Lo que ella necesitaba era alguien a quien cuidar y proteger incondicionalmente. Alguien por quien velar, alquien que la necesitara *a ella,* que pudiera ver a través de toda su dureza la dulzura que tenía dentro. Mercedes necesitaba una familia propia, bien fuera tradicional o poco convencional. Sería tan buena madre. Ni siquiera importaba si había algún padre a la vista. Mercedes era la mujer más fuerte que Annette había conocido, y podía ocuparse sola de una familia sin pestañear y sin partirse una uña.

Si tan sólo la propia Mercy se diera cuenta.

Capítulo Veintidós

Armadas tan sólo de emoción y adrenalina, las cuatro habían recibido un muy necesitado segundo aire antes de llegar al estacionamiento acordado en Lago Caballo, donde se encontrarían con Yiska. Hasta Mercy estaba más animada, aunque era evidente que todavía sentía la partida de Senalda como una puñalada en el corazón. Lucy percibía un cierto . . . vacío que nunca antes había visto en Mercy.

Estacionaron el van, se bajaron y se quedaron mirando el claro lago azul y el promontorio marrón y reseco de la cadena montañosa que quedaba en la distancia. Tili estaba en algún lugar allá, pensaba Lucy, tan cerca que casi podían sentirla. Sabía que las otras experimentaban la misma emoción de expectativa, la misma esperanza de que, finalmente, su meta estuviera al alcance.

"Mejor busquemos a Yiska," dijo finalmente Cristina, mirando su reloj. Recorrió el estacionamiento con la mirada. "Estamos justo a tiempo, pero puesto que no conocemos al tipo . . ."

Quizás habrían tenido dificultades para encontrar solas a Yiska, aun con la detallada descripción proporcionada por Senalda antes de partir y por la foto que había en la caja de cigarros de Tili, pero no había forma de no notar a un hombre con una recua de cinco dóciles burros. Annette rompió a reír con deleite cuando vio a los animales que se acercaban atravesando el estacionamiento haciendo sonar los cascos, siguiendo obedientemente a un hombre más bien joven, muy apuesto, en atuendo campestre. "Ay, míralos. Son lindos. Será divertido."

Mercedes gruñó. "Ah sí, si uno es aficionado a montarse en animales de granja. Te recordaré lo lindos que te parecieron después de un par de días sobre la montura, ¿vale, Annie?"

"¿Crees que nos va a tomar dos días?" preguntó Lucy, consternada. Quería encontrar a Tili ya. Ya mismo, como quien dice, al otro lado del estacionamiento, preferiblemente. Que acabara el dolor, por el amor de Dios.

Mercy se encogió de hombros. "Es sólo una especulación. Senalda"—la voz se le quebró por una fracción de segundo, pero se contuvo, como una profesional—"dijo que quedaba bastante lejos."

"Esperemos que no tanto. Lejos es un término relativo, ¿saben?" Le sonrió a Yiska, quien venía hacia ellas, como si llevaran carteles que dijeran, "¡Nosotras somos las tontas que no sabemos leer un mapa!" Él saludó con la mano. Ellas le respondieron el saludo.

Cuando llegó hasta donde estaban, también en su rostro se dibujó una sonrisa. "¿Supongo que encontré a las cuatro mujeres acertadas, ¿ah?"

Se parecía al personaje que Johnny Depp interpretaba en la película *Chocolat*. Un poco agreste, un poco salvaje. Muchacho rebelde y sexy, pero con un fondo de dulzura. Lucy pensó que si tenían que pasar dos días a lomo de burro en las indómitas montañas de Nuevo México, no les vendría mal tener de guía a un chico guapo. Incluso si era un chico guapo casado y con un bebé. Dio un paso adelante y le ofreció la mano. "Usted debe ser Yiska. Yo soy Lucy."

"Ah, la agente de policía," dijo él, con una sonrisa. No era una pregunta. Le dio la mano afectuosamente. "Encantado de conocerla. Y déjeme adivinar." Observó a las otras mujeres, luego señaló a Annette. "Usted es la mamá de los cinco niños, ¿sí?"

Ella asintió, orgullosa. "Ésa soy yo."

Luego miró a Mercedes, a Cristina y de vuelta a Mercedes, acariciándose la barbilla pensativamente. "Ésta es más difícil."

Mercedes y Cristina parpadearon mirándose sorprendidas. Lucy sabía que ninguna de las dos pensaría que se parecía a la otra. Divertido, puesto que se parecían tanto en tantas cosas.

Finalmente señaló a Mercedes. "Estoy apenas tirando una piedra, pero ¿Nueva York?"

Ella hizo una mueca. "Sí. Mercedes. Encantada de conocerlo. ¿Qué me delató?"

"El carácter."

"¿Tengo carácter?"

"Tienes carácter," respondieron las otras tres al unísono y Yiska lo confirmó con un movimiento de cabeza.

"¡Vaya usted a saber!"

"Lo sabe el universo entero," dijo Lucy, con sarcasmo.

"Y Cristina," dijo finalmente Yiska. "De San Antonio."

"Ésa soy yo." Cristina bajó el mentón.

"Estupendo. Creo que no las confundiré. Ahora permítanme presentar a mi grupo." Los burros de Yiska tenían extraños nombres: Bach, Mozart, Chopin, Beethoven y Bob Dylan—Bob para acortar. Bob era el burro personal de Yiska, pero dejó que las otras eligieran el suyo. Cristina escogió inmediatamente a Chopin porque sus nombres empezaban con la misma letra. Lucy escogió a Bach por su nombre monosilábico y actitud tranquila. Annette le echó enseguida el ojo a Mozart porque tenía "lindas orejas" y a Mercedes realmente no le importaba. De todos modos, no estaba tan entusiasmada con la idea de cabalgar. Por defecto, acabó con Beethoven, lo que le vino bien.

"¿Así que exactamente para dónde vamos?" preguntó Annette, una vez que todas estuvieron montadas en sus respectivos burros, según las instrucciones de Yiska, y que sus morrales estuvieron firmemente asegurados en los resistentes lomos de las bestias. Los burros esperaban pacientemente en un círculo.

Yiska indicó hacia la cadena montañosa. "Hacia arriba," dijo.

Todas miraron con algo más que un poco de zozobra. Habían leído sobre las montañas despúes de que Senalda les contó dónde podría vivir la curandera. Las Montañas Caballo estaban flanqueadas hacia el oeste por el lago Caballo, y al este por Jornada del Muerto—no muy buen presagio.

"¿Cuánto hay que subir?" preguntó Lucy, con cautela.

"Está como a unos tres mil pies de altura de aquí, pero no tenemos que subir hasta la cima propiamente dicha."

"Gracias a Dios por las pequeñas bendiciones," murmuró Mercedes.

Yiska levantó un extremo de los labios, pero luego aplaudió una vez y se frotó las palmas con rapidez, tratando de encender su entusiasmo. "Bueno, pongamos manos a la obra, ¿sí? ¿Tienen suficiente agua? Tengo un purificador portátil de agua en caso de necesidad, pero es mejor estar lo mejor preparados en caso de que no estemos tan cerca de una fuente de agua."

"Lo tenemos todo," le aseguró Lucy.

"¿Tiendas y sacos de dormir?" preguntó volviendo a mirar, con cara de duda. Aparentemente su reputación de ineptas había crecido tanto que habían quedado eclipsadas. "Les garantizo que acamparemos al menos una noche."

"¿Tan lejos vive?" preguntó Lucy.

"Sí," dijo Yiska.

Mercedes gruñó, mirando hacia el cielo. "Que alguien me mate y me envíe de un solo golpe al infierno, en lugar de hacerme montar en un burro para llegar allá. Por favor, por el amor de Dios."

Lucy sonrió ante la exageración de Mercy. Estaba tan ansiosa como las otras, si no más, por encontrar a Tili. Diablos, Lucy sabía que, si fuese necesario, Mercy caminaría sobre trozos de vidrio para encontrar a la mujer; un par de días en burro no eran nada. Pero es que ella tenía que ser Mercedes. Lucy tuvo una sensación cálida y reconfortante. No querría que Mercy fuera de ninguna otra forma.

"Estamos listas," le dijo Lucy a Yiska. "No nos falta nada. Por una vez en la vida, estamos bien preparadas y listas para arrancar."

Él le hizo caso. "Vamos, entonces. Yo iré delante. Síganme, en fila india, hasta que ya no estemos en una trocha. Después de eso pueden cabalgar en pares. Lo que les convenga."

Yiska emprendió la marcha, y Mercedes lo siguió y tras ella Cristina. Lucy miró a Annette y alzó los hombros. "Realmente estoy ilusionada con esto, Annie."

"Pregúntame qué tan ilusionada estoy después del primer día de cabalgata," se inclinó hacia adelante y le acarició el cuello a Mozart. "Mi nuevo compañero y yo nos entenderemos bien, pero en cuanto a sentarme en esta posición durante horas . . . no estoy tan segura."

"Te irá muy bien," le aseguró Lucy, indicándole a Annette que la precediera. "Has tenido cinco hijos."

Annette soltó una risotada. "Ah, sí, pero ninguno de ellos era del tamaño de un burro cuando salieron, eso créemelo."

"Pero piensa nada más, puedes irte a casa con muslos bien tonificados," Lucy se encogió de hombros. "Bueno, puede que ardan un poco . . ."

"El sueño de toda mujer," dijo Annette entornando los ojos. "Rasparse la delicada piel. Yupi."

Horas después, Mercy se lamentó. "No pienso montarme nunca más en un animal de finca. Hace rato que no siento mis partes protuberantes."

"Ni yo." Lucy levantó una mirada suplicante hacia su guía. "¿Me pregunto cuánto más tendremos que aguantar esto?"

Como si fuera vidente, Yiska haló a Bob para que se diera vuelta, y se detuvo, esperando a que las mujeres lo alcanzaran. Todavía se veía fresco y sereno, libre de dolores y de calambres. ¿Cómo lo lograba? Cuando ellas se le unieron a su alrededor, estudió sus muecas de fatiga. "Me está dando la impresión de que ustedes ya tuvieron suficiente por un día."

Cristina levantó una mano. "Yo sí he tenido más que suficiente."

"Y yo," le hizo eco Annette, con un estiramiento y un gruñido. "Estoy tan acabada que con un sencillo toque quedaría hecha pedazos."

Mercy asintió y Lucy no dijo nada, pero ésta no necesitaba hacerlo.

"Bien, pues." Yiska miró a su alrededor, con una sombra de reticencia en los ojos. "Podemos acampar acá entonces, pero necesito decirles que estamos en territorio privilegiado de serpientes cascabel. La ventaja de eso es que las culebras a veces ahuyentan a los osos, pues también es territorio privilegiado para osos."

"¿Está bromeando?, ¿verdad?" preguntó Annette.

Yiska sacudió la cabeza. "Seguramente no vieron un excremento de oso que había atrás, pero ¿notaron la piedra caída? ¿O los troncos partidos?"

"Sí," dijo Lucy. "Los vi."

Apretó los labios y dijo, asintiendo con conocimiento. "Osos."

Annette gruñó, agachándose para abrazar a Mozart por su resistente cuello. "¿Por qué todos los animales no pueden ser tan dulces como este personaje?"

"Nada le hará daño," le aseguró Yiska. "Soy bueno para el asunto de la seguridad en el campo abierto, y le puedo enseñar. Lo primero, no se aleje sola. Y no se pare ni meta la mano en ningún lado donde no haya buena visibilidad."

"Sí," dijo Annette con ironía. "como existe un riesgo tan alto de que eso suceda. ¿Supongo que nadie le advirtió que yo soy una floja de talla mundial cuando se trata de aterradoras criaturas salvajes?"

Yiska se rió. "En serio, quiero que todas tengan mucho cuidado cuando recojan leña. Párense *sobre* los troncos o las rocas, no pasen *por encima* de ellos, ¿bueno? Y manténgase alejadas de los matorrales. Tengo un antídoto"—le dio un golpecito a su morral—"pero preferiría no tener que usarlo."

"Estoy completamente de acuerdo," dijo Cristina.

"¿Qué más deberíamos hacer?" preguntó Mercy.

"Canten en voz bien alta cada vez que entren en una zona nueva. Aplaudan, den vivas, cualquier cosa. Hay que dejarles saber a esos osos que ustedes vienen. Los oseznos son lindos, pero sus protectoras mamás son todo menos eso. Si ven un cachorro, hablen en voz calmada y baja y retrocedan exactamente hacia la dirección de donde vinieron. Lo más probable es que de esa forma no queden entre la mamá y el cachorro."

Annette palideció y medio se meció encima del burro. Se agarró con fuerza del cuerno de su montura con fuerza. "De verdad que me está asustando. Si veo un oso, tal vez me desmaye."

Yiska inclinó la cabeza y puso cara de comprensión. "No tenga miedo, sea astuta. Antes de que termine la semana, eliminaremos en todas ustedes esa actitud de sabelotodos de ciudad."

Lucy no quiso pensar mucho en la palabra "semana." Si tardaba una semana encontrar a Tili, perdería lo que le quedaba de cabeza. "Bien, ¿dónde debemos amarrar los burros?" preguntó con voz adolorida al pasar la pierna sobre la silla para desmontar. "Estoy más que lista para desearle una feliz noche a Bach." Le acarició el cuello y le dejó frotar el hocico contra su mano. "Sin ofender, amiguito."

Yiska indicó un cúmulo de arbustos de piñón. "Amárrenlos ahí, luego revisaremos que no haya culebras y organizaremos la acampada. Mi esposa, Elaya, mandó comida para todos. Estofado de maíz deshidratado y pan frito. También fruta y vino."

"Vino," dijo Mercedes con gesto celebratorio. "Por fin el hombre habla mi lenguaje."

Yiska sonrió. "Yo cocino y ustedes pueden relajarse."

"¿También le podemos hacer preguntas acerca de la curandera?" preguntó Mercedes, pasando la pierna sobre Beethoven y haciendo luego una mueca al alcanzar el suelo con el pie. "Ay, Dios mío, nunca más seré capaz de correr." Se frotó los muslos adoloridos en la parte interna.

"Hablaremos sobre ella."

"Buena comida, charla sobre Tili, copiosas cantidades de alcohol," dijo Lucy. "Me suena a la velada perfecta." Bueno, casi, pensó para sus adentros. La perfección podría incluir que Tili se acercara caminando a su campamento con una poción mágica para reparar vidas, un cargamento de repelente anti–osos y anti–culebras y Rubén. De eso no ser posible, con el vino se defenderían.

Al poco rato, ya los burros habían recibido agua y alimento, y el campamento estaba organizado. Los cinco se sentaron alrededor del fuego para cenar con el fabuloso estofado de carne y maíz y pan frito, cada pedazo completo con un hueco en el medio, lo cual, según Yiska había explicado, tenía un significado espiritual para los miembros de su tribu. Ahora se habían puesto a beber del vino en serio, mientras se relajaban en un atardecer bañado de sol, y disfrutaban el crepitar de la madera ardiente, la compañía y la conversación.

"Cuéntenos sobre la curandera," sugirió Annette, después de que habían agotado todos los temas del clima, la comida, los osos, la familia, el trabajo policial, la ciudad de Nueva York y los Astros de Houston.

Yiska la miró un instante. "Ya saben casi todo lo que es importante." Empezaron a protestar, pero él apuntó con la barbilla a Mercy. "No, de verdad que sí. Más bien cuéntenme sobre la caja que encontraron."

"¿La caja de cigarros de Tili?" preguntó Mercy. "Ah, es que le decimos Tili."

Él sonrió. "Ella también se hace llamar Tili."

"¿Se dan cuenta?" dijo Lucy, emocionada. "Es el destino."

Yiska asintió con un movimiento de cabeza. "Cuéntenme acerca de la caja de cigarros de Tili, o lo que fuera que las trajo a T o C en busca de ella. Senalda me contó algunas cosas, pero quiero que me lo cuenten ustedes cuatro."

Lucy se adelantó y explicó rápidamente lo del artículo de la revista, la decisión de salir en busca de Tili y cómo Mercedes había encontrado la caja de cigarros debajo del piso de la cabaña abandonada. Sentía como si hubiera contado mil veces la historia. "Vamos a tener que devolverle la caja cuando la encontremos," le aseguró. "Pero el simple hecho de encontrar la caja, cuando obviamente la habían escondido . . . bien, sentimos como si hubiera una señal de que también estábamos destinadas a encontrarla a ella."

"Yo creo en las señales," Yiska se inclinó hacia delante para volver a llenar de vino los vasos plásticos de todas y dijo, mirándolas mientras las servía. "¿Les puedo contar una leyenda?"

"¿Una leyenda navajo?" preguntó Annette intrigada.

"Zuni, en realidad." Yiska se frotó la mandíbula con el dorso de la mano. "Pero yo crecí oyendo esa historia. Muchas de las tribus locales comparten al menos parte de esa historia."

"Por favor, cuéntenosla," dijo Annette. Las otras tres asintieron y esperaron atentas.

Yiska aclaró la garganta. "Hace mucho tiempo, siempre estaba oscuro, pero también siempre era verano." Su voz adquirió una sedante cadencia de relato que las dejó a todas hipnotizadas. "Coyote tenía dificultades para cazar debido a la oscuridad, pero de todos modos salió a cazar con Águila. Se encontraron con unas gentes poderosas, los Kachina, y se enteraron de que ellos tenían el sol y la luna en una caja. Cuando las gentes Kachina se durmieron, Coyote y Águila se robaron la caja."

"Pero qué ladronzuelos," bromeó Annette.

Cristina bajó la mirada, notó Lucy. A pesar de manejar el tema de su detención de manera tan admirable, seguía bastante avergonzada por el robo y ¿quién la podía culpar?

"Al principio, Águila llevaba la caja," continuó Yiska, "pero pronto el manipulador Coyote convenció a su amigo de que lo dejara llevar la caja."

"Ay, ay, ay," dijo Lucy. "He visto los muñequitos animados del Correcaminos. La cosa no pinta bien."

Yiska rió con suavidad. "Sí, lo adivinó. El curioso Coyote no se aguantó las ganas de abrir la caja. El sol y la luna se escaparon y se fueron al cielo. Esto, desde luego, le dio luz a la tierra." Hizo una pausa, mirando a las mujeres de una en una, su expresión inescrutable. "Pero también se llevó casi todo el calor del verano, razón por la cual ahora tenemos invierno."

Todos se quedaron en silencio un momento. Finalmente Mercedes carraspeó. "Yo no pertenezco a Mensa, ni nada por el estilo, ¿pero es ésa una forma interesante de decirnos que tengamos cuidado con lo que deseamos?"

Yiska encogió un hombro, luego se llevó el vaso a los labios. Después de beber, dijo, "Es tan sólo una leyenda. Aprendemos de las leyendas lo que necesitamos aprender."

"¿Qué necesitamos aprender?" insistió Mercedes.

"Solamente usted lo sabe."

"¿Está diciendo que no deberíamos haber abierto la caja de cigarros de Tili?" preguntó Lucy. "¿Fue un error?"

"Lo que digo es que todo tiene dos caras."

"¿Es decir?"

Yiska sacudió la cabeza, divertido ante la insistencia. "Es decir, que uno tiene que asumir los dos lados de cada decisión, cada opción, cada regalo, sean cuales sean esos lados. Lo bueno y lo malo. Lo feliz con lo triste. El dolor con la dicha. El enojo con la felicidad. La comprensión con la confusión. Todo."

Annette sonrió. "Gracias, Yiska," le dijo, liberándolo del apuro en que las otras lo habían puesto. "Es una buena lección para recordar. Y también una magnífica historia. Con toda seguridad que nos dará algo en qué pensar mientras nos dormimos, ¿o no, señoras?"

Capítulo Veintitrés

Más tarde esa misma noche, empacaron en bolsas toda la comida y la ropa que llevaban puesta mientras cocinaban y comían, y colgaron las bolsas de tres ramas altas, lejos de las carpas, como les había indicado Yiska. De esa forma, si los osos se aventuraban a buscar víveres, no tendrían que entrar propiamente al campamento para conseguir algo. Triste consuelo. Ninguna de ellas estaba emocionada ante la perspectiva de que hubiera osos en cualquier lugar del vecindario y, mirándolo bien, las bolsas colgadas estaban demasiado cerca. Pero era mejor que nada.

Mientras Yiska trataba de extinguir tranquilamente el fuego, las cuatro amigas, cada una con una linterna de pilas sobre la cabeza, recorría a pie una corta distancia del campamento para lavarse la cara en el arroyuelo y prepararse para la noche en el salvaje campo infestado de culebras y osos. Se tomaron de la mano y cantaron a voz en cuello, "Qué pequeño es el mundo," mientras caminaban, rogando que cualquier oso que andara merodeando por los alrededores las evitara. Annette supuso que el chillido desafinado de Lucy espantaría a cualquier bestia casi al punto de hacerla perder su peluda vida, lo que le proporcionó cierto alivio. La mujer era exitosa y poseía múltiples talentos, pero,

Santo Dios, cantar no era una de las habilidades que mereciera ser incluida en currículum.

Cuando terminaron, corrieron de regreso al campamento para encontrar a Yiska afuera de las dos carpas apilando palos y piedras pequeñas. Annette y Mercedes compartían una, Lucy y Cristina la otra. Yiska tenía su propia y acogedora carpa, y la había instalado del lado opuesto de la hoguera, y Annette notó que afuera de la abertura de entrada también había montoncitos de piedra y palos.

"¿Qué hace?" le preguntó Cristina.

"Gestión de riesgos." Levantó la vista que tenía puesta en el montón afuera de la tienda y la miró como disculpándose. Ahora ya sabía cuánto le fastidiaban los animales salvajes y no quería asustarla. "No estoy diciendo que tengamos que preocuparnos, pero si un oso negro entra en el campamento y trata de meterse en su carpa esta noche, tendrá usted que defenderse con palos y piedras. Grítenle también, y no paren. Los osos detestan los gritos. En realidad son bastante cobardes."

"Pensé que se podía hacer más daño con palos y piedras que con las palabras," dijo Mercy en broma.

"No se aplica a los osos," dijo Yiska con una sonrisa. "Detestan los ruidos fuertes, y tampoco es que les guste mucho que los bombardeen con palos y piedras."

Dijo mofándose Mercy, "tiene razón, son unos cobardes."

"¿No se supone que uno se haga la muerta si un oso ataca?" preguntó Lucy, "Me parece haberlo visto en Discovery Channel."

"En el caso de los osos pardos, sí. Y durante el día. No creo que tengamos que preocuparnos por los osos pardos," levantó una mano. "En esta zona tenemos sobre todo osos negros."

"Dice eso como si fuera algo bueno," le dijo Cris.

"¡No puedo creer siquiera que tengamos que preocuparnos por estas cosas!" Annette levantó las manos en ademán de fastidio. "¿Por qué no me quedé en casa con mis hijos? Sus osos son de peluche y totalmente inofensivos, incluidos sus ojos de botones."

Mercedes le dio una palmadita en el antebrazo. "Déjate de chiquilladas, Annie. Son tan sólo osos, por el amor de Dios."

"¿Les puedo disparar?" preguntó Lucy.

Yiska hizo una mueca de desagrado. "No soy muy amigo de dispararles. A fin de cuentas, ésta es su tierra. Los invasores somos nosotros."

"Actitud muy Zen de su parte, Yiska," Lucy entornó los ojos juguetonamente. "Pero la pregunta sigue siendo válida, ¿les puedo disparar?"

Asintió. "Si alguno de verdad la ataca"—puso una mano en alto—"lo cual no es frecuente. Y aún así—¿qué arma lleva usted?"

Puso por reflejo su mano en la cartera amarrada alrededor de la cintura. "Una cuarenta y cinco."

Yiska torció la boca. "Seguramente no servirá de mucho. El ruido quizás los asuste, no obstante, así que se pueden hacer un par de tiros al aire. Pero la pasará bien difícil tratando de matar un oso con una cuarenta y cinco."

"¿En realidad piensa que debemos preocuparnos?" preguntó Annette, y se veía desconsolada y pálida. "No quiero que Lucy le dispare a un oso."

"No puedes ser tan pusilánime y sentimental a la vez, Annie."

"Cállate, Mercy," respondió Annie con el ceño fruncido y cruzando los brazos. "Qué puedo hacer si tengo miedo. Eso no quiere decir que anhele el exterminio de toda la población de osos."

"Es muy probable que no debamos preocuparnos," le dijo Yiska a Annette. "Créanlo o no, los osos sí tratan de evitar a los seres humanos, al menos hasta que los prueban. Es mejor prevenir que tener que lamentar."

"Sí," dijo Mercedes con una sonrisa afectada. "Ésa es una premisa por la cual siempre nos guiamos, ¿verdad, muchachas? Siempre estamos preparadas. Esas chicas exploradoras que venden galletas, las Girl Scouts, no nos llevan ni un ápice de ventaja."

Yiska y las otras rieron, y luego él se puso serio otra vez. "Otra cosa más antes de que caigan rendidas. Guarden las botas dentro de la carpa y traten de mantener cerrada la cremallera de la puerta."

"¿Qué hacen los osos con las botas?" preguntó Annette.

Yiska sacudió la cabeza. "En este caso se trata de culebras. Les gusta enroscarse dentro de ellas."

"Ay, Santo Dios," dijo, sacudiendo la cabeza y abanicándose la cara. "Rápido, Mercy, entremos en la carpa. Ya no aguanto más el tema. Me voy a desmayar." Sacudió una mano en un saludo rápido mientras huía a la dudosa seguridad de una carpa de lona plastificada. "Buenas noches a todos."

Se despidieron entre ellos estilo "casita en la pradera" y todos se retiraron a sus carpas para el merecido descanso.

No fue sino casi a la madrugada que llegaron los osos.

Los ojos de Mercy se abrieron de golpe, procurando ajustarse a la floreciente primera luz mientras su mente se apresuraba a repetir y clasificar el sonido que acababa de oír. El corazón le saltaba en el pecho mientras las ideas se le agolpaban en la cabeza y se sentían cada vez más cerca los gruñidos y resuellos. Escuchó un sonido como de cosas que fuesen derribadas el campamento y se apretó el saco de dormir contra el pecho, sintiéndose congelada y terriblemente indefensa. Prácticamente estaban metidas en una bolsita de tela.

Casi sin respirar, escuchó con más atención. A lo mejor estaba tan solo imaginando el sonido, después de todo lo que Yiska había hablado sobre esto y después del miedo de Annette. Probablemente ni siquiera se tratara de un oso. Seguramente era Lucy. ¿No roncaba acaso siempre como un camionero?

De repente, la silueta inconfudible y amenazadora de un maldito oso reflejó su sombra sobre el costado de la tienda. El pánico la atenazó con tanta violencia que perdió la respiración. Los resuellos se sentían tan cerca, que a Mercedes le dio mareos. Estiró la mano y le agarró el brazo a Annette, diciendo en un carraspeo, "Annie. No pierdas la calma."

"¿Qué?" preguntó Annie levantando la cabeza, con los ojos vidriosos y todavía medio dormida. Justo en ese instante, el oso levantó la garra y se la hundió a un costado de la carpa, haciéndole un hueco de por lo menos un pie de largo.

Mercedes gritó, cerrando los ojos con todas sus fuerzas. Por Dios que casi se orina, y la peor parte era que no podía moverse.

Annette, por otro lado, Doña Aterrorizada por Animales Horripilantes, se salió del saco de dormir sin dudarlo un momento y empezó a gritar a todo pulmón. Cualquier cosa y todo lo que se le ocurría salía de su boca en el tono más amenazador que Mercy hubiera oído jamás.

Annie trató de alcanzar el montón de piedras y palos que había puesto dentro de la carpa, bajó rápidamente la cremallera de la puerta y, luego, haciéndole frente al oso, empezó a bombardearlo con el arsenal. Lanzaba como una niña pero, ¿y qué? Por lo menos estaba haciendo algo. Mercedes, por el otro lado, paralizada por el miedo, observaba por la puerta el desarrollo de la increíble escena. No ayudó para nada.

Por fortuna, Yiska escuchó el alboroto y de un salto salió descamisado de su carpa también, uniéndose a Annette en el ataque. El oso pardo era apenas un osezno, bastante pequeño al fin y al cabo. Pero sus garras eran largas, los dientes filudos y parecía al menos doblar a Annette en estatura. Mercedes cerró los ojos y quiso ahuyentarlo con el deseo.

Annette y Yiska le dispararon al animal dos montones completos de piedras y ramas hasta que finalmente se alejó hacia el bosque, con un paso veloz y largo de auto protección.

Cuando de verdad se hubo marchado, Annette cayó al piso, temblando de pies a cabeza. "Mierda, mierda, mierda," dijo.

Lucy y Cristina salieron de su carpa y se acercaron corriendo. "¿Estás bien, Annie?" le preguntó Lucy, la voz llena de horror. "Dios, creo que el susto que me diste me quitó cinco años de vida."

Annette rió, y la risa sonaba algo maníaca, no realmente divertida. Estiró la mano y se agarró de la camisa de Lucy, halándola hacia abajo, hasta que le hizo perder el equilibrio y las caras se les juntaron. "Déjame decirte algo, Lucy. Más vale que esta visita a Tili valga la pena, porque si alguna vez tengo que enfrentarme a un oso, te haré personalmente responsable. Y la idea entonces no es quitarte cinco años de vida del susto, es quitarte cinco años con una patada en el culo."

Lucy cayó de rodillas, abrazando a Annette y riendo. "Está bien, lo prometo. No más osos. Pero, Dios, qué bien lo hiciste."

"Le presté atención a Yiska. Y sí, yo soy del tipo que lee todas las advertencias de seguridad en todos los vuelos." Annette se soltó del abrazo de Lucy y se limpió una gota de sudor en la frente, y luego se secó la mano en la camisa. La voz todavía le temblaba. "Quizás me quedé en la etapa anal, pero me gusta estar bien preparada."

Yiska se acuclilló delante de Annette y le obsequió una amplia sonrisa. "¿Ve? Hizo exactamente lo que se suponía que hiciera y funcionó como un amuleto. Estará bien acá."

"Siento haberme desintegrado, Annie," dijo Mercedes, saliendo finalmente a gatas de la carpa. "Me quedé congelada."

"No te preocupes," le dijo Annette. "La garra entró por tu lado de la carpa. Yo también habría sido presa del pánico. Creo que de hecho el pánico se apoderó de mí, pero lo único en que podía pensar era en palos y piedras y en gritar."

"Usted reaccionó al instante y sin miedo," dijo Yiska.

"Ay, miedo sí tenía," dijo Annette riendo. "Estaba hecha un solo atado de pánico y miedo. Pero no quería que nos hiciera daño a ninguna, eso es todo."

Mercedes dejó escapar un lamento. "Dios, Annie, qué mal de mi parte."

Yiska le hizo un guiño a Mercedes. "Nunca se deshaga de ésta. La mantendrá a salvo." Le dio una palmadita a Annette en la rodilla. "Esas osas mamás no le ganan en nada a esta mamá osa."

Annette esbozó una amplia sonrisa, sintiéndose orgullosa de sí misma, energizada y con tanto hambre como . . . pues bien, no quería realmente decirlo, pero con apetito de oso. Los encuentros cercanos con la muerte tendían a hacer ese efecto en la gente.

Después de la excitación producida por el despertar que les proporcionó Yogi, las mujeres estaban más animadas para la cabalgata del segundo día. No obstante las magulladuras y las peladuras, pasaron el tiempo cantando canciones populares de campamento—"99 Bottles of Beer on the Wall," "Ate a Peanut," y la siempre favorita y singularmente brillante, "We're Here Because We're Here Because We're Here Because We're Here."

La cabalgata se fue adentrando en terreno montañoso, cubierto por árboles y matorrales y con olor a salvia y flores silvestres. Cada cierto tiempo permanecían en silencio, limitándose a apreciar el paisaje, la proliferación de mariposas y el trinar de los pájaros. Dejando de lado la búsqueda, este tiempo compartido había sido para ellas como un sedante bálsamo para el alma de todas. Volverse a compenetrar, concentrarse en asuntos y situaciones fuera de su ámbito normal y superiores a sí mismas, había probado ser una actividad muy necesaria.

Pasados unos minutos de su cabalgata de la tarde, después del almuerzo, Yiska las guió para que le dieran la vuelta a una enorme pendiente de granito y esquisto, y para su total sorpresa, llegaron al frente de una cabaña de piedra que parecía haber sido tallada en uno de los peñascos colindantes. Le habrían pasado por adelante a la maldita cosa si Yiska no hubiera estado con ellas. Las cuatro se quedaron inmediatamente calladas, boquiabiertas ante el cuadro que tenían delante, temerosas de alimentar la esperanza.

"¿Acá es?" preguntó Lucy, en un susurro reverente, apenas dando crédito a la posibilidad de que fuera cierto.

"Acá es," dijo Yiska, desmontándose con agilidad. "Espérenme un momento. Déjenme ver si Tili anda por acá." Se dirigió hacia el costado de la cabaña.

Cuando él se perdió de vista, las cuatro se apearon de sus respectivos burros y se reunieron en un círculo pequeño y cerrado, emocionadas por la expectativa. Mercy tomó a Lucy de la mano y se la apretó con fuerza. "Dios, ¿y si no quiere saber nada de nosotras?"

"No puedo ni considerarlo," dijo Lucy, sacudiendo la cabeza.

"Eso no ocurrirá," Cristina le dirigió una mirada a cada una. "Encontrar a Tili era el destino. Ninguna de nosotras lo puede negar. Aun si se trata solamente de unos minutos para nosotras, tendrá tiempo. Hicimos todo este recorrido a lomo de mula, Annette ahuyentó un oso. Todo lo que nos ha ocurrido hasta este punto... Senalda y Esteban. Lenora también. Y Yiska. Nada habría sucedido si no estuviéramos destinadas a encontrar a esta mujer, si no estuviera destinada a ayudarnos." Se detuvo, haciendo una mueca de desagrado. Además, hemos estado montando en burro un día y medio. Tengo el culo cuarteado."

Lucy sonrió con ironía. "Estoy segura de que será ese argumento del culo lo que la convencerá, Cris."

"No obstante, Cristina tiene razón," dijo Annette. "Por todo lo que sabemos, Tili es una mujer amable y cariñosa. No nos despachará."

Como si atendiera una llamada, Yiska se apareció doblando la esquina de la casa con una diminuta mujer de cabellos blancos en jeans, una almidonada camisa blanca por dentro del pantalón, y un delantal de jardinería. Una sonrisa amplia e invitadora esculpía algunas líneas en su bronceado rostro.

Ay, Dios mío, era ella. Nadie se movió.

Tili se acercó hasta estar frente a ellas, y se puso los puños sobre las caderas delgadas pero torneadas. "Así que finalmente lo lograron."

Mercedes respiró con dificultad.

"Usted . . . ¿nos estaba esperando?" preguntó Lucy hipnotizada.

"En efecto. Pero no sabía cuánto tiempo les tardaría llegar hasta acá. En realidad hicieron un trabajo de primera categoría."

Cristina tragó saliva de forma audible. "¿Tenía usted algún tipo de premonición sobre nosotras?"

Tili rió, con una risa plena y rotunda. "No, mija. No tan emocionante como eso. Por más que quisiera perpetuar el mito sobre mí misma, fue algo un poco más directo."

"¿Qué quiere decir?" preguntó Annette. "¿Como una visión?"

"Nada de visiones." Tili buscó en lo profundo del bolsillo de su delantal de denim, y encontró un pequeño celular de última tecnología. "Me llamaron de todas partes del estado. Amigos y conocidos me dijeron que cuatro citadinas con más corazón que sensatez andaban tras mis pasos. Sabía que era solamente cuestión de tiempo. El corazón siempre le gana a la sensatez." Hizo un guiño.

Después de un momento de silencio estupefacto, todo el grupo rompió a reír, encantado por esa pequeña dosis de realidad. Quizás esto pareciera un bosque encantado, y la casa de Tili una cabaña salida de un cuento de hadas. Tili quizás fuera reverenciada y respetada, quizás fuera una leyenda para algunos. Pero también era una mujer de carne y hueso, que les recordaba a sus propias dulces abuelitas, y que estaba infinitamente más conectada al mundo real de lo que habían imaginado. Por el amor de Dios, hasta tenía un teléfono celular.

Claro, un poco del misterio que la rodeaba se había evaporado con estos descubrimientos, pero también la hacía parecer ligeramente más accesible, menos intimidante, lo cual era agradable.

"Es tan . . . increíble finalmente conocerla." Lucy dio un paso adelante y ofreció la mano. "Soy Lucy Olivera. Espero que no le importe que invadamos su privacidad. Es que necesitamos—"

"Yo sé," dijo Tili. "Y no hay problema." Ella miró a Yiska. "De hecho, hemos hablado sobre planes. Voy a necesitar tiempo con todas ustedes . . . es decir, si están dispuestas."

"Estamos dispuestas," dijeron al unísono.

Tili asintió, como si eso fuera lo que esperaba que dijeran. "Yiska ha aceptado regresar por ustedes en cinco días. La cabaña es pequeña, y no tengo ni electricidad ni agua corriente," advirtió. "Lo único que tiene es un pozo y una bomba, una ducha solar, y un inodoro ecológico en la parte de atrás."

"No nos importa," dijo Mercy, la voz firme y apasionada. "No necesitamos lujos. Estamos tan agradecidas de estar finalmente acá con usted."

Las otras tres amigas miraron a Mercedes boquiabiertas, pues ella era probablemente la más malcriada y exigente de todas. Si estaba lista para pasar trabajos con Tili, también lo estaban ellas. Más que listas. Habían estado preparándose para este momento durante . . . Dios, parecía una eternidad. Parecía increíble que la tuvieran frente a frente.

"Bueno," dijo Tili. "Los cuatro burros se quedan, para que el regreso sea más fácil para Yiska."

"Y yo me marcho," les dijo Yiska levantando una mano. "No que no haya sido un placer, pero extraño a mi esposa y a mi bebé."

"Claro que sí," dijo Annette, adelantándose para abrazarlo. "Gracias por ayudarme con el oso."

Yiska rió. "Como si usted necesitara ayuda."

Las otras tres se turnaron para despedirse con un abrazo y darle las gracias por todo. Nunca hubieran encontrado a Tili sin su ayuda. O sin la ayuda de Senalda. O la de Esteban, o la de Lenora, la de Alex, la de Déborah. Había una cantidad de gente a quien agradecerle cuando este recorrido terminara.

Pero habían encontrado a Tili. Su Santo Grial.

Que pudiera ayudarles o no, estaba por verse.

Tili acompañó a Yiska hasta donde estaba Bob para una última despedida, y las cuatro mujeres se quedaron atrás formando un grupito cerrado.

"Saben," murmuró Mercy, "desde el punto de vista de una habitante de la ciudad, a menos que albergara algún tipo de deseo suicida, una persona nunca aceptaría quedarse durante cinco días en un lugar remoto con una completa extraña y sin poder escapar."

"Sí," dijo Lucy, "pero es Tili. ¿La viste? Es diminuta y . . . tan vieja como mi abuela."

"Sí, lo sé. No estoy preocupada," dijo Mercy. "Siento alivio. Es que, digo, parece extraño que todo sea tan natural."

"¿Cómo crees que será?" preguntó Cris.

Annette se rascó la mejilla, pensativamente. "Estoy segura de que hablaremos de nuestros problemas y Tili nos ayudará a resolverlos. Esteban dijo que ella era como una consejera. ¿No es acaso eso lo que hacen los consejeros?"

Lucy sonrió. "Será como una semana de encuentro. Chévere. Siempre he querido hacer algo así tan New Age."

"Miren, hasta pienso que podré hablar con ella de mis problemas," dijo Mercy. "Por regla, me reservo casi todas las emociones—"

"Noooo, ¿de veras?" dijo Lucy.

Mercy le dio una palmadita y continuó. "Pero hay algo que tiene que ver con Tili, con todo lo que pasamos para encontrarla. Mi vida está tan jodida, que no voy a desperdiciar esta oportunidad."

"Ni yo," dijo Lucy. "Si alguien puede romper la maldición de los Olivera, tiene que ser Tili."

"Yo tampoco me voy a quedar sin algo," dijo Cris.

"Me siento bastante contenta con la forma en que marchan las cosas en mi vida en este momento," dijo Annette, "pero estoy abierta a nuevas ideas."

Todas intercambiaron miradas, anhelando que empezara pronto la "semana de encuentro." Pasarían los siguientes cinco días asimilando los sabios consejos de la poderosa curandera y al final se sentirían mucho mejor, serían mujeres mucho más ilustradas. ¿Verdad?

Estaban ansiosas por saber qué sucedería a continuación.

Bien, pues el concepto de la semana de encuentro había sido un sueño prefabricado. Después de despachar a Yiska, Tili les había dado un refrigerio energizante y una horrenda bebida de hierbas y luego las puso directamente a trabajar. Una finca para subsistir, les explicó, no se manejaba sola. Tendría más tiempo para hablar con todas si el trabajo se hacía más pronto y diez manos eran mejor que dos.

La mujer tenía algo de razón, y además las estaba recibiendo gratis cinco días. Pero esta mierda de trabajar en una finca no era todo lo que se decía. A Mercedes le dolía la espalda, tenía ampollas en las manos y no sentía las plantas de los pies. El sudor le corría por la espalda y se le acumulaba en la pretina de los pantalones. Su único accesorio era un collar de mugre. No había vuelto a hacer este tipo de trajabo físico desde que era niña y, quiéralo Dios, no lo haría otra vez. Admitiría a regañadientes que el trabajo físico arduo la llenaba de una especie de agotada satisfacción, pero nunca lo reconocería en voz alta.

Su mayor queja contenida era que Tili la había puesto a trabajar nada más y nada menos que con Cristina la Perfecta e Irritante. Se había mostrado reacia—sin decirlo—pero Tili tenía algo que hacía que a Mercedes le costara trabajo quejarse. De todas las cosas posibles, a ella y a Cris les había correspondido trabajar en la huerta. Habían desyerbado, regado, cosechado, quitado insectos (la parte menos agradable; los bichos de los tomates eran criaturas asquerosas y vomitivas) y resembrado hasta que Mercedes añoró la comodidad del concreto gris de Nueva York.

Ella y Cris habían arrancado con cierta tensión, pero al tercer día ya habían desarrollado un patrón de trabajar sin hablar, dándose la espalda, lo cual a las dos les resultaba conveniente a la perfección.

Entra en escena Tili.

Si Mercedes no hubiera sabido cómo eran las cosas, habría pensado que Tili tenía su propia agenda. Con alegría, como siempre, las hizo pasar a una huerta más pequeña que no permitía mucho espacio personal. En minutos, las tareas las obligaron a chocar una con otra en vez de ignorarse mutuamente. La proximidad obligada las llevaba a volver a sus viejos hábitos de molestarse por nada y de competir.

Estás pisando esa planta.

Perdón, pero me acabas de echar tierra sobre el pie.

¿Te importaría quitarte de en medio para poder alcanzar mi canasta?

Mercedes se vio apretando la mandíbula y sacando la maleza con más vehemencia de lo necesario. Sinceramente, si Cristina le daba otra "buena idea" sobre la forma de completar las tareas asignadas, le tumbaría de un golpe a la mujer la cara libre de arrugas. Dios, la cosa no iba como ella esperaba. Si tenía que verse forzada a trabajar al lado de alguien los siguientes cinco días, por el amor de Dios ¿por qué tenía que ser con su más grande némesis en todo el universo?

Puede que Mercy hubiera admirado la forma en que Cris había manejado el asunto del robo en los almacenes, pero eso no quería decir que le resultara simpática y ciertamente no significaba que quisiera pasar tiempo con ella. Mercedes quería que Cristina, y todo lo que se la recordara, salieran de su vida. Si las cosas seguían así, sin embargo, tendría que discutir la situación con Tili. Quizás alienara a la curandera, pero por lo menos no sería acusada de asesinato ni pasaría el resto de su vida en la cárcel como la perra de Berta la Gorda.

Para el cuarto día, Lucy había empezado a preocuparse por lo poco o nada que avanzaban sus amigas. Este tiempo compartido con Tili no había sido hasta el momento nada parecido a lo que esperaban que fuera. Mercedes y Cris habían vuelto a su estilo irritable y porfiado, y después de todas las confesiones sobre el Vicodín y el Botox, Lucy de verdad abrigaba la esperanza de que pudieran salvar el abismo que se había creado entre sus dos amigas. Por el amor de Dios, hacía de eso dos décadas. Albergar tal resentimiento no era solamente estresante sino enfermizo.

Sin embargo, ninguna de ellas quería cuestionar la decisión de Tili de que las enemigas trabajaran juntas. Pero ella y Annette no podían menos que albergar visiones de un inminente desastre. Tili sencillamente no comprendía la complicada historia.

Por el contrario, ella y Annette la estaban pasando de maravilla trabajando con Tili en la casa, ayudándola a empacar y marcar hierbas deshidratadas y a mezclar tinturas y remedios que tener a mano y administrar sin mayor aviso. Lucy se sentía casi culpable por el trabajo fácil. Cada vez que miraba por la ventana y veía a Mercy y a Cris, notaba que tenían la cara más sombría y que sus movimientos eran más bruscos e irritados. No debía ser muy divertido para ellas escuchar las risas y la conversación que les llegaban desde la casita de piedra. Ni ella ni Annette querían ofender a su encantadora anfitriona, de modo que se concentraban en el trabajo que tenían pendiente y rogaban que resultara lo mejor.

La pregunta llegó cuando Lucy estaba haciendo racimos de palitos de salvia seca para fines purificativos y los amarraba con pedazos de cuerda de algodón.

"Y bien, cuéntame de este matrimonio tuyo," le preguntó Tili como de pasada, sin detener nunca sus movimientos constantes y eficientes.

Lucy sintió que se le desplomaba el estómago. Las manos se le quedaron quietas un segundo, pero se recuperó rápidamente. "¿Qué quiere saber?"

"¿Lo amas?"

Bueno, ésa era fácil de responder. "Más que a mi vida. Y él me ama de la misma forma."

"Mm," hubo una larga pausa. "¿De modo que el único problema es que crees en esta maldición familiar? ¿No?"

"Pues, es que es real," dijo Lucy, sintiéndose un poco a la defensiva.

"No lo estoy inventando. En mi familia jamás un primer matrimonio ha durado. Nunca."

"Ningún primer matrimonio. Eso sí parece ser un problema."

Lucy suspiró. Justo lo que quería oír. Le dirigió a la curandera una mirada implorante. "¿Qué puedo hacer? No quiero perderlo ni quiero perder nuestro matrimonio solamente porque mi apellido es Olivera."

"Yo no te puedo decir qué hacer, mija. Pero sí te puedo decir que el poder, la respuesta a todas tus preguntas, se encuentra en los dos, en ti y en Rubén. Debes dejar de concentrarte en la maldición y concentrarte en encontrar una solución."

Así que me he agitado durante semanas, ¿para que me diera ése consejo?

Al parecer Tili le estaba diciendo que debía resolver su propio problema, pero eso no podía ser cierto. Lucy trató de contenerlo, pero sintió que se le salía todo un puchero. Si ella podía resolver su propio maldito problema, para empezar no habría tenido que sufrir la humillación de la boda, las ampollas del burro y los ataques de osos para encontrar a Tili. ¿Acaso no era obvio? Su esperanza se desinfló como un pulmón perforado.

"¿Qué estás pensando?" preguntó Tili. "Y no mientas."

A Lucy se le congestionó la cara. "No mentiré."

"Apenas asegurándome."

Lucy carraspeó. "Estaba pensando que si yo supiera cómo resolver este asunto, ya lo habría hecho."

"No sabes cómo porque no te estás concentrando en salvar el matrimonio, te estás concentrando en el miedo de que se acabe." Tili se acercó a su gabinete de apotecaria y abrió un par de cajones y los volvió a cerrar antes de encontrar lo que buscaba. Echó en un alto vaso de agua tres cucharadas de un polvo yerboso y revolvió el brebaje hasta que quedó de un gris turbio, y se lo pasó a Lucy. "De un golpe."

Lucy lo miró con recelo. "¿Qué es?"

"Bébelo. Te dará claridad."

Lucy levantó la comisura de los labios. "Sabes, si se tratara de cualquier *otra* persona, nunca me bebería esto."

"Claro. Eso es lo que te hace eficiente en tu trabajo. Pero ésta es tu *vida,* Lucy. Bébelo. Nunca te haría daño. Creo que sabes eso, de lo contrario no me habrías buscado."

Lucy asintió, olió el vaso e hizo una mueca.

Tili sonrió, sacudiendo la cabeza. "Las cosas que nos convienen no siempre son agradables, Lucy. A veces uno necesita solamente taparse la nariz y arriesgarse."

Así lo hizo Lucy, tragándose a grandes sorbos el repugnante brebaje lleno de grumos. No deseaba prolongar la agonía. Esperaba que aconteciera algo milagroso, pero desde luego que nunca sucedió. Su estómago en cambio hacía ruidos y se sentía tan derrotada como siempre. Pronto regresaron a la mesa de las hierbas a hacer su trabajo.

Qué deprimente, pensó Lucy. A lo mejor eran ellas el blanco de la jodida broma. Servirían de mano de obra gratuita durante cinco días, después de los cuales serían enviadas a resolver cada una por su lado sus malditas vidas—algo que seguramente deberían haber hecho en primer lugar. Quizás *ésa* era la lección. Esperaba, sinceramente, estar equivocada.

"Sabes," le dijo Tili a Annette al cabo de un rato, "tienes una habilidad natural para esto. Estoy muy impresionada."

Annette parpadeó mirándola, sorprendida. Sencillamente había estado inmersa en el ritmo del trabajo, contemplando lo que quería ser cuando fuera grande, por así decirlo. Déborah le había preguntado qué quería hacer . . . volver a estudiar, conseguir un empleo, lo que fuera. La triste realidad era que no sabía. "¿De verdad?"

Tili asintió. "Ya ni siquiera estás midiendo las hierbas. Lo estás haciendo por instinto." Levantó la mano en el instante en que se dio cuenta de que Annette estaba a punto de pedir disculpas. "Eso no es un problema. Te he estado observando y lo estás haciendo bien. Pero no son muchas las personas que tienen esa percepción de lo que es acertado y lo que no lo es. El curanderismo es una ciencia, pero también es un arte y uno tiene que tener la intuición. Tú la tienes. Eso es algo especial, Annette."

Annette sonrió con timidez. "Gracias. Tengo que decirte que de verdad estoy disfrutando esto. ¿Puedo preguntarte cómo fue que acabaste haciendo esta clase de trabajo, Tili?"

La anciana se encogió de hombros, sin detener nunca sus eficientes movimientos. "Cuando era pequeña, me metí en un lío con una serpiente de cascabel. Mis padres me llevaron a la curandera local, y ella me curó. No teníamos dinero para pagar, pero mis padres estaban muy agradecidos. Ofrecieron que yo trabajaría con la curandera para pagar la deuda, y ella estuvo de acuerdo." Se le iluminó el rostro con una sonrisa. "Se convirtió en mi mentora. Me enseñó todo lo que sé. Cuando fui creciendo, llegué incluso a vivir en su casa. Mis padres se dieron cuenta de que yo tenía un don, y la mujer estaba fomentando ese don. Así debía ser."

"Qué gran historia," dijo Annette.

"¿Qué querías ser de niña?"

Annette inclinó la cabeza hacia un lado. "No sé, supongo que madre y esposa."

"Dices eso como si no fueras feliz."

"Ah, soy feliz. Amo a mi familia, pero a veces . . ."

"¿Quieres más?"

Annette suspiró, sintiéndose culpable. "Sí. ¿No es terrible? Tengo una familia perfecta y quiero más, más, más. Es una actitud tan gringa."

"Es una actitud humana," corrigió Tili. "Tan sólo abre tu mente, Annette. Encontrarás lo que buscas."

Si fuera así de fácil, pensó Annette, desilusionada. Se dio vuelta un instante y miró con añoranza por la ventana. Encontró con la mirada a Mercedes y a Cristina, que hervían en el calor del sol de Nuevo México y en la tormenta de fuego de su propia ira contenida y ello la hizo olvidar sus propios problemas. "Perdóname por decir esto Tili, pero yo como que me siento apenada por esas dos."

"¿Perdón?" Tili subió las cejas. "Confía en mí, a Mercedes y a Cristina les irá muy bien allá afuera." Un silencio de duda cayó sobre la habitación por varios instantes; Lucy, Annette y Tili trabajaban en armonía. Cuando Tili carraspeó, ella y Lucy levantaron la mirada.

"Quizás para mañana necesitemos una tercera persona con nosotras," dijo Tili. "Quiero ser justa, de modo que pienso que voy a convertirlo en un concurso. Gana la que haga más trabajo de las dos."

A Annette se le encogió el corazón, y su mirada se disparó hacia el rostro de Lucy, que había palidecido. Se daba cuenta de que estaban pensando lo mismo. Las cosas estaban a punto de ponerse feas.

"Sí, eso es lo que necesito hacer. Darles un poco de incentivo, un poco de competencia. Ya regreso," dijo Tili, limpiándose las manos en el delantal.

Cuando Tili salió, Lucy y Annette compartieron una mirada solemne. "Mierda," susurró Lucy. "Qué pesadilla."

"Bien, pues hará aflorar el espíritu competitivo de cada una," dijo Annette en un tono de falsa esperanza. "¿Verdad?"

"Espíritu competitivo, un culo." Lucy sacudió la cabeza y regresó a su trabajo pero Annette podía sentir la tensión que ella irradiaba. "Se van a matar entre ellas, Annie, y lo sabes bien."

Lucy tenía razón. "¿Qué debemos hacer?" dijo Annette con voz ronca, sintiendo que la situación estaba peligrosamente a punto de írsele de las manos. Se sentía mal del estómago, y no podía concentrarse en el trabajo. Se mordió el labio inferior.

Lucy extendió los brazos. "¿Qué *podemos* hacer?" En este lugar Tili es la que lleva la batuta y no conoce la historia de esas dos."

"¿Crees que debemos decírselo?"

Lucy torció la boca hacia un lado. "No creo. No me siento bien diciéndole cómo manejar las cosas. La buscamos por su sabiduría y ayuda. A lo mejor las cosas deberían sencillamente desarrollarse como ella quiere."

"Estoy de acuerdo. Pero Mercy y Cris. ¿Qué debemos hacer?"

Lucy levantó tímidamente un hombro. "Rogar por lo mejor, supongo, y esquivar las esquirlas cuando caiga la bomba."

Capítulo Veinticuatro

"Lo juro por Dios, Cris, si me pateas el zapato una vez más, te voy a sacar los sesos con este jodido azadón."

Dentro de Cris, instantáneamente todo ardió de furia. Mercedes estaba cada vez más de peores pulgas a medida que el día pasaba de caliente a más caliente y miserablemente hirviendo, y ya estaba harta del asunto. No era como si tuvieran espacio para explayarse en este huertecito de papas abandonado por Dios y donde Tili les había dicho que removieran la tierra. La sangre le hervía en las venas y quería decirle a Mercy que se fuera al carajo, pero ¿para qué empezar?

Respiró hondo y se contuvo todo cuanto pudo. "Mira," le dijo con el mayor aplomo posible a pesar de que en realidad hubiera querido matarla, "si te pateé el zapato, te aseguro que fue sin querer."

Mercy soltó una carcajada y empaló el cantero con su azadón, que enterró hasta el mango. "Ah, claro," dijo, en un tono impregnado de sarcasmo e indirectas. "A ti todo te pasa sin querer, ¿no es verdad, Cristina?"

Cris lanzó a un lado los guantes de jardinería estampados con flores y, dándose vuelta, encaró a Mercedes. "¿Qué carajo estás insinuando?"

Mercedes, doblada por la cintura y con el culo en el aire, continuó trabajando sin hacerle caso. Hasta tuvo la osadía de empezar a tararear. ¡Estaba tarareando!

"Te hice una pregunta," dijo Cristina, apretando los dientes.

Mercedes no le hizo caso. Pero sí logró enfurecerla.

Cristina se estremeció de ira y la sangre se le agolpó en las sienes, al punto de que ya no sentía las extremidades. No fue un acto premeditado, pero antes de darse cuenta, levantó el pie y se lo plantó directamente a Mercedes en el culo, haciéndola caer de bruces sobre la tierra. Dios, qué gratificante sensación.

Mercedes se incorporó hasta quedar a gatas y se sentó en el borde de la huerta a sacudirse el mugre de las mejillas. "Ah, no sabes cuánto te voy a patear el culo por esto."

"¿Ah, sí?" Cristina separó los pies. "Déjame ver, perra pasiva-agresiva. Estoy harta de tus indirectas. Estoy cansada de que me ignores. Si tienes algo que decir, ten los cojones de decírmelo. Por una vez en la vida, deja de hacerte la víctima y habla." Cris se agachó sobre su balde y agarró una de las papas cubiertas de tierra que habían desenterrado y se la lanzó. Rebotó sobre la cabeza de Mercedes con un ¡tas! rotundo y satisfactorio.

Mercy dejó escapar un graznido de sorpresa, y luego se puso en pie de un salto. Se llevó la palma de la mano al chichón cubierto de mugre que empezaba a aflorar, los ojos encendidos de ira. "¿Qué carajos te pasa a ti?" preguntó. "¡Podrías haberme dejado inconsciente!"

"Ojalá," gritó Cris, agarrando más papas. Ese primer proyectil había sido tan grato, que quería bombardear a Mercedes hasta vaciar la canasta. "Así no tendría que oír más tus sarcasmos de mierda." Se echó hacia atrás y lanzó otra como quien no se anda con bromas. Toma. No se había casado por gusto con uno de los Astros de Houston. "Y no tendría que soportar tu actitud tan fría." Lanzó otra, levantando la pierna al lanzar.

Mercy esquivó el primer misil, recibió el segundo en la cadera, y luego se abalanzó sobre su canasta y se hizo de unas cuantas papas. "Es que tú definitivamente no quieres oír a nadie, ¿no Cris? Todo gira a tu, tu, tu alrededor." Mercy logró aterrizar un proyectil en el plexo solar de Cristina, haciéndola doblarse del dolor.

Cuando logró recuperar el aliento, Cris dijo, "Eres la bruja más interesada y resentida que he conocido, ¿sabes eso, Mercy? Haces comentarios odiosos, pero no eres lo suficientemente mujer para decirme por qué los dices o qué quieren decir." Una patata pasó volando a toda velocidad cerca de su cabeza, pero Mercy se agachó y respondió con un disparo ella misma. Cris se dio vuelta, pero la papa la alcanzó en el hombro. Frotándose el ardor del golpe, gritó, "¡Con razón te llaman Sin Merced! Porque es que, ¡carajo! no la tienes. Y con razón todo el mundo te desprecia porque eres una zorra malvada y vengativa. Yo antes te quería, Mercy, pero no te aliviaría la sed con mis orines si tu garganta estuviera ardiendo, ¿sabes eso?"

"¡Uy, qué frasecita de cajón!" Como se había quedado ya sin papas, Mercy arrancó una raíz llena de tierra y se la lanzó a Cristina. El proyectil le dio en el pecho, rompiéndose y llenándole de mugre la camisa. Una parte se le metió por el cuello en V y el desmoronado terrón acabó alojándose dentro del brasier.

"Una frase de cajón que se ajusta, porque no lo haría."

"Te odio, Cristina Treviño," gritó Mercy, con los brazos rígidos a los costados. "Yo *nunca* te quise."

"¡Mentirosa! ¡Maldita mentirosa! Eras mi mejor amiga."

"Tú no sabes ser amiga," gruñó Mercedes.

Inesperadamente, las palabras de Mercy hicieron que a Cris los ojos le ardieran de las lágrimas. Pero aquello tan solo sirvió para que le diera más rabia. No lloraría por Mercedes. "¡Ni siquiera sabes comportarte como un ser humano! Y si no, pregúntales a todos tus empleados."

A Merci la furia se le acentuó en el rostro. "Me alegro de que te hubieran detenido," espetó. "Espero que tu vida quede arruinada y tu suegra te desherede. Espero que Zach te lance al andén de una patada en el culo. ¡Te mereces todo lo malo que te suceda!"

"¡Jódete!"

"No, ¡jódete tú"!

"¡Ya quisieras tú joderme!" dijo gritando Cris, poniendo los ojos en blanco.

"Ja, no te hagas ilusiones, tú, aspirante a nada, homofóbica y conservadorcita republicana," respondió Mercy a gritos. "Aun si yo anduviera con mujeres tan a menudo como tú pareces *creer,* me harías recapacitar en un segundo." Sacudió un brazo en dirección a los burros. "Dormiría con Beethoven antes de tocar tu huesudo culo de ladronzuela y advenediza."

Cris se quedó boquiabierta. Jodido golpe bajo. Ya no era suficiente tirarse cosas. Con los antebrazos levantados como un boxeador, Cristina arremetió contra Mercedes y con todas sus fuerzas le dio un empellón en el pecho, agarrándole la camisa. Escuchó con satisfacción la rasgadura cuando cayeron juntas al suelo, rodando hasta quedar sentada encima de Mercedes. "¡Estoy tan harta de tu mierda! Yo nunca hice nada para merecer la forma malvada en que me tratas," gritó Cristina, echándose hacia atrás y dándole a Mercedes un bofetón bien plantado en el medio de la mejilla.

La cabeza de Mercy giró con la fuerza del golpe, pero se recuperó rápidamente y corcoveó para quitarse a Cristina de encima. "Te vas a la mierda. Y como si a mí de cualquier forma me importara un carajo. Tú opinión me importa un carajo." Estiró la mano, agarró a Cristina por el pelo y le echó la cabeza hacia atrás.

Cristina soltó una risa endiablada, respirando profundamente. "Te haces la dura, Mercy, pero peleas como una jodida niñita."

"¿Ah, sí?" de una sacudida, Mercedes dejó a Cris tendida de espaldas y le dio luego un puñetazo en el plexo solar.

"¡Uf!" Cristina tosió y se acurrucó hasta quedar en posición fetal por un segundo antes de enderezarse de nuevo.

"Te mostraré cómo pelea una niña, Cris," le asestó otro puño en el estómago, pero Cristina apretó los músculos para protegerse.

Apenas recibido el puño, Cris levantó la rodilla y se la encajó a Mercedes en el pecho, lanzándola hacia atrás y haciéndola caer sobre el trasero. No había recibido seis años de lecciones de Karate Kenpo por gusto. "Ahora eres una tipa dura, ¿no?" dijo Cris riendo despectivamente.

"Lo suficientemente dura para patear tu rengo culo." Mercy se lanzó hacia ella.

Cris se apartó del camino. "Haz tu mejor esfuerzo, Mercy. Me encantaría enviarte de regreso a la ciudad de Nueva York después de haberte sacudido todo el jodido resentimiento."

"Tú lo creaste. Más vale que trates de sacudírmelo de encima."

Cristina aflojó la mandíbula. "¿Qué quieres decir?"

"Quiere decir que te jodas. ¿Quieres que te lo deletree?"

"Ni siquiera eres lo suficientemente mujer para ser honesta conmigo," le gritó Cris. "¡Con razón todos tus esposos te dejaron! Tienes la capacidad de comunicación de un escolar inmaduro."

"Y tú tienes los hábitos de compra de"—Mercedes se encogió de hombros—"upa, de un criminal de a peso del North Side. Justo lo que tú eres."

Cris le dio una bofetada.

Mercy respondió dándole otra y Cris aprovechó el impulso del bofetón para lanzarla otra vez al piso. Las dos rodaron y se revolcaron, dándose puños y lanzándose insultos . . . y esquivando lo que pudieran sin mucha precisión. Cada una había anotado algún que otro punto y había cometido errores egregios, pero en cuanto a quién había ganado la pelea, nadie lo sabía.

Annette levantó de un tirón la cabeza cuando oyó la gritería. "Uy, uy." Dejó las hierbas y se acercó a la ventana, apoyando las puntas de los dedos en el borde. "Ay, no. ¡Ay!" gritó encogiéndose, cuando Cristina le dió con una papa en la frente a Mercy y se dio vuelta en el acto. "¡Lucy!"

Lucy dejó caer con un estruendo el cuchillo con que picaba las hierbas y corrió justo a tiempo para ver cómo Mercedes y Cristina gritaban a voz en cuello, trenzadas en combate como un par de niños de la calle. La adrenalina le invadió el cuerpo. Se dio media vuelta para encarar a Tili, quien continuaba tranquilamente mezclando hierbas en la mesa. Las palabras le salieron en un desorden apresurado y urgente. "Tili, lo siento. Deberíamos habértelo dicho. Hay mucho rencor entre Cris y Mercy. Nunca deberían haber trabajado juntas."

"Ajá," dijo Tili, levantando la mirada y obsequiándoles una plácida sonrisa. "Pero ahora están trabajando juntas."

"No," dijo Lucy con solemnidad. Sus instintos de policía le gritaban que interviniera para terminar la riña. "Están cayéndose a patadas por el culo—quiero decir, están peleando. Digo, peleando físicamente. En el patio. En este instante."

Annette respiró con dificultad, cubriéndose la boca, y Lucy regresó a la ventana en el momento en que Mercy le asestaba a Cristina un golpe en el estómago.

"¡Lucy, por Dios, ve a detenerlas!" gritó Annette, moviendo las manos con impotencia.

"No hará nada de eso," dijo Tili, sin alzar la voz.

Tanto Annette como Lucy se dieron vuelta para encararla. "P-pero se van a matar," dijo Annette.

Tili rió. "No. No se matarán. ¿No se dan cuenta?"

"No. ¿Qué? ¿De qué no nos damos cuenta?" presionó Lucy, con creciente frustración. La apacible conversación de Tili no terminaba de convencerla.

"Que de esto se trataba," dijo Tili, con voz serena y suavemente modulada. Al escucharla, nunca se adivinaría que afuera en el patio dos mujeres adultas se encontraban trabadas en una pelea rastrera y prolongada. "Nunca volverán a ser amigas si no se sacan toda la rabia, y Mercedes nunca se la habría sacado sin la adecuada . . . digamos, provocación."

Annette parpadeó sorprendida y compartió con Lucy una mirada rápida antes de volverse de nuevo a Tili. "¿Tú lo planeaste?"

"No, mija," Tili sonrió y entrecerró los ojos con una expresión llena de amabilidad y sabiduría. "Hice imposible que siguieran evitándose. El destino hizo el resto. ¿Ves? El destino siempre hace el resto."

Ambas, Cristina y Mercedes, estaban respirando con tanta dificultad, que los golpes—y los insultos—se debilitaban cada vez más. Finalmente, Cristina cayó de rodillas y, luego, se sentó sobre los talones y empezó a llorar. "¿Qué te hice yo a ti?" Extendió los brazos implorantes ante Mercy, y la miró directamente por primera vez en décadas. "¿Por qué te resulta tan imposible hablarme?"

También Mercy sintió que había perdido la batalla. Se sentó de un golpe sobre el trasero y se tocó ligeramente el chichón que tenía en la frente, gimiendo de dolor. Era extraño. Sentía que había vomitado sobre Cristina un torrente de rabia, una rabia que se había fermentado dentro de ella desde la secundaria como una infección mal tratada.

Desde la secundaria.

De repente, a la luz de todo lo que había sucedido en su vida, a la luz de todo lo que había pasado recientemente, el concepto le pareció totalmente ridículo. Apretó los labios en un intento por contenerla, pero a pesar de sus esfuerzos la risa estalló incontrolada. Los primeros estallidos se apretujaron en su boca como ronquidos hasta que relajó la mandíbula y los dejó fluir libremente.

"¿Qué es lo que te da tanta risa?" Cristina lloraba con más fuerza, la nariz le chorreaba y se le ponía de un color casi morado.

Siempre le pasaba eso, pensó Mercy, con una sensación de reconocimiento y afecto elemental. *Rudolph, el llorón de la nariz como una uva*—ese estribillo se lo cantaba siempre a Cris cuando lloraba de esa forma. Mercedes se dejó caer de espaldas sobre el suelo, y rió con tanta gana y por tanto rato que las costillas le dolían y la garganta le ardía. Rió hasta que ya no pudo respirar y, luego, aparecieron también las lágrimas. De repente, como una inundación súbita que bajara por un cañón angosto. No lograba controlarlas, ni un ápice.

"¿Por qué lloras?" preguntó Cris, llorosa.

"Cállate. *Tú* también estás llorando."

"¿Y?"

"¿Y?"

Cris dejó de llorar, sacudió la cabeza y empezó a reír, mientras Mercy seguía llorando, tratando de contener las lágrimas y resoplando como cuando Senalda se había marchado a México. Finalmente Cristina recuperó la compostura. Se acercó a gatas hasta donde estaba Mercy y se le sentó encima del estómago, le apretó los hombros contra el piso y se agachó sobre ella.

"Para, quítate de encima," gritó Mercy, con la garganta congestionada y gorgoteante.

"No. No hasta que me digas, por Dios, qué hice yo para que me odiaras. Por favor, ¿me lo vas a decir? Eras mi mejor amiga, maldita sea. Yo te quería." Suavizó el tono. "Todavía te quiero, y no soporto esto. No más. Por favor, por favor, ¿me hablas? Cómo puede ser que nosotras—"

"Si te callaras, Cris, a lo mejor yo podría intercalar alguna que otra palabra." A Mercy se le habían por fin agotado las lágrimas.

Cris parpadeó sorprendida, y luego se sentó derecha, soltándole los hombros a Mercy. "Bueno. Listo. Habla."

"No. No hasta que te quites de encima mío." Y empezó a quitársela de encima sin mucha fuerza. "Siento darte la noticia, hermana, pero ya no pesas media onza, como cuando estabas en la escuela."

"Uf, muy agradecida." Cristina se bajó de encima de Mercedes, se puso de pie, se sacudió las manos y le ofreció a Mercy una mano para que se levantara. Se tomaron de las palmas y Cristina la ayudó a ponerse en pie de un tirón. Analizó el hematoma púrpura en la frente de Mercy y sintió una punzada de culpa. "Discúlpame por eso."

Mercedes entornó los ojos. "Por el amor de Cristo, no te me pongas ahora toda beática de iglesia, Cris. Vaya si supiste dar el tiro. Como para que te enorgullezcas."

Cristina sonrió. Hombro con hombro, se acercaron a un banco que había debajo de una hilera de arbustos de piñón y se sentaron. Cristina hizo muecas de dolor, poniéndose la palma de la mano sobre el estómago. Dios, cómo iba a quedar de molida.

"¿Te duele?" preguntó Mercedes.

"Sí."

"Qué bueno."

"Cállate."

"Cállate tú."

Una pausa. "Y, bueno . . . ¿qué fue lo que hice?" preguntó Cristina.

"No sé," Mercedes exhaló. "De repente parece tan ridículo."

Cris resopló enfadada. "Upa, me alegro de que te haya tomado sólo veinte años darte cuenta, idiota."

"Cállate."

"Cállate *tú.*"

Mercedes le sonrió una sonrisa breve y triste. Luchó con las palabras, mordiéndose un cachete por dentro. "La cuestión es que tú eras mejor que yo. Siempre. Tenías una mamá y un papá que te querían. Yo tenía una mamá que—" apretó los labios.

"Lo sé."

"Yo sé que tú sabes. Eres la única que realmente lo sabía todo. Yo vivía en tu sombra, Cris, y acabó siendo algo jodidamente cansón."

Cristina rió, pero el sonido era más de pena que de diversión. "No, no era así. Eso es lo que apena de todo esto. Lo único que yo tenía a mi favor era mi apariencia física, Mercy. Tú tenías—todavía tienes—tanto más."

Mercy sacudió la cabeza. "¿Y ahora quién es la idiota, Cris? Nunca te haces justicia. Siempre ha sido así."

Cris retrajo el mentón y miró a Mercedes con una mirada fija e incrédula. "Ah, ¿y tú no?"

"Cállate."

"Cállate tú," Cris extendió los brazos y levantó la voz. "¡Deja de decirme que me calle!"

"Lo haría, si alguna vez te callaras," dijo Mercy en tono exasperado.

Cristina suspiró.

Mercy permaneció en silencio unos instantes y, luego, cuando habló, las cinco simples palabras la liberaron del rencor que había guardado durante más de la mitad de su vida. "Me quitaste a Johnny Romero."

"¿Qué?" gritó Cris, dándose vuelta inmediatamente para mirarla de frente.

"En el prom." El mentón le temblaba. "Se suponía que fueras con, cómo-se-llama-ese-tonto, y se suponía que Johnny fuera conmigo. Pero entonces cómo-se-llama-ese-tonto no te cumplió y tú . . . me quitaste a Johnny."

"¿Se suponía que tú y Johnny—Jesús, ¿por qué no me lo dijiste? ¿Por qué no me lo dijo *él*?"

Mercedes se dio cuenta de que Cristina tenía razón. No leía mentes. Mercy debió haberla confrontado veinte años atrás. Empezó a reír y le tomó una mano a Cris. "¿Sabes qué? Johnny Romero que se joda."

"Nunca me jodió."

"Pero yo siempre quise que me jodiera."

Cris gruñó, poniendo una mano en el hombro de Mercy. "Dios, qué pareja somos nosotras."

"Es tu culpa."

"Mi culpa, un culo."

"Cállate, Cris."

"No. Cállate tú."

Por fin las dos se callaron, y Mercy escuchó el sonido de los insectos y los pájaros, la vida del bosque. Escuchó la respiración de Cristina y recordó lo cercanas que alguna vez habían sido. Más cercanas, incluso, de lo que Lucy y ella eran. Apegadas como hermanas. Claro, Cris siempre había hecho el papel de la irritante hermana menor. "¿Entonces crees que podamos volver a ser amigas?" preguntó Mercy. "¿Después de todo este tiempo?"

Cris no levantó la cabeza. Permaneció largo rato en silencio. "¿Quieres que lo seamos, Merce?"

"Sí," transcurrió un segundo. "Sí quiero."

"Dios," susurró Cristina. "Yo también."

Se miraron y luego se abrazaron por lo que pareció una eternidad.

Al fin y al cabo, llevaban veinte años sin abrazarse, y los cuales tendrían que recuperate.

Cuando sonó el celular de Tili, Lucy y Annette todavía estaban junto a la ventana espiando a Cris y a Mercy. "Ahí está," dijo Tili.

Se dieron vuelta para mirarla. "¿Qué está pasando?" dijo Annette, mientras Tili atravesaba corriendo la habitación para agarrar el teléfono que estaba conectado a un cargador, a su vez conectado a un generador que se utilizaba específicamente para el teléfono.

"Si adivino bien, está a punto de llegar al mundo un bebecito completamente nuevo." Levantó un dedo y bajó con un golpecito la tapa del celular. "¿Aló?"

Annette y Lucy regresaron a la ventana y vieron cómo Cris y Mercy se abrazaban. "Ya era hora," susurró Annette.

Lucy asintió. "Y pensar en todos los años que interferimos entre ellas. Si tan sólo las hubiéramos dejado desahogarse podrían haberlo superado años atrás."

Annette encogió un hombro, y luego se cruzó de brazos. "Las cosas suceden, Lucy, cuando deben suceder y de la forma exacta en que deben suceder."

Lucy le dio un empujoncito juguetón a Annette con la cadera. "Hablas muy parecido a Tili."

"Eso es bueno, porque Tili es mucho más sabia."

"Annette," dijo Tili, y ambas la miraron de nuevo. "Tengo que ir a recibir un bebé. Me gustaría que me acompañaras."

"¿De veras?" Miró a Lucy, y luego otra vez a Tili. "Me encantaría ir contigo."

Tili asintió una vez, toda seria mientras recogía lo que parecía ser un maletín de médico de los de antes. "Lucy, ¿puedes seguir picando las hierbas?"

"Claro."

"No te preocupes por mezclarlas. Annette y yo haremos eso al regreso." Echó un vistazo a la ventana. "Y no interfieras con el destino.

Deja a esas dos a sus anchas, ¿bueno? Tienen dos décadas de heridas que resolver."

"Lo que digas, Tili."

La anciana se detuvo frente a Lucy y le acarició la mejilla con una mano surcada de venas. "Ustedes son tan buenas muchachas." Giró sobre sus talones y salió de la casa con pasito apurado. Annette arqueó las cejas y le obsequió a Lucy una sonrisa emocionada y, luego, salió por la puerta de la cabaña detrás de Tili.

Y así como si nada, Lucy se quedó sola.

Y en lo único en lo que podía pensar era en Rubén.

"¿Vamos a ir en burro?" preguntó Annette, afanándose para seguirle el paso a la ágil curandera. Recordó el recorrido de dos días para llegar a la cabaña. No imaginaba que pudieran llegar hasta la civilización a tiempo para el nacimiento—ni siquiera de una mamá primeriza.

Tili la miró de reojo y le sonrió con una breve sonrisa enigmática. "En realidad vamos a ir a pie."

"¿Vive así de cerca?"

"Más cerca de lo que imaginas," respondió Tili.

"Pensé que acá vivías lejos de todo y solitaria. No vimos muchas casas."

Tili no respondió.

Iniciaron el ascenso a una colina y de repente Annette fue presa del desaliento. Se había sentido halagada cuando Tili le había pedido que la acompañara a atender el parto, pero no creía poder andar a este ritmo mucho rato, sobre todo en vista de la serie de colinas que habría que escalar. Pero, para su sorpresa, detrás de la colina había un jeep Wrangler, viejo pero limpio . . . estacionado al lado de una carretera llena de baches pero transitable.

Annette se detuvo en seco y una amplia sonrisa le iluminó el rostro. "Nos despistaste."

La anciana rió mientras sacaba un llavero del maletín de médico. "No despisté a nadie. Ustedes cuatro se despistaron. Sencillamente no corregí las cosas que habían asumido sobre mí." Tili abrió la puerta del conductor y subió. Annette subió por el otro lado al puesto contiguo.

"Y bien, ¿qué tan cerca estamos de T o C?"

Tili encendió y aceleró el motor, luego hizo un guiño. "Una media hora de camino. En burro seguramente unas dos horas."

"¿Dos horas? ¿No querrás acaso decir dos días?"

Tili rió mientras daba marcha atrás y, luego, arrancaba a tumbos hacia la carretera. "Dos días, claro, pero solamente si uno anda en círculos. Muchos círculos."

Annette rió. "¡Yiska también nos estaba despistando!"

"Una anciana tiene que tener algo de misterio, ¿no crees, mija? ¿Qué tan satisfactoria habría sido la búsqueda sin el misterio?" Sacudió la mano indicando vagamente a Annette. "Ponte el cinturón."

Annette hizo lo que le indicaban; había aprendido que no valía la pena cuestionar a Tili. También había aprendido en los dos últimos minutos que la esperanza, y los sueños y los deseos, podían llevar a la gente a alcanzar metas increíbles. Se había acomodado para el recorrido de treinta minutos hasta T o C sintiéndose encantada y más en paz de lo que se había sentido en mucho, mucho tiempo. Tili quizás no fuera tan mágica como habían imaginado, pero en tan sólo un par de días había logrado que Mercedes y Cristina hablaran. A lo mejor era una santa, más bien, porque ése había sido un verdadero milagro.

Lucy terminó de picar todas las hierbas, flores y raíces y las dejó apiladas en montoncitos en forma de cono por toda la recia mesa de madera donde se había hecho el trabajo. Mercy y Cris todavía estaban inmersas en su conversación, así que empezó a merodear inquieta por la cabaña, analizando los frascos, botellas y cajas que Tili había hecho y a las que les había puesto nombre—en general en español. No sabía para qué era ninguna, pero se maravilló de la cantidad de conocimiento que había almacenado entre estas cuatro paredes de piedra. La casa quizás no tuviera comodidades modernas, pero de todos modos la sensación era cálida y acogedora. Dejó que sus ojos viajaran por la habitación, absorbiéndolo todo.

Posó la mirada en el generador, y luego la retiró de repente por voluntad propia. Con un corrientazo se percató de que ella y Tili tenían el mismo tipo de teléfono celular . . . por ende, la misma clase de cargador de teléfono. Podía conectar su propio cargador o incluso utilizar el de Tili. Podía llamar a Rubén.

Se pasó las palmas de la mano por los costados de sus pantalones, y le echó un vistazo a su mochila en un rincón de la sala, sintiendo una punzada de remordimiento. Se suponía que estuviera acá en comunión con una sabia mujer. Pero ¿por qué no habría de conectar su teléfono al cargador y darle a Rubén una rápida llamada? Tili no le había dicho que no lo hiciera, y sus tareas estaban terminadas. De hecho, la única indicación había sido dejar tranquilas a Mercy y Cris, y ¿qué mejor forma de hacerlo que llamar a su encanto? Cuando hablaba con Rubén, el mundo entero desaparecía. Ni siquiera se acordaría de que Cris y Mercy andaban cerca.

Sintiendo como si de algún modo estuviera infringiendo una norma, Lucy sacó el celular y lo enchufó en el cargador. Contuvo el aliento hasta que oyó el tono de discar y se relajó con una sonrisa. Marcó el número de Rubén, pero le dio ocupado. ¿Ocupado? El hombre tenía llamada en espera y correo de voz.

Intentó de nuevo. Ocupado.

Con un suspiro de frustración, marcó más bien el correo de voz. Con seguridad que allí habría un mensaje de Rubén. Su llamada entró al primer intento. Después de marcar su clave, contuvo la respiración. Un mensaje. Sonriendo, y sin poder esperar a oír la voz fuerte y aterciopelada de Rubén, marcó el número con un dedo tembloroso. Y entonces lo escuchó.

"Hola, mi nena." El estómago se le contrajo. "He estado pensando mucho en este asunto y, finalmente, me he dado cuenta de que para nosotros dos no hay sino una solución al problema del matrimonio. Tenemos que divorciarnos."

Capítulo Veinticinco

Annette había asistido a cinco partos antes de éste, pero siempre había sido ella la que estaba en la camilla con los pies en los estribos. Esta experiencia había sido completamente diferente. La mujer, Leticia Mondragón, había dado a luz a un saludable varoncito de seis libras y nueve onzas, sano y calvo como una bola de billar, y Annette nunca se había sentido más emocionada. Había empezado a contemplar la idea de regresar a la universidad para estudiar enfermería y especializarse en obstetricia. Pero la idea de pasar cuatro años en la universidad, veinte años después de haber salido de la secundaria, le producía pavor.

Annette carraspeó. "Tili, ¿puedo hacerte una pregunta?"

"Claro, mija."

"¿Tú crees que es egoísta que una madre de cinco hijas, una de ellas en la universidad y dos más que se matricularán en los próximos dos años, contemple entrar ella misma a la universidad?"

"¿Quieres estudiar en la universidad?" preguntó Tili.

"Más o menos." Annette apretó con una mano el cinturón de seguridad a la altura del hombro. "Aunque la idea me aterroriza."

"¿Qué estudiarías?"

"Enfermería, creo. Obstetricia." Miró a Tili con gesto tímido. "Para ser sincera, me encantó ayudar a traer esa pequeña vida al mundo. Nunca lo he pensado demasiado, pero esta experiencia me abrió los ojos. Me encantaría hacerlo de nuevo."

"Yo no fui a la universidad, ¿sabes?"

"Sí, pero tú eres curandera," dijo Annette.

"Solamente porque alguien, hace mucho tiempo, se dio cuenta de que yo tenía una habilidad para esto y me enseñó todo lo que sabía."

A Annette se le hizo un nudo en la garganta y miró a Tili sin hablar. ¿Acaso le estaba diciendo . . . ?

"Verás, ustedes cuatro vinieron a mí en busca de algo, pero yo misma he estado a la búsqueda. Por encontrar a alguien con el talento, con el deseo . . . para poder transmitirle lo que sé." Estiró la mano y le dio a Annette unas palmaditas en la rodilla. "Quizás el destino las haya traído a mí, mija, pero el destino también me trajo a mí a ti. No viviré para siempre, ¿sabes?"

"No digas eso."

"¿Por qué no? Es la verdad. No le temo a la muerte."

Inesperadamente, a Annettte se le llenaron los ojos de lágrimas.

"Pero yo sí quiero transmitirle mi conocimiento a alguien que lo utilice bien." Transcurrió un segundo. "Creo que esa persona eres tú, Annette Martínez, si te interesa."

Annette reía y lloraba a la vez. "¿Bromeas? Claro que estoy interesada." Se inclinó para tratar de abrazar a Tili, pero al hacerlo hizo que el jeep rebotara sobre los surcos de la carretera y Tili la reprendió.

Cuando pudo enderezar el vehículo, Tili le regaló a Annette una sonrisa. "Bueno, saberlo me da paz."

"A mí también me da paz. He estado buscando algo que pudiera hacer, algo para satisfacer mi vida." Annette se acercó el puño cerrado al pecho. "Me encanta lo que conozco del curanderismo."

"Tienes mucho que aprender," le advirtió Tili.

"Lo sé. Y no veo la hora. Me contentaría con a ser la mitad de lo buena que tú eres, Tili."

"Serás mejor de lo que yo soy, Annie. De eso estoy segura."

Para cuando estacionaron el jeep detrás de la engañosa colinita y empezaron a caminar, Annette estaba lista para romper a correr a toda velocidad para llegar pronto adonde sus amigas. Estaba ansiosa por contarles que iba a ser curandera, ¡entrenada por una de las mejores curanderas del país! Alcanzó a ver a Lucy sentada entre Cristina y Mercedes en el banco debajo de los arbustos de piñón y abrigó la esperanza de que ya hubiera terminado el trabajo con las hierbas. Tili le había dicho específicamente que no molestara a Mercedes y a Cristina y no quería que ahora ofendieran a la señora.

Al acercarse, notó que Lucy lloraba. Alarmada, se detuvo brevemente y, luego, arrancó a correr. Llegó pronto, sin aliento. "¿Pasó algo malo? ¿Qué sucede?"

Lucy lloraba con más fuerza, pero tanto Mercedes como Cristina levantaron la mirada, las expresiones graves.

"Es Rubén."

El corazón de Annette se hizo un nudo de terror.

"Dejó un mensaje en su correo de voz," dijo Mercedes con suavidad.

"Quiere el divorcio," terminó Cristina, la voz casi un susurro, las manos acunando el codo de Lucy mientras ésta sollozaba.

Annette se postró en el piso frente a Lucy, y apoyó la mejilla contra la rodilla de Lucy. Dios, ten misericordia. Justo cuando parecía que todo empezaba a aclararse, y ahora esto. A lo mejor los Olivera de verdad tenían una maldición y Lucy había tenido razón todo el tiempo. Apretó los ojos con fuerza. Qué idea más deprimente. Por una vez,

Annette no contaba siquiera con una palabra de ánimo que pudiera mejorar las cosas.

Todo el mundo estaba tan preocupado por Lucy, que ni se molestaron en manifestar su sorpresa cuando Tili las llevó hasta el jeep estacionado al lado de la carretera oculta. El regreso hasta Lago Caballo, donde habían dejado la camioneta, fue solemne y silencioso, excepto por el llanto suave y desgarrado de Lucy. Tili estacionó el jeep detrás de la camioneta de Annette y, luego, Mercy y Cris cargaron todo el equipaje. Ayudaron a Lucy a subir la camioneta, le dieron un beso de despedida a Tili y se subieron.

Annette y Tili se abrazaron al lado de la puerta del conductor. "¿Crees que puedas conducir?" le preguntó Tili.

"Estoy bien. Quiero llevarla a casa."

Tili asintió. "Por favor, díganle que mantenga la fe. Las cosas saldrán como están destinadas a salir."

Annette se mordió el labio inferior, las lágrimas le ardían en los ojos. "Lo sé. Es que . . . si conocieras a Rubén." Suspiró. "Son absolutamente perfectos el uno para el otro. Es un desperdicio tan grande."

"Confía en el destino, mija."

Annette se secó una lágrima con el dorso de la mano. "Estoy tratando. Todas lo estamos haciendo."

"Y llámame apenas tengas noticias."

"Lo haré."

Tili se frotó las manos y bajó la barbilla. "Cuando todo esto se resuelva, tú y yo haremos ciertos planes, ¿bueno?"

Annette asintió, abrazando a Tili por última vez. "Gracias por todo. Te llamaré."

Era temprano en la mañana cuando estacionaron frente a la casa de Lucy y Rubén en West Highlands. Lucy echó un vistazo a la casa, con una expresión atravesada por el dolor.

"¿Quieres que entremos contigo?" preguntó Annette.

"No," repuso Lucy, en tono inexpresivo. "Tengo que hacer esto sola." Se echó el maletín al hombro y miró una a una a sus amigas. El plan era irse a una habitación de un motel cercano, y esperar. "Yo las llamaré . . . cuando esté lista."

Mercedes extendió la mano y apretó la de Lucy. "Vendremos a buscarte. En cualquier momento, del día o de la noche. ¿Bueno?"

A Lucy empezó a temblarle el mentón. Se mordió el labio inferior y asintió con firmeza. "Deséenme suerte." Resopló. "Supongo que la idea de la Tía Manda con lo de la doble tostadora resultará conveniente, después de todo—" la voz se le quebró, y los ojos se le llenaron de lágrimas.

"No empieces, le exigió Cristina. "Simplemente ve y háblale. Él te ama, Lucy. Yo sé que esto lo pueden resolver." Estiró el brazo y tomó a Mercy de la mano. "Créeme, aun cuando pienses que las cosas son completamente imposibles, se pueden resolver si uno se esfuerza lo suficiente."

Mientras introducía la llave en la cerradura y abría la puerta de entrada de su casa, Lucy sentía el corazón como si fuera vidrio astillado dentro del pecho. De la casa *de todos*—de ella y de Rubén y de los perros. Pero ya no. Dios, ¿cómo se dividirían las cosas? Sus vidas estaban tan entremezcladas, tan anudadas. Ella no había pensado en ninguna cosa aparte del hecho de que Rubén quería el divorcio. Era tanto, pero tanto, pero tanto peor que eso, se dio cuenta de repente, absorbiendo cada detalle de la casita que tanto quería.

Después de haber escuchado el revelador sonido de la llave en la puerta, Rebelde y Rookie se le acercaron en medio de una salva de ladridos y de rayones de uñas de perro sobre la madera. Se puso de cuclillas y se consoló con la suavidad de su pelo y con su amor incondicional. Cuando levantó la vista, Rubén estaba bajo el arco que dividía la sala del comedor, llenando el espacio y mirándola—curiosamente—con los ojos radiantes de amor. Dio un paso adelante y abrió la boca como para hablar.

"No, espera." Las lágrimas brotaron incontrolables, y ella se puso de pie rápidamente, levantando una mano. "Rubén, por favor, déjame decir lo que tengo que decir antes de que pronuncies una palabra. Por favor. Solamente por esta vez." Absorbió aire suficiente para llenarse los pulmones y esperó.

Él se detuvo donde estaba, perplejo, y asintió una vez.

Lucy se restregó las lágrimas y sorbió, luego alzó a Rookie y lo abrazó contra el pecho. "Yo . . . yo quiero decirte que entiendo. Todo. Tengo el corazón hecho pedazos, y siempre te amaré a ti y solamente a ti, pero yo tampoco querría estar casada con una Olivera. No te culpo."

"Lucy—"

"¡No! Déjame terminar," le imploró.

Él vaciló, emitiendo un sonido de frustración antes de asentir.

"No voy a interponerme en tu camino para nada. De hecho, no hemos consumado nuestro matrimonio." Tenía la cara enrojecida, y fijó los ojos en el suelo. ¿Sería verdad que nunca volvería a hacer el amor con Rubén? No soportaba pensarlo. "Bien," corrigió, "no desde el matrimonio, quiero decir. Creo que, a la luz de eso, deberíamos poderlo anular."

"No estoy anulando este matrimonio, Lucy. Tenemos que divorciarnos."

Lucy lloró con más fuerza. "Bien, bien. Estaba solamente tratando de hacerte las cosas más fáciles. De hacérnoslas . . . a los dos. Pero si quieres toda la parafernalia legal—" se detuvo para contener las lágrimas. "Haré lo que quieras, Rubén. Déjame empacar una maleta e iré a quedarme con . . . mi madre. Aj. Más bien no. Me quedaré con Annette o—"

"Nena, ahora me toca hablar a mí, ¿sí?" Cruzó la habitación en dos zancadas, bajó a Rookie de los brazos de Lucy, lo dejó en el piso y la atrajo hacia sí. "Me entendiste mal, nena. Completa y totalmente, cien por ciento me malentendiste."

Lucy lo miró asombrada. "¿Cómo pude haber entendido mal la frase 'quiero el divorcio,' Rubén?"

Él rió con suavidad, meciéndola en sus brazos y acariciándole el pelo. "Tú, loquilla, te dije que haría cualquier cosa para que nuestro matrimonio funcionara. ¿No lo recuerdas?"

"Sí, pero—"

"Quiero que nos divorciemos para poder *volver* a casarme contigo," susurró contra la sien de Lucy. "Para poder ser tu segundo marido. Tu marido para siempre. Es la solución perfecta. No puedo creer que no se le hubiera ocurrido a ningún otro marido o esposa Olivera."

Perpleja, Lucy dio un paso atrás y lo miró fijamente, temerosa de llenarse de esperanzas pero igualmente temerosa de no hacerlo. "¿No quieres divorciarte?"

"Quiero que nos divorciemos, pero no de verdad al estilo de los Olivera. Quiero divorciarme para poder casarme contigo otra vez."

De repente Lucy vio todo con claridad transparente. Rió y luego saltó en sus brazos y envolvió las piernas alrededor de su cintura. Se bañaron las caras con una lluvia de besos, y Lucy continuó llorando. Pero esta vez de alegría. ¿Por qué diablos no había ella pensado en eso? "Dios, Rubén, es perfecto. Tú eres perfecto. ¿Por qué no lo pensamos antes?"

"Porque te fuiste."

"Lo sé. Lo siento. Dios, te amo tanto."

"Yo también te amo, cariño. Y nunca te voy a dejar escapar." Le dio un beso largo y profundo, y ella le devolvió el beso con la misma pasión acumulada.

Rubén dio un paso atrás, con los ojos entrecerrados por el peso del deseo. Todavía sostenía a Lucy por debajo de los muslos, los cuales tenía alrededor de su cintura, cuando en su rostro irrumpió una sonrisa lenta y sexy. La llevó hacia la escalera y empezó a subir. "Sí, ¿y la idea de la anulación?"

"Es mejor. ¿Crees que funcionaría?" preguntó.

"Para nada."

"Pero sería más barata."

"No importa, cariño, y nosotros de todos modos no clasificamos porque tengo planes de consumar nuestro primer matrimonio en este mismo instante, en este mismo lugar, toda la noche."

Lucy gimió, escondiendo la cara en la nuca de Rubén, inhalando su aroma salvaje. "Ay, Dios. Solamente tú te gastarías miles de dólares adicionales en un divorcio tan sólo para que te bailen encima cuanto antes."

"¿Te estás quejando?"

Levantó la cara con una sonrisa. "No."

Él rió con suavidad, y desde lo profundo de su garganta. "Créeme, el costo adicional del divorcio en lugar de la anulación bien valdrá la pena." Llegó hasta el final de la escalera y se dirigió rápidamente a la habitación, donde acostó a Lucy suavemente sobre la cama y la siguió en la trayectoria. "Valdrá mucho, mucho la pena."

Y así fue.

Epílogo

De: OficialO@RedPolicia.com
Para: Mamade5@FamiliaMartinez.com;
             ZachAragonFan@texasnet.org;
             Directora_Editorial@RevistaLoQueImporta.com
Hora: 07:21:30 a.m. Hora Oficial de la Región Montañosa
Asunto: ¡¡¡¡¡SÁLVENME DE MI FAMILIA!!!!!!

Annie, Mercy, Cristina:

¡¡¡Que alguien me mate!!! En una completa vuelta en U, mi familia me está dando la lata para que haga mi nueva boda (1) en Denver, en la Catedral, y (2) repleta con toda una misa católica. Una jodida misa completa—¿pueden siquiera imaginar la tortura? (Perdón por usar las palabras "jodida" y "Misa" en la misma frase, Annie, pero vas a tener que perdonarme porque estos Olivera—¡¡¡Aj!!!) NUNCA nos casamos en iglesias por todo el asunto de la maldición. Pero ahora ellos CREEN en la validez del matrimonio porque ya me divorcié una vez. No importa que me esté casando con el mismo hombre. Mi familia—lo juro, fumadores de crack.

En todo caso, ¿acaso entienden lo del, ¡¡¡¡DÉJENME EN PAZ!!!!? Se los he dicho hasta quedarme sin voz, esta vez voy a hacerlo a MI manera. Si quieren participar como invitados, serán más que bienvenidos, pero esta ceremonia es cosa MIA. Cosa NUESTRA—Rubén y yo. ¿Les conté que mi padrastro está alquilando dos autobuses escolares para llevar a nuestra familia a donde

Tili el gran día? Es como un Recorrido Infernal de la Familia Disfuncional. :-)
No veo la hora de estar con todas ustedes. Las he extrañado tanto en los últimos tres meses (ya sé, ya sé—nos comunicamos por correo electrónico cada
pocos días, pero aun así), y regresar a Nuevo México con ustedes me trae a
la memoria toda clase de gratos recuerdos. He oído decir que septiembre en
Nuevo México es sencillamente hermoso. Perfecto para una boda al aire libre,
en todo caso.

Manténganme actualizada sobre todo lo que haya ocurrido recientemente en
la vida de Cris, Mercy y Annette. ¡Estoy ansiosa por verlas! Cariños a mis muchachas, Lucy.

De:	Directora_Editorial@RevistaLoQueImporta.com
Para:	OficialO@RedPolicia.com
	Mamade5@FamiliaMartinez.com;
	ZachAragonFan@texasnet.org;
Hora:	09:19:24 a.m. Hora Oficial de la Región Montañosa
Asunto:	RE: ¡¡¡¡¡SÁLVENME DE MI FAMILIA!!!!!

<<<<Manténganme actualizada sobre todo lo que haya ocurrido reciente-
mente en la vida de Cris, Mercy y Annette. ¡Estoy ansiosa por verlas! Cariños
a mis muchachas, Lucy.>>>>

Suertuda,

Tu familia me revienta el culo de risa. Estoy loca por ver todos esos grandes
autobuses escolares. Espero que recuerden llevar dulces Red Vines.

Como saben, Senalda y el pequeño Ángel aceptaron mi ofrecimiento de mu-
darse a Nueva York hasta que Senalda se gradúe de la escuela. Me siento
como una segunda mamá y abuela a la vez, y me siento mejor con la vida de
lo que me he sentido en años. Recorté mi jornada laboral en la Revista a cuatro días a la semana para poder cuidar a Ángel uno de los días que Senalda
está estudiando, y siempre es mi día favorito de la semana. Para los otros
días he contratado a una niñera que lo trata como si fuera su nietecito. Senalda es una madre increíble, y su familia la ha aceptado a ella y al bebé cien
por ciento. Estoy tan feliz. Eh, la gente soltera sale embarazada. Es el nuevo
milenio—supérenlo.

Mi circuito en los programas de variedades se está desacelerando, y las
cosas en la Revista están tomando impulso. El pequeño "giro" que le di a todo
parece haber funcionado. Ser humilde y sincera—eso lo aprendí de ti, Annie.
Tener el cuero duro—esa parte la tomé de ti, Lucy. Encarar lo que había
hecho—eso es puramente Cristina. Gracias a todas. De todos modos, nada
podría ser más duro que montar en esos malditos burros.

Me alegra también poder decirles que he estado alejada del Vicodín, aparte de un par de recaídas (suéltenme algo de cuerda, soy humana y mi adicción duró años) durante cinco semanas. Les puedo decir que estar cerca del precioso Ángel es una emoción lo suficientemente intensa. No veo la hora de que lo conozcan. Esto ya se lo dije a Cris, pero el artículo que publicamos sobre cómo sobrevir a un atraco ha sido un gran favorito de las lectoras. Para el siguiente pensamos publicar un artículo acerca de cómo recuperarse de la compulsión de robar en almacenes. ¡Cris es gran, gran, gran cosa! El delito da dividendos, ¿eh, Cris? (Estoy bromeando. Te callas).

También estoy ansiosa por verlas. Las quiero a todas.

Saludos,

Mercy

P.D. Sunshine echó a Damián despues de gastar unos sesenta mil dólares con varias tarjetas de crédito de su propiedad. ¡¡¡DIOS EXISTE!!! Justicia kármica en acción. Espero que el pito se le pudra y se le caiga, pero ya ésa soy yo queriendo que la Madre Naturaleza haga más de lo que ya hecho, como si fuera poco.

De:	**Mamade5@FamiliaMartinez.com**
Para:	**OficialO@RedPolicia.com**
	ZachAragonFan@texasnet.org;
	Directora_Editorial@RevistaLoQueImporta.com
Hora:	**07:40:32 a.m. Hora Oficial de la Región Montañosa**
Asunto:	**RE: ¡¡¡¡¡SÁLVENME DE MI FAMILIA!!!!!**

<<<<Esto ya se lo dije a Cris, pero el artículo que publicamos sobre cómo sobrevir a un atraco ha sido un gran favorito de las lectoras.>>>>

¡¡Yo soy una de esas lectoras, Mercy!! El artículo es fantástico, y ¡qué bien de parte de la policía haberte dejado publicar en la Revista algunas de las fotos de la escena del delito! Le daba mucho más realismo al artículo. (¡Aun ahí sentada en el piso entre latas de Coca Cola, te veías hermosa, Cristina! Hermosa y valiente). Detesto alegrarme del infortunio de otras personas, Mercy, pero a Damián le pasó lo que se merecía. Rezaré por él.

Lucy, no estoy segura de que Nuevo México logre en el futuro recuperarse del influjo de los Olivera, pero va a ser tan divertido. :-) Aguanta. Tienes tanta razón—esta vez, la boda es toda para ti y toda por ti. Será hermosa.

En cuanto a mí, estoy ocupada en la escuela y el entrenamiento para parteras. Debo decir que me encanta aprender estos sistemas antiguos. Esas curanderas son increíbles y todas piensan que tengo un don. Claro que la haber trabajado en décadas, para ayudarlas a hacer la transición otra vez a la fuerza laboral.

Además de dar clases sobre cómo llenar solicitudes de empleo, escribir curriculums, presentarse a entrevistas y sobre etiqueta en el lugar de trabajo, también voy a organizar un intercambio de ropa ejecutiva donada—es decir, ¡una tienda completa!—y voy a dar clases sobre cómo maquillarse y arreglarse el pelo para tener éxito con un bajo presupuesto, y sobre seguridad en sí mismo. Tenemos planeado dar clases de Alcohólicos Anónimos y Narcóticos Anónimos por la noche en el salón de reuniones y estoy pensando incluso montar una guardería y un servicio de ubicación laboral. ¡Será un servicio integral para todos los tránsitos! Oye, Mercy, y ¿qué tal si haces un perfil de La Magia de Tili en la Revista cuando ya estemos funcionando? Fue tu idea, al fin y al cabo. ;-) Solo una sugerencia—sí, siempre ando buscando publicidad gratuita. Así que demándame.

Mercedes, tú también tenías razón acerca de otro asunto. Estar en libertad condicional y hablar abiertamente sobre mis delitos y sobre la detención ha acortado la distancia entre las clientas a quienes espero servir y yo. Ahora estoy trabajando mucho con ellas como voluntaria en el hogar de tránsito del condado. Así se dan cuenta de que me les parezco más de lo que creen, y eso me gusta. También yo lo percibo así.

Veamos . . . ¿qué más? He ido dejando el Bótox un poco, lo cual es bueno. Empezaba a lucir demasiado "Hollywood" para mi gusto. Pero la mejor noticia es que después de su gran conversación con Zach, su mamá me envió una carta pidiendo disculpas. Fue un poco estirada, pero tengo que perdonar algunas cosas. De verdad pienso que la mujer nació con ese palo en el culo, la pobre. Yo la llamé y nos reunimos a almorzar. Al principio fue FATAL pero luego empecé a contarle sobre La Magia de Tili. Le encantó la idea e invirtió una cantidad alucinante de dinero para ayudarme a empezar. Inclusive sirvió de anfitriona de un evento para recaudar fondos, el cual fue un éxito arrollador en el que conseguimos montones de dinero. Todavía lamento todos los años que perdí cuando me trataba como una mierda, pero supongo que es mejor tarde que nunca. Siempre y cuando podamos tener algún tipo de relación positiva de acá en adelante, con eso me basta.

Bien, eso es todo por mi lado. Lucy, NO VEO LA HORA de que sea tu boda. Piensa nada más, esta vez nadie tendrá que drogarte para que plantes el culo en el altar. Maravillas sin fin, ¿verdad? (¡Espero que continúe así!)

Abrazos, Cristina

recomendación de Tili ayudó montones. Me encanta. Paso una semana completa al mes con Tili y les quiero decir que aprendo más en esos siete días de lo que aprendo en el resto del mes. No me he sentido tan vital y tan comprometida conmigo misma y con mi familia en décadas.

Las niñas y Randy se han adaptado a la idea de que yo trabaje como partera. Déborah y Alex piensan que es "super chévere" que yo haya "vuelto a mis raíces," lo que sea que eso signifique. Esas muchachas. ¡Ja ja! Hablando de ellas, están extremadamente felices, y ambas sacan A todo el tiempo este semestre. Me siento muy orgullosa.

Mercy, tú y Senalda traigan ese precioso bebé adonde su Tía Annette en cuanto lleguen. Nunca tuve la oportunidad de criar a un hombrecito, pero pienso acapararlo lo más que pueda.

Eso es todo por ahora. Ruthie y Mary están a punto de matarse entre ellas. Algunas cosas nunca cambian, ¡¡¡pero así me gusta!!!

XOXOXOXOXOX—

Annette

De: ZachAragonFan@texasnet.org;
Para: OficialO@RedPolicia.com
Mamade5@FamiliaMartinez.com;
Directora_Editorial@RevistaLoQueImporta.com
Hora: 12:27:08 a.m. Hora Oficial de la Región Montañosa
Asunto: RE: ¡¡¡¡¡SÁLVENME DE MI FAMILIA!!!!!!

<<<<Algunas cosas nunca cambian, ¡¡¡pero así me gusta!!!>>>>

Qué verdad tan grande, Annie. ;-) ¡Hola, todas! Las cosas acá marchan de maravilla y cada vez mejor, pero todavía estoy superocupada organizando actos de beneficiencia. Eso está bien, sin embargo, porque últimamente selecciono y elijo mis obras de caridad y esa mierda de la imagen voló por la ventana.

Terminé mi servicio comunitario, pero sigo de voluntaria con la casa de tránsito para mujeres hasta que pueda poner a funcionar mi propio lugar. Tanta burocracia—los permisos son un fastidio, les digo. En todo caso, estoy pensando en bautizarlo "La Magia de Tili"—¿qué les parece? Realmente no suena a nombre de institución de tránsito, pero vamos a hacer mucha promoción, así que con suerte el nombre llegará a ser muy conocido. Vamos a ofrecerles ayuda a mujeres que hayan salido de rehabilitación, de la cárcel, de situaciones de maltrato, y también a aquellas que están dejando de depender de subvenciones, o que intentan recuperarse de un divorcio después de no